触摸苏醒的关东

东师创写丰满屯采风录

主编 徐强

吉林出版集团股份有限公司
全国百佳图书出版单位

图书在版编目（CIP）数据

触摸苏醒的关东：东师创写丰满屯采风录/徐强主编. -- 长春：吉林出版集团股份有限公司，2025.7.
ISBN 978-7-5731-7056-9

Ⅰ.I217.1

中国国家版本馆CIP数据核字第2025GJ3769号

CHUMO SUXING DE GUANDONG——DONGSHI CHUANGXIE FENGMAN TUN CAIFENG LU

触摸苏醒的关东——东师创写丰满屯采风录

主　　编	徐　强
责任编辑	王丽媛
封面设计	温　加

出　　版	吉林出版集团股份有限公司
发　　行	吉林出版集团社科图书有限公司
地　　址	吉林省长春市南关区福祉大路5788号　邮编：130118
印　　刷	吉林省昌信数字印刷有限公司
电　　话	0431-81629711（总编办）
抖音号	吉林出版集团社科图书有限公司　37009026326

开　　本	710 mm×1000 mm　1/16
印　　张	27.25
字　　数	410千字
版　　次	2025年7月第1版
印　　次	2025年7月第1次印刷

书　　号	ISBN 978-7-5731-7056-9
定　　价	98.00元

如有印装质量问题，请与市场营销中心联系调换。0431-81629729

触摸苏醒的关东
——东师创写丰满屯采风录

书系编辑委员会

主　　任　王春雨
副 主 任　鞠焕文　徐　强
顾　　问　刘　雨　秦春生　唐丽芳
委　　员　孙　琳　于文思　李明彦
　　　　　赵　强　王增宝　孙洛丹
　　　　　谭笑晗

本书编辑组

主　　编　徐　强
副 主 编　于文思　孙　琳
助　　理　刘竺岩　马　鹏　佘　飞
成　　员　卢　鑫　刘航宇　刘天权
　　　　　王植玉

前　言

　　东北师范大学文学院创意写作研究中心丰满屯采风营为期仅仅七天。从采风营圆满结束到现在，时间又过去了七个星期。在这近五十天当中，师生们在正常教学和其他活动的忙碌之余，始终没有完全从采风营的氛围中解脱出来——将采风营的丰满收获整理、编纂成集，是这五十天中一直在做的一件重要工作。现在，全景记录采风营始末的《触摸苏醒的关东——东师创写丰满屯采风录》一书即将面世，作为这一活动的发起者和责任人，欣幸之情不言而喻。

　　全书共分七辑：《日志》《访谈》《回眸》《创作》《研讨》《报告》《附录》。

　　《日志》一辑是采风营过程实录，收录了采风营运行期间营员们在"东师创写"微信公众号上逐日发布的日志文章71篇。仍按日期为序，每日各标主题。体裁以记叙散文为主，当时有个别诗歌作品，移到《创作》辑中。采风营期间，曾拍摄视频《触摸苏醒的关东》，所有营员轮番出镜畅谈感悟，是采风营的一个特殊角度的记录，因整理成文字附于本辑之后。

　　第二辑《访谈》所收9篇访谈实录，反映了采风营"与人接触"的收获，在篇幅上分量很重。这还不是访谈录音的全部，但主要的内容都收进来了。文字稿的整理力求忠实于原始情境和谈话人原意，但在表述上做了一定程度的整合和紧缩，使更简洁明晰。重要内容均经当事人审核或证实。

　　采风营回校后，师生们回望丰满屯的一周，写出了个人盘点文章。这些文章体裁上仍以散文为主，但拉开了一点时间距离，所以有更新、更深的感悟。第三辑《回眸》收录了这一批文章8篇。

　　采风成果在营员创作中有所体现：既体现在以文学方式对采风营的书写，也体现在采风期间的见闻感悟对于其他题材创作的塑造性影响。《创作》所收，主要是采风营结束后成员新作中对采风营有所反映的几篇。当然，采风对创作的影响，主要不是立竿见影的、直接和单一的过程，更深层的影响待之将来。不过，仅就目前所收这几篇，也已见出这一实实在在的影响了。

　　瑞德园女主人赵瑞华女士的长篇回忆录《路在脚下》的发现，是采风营不期而遇的珍贵收获。作品情节曲折，人物鲜活，史料丰富，深挚感人，有很强的可读性，同时作者的写作过程也值得研究。五月以来，我们召开两次专题研讨会，同学们认真撰写了评论文章，这二十多篇文章作为采风营的延伸成果，收为本书第五辑《研讨》。

　　采风营在一定范围引起高度关注，尤其是在创写教育界当中。笔者作为总负责人撰写了《创意写作的田野教学实践》，总结了采风营的经验，料对同仁有一定参考价值，全文收入本书，构成第六辑《报告》。

　　第七辑附录了访问对象王德平先生的两篇文章，难能可贵的是，其中写梨树的一篇是师生一访瑞德园后，王德平先生受到激发临时写作，在二访瑞德园时当场声情并茂地朗诵分享给大家的。另一篇是本次采风合作方不咸山舍有限公司王立夫先生专为本书赶写出来的，提供了对采风营的一个旁观视角。温加先生作为全书设计顾问，在后期成书过程中倾注了大量心血，他的手记阐发了其对采风行动的独到理解，亦称珍贵。笔者近来倡导的"五理"，始终作为本次采风的指导思想，故将《作文修养之"五理"试说》一并附后，以为辅证。

　　中心老师们的文字没有单独成辑，而是按照内容编排在各辑当中。

　　在纂集过程中，丰满屯的日日夜夜、魏家沟的山水人物，仍不断萦回在脑畔，不能不时时感怀短短七天对大家的心灵造成的影响之深远，其意义绝不仅限于一次普通的实践教学。随着本书纂就，对魏家沟之行的盘点也暂告一段落。或者说，一段记忆，将以文字的方式获得永生。

　　丰满屯采风营是一次崭新的尝试，也是一次成功的开启。这意味着后续会有更多相似的尝试。本书是既往的总结和纪念，也是未来的启迪与指针。

　　谨以本书，献给东师创意写作教育开启暨创写中心成立十周年，献给为创写中心付出辛劳的全体师生。愿我们的事业越来越壮大，步履越来越稳健。

徐　强

2024年6月17日

2025年4月1日补记

目　录

第一辑　日　志

003　　魏家沟初印象（4月21日）

004　　从都市到桃源 / 陶新宇
005　　来远山聆听春风 / 杜艾伦
006　　广阔的魏家沟 / 马　鹏
007　　田园之春 / 赵天赐
008　　恍若回到我的乡村 / 吕天嫒
009　　相遇魏家沟 / 李庭萱
010　　深院山舍待春来 / 刘天权
011　　入　沟 / 佘　飞
013　　捕捉大地的灵魂 / 梁　炎
014　　魏家沟一到 / 王植玉
015　　大美丰满待挥毫 / 蒋玉恒

016　　寻春：苏醒的关东（4月22日）

018　　在合普山舍寻找春天 / 马　鹏
021　　一日之春 / 佘　飞
023　　瑞德园小记 / 李庭萱
024　　乡村的晚春 / 陶新宇
025　　寻　春 / 吕天嫒
026　　没人来过的山 / 王植玉
027　　爬　山 / 蒋玉恒
028　　遇见"五弟" / 赵天赐
029　　魏家沟第二天 / 杜艾伦

030　　时　间 / 刘天权

032　村庄与田野（4月23日）

034　　村庄随想曲 / 马　鹏
036　　喊　山 / 赵天赐
037　　合普山舍第三日 / 刘竺岩
038　　第三天 / 佘　飞
040　　烟火里的山舍 / 杜艾伦
042　　炖鱼小记 / 李庭萱
043　　短暂的休息 / 王植玉
045　　画画与炖鱼 / 蒋玉恒
046　　落碎云 / 刘天权
047　　乡村小记 / 陶新宇
048　　小村一览 / 吕天媛

050　山色空蒙（4月24日）

052　　佛手山行记 / 刘天权
055　　山　雨 / 陶新宇
057　　溯源行 / 梁　炎
059　　春之声 / 杜艾伦
060　　赏书识人 / 王植玉
061　　清晨小记 / 李庭萱
062　　小村西至探索 / 吕天媛
066　　穿越森林 / 马　鹏
070　　采风与写作 / 蒋玉恒
072　　春日掠影 / 佘　飞
074　　洋芋搅团 / 刘竺岩
075　　一粒玉米 / 孙　琳

076　行走·访谈·游戏（4月25日）

078	回到童年 / 李庭萱	
079	午后时光 / 刘天权	
080	从早到晚的游戏 / 王植玉	
081	"穗"岁年年 / 杜艾伦	
082	四月二十五日 / 梁　炎	
084	春韭之味 / 佘　飞	
086	遗憾一日 / 吕天媛	
087	写作是美好的 / 蒋玉恒	
088	访谈与听讲 / 马　鹏	
090	当下的快乐 / 陶新宇	

| 092 | **东创的节日：欢迎导师团抵营（4月26日）** |

094	山中聚会 / 陶新宇
096	包包子 / 马　鹏
098	充实的一天 / 佘　飞
100	闲卧秋千听风雨 / 吕天媛
101	夜　雨 / 李庭萱
102	丰满记事 / 刘天权
103	帮　厨 / 王植玉
104	石头记 / 蒋玉恒
105	采风营导师为瑞德园题句

| 106 | **好景君须记（4月27日）** |

108	合普山舍的最后一天 / 马　鹏
110	最后一天散记 / 佘　飞
112	归　思 / 李庭萱
113	转瞬即逝的绚烂 / 杜艾伦
114	离别情深 / 蒋玉恒
115	从松花湖离开 / 王植玉
116	再见了魏家沟 / 吕天媛

117　再相会 / 陶新宇
118　疾风知劲草 / 刘天权
119　营员感言录

第二辑　访　谈

126　一访瑞德园
140　与铁路局老刘的隔篱闲谈
146　王德平、赵彦辉访合普山舍一席谈
162　赵彦辉教授书艺一席谈
174　与龙井三合镇朴虎范书记一席谈
182　小超市老板娘闲聊录
189　养蜂户女主人访谈
200　二访瑞德园
216　与林六哥一席谈

第三辑　回　眸

226　采风营艺事一瞥——"艺文融通"的创意写作实践 / 蒋玉恒
234　采风与创作——魏家沟采风活动有感 / 梁　炎
237　好景君须记 / 陶新宇
239　山村回眸 / 李庭萱
242　没有一个春天这般美好 / 杜艾伦
244　复得返自然 / 刘天权
245　用心感受春天 / 吕天媛
249　关于采风的想象 / 杨轶智

第四辑　创　作

252　林中路 / 马　鹏

259	那人，那山，那狗 / 赵天赐
267	天女山遗事 / 刘天权
279	倏而来兮忽而逝——《天女山遗事》创作谈 / 刘天权
281	我是高山上的一朵花 / 王植玉
284	无南北 / 刘腾飞
289	春访魏家沟（外八首）/ 佘　飞
297	魏家沟组诗 / 梁　炎
302	远方来客（外一首）/ 杜艾伦
305	养蜂人 / 刘　雨
307	采风实践基地会师有感 / 王增宝
308	题瑞德园 / 于文思

第五辑　研 讨

310	**主持人语：探掘普通人的写作潜能** / 徐　强
312	作品体裁、写作引导与史料价值 　　——关于《路在脚下》的思考 / 刘竺岩
316	普通人写作：展示生活的复杂经验 　　——《路在脚下》读札 / 马　鹏
318	谈《路在脚下》中的"我" / 卢　鑫
320	《路在脚下》中的身体书写 / 赵智堃
323	个人的时代叙事——《路在脚下》的史料价值 / 梁　辰
326	涓涓细流般的家庭史诗 　　——关于《路在脚下》的阅读印象 / 洪丽霁
330	从《路在脚下》看"素人"的叙事经验 / 刘航宇
332	谈"素人写作"的创作特点——以《路在脚下》为例 / 石胜振
335	《路在脚下》中的叙述自我与经验自我 / 蒋玉恒
338	《路在脚下》的叙事节奏与情感张力 / 陶新宇
341	《路在脚下》的叙事一瞥 / 吕天媛
344	《路在脚下》的民间语言风格 / 李庭萱

347	《路在脚下》的疗愈价值 / 杜艾伦
351	《路在脚下》语言浅识 / 杨轶智
355	历尽沧桑的前半生——评《路在脚下》 / 刘天权
358	生活与时代——《路在脚下》漫谈 / 王植玉
361	"素人写作"何为——以《路在脚下》为中心的探讨 / 戴艺昕
364	一种"隐性叙事进程"——《路在脚下》人物心理探微 / 王一州
369	谈《路在脚下》中的父亲形象 / 赵璐安
372	抗争与命运——谈《路在脚下》中的女性形象 / 张佳雯
376	民俗书写、传奇人物与历史驱动力——评《路在脚下》 / 王雪晨
379	苦痛的淡化与释然——《路在脚下》读后 / 王 涵
381	家国血泪记、女性成长史、民俗语料库 ——从镜子看《路在脚下》的几重意义 / 徐 月

第六辑 报 告

| 388 | 创意写作的田野教学实践
——东师创写丰满屯采风营报告 / 徐 强 |

第七辑 附 录

406	小院里的老梨树 / 王德平
408	辣椒串 / 王德平
409	田间地头与字里行间的对望 ——伴东师创写丰满屯采风营有感 / 王立夫
412	图像的叙事——丰满屯采风录艺术设计手记 / 温 加
419	作文修养之"五理"试说 / 徐 强

| 422 | 后 记 |

第一辑

日 志

魏家沟初印象（4月21日）

本日活动一览：

4月21日下午2点，东师创写采风营在徐强老师带领下，从学校出发去本次采风点魏家沟，下午4点30分左右抵达。除了几位本地同学，多数同学来自四川、贵州、重庆、山西、河南等地。大家第一次来到魏家沟，看见了与家乡不一样的风景，心情特别激动。徐老师让大家谈谈自己眼中的魏家沟，即魏家沟初印象，这也是今天的写作主题。

从都市到桃源

陶新宇

人间烟火气,最抚凡人心。今天,我们创意写作专业的同学们在徐强老师的带领下,怀着激动与期待的心情踏上了采风的旅程。目的地是吉林的魏家沟——一个远离城市喧嚣的世外桃源。我期待在这片土地上领略大自然的魅力,品味乡村生活的宁静与美好,同时也期待能在这里捕捉到创作的灵感。

一路上,窗外的景色随着旅程的推进悄然变化。城市高楼渐行渐远,取而代之的是一片片生机盎然的田野和高耸的树木。春日的田地绵延不绝,远处升起的袅袅炊烟,仿佛是一幅泼墨山水画,令人陶醉其中。我不禁感到身心愉悦,思绪也随之变得更加轻盈。

抵达丰满屯后,我们受到了热情的接待。在民宿里,我们与王老师和张老师进行了愉快的交流,对当地的民俗和历史有了初步的了解。之后,我和同学们一起在村庄里闲逛,细细体味乡间的美好时光。在这里,我们遇见了一只活泼可爱的黄狗"咪咪",它蹦跳着迎接我们,带来了小惊喜。这种自在的欢愉,是城市中难以寻觅的。

傍晚时分,我们齐聚一堂,在餐厅品尝了一顿地道的东北农家菜。新鲜的野菜、香浓的鸡蛋酱,以及其他极富地方特色的菜肴,让每一位同学赞不绝口。餐桌上,大家谈笑风生,聊起了各地独具特色的美食与记忆。觥筹交错间,每个人都发了言,气氛融洽而热烈。其中,佘飞学长的一番话令我印象深刻:"缘分让我们相聚,写作让我们共同成长。希望大家在未来能拥有更好的发展前景。"这话触动了我,让我愈发感到"会写作的人是幸福的",因为写作不仅是表达,也是心灵的释放与连接。

夜色渐深,但我的期待却愈发浓烈。我相信接下来的几天将是一次难忘的旅程,也是一段充满成长与启迪的采风时光。魏家沟的宁静与美好,或许正是写作的灵感之源,沉淀了思绪,启发着创作。

来远山聆听春风

杜艾伦

历经两个多小时的车程,我们一行十二人抵达了心心念念的丰满屯。刚从高速驶出,极具特色的东北农村风光便映入眼帘,黑色的土地间夹杂着缕缕烟火气息。我思忖着,这或许就是乡村独有的味道吧。

车子徐徐拐进一条小路,"魏家沟"三个字跃然眼前。随即,狗吠声骤起,仿佛在迎接我们这群远道而来的客人。下车后,王立夫老师投来亲切的微笑,瞬间驱散了我满身的疲惫。女生们的民宿环境甚佳,分为上下两层,房间数量适中,我们每人都能住进一间单间。大家兴高采烈地搬进了自己心仪的房间。简单整理过后,我决定在春风中漫步,感受它带来的温暖与舒适。

春风轻柔地拂过我的脸颊,犹如一位温柔的朋友轻轻拍打我的肩膀。闭上眼睛,聆听春风,那是一种轻柔悦耳的声音。深深地吸一口气,清新的空气足以洗去我近期的烦恼。

远处的山川披上了绿装,那些沉睡的树木,在春风的吹拂下,轻轻摇晃着脑袋,渐渐苏醒过来。

在乡间小路上,我渴望就这样一直走下去,贪婪地吮吸着春天的气息,与大自然共同呼吸。这一刻,我感到无比的安宁与祥和。

夜晚,坐在火炉旁,我写下了这段文字。我热爱春天,更爱这春日里的丰满屯。

广阔的魏家沟

马 鹏

当车子从学校徐徐开出来时,我便对魏家沟采风行充满了期待。我一路上盯着窗外,生怕错过每一瞬间的风景。这里的土地真平,没有那么多的弯弯绕绕,我看见路在平地上一直往前延伸,仿佛看不到尽头。从城市走出来,才知道大地有多广阔。

是的,魏家沟的历史是广阔的,那一片整整齐齐的土地是广阔的,碧波荡漾的松花湖是广阔的,小巧玲珑的双峰岭是广阔的,魏家沟里的人站在广阔的时空上,也变得广阔起来。

我在这里看到了西大沟、青山子西沟、张家西沟、腰贵子沟、南沟、放马沟、大西沟、大东沟;也看到了巴虎屯、大屯、大石沟小屯、摩天岭屯、双顶子小屯等等,是它们组成了这片天地广阔的历史。

田园之春

赵天赐

　　出春城,乘大巴车一路向东,沿途山丘渐显,一轮金黄圆日悬于蔚蓝空中。偶有三两农民戴斗笠,围巾蒙脸,弯腰握耙,收割细碎杂草。约申时,行至丰满屯魏家沟,晚饭前于宿舍门口合影留念。淡月东升,北山树木苍绿浅红,叠影重重。屋内,十二人围桌而坐,共饮畅谈,思过往,展未来,念师恩。桌上,江鱼两盘、豆角炖肉两盘、野菜一盘、啤酒若干。素菜有之,肉菜亦有之。戌时,银月上梢头,窗外水潺潺。不觉间,神游向外,得大自在。

恍若回到我的乡村

吕天媛

这是我和吉林市丰满区丰满屯村魏家沟的初次相遇。我本是长春九台人,九台恰好在长春市和吉林市之间,甚至离吉林要更近些。吉林我来过许多次了,但是从来没有深入哪一个村落看看,了解当地的风土人情、探查村庄的演变发展,这次采风活动刚好给了我这样一个机会。出发前我就对这次活动非常期待,也很高兴能在温暖的春天参加这次活动。

刚到村子里,一种熟悉感便扑面而来,我小时候也在农村生活过。蜿蜒的小路伸向山里,大大小小的房子盖到了山脚,这里依山傍水,一草一木都与我记忆里的村庄相似。长大后只有寒暑假能回去看看老人,似乎好久都没在春天回村里看看了。满山遍野的杏花、潺潺的小溪、伸出嫩芽的老树,无一不昭示着村里的盎然春意。饭桌上,徐老师说起明天的任务是要围着村落走走,摸清地理位置,这使我无比雀跃与期待。刚来时只是窥见一角,我迫不及待地想见到这个村子的全貌,熟悉它弯曲的乡间小路和带着年代感的一砖一瓦。

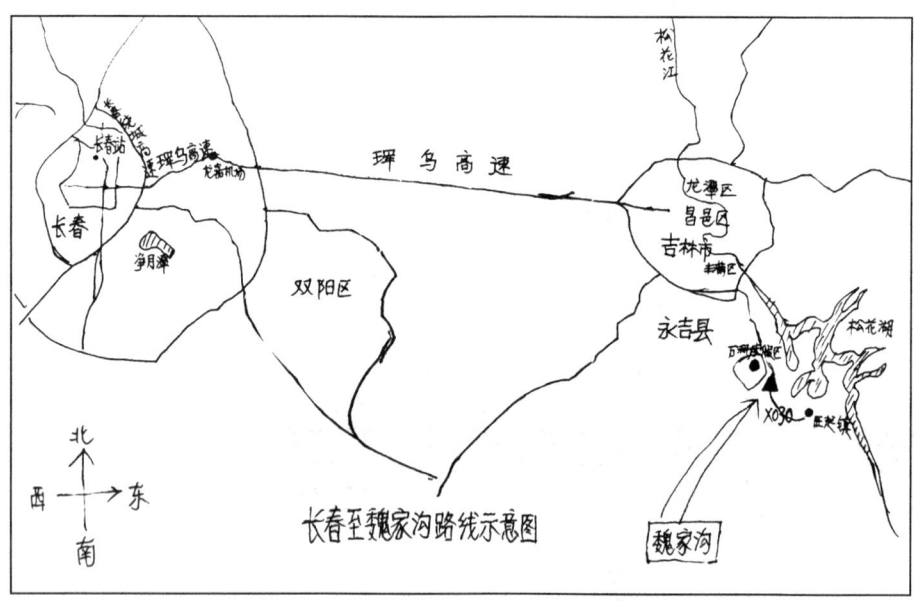

本页及下页手绘插图为示意,只粗略标出与采风营有关的地理事象。至于具体距离及方位关系,以国家发布标准地图为准。徐强绘

相遇魏家沟

李庭萱

下午四点十分,我们的车开进魏家沟。这里虽然叫沟,但两山之间并不逼仄。山脚下的耕地黑漆漆的,土地旁边散落着几户民屋,院子宽敞。车又行驶两三公里,终于看到了红色的横幅,我们到达了目的地——合普山舍。放好行李后,我们三两作伴,开始对这片土地进行初步的探索。整个民宿分为东西两院,东边院落中有条涓涓流淌的小溪,西边的院落中种着一棵松树,静谧舒适。

晚上六点准时开饭,大家一起品尝了松花湖的特色鲫鱼、野菜。徐老师率先致辞,接着在老师的鼓励下,大家轮流举杯发表自己的感想。在欢声笑语中,"肴核既尽,杯盘狼藉",大家各自回到房间休整,为明天的活动养精蓄锐。

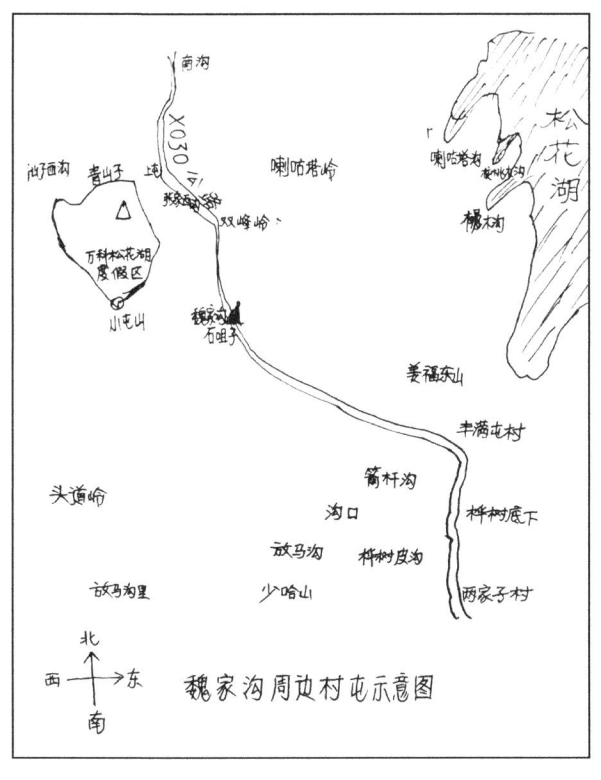

深院山舍待春来

刘天权

车一进村,犬吠阵阵,嫩绿的树叶在微风中翕动,我在车上大梦初醒,仿佛看见了一片新天地。王立夫老师很热情地接车,同学们的心情不再像墙上那条绷紧的红色条幅,手中沉重的行李竟也逐渐变得轻巧起来。我们客居的院子很深,别有洞天,前行十余步即能听见潺潺水声,如鸣佩环。山林寂静,绿意盎然,空气中飘过来柴火燃烧的香气,我好像能在耳边听见噼里啪啦的声音。我想到,众人能够逃离尘世的喧闹,来丰满屯进行一次安稳的采风是多么不易。

入 沟

佘 飞

一

4月下旬,南方的初夏已如火如荼,而东北大地的春天却刚刚苏醒。我们一行人从长春出发,前往吉林市旺起镇丰满屯村的魏家沟。

车窗外,东北农村的景致缓缓展开。广袤的松嫩平原并非一览无余,尽头处,连绵起伏的山峦与平原相接。这里的土地与南方截然不同,它宽广而辽远。秋收后的冬季,土地休耕,裸露着自然的面貌。

经过两个多小时的车程,我们终于抵达了魏家沟。我们住进了合普山舍,这是一家由农家院子改造成的民宿。

太阳已经西斜,院子里,一条小溪静静流淌,溪水清澈见底。我兴奋地跑到溪边,用手去触摸溪水,没想到溪水还带着刺骨的寒意。房前屋后种了许多果树,尚未发芽。周围的山坡也还是一片沉寂。

夜晚,村里特别寒冷,仿佛回到了严冬时节。

就这样,我们在魏家沟的第一个夜晚悄然度过。怀揣着对这片土地的敬畏与好奇,期待着接下来的几天能够更深入地了解这个充满魅力的乡村世界。

二

缘分实在是太神奇了！以前,我从未想过自己会有机会踏足东北农村这片土地,但因为缘分,我从遥远的西南来到了东北,来到了东师创写这个大家庭,更和大家一起来到了丰满屯村魏家沟。感谢徐老师和创写中心的老师们,创建了这么好的平台,提供了这么好的机会。

这一学年过得特别充实,上学期11月份,我们邀请了两位作家进校园,又举办了第八届全国创意写作大会,这学期我们启动了作家驻校计划,今天又来到丰满屯村采风,这些活动都特别有意义。

东师创写是一个集体,更是一个温暖的家庭,希望我们在这里共同学习,共同成长,收获快乐,实现自我！

捕捉大地的灵魂

梁 炎

非常荣幸能在研究生阶段的最后一学期,和老师同学们共同参与创意写作的实践活动。我们即将开始的采风之旅,不仅仅是为了收集素材,更是为了与这片土地进行一次深刻的对话。它让我们有机会走出教室、走进自然,亲身体验和感受这片土地的风土人情。

要特别感谢专业老师们对这次活动的辛勤付出,也祝愿我们的采风之旅能够捕捉到这片土地的灵魂,记录下这里的风土人情,让更多人通过我们的文字感受到丰满屯的独特魅力。

魏家沟一到

王植玉

乘着车,在路上经历了些许曲折,但也安稳到达。一路上大家有说有笑,我在颠簸中闭上了眼,朦胧间依然能听见大家对这次采风的畅想。醒来后,我也怀着自己的那一份想象,从车上走了下来。在下车搬运行李的过程中,险些让老师的二胡掉在地上。入住房间,民宿大门口有块石头,上面刻着四个字:"合普山舍"。采风活动也正式开始了。

我喜欢民宿门口溪水的声音,闭上眼睛,好像回到了小时候,在南方小镇后面的小溪里,一个人在溪水旁抓螃蟹、捉小鱼、吹山风。四面能看到山,我在长春很少看到。我愿意被群山环绕,这会让我很有安全感。夜晚大家一块儿聚餐,其乐融融,妙趣横生,老师似乎比我们还要开心。饭后走在乡间小路,路灯昏暗,空气中还有淡淡的秸秆的味道,伴随着激烈的狗吠,轻轻的牛鸣,还有风吹树木的沙沙声,共同在丰满屯奏响一曲乡村乐章。

大美丰满待挥毫

蒋玉恒

在来之前,我心里一直在想:东北农村是什么样的?有山吗?有树吗?有田吗?直到我看到了山坡上的桃花、田里的秸秆、农家汪汪叫的小狗、院子里发芽的柳枝、马路旁边的淙淙小溪,还吃到了新鲜的蒲公英……这一切,都让我欣喜不已!

我多么希望此刻有三头六臂,一手写文字,洋洋洒洒,描述这生机盎然的丰满屯村;一手绘风景,挥毫泼墨,勾画这春日烂漫的魏家沟。

寻春：苏醒的关东（4月22日）

本日活动一览：

今日活动主题是"寻春"。

六点起床，北院集合，徐老师带大家用脚步丈量北区四至及各处设施。路过清澈欢快的南溪，大家下到沟底掬水，感受春意。徐老师在群里分享了张晓风的《春之怀古》。

七点半早餐，餐前分男女声部接力朗诵《春之怀古》。就餐时，大家各自说出文中感触最深的一句话。饭后，大家分两组，各持笔本器具，在徐老师带领下绘出北区平面草图，期间有毛毛细雨，但没有影响测绘。后回大厅画案，在毛边纸上勾出准确比例图，再在大宣纸上绘成定稿，每组一张。

十点，自由活动，部分营员结组登园区东小山。

下午三点集合，在合普山舍东道主王立夫老师带领下走访王德平、赵瑞华夫妇的瑞德园。王先生退休前是吉林市人社局干部，赵女士退休前是松花湖铁路医院护师。因耽恋山村，夫妇二人在此购买一院。院子原主人本是吉林下放人员，故事颇多。王先生雅好收藏，对旧院加以改

造增建，设计精心，收藏丰富，俨然一大园林。赵女士家庭传奇，经历丰富，爱好写作，著有30万字的自传体作品《路在脚下》。王先生夫妇为采风营讲述家园故事、家族经历，大家均感收获颇丰。徐老师在访谈过程中，有感于王先生所讲故事中蕴藏很多人情世事哲理，于是临场布置今日写作的另一主题："瑞德园参访所体知到的'五理'（物理、事理、情理、文理、哲理）"。今日恰逢王先生67周岁生日，徐老师回营后书写一副对联，晚上由王立夫老师和张小磊姐送去。因山区夜凉，老师们紧急安排后援，刘竺岩驱车送来宝贵物资，使住宿条件大大改善。

晚饭开始，刘竺岩带来啤酒，大家小酌；与合作方运营团队王立夫老师、小磊姐、摄影师赵紫翔交流；同学们发言略谈体会。三巡之后，开始"春天"主题歌咏比赛，佘飞组合唱，马鹏组独唱。老师带来二胡和梆子，拉唱了自己打吟诵谱的《春晓》。同学们伴奏了另外几首歌，不能伴奏的就用梆子打节奏。赵紫翔提出从今天起每天采访两位营员，发表采风体悟，录视频。晚饭后，首先采访了刘天权、梁炎。

晚上，大家各自工作。十点后，徐老师分享王肯先生著作《1956鄂伦春手记》中的采录民歌，又拉起了二胡，和同学们一起唱歌、踢毽，十二点就寝。

在合普山舍寻找春天

马 鹏

今天早上,徐老师带我们实地考察合普山舍周边环境。我们先自己观察,把空间重要特征标注出来,画出地图草图,再分成两个小组完成平面示意图绘制。画地图对于我这样一个连东西南北都分不清楚的人来说真是个挑战,我有时候上街,要找个地方,或者给人指方向,我不会说那地方在东边西边南边北边,只会说在前面或者后面。听得人莫名其妙,自己也找不到方向。我这样的表达是模糊的、不准确的,没有什么空间感。而没有空间感对写作者来说,简直是致命的。文学创作很多时候是在塑造一个世界,这个世界可以跟现实世界一致,也可以不一致,只要塑造得让人信服就行,而让人信服就必须让读者感觉到世界的真实。想要让世界真实,就得让文字有空间感,即把文学世界里边每个事物按照某种顺序编排好。我对这次画地图活动感受颇深,因为我要知道每个关键点的具体数据和位置,比如以房子为原点,东边、西边、南边和北边分别有什么,两点的距离是多少米,只有把具体数据弄清楚了,才能按照地图的比例画出各个关键点的位置。

民宿里的小胖(赵紫翔)带领我们在合普山舍绕了一圈,观察树林、草地、池塘、溪水、房屋等等,让我们快速熟悉周围环境,也了解了民宿周围的空间布局。这个时候,我知道了南边有两间房子,一座桥,一条小溪;东边有一间灶房,北边有草园;西边也有一间房子,一个小山头长满了树林。徐老师给我们讲解了在没有尺子的条件下测量距离的方法,比如估算一根木头,走一步路,或者某个物体的长度后,就可以用它当作尺子去测量两点之间的距离。这个方法真好,能让我快速熟悉从某个点到另一个点相距多少米。在测量过程中,我感觉到自己与这些点距离越来越近,仿佛它们从我生命中走出去一般,我在真实的空间里也变得真实起来。我也想学徐老师的测量方法,便以一根长木头为尺子,一节一节量过去;为测量一座房子的长度,以脚步为量尺,一个脚步一个脚步走过去。我知道了用身体去感受空间大小,才能真正触摸到事物的温度，也才能体验到事物的真实。这就是徐老师在课上经常提到的创意写作理念中的"留意"吧，"留意"不仅仅是用眼睛去观察身边的事物，还需要亲自去看一看、闻一闻、听一听。

随后，我们走到溪边。小溪自东向西流去，水从高处奔腾而下，一路笑着来，也笑着去。鸟儿被溪水欢乐感染而在树最高处鸣叫，昆虫被溪水的欢乐吸引而翩翩起舞，花儿被溪水的欢乐吸引而争先开放。我们也被溪水那欢乐的情绪吸引，蒋玉恒和梁炎走到溪边弯下身子浣水，他们将手伸进溪水，又将溪水抛向天空，我从水往下落的过程看到了被冬天过滤的人间，这片天地单纯又可爱。我走到小溪的另一边去，他们就成了我的风景，仿佛他们是一群鸭子在测量溪水的温度，就像诗里说的"春江水暖鸭先知"。

老师突然想起张晓风写的散文诗《春之怀古》，忍不住读一段来："春天必然曾经是这样的：从绿意内敛的山头，一把雪再也撑不住了，噗嗤的一声，将冷面笑成花面，一首渐渐然的歌便从云端唱到山麓，从山麓唱到低低的荒村，唱入篱落，唱入一只小鸭的黄蹼，唱入软溶溶的春泥——软如一床新翻的棉被的春泥。"老师觉得，这不仅是在踏勘绘图，也是我们在寻找春天，也是春天在苏醒，我们也是春天的一部分。在春天里，大地上的所有事物都是春天。老师便想出了今天的写作主题《寻春：苏醒的关东》，之后开展的很多活动，都是围绕着春天来进行的。比如吃早餐之前，我们先朗诵张晓风《春之怀古》，老师领读第一段，女生读下一段，男生再读下一段，我们就这样循环着阅读散文诗。晚上，我们也是以春天为主题，边吃晚餐边唱"春歌"，佘飞那一组同学唱了《上春山》，吕天媛唱了《小燕子》，陶新宇唱了庾澄庆的《春泥》，刘天权唱了《春歌》，徐老师不仅唱了自己谱曲的《春晓》，还用二胡给大家伴奏。我们就这样归纳春天，阐释春天，也演绎春天，春天更加姹紫嫣红。摸一摸，闻一闻，听一听，只有这样才能真正进入事物的生命中去，与事物共舞。

其实，现在对于大部分地区来说，春天已过，按照日历，谷雨已经过去两天，再有十二天就立夏了。但是在东北的山区，花儿刚刚开放，春天刚刚开始。为了寻找春天，我走到田野里，看到了那一堆堆参差不

齐的猪粪、鸡粪和牛粪，深浅不一的畦，种地人上上下下挥着锄头赶着春天耕种，才知道春天是拥挤和忙碌的。为了寻找春天，我跑到山上去辨别各种花朵，按照颜色和花瓣形状，我知道了毛樱桃是白色的，接骨木是紫色的，杞柳花是白色颗粒状的，黄堇是黄色喇叭状的，银莲花是白色星星状的，延胡索也有齿瓣的，三叶委陵菜是五瓣艳黄花，月见草也有裂叶。这个时候，我才懂得了春天的多彩。

下午活动继续，我们走到村庄里了解村庄，走到村庄寻找文学的起点。民宿王老师安排我们去访问瑞德园，这小小的世界里有大大的审美。不大的庄园被王德平老师改造成主题各样的空间区域，比如藏有各种标本和老物件的屋子，收集各种书籍字画的书屋和糊满报纸的古老的南北大炕。我看到了朝鲜族人用长白山火山岩做成的石臼，看到了朝鲜族女孩做的钥匙串，看到主人专门为赵彦辉的小女儿建造的"小鸟花园"，看到为儿女们建造的"沙滩"，看到隐含人生哲理的"一步路"，也看到了充满戏剧性的桥墩，它们都在时间深处成了故事，故事也成了他们。

徐老师常在课上说，万事万物皆有理，写作最重"五理"：物理、事理、情理、文理和道理。写一篇文章之前，要先知道对象的物理属性和质地，才能根据这些特征与各种生命打交道，才能进入万事万物的内心世界，体察它们的喜怒哀乐并与之共舞，才会写出文章来，文章也就有了深度，有了自己该有的"道"。就像老子所说的："有物混成，先天地生。寂兮寥兮，独立而不改，周行而不殆，可以为天地母。吾不知其名，强字之曰：道，强为之名曰：大。大曰逝，逝曰远，远曰反。故道大，天大，地大，人亦大。域中有四大，而人居其一焉。人法地，地法天，天法道，道法自然。"世间万物，都有自己的道。

一日之春

佘 飞

　　就用这篇零碎的手账，记录过去的这一天吧。上午，我和学弟学妹们去爬院子旁边的一座小山。山看起来不高，感觉一口气就能冲上顶，可实际攀登时，才真切地感受到事实远非如此。山很陡峭，土质很松，常常无处下脚。山上的树木稀疏，陡峭之处几乎找不到扶手的地方。最后我们不得不走"之"字形路线，手脚并用，迂回上山，费了好一番力气终于登上了山顶。所以，很多时候、很多事情，看似简单，实则不易，往往需要亲身体验后才能明白其中的真谛。

　　当然，途中的美景，不登山也是无法领略到的。经过一个冬季的沉寂，山苏醒了过来，林间小草纷纷破土而出，各色野花悄然绽放，红的、粉的、白的、紫的，绚烂多彩。树枝也长出了嫩芽。站在山顶远眺，虽然山色尚未浓郁，但近看已能感受到春天的气息。

　　下午我们拜访了村里一对退休夫妇的院子，男主人叫王德平，女主人叫赵瑞华，他们的院子取名为"瑞德园"，布置得很惬意。

　　赵女士是满族镶蓝旗伊尔根觉罗氏始祖武木普的第十代后人，其父曾是溥仪的侍卫。赵女士于1977年参加高考，退休前是铁路医院的护师。退休后，她把自己的人生经历写成了一本近三十万字的书，名为《路在脚下》。虽然这本书并未出版，但我觉得它很有意义。粗翻一遍，写得真是不错。创意写作的一个很重要的理念就是人人可写作、人人能写作，写作并非作家的专属，而是人人都可以享有的权利。我相信，每个人都是一本独一无二的书，都值得去书写、去阅读。

　　今天恰巧是王德平先生的生日。采访结束后，徐老师即兴挥毫书写了一副对联，作为生日礼物赠予他们。对联内容为"德风传世远；瑞气盈门多"，其中"德"字和"瑞"字分别取自夫妇二人的名字，既是一副藏头联，又寓意深远。更令我感动的是，这种互动中流露出的浓浓人情味儿，不也正体现了徐老师强调的"五理"中的"情理"吗？

　　晚饭前，我们在院子里打起了羽毛球，那种熟悉的感觉仿佛让我一下子回到了大学时代。我上一次打羽毛球还是在读本科的时候,当时的体育课,我选修的就是羽毛球课。转眼已经过去了十年,十年间,多少物是人非。欲说还休,欲说还休,愿我们都一切安好吧!

瑞德园小记

李庭萱

今天是采风的第二天,清晨小雨。早饭后,我们在宁静的院子中丈量房屋的面积。行至后院,惊喜地发现果园旁隐匿着一个小水塘。水塘中,蛙卵静静地躺在那里,它们承载着春天的希望,孕育着生命的奇迹。在这里,大自然的神奇与生命的活力就展现在我们眼前。

中午休整后,我们拜访了隔壁的王德平老师家。王老师在1998年买下了这片院子,取名为瑞德园,接手时这个院子的历史已经有三十余年,又经过王老师与赵老师夫妇二人精心打理二十几年,现在的院子中既有黏土夯实的老屋,也有新盖的砖瓦房。

院子里,景致琳琅满目。房梁上的铜铃、墙壁上的挂画、田垄里的青花瓷瓶,无一不体现着房主的巧思、志趣。这都是王老师从四面八方精心搜集而来的老物件,每个老物件上,都蕴含着过往的故事,为整个院子增添了一份别样的韵味。

徐老师常提"五理"观念,即物理、事理、情理、文理、道理。在院子的东北角的房前挂着一双编织巧妙的草鞋,正合了"事理"这一观念,草鞋名为"路在脚下",这也正是赵老师的自传的书名。人生亦是路,生活中的每一步就如同编织草鞋,需要精心策划和耐心付出。草鞋虽然简单,但每一步的排列都承载着智慧和勤劳。人生路漫漫,每一个脚印都见证了我们的成长,回首再看,这些记忆,弥足珍贵。

乡村的晚春

陶新宇

清冷的春雨洒落,唤醒了乡村晚春的幽静与诗意。雨丝轻抚大地,野百合如星星般点缀在灰色的山崖间,静静地诉说着季节的故事。我漫步在村舍的后山,小雨润泽着翠绿的秧苗,池塘里散落着林蛙的卵,仿佛大自然正在孕育新的生机。尽管天气略显阴沉,空气中却弥漫着清新的湿润,令人心旷神怡。

吃完早餐,我们开始用脚步丈量这片乡村庭院。在这不大不小的院落里,我们拿出笔和纸,认真勾画出简易的平面图。尽管这些图画略显稚嫩,但徐强老师的题字却让它们瞬间鲜活了起来,仿佛为画卷注入了灵魂。这些珍贵的手稿,承载了我们初春采风的美好记忆,成为值得珍藏的回忆。

接着,我们走访了村里的一户老乡。院落里摆满了大大小小的物件,每一件都带着时间的痕迹,仿佛在低声讲述过去的故事。院里的一草一木、屋内的一桌一椅,都藏着深厚的记忆,每一个摆件背后,都有一段值得追溯的往事。这些故事有的充满温暖与美好,有的夹杂着些许酸楚,但无论如何,都鲜活了记忆的底色。追忆似水年华,那些属于他人的过往,也在此刻与我们的心境交织,变得生动起来。

时间总在不经意间悄然流逝,很快便到了夜晚。今夜星光稀疏,月隐于云,微风拂面,带来初夏的凉意。我们围坐在一起,徐强老师引导我们探讨乡村院落中"五理"的体现。在这知识与思辨的对话之后,老师又用二胡为我们演奏了一曲。老师还能用二胡模拟人说话,他即兴拉弦点了一遍名,点谁谁答到,引得大家欢声不断。随后,老师为我们献上了一首原创歌曲《春晓》。乐曲以字音自然起调,婉转流畅,仿佛将春日的温柔轻轻拨入心田。听完后,大家纷纷鼓掌。

夜色渐深,炉火微暖,我们围坐一圈,合唱起耳熟能详的歌曲。乡村的夜晚因欢声笑语而不再寂静。这种简单却充满欢乐的时光,令人倍感温馨。或许,人生中有这样一段回忆——有山,有雨,有歌声,有笑语——便足以成为岁月中珍贵的一抹亮色。

寻 春

吕天媛

今天早上大部队六点起床集合，任务是丈量土地。徐老师带领我们围着民宿转了两圈，我才知道原来此处别有洞天。主房后面有一大片果园，房前小溪涓涓流水，徐老师想起张晓风的《春之怀古》，将今日主题定为"寻春"。

寻春寻春，自然是于大自然中寻找春意。一路走来，最吸引我的便是长在杂草里、在整个院子里最不起眼的蒲公英，东北称婆婆丁。记忆里，我曾脱下厚重的衣服，拎着小筐带着刀，漫山遍野地去挖婆婆丁。对于东北的孩子来说，能挖婆婆丁了，就说明春天来了。只是时光荏苒，长大后再也没挖过，也遗失了儿时的烂漫快乐。挖完婆婆丁路过小河洗个手，感受春水的柔若无骨，春意也渐渐袭上心头。

稍作休息后，中午我们到村里老乡家访谈。王德平先生和赵瑞华女士是一对恩爱的老夫妻，相依相伴，羡煞旁人。他们是十分热爱生活之人，瑞德园中到处是艺术巧思。让我印象最为深刻的是王德平先生介绍到自家厕所时，说此处是厕所和粪堆，没啥看的，但是不想太单调，便也想设计一番。有很多朋友总往他家拿不要的大勺，老两口没有将这些用不到的东西搁置在仓库，也没有随处丢弃，而是涂上鲜艳的颜色做装饰之用。一排颜色鲜艳的大勺挂在粉墙上，为此处平添一份雅意，可见对朋友情意的珍视。还有王先生为朋友（北华大学教授、书法家赵彦辉老师）的女儿设置的"小鸟花园"，并亲自题名。王先生对待朋友的真心实意可见一斑，也印证了徐强老师提出的"五理"中的"情理"，人之常情，最为珍贵。

没人来过的山

王植玉

在民宿门口往左前方看,便能看到一个不大的山包,似乎不用费多大力气就可以登上山顶。佘飞师兄带着我们几个,试着爬到山顶。因为刚下过一场小雨,整个山坡的土地变得松软,每踩一步,就会在路上留下深深的脚印,抬起脚来,飞舞的残叶又会把痕迹填平,似乎从未有人来过。我用力向上爬,紧紧抓着旁边的树枝,手里握着它,比想象中的柔弱。一根轻飘飘的小树,上面是嫩绿的芽儿,被我揪着,我不忍心,另一只手赶忙抓住一根粗壮的树干,艰难地登上山顶。从山上下来,又要费上一番功夫,最后几步路,我放开了手脚,信马由缰,从斜坡上飞奔而下。满地飞尘荡漾开来,如涟漪一般飘散。每一步都觉得沉重,终于停下来稳住了身子。回过头去,那几下重重的脚步似乎没有留下任何痕迹,被我折断的树枝,在其他树枝的掩映下消失了踪迹,这座山似乎从未有人来过。

山上寂静,山下却热闹,下午在瑞德园的采访过程中,赵女士讲述着自己创作《路在脚下》的心路历程。回忆成书的过程,赵女士百感交集,让我们能够感受到她在创作中经历的辛酸。"多亏了他鼓励我坚持下去。"此话说完,她紧紧盯着他的先生,眼中带着笑,幸福满足地笑。

想起今日的上山之路,即使没有留下痕迹,但我的双腿却结结实实地走过了这一段路,这难道还不够吗?

爬 山

蒋玉恒

今天早饭后,我和几个小伙伴们去爬山。山坡并不高,坡度较缓,坡上树木丛生,杂石林立。因为平时甚少走山路,一个小小的山坡,都让我行走吃力。跟随小伙伴的脚步,一路上去,我拉住小树枝,攀住岩石,甚至手脚并用,一举一动都万分小心。当我爬到半山腰时,已经累得大汗淋漓。这时,我突然看到小草丛里有几株叫不出名字的小蓝花,我心里万分惊喜,我还以为这一片山坡都是树木和草丛呢!我继续往上走,又看到一片小黄花,还是叫不出名字。当我爬到山顶时,视野开阔了,远方的山峰映入眼帘。低头又看到一片小白花,星星点点,散落在草丛里。

我突然想到某个电影里的一句台词:"此处的花不算花,真正的花开在山野烂漫处。"那么现在,真正的花,就是魏家沟山坡上的花,它们开得自由烂漫,无拘无束,像不染俗事尘埃的小姑娘。它们尚未打上人工的烙印,每一片叶子,每一朵花瓣,都透露出随性自由的气息。我知道,我无法带走它们,也不可以带走它们。因为,它们属于春天,属于丰满屯,属于魏家沟山坡,属于它们自己。

遇见"五弟"

赵天赐

五弟是只小青蛙,它被小胖哥饲养在玻璃杯里,七天后会重归自然。五弟这个名字是小胖哥起的。饭桌上,艾伦问小胖哥是不是还有四弟、三弟,小胖哥眯着眼点头说是。

我所在的合普山舍有两处小水潭,一处潭底可见三两条青鱼,一处潭面漂浮着一堆堆镶着绿边的蛙卵。五弟破卵而出,就有了山舍户籍。我老家那里,青蛙的卵没有绿边,它们或在水流中任意漂荡,或躲在稻田深处的脚窝里。当然,不论在哪儿,它们都藏在深邃的绿色中,在某个夜晚,在某道狭长的闪电下,破卵而出,甩着尾巴,迈出生命中的重要一步。四月下旬的天气早晚凉,中午热,根据我的经验,蛙卵不应该在这个时候出现。去参观听涛小筑的路上,我一直想着蛙卵,至于王老师讲的老物件、老故事、老情理,边听边忘。

子时左右,徐老师拉二胡唱怀旧老歌。睡下后,我做了一个模糊的梦,只记得一颗硕大的绿球里藏着密密麻麻的黑籽,顺流而下,消失在北面的湖泊尽头了。

魏家沟第二天

杜艾伦

　　山野万万里,余日路漫漫,日暮酒杯淡饭,一半一半。我的一日藏于此句。

　　伴着晨间淅淅沥沥的小雨,我们走出山舍,目的是去房屋后面寻找春的痕迹,并绘出北院的粗略地形图。在徐老师的引导下,我们按照先北后南的顺序,用脚步丈量着昨天刚踏上的黄土地。

　　路旁的柳树已经抽出了嫩绿的枝条,随风轻轻摇曳。一阵微风吹过,带来了花朵的芬芳,那是桃花的香气,淡雅而醉人。兜兜转转一个小时后,大家都完成了自己的测绘,回到房内画下了自己眼中的山舍图。虽然笔力略显粗糙,但是集合了众人之精华,使整张图现出了别样风采。

　　下午,我们继续前行,来到了一对老夫妻的家中。他们的院内仿佛一个藏宝库,琳琅满目的老物件挤入视线,让我目不暇接。墙上的铜铃、富有内涵的草鞋、土中埋的半截青花瓷瓶、先人用过的火山石石臼,都体现着王德平老先生的文化修养与意志情趣。

　　徐老师常与我们谈及"五理",今天我在这四四方方的院中体悟到了。

　　"物理"藏在糊墙的报纸里,"事理"藏在王先生亲自为朋友赵彦辉先生女儿所题的"小鸟花园"的笔迹里,"情理"藏在爷爷为孙子修建的沙滩路上和粒粒海螺壳中,"文理"藏在题为"路在脚下"的麻鞋里,"道理"藏在一卷卷的书法作品中。

　　告别了瑞德园,太阳已然藏到了山峦后面,天空中呈现出美丽的蓝调。饭桌上的饭菜冒着热气,我不禁感叹,小花有山野宁静与自由,我有人间烟火与温情。

时　间

刘天权

时间是什么？是抽象的概念，还是具体到每个人都可以感知的一种元素？相信每一位写作者面对时间都会有自己的困惑和疑问。

今天中午，我与几位同学去爬营地东面小山。山并不陡峭，但并无现成的山路。我们猫着腰，身体几乎与地面平行，能看清地上四散奔逃的蜘蛛，不疾不徐地登顶。对于这种野山坡，下山要比上山困难，上山时随便抓住一些小树小草就能借力攀爬，下山时如何卸力却让人着急，一不留神就会滚下山去。好在我跑跳结合，顺利回到了山下小溪旁。脱下鞋袜，我将双脚浸入溪流下游。春天的水流是湍急的，携带着一股源自冬天的冰冷。

我似乎明白了，人对于时间的感知跟随季节。冬天的时间是黏滞的，东北的冬季漫长，天地霜白，时间粘住雪花，也模糊了人的感知。春天里，时间又是急促而短暂的，像那融化的溪流，奔流朝东去，入江入海潮。

第一辑 日志

村庄与田野（4月23日）

本日活动一览：

后援的爱心关怀送到，昨晚非常温暖，大家睡眠好，心情好；早餐前徐老师分享了古诗，早餐每人朗诵一首，徐老师稍作点评。

饭后补画山舍北区平面图，分组测成南区图。

十点出发探寻村庄四至，因分散，只达东南二至，所过村路一一命名，计有合普大街、经一路、经二路等。途中经过人家园外、大田，与整地、犁地、打包碎秸的农民攀谈采访；在南至刚放荒的地里捡拾玉米棒。

上午劳累，午饭后休息，下午未安排集体活动，自由写作。

晚饭自助，在院外大灶炖铁锅鱼。山舍早上就准备好了水库鱼，全员上阵，杜艾伦、刘天权主勺，炖一个半小时。

分队四人探索合普溪上游。

今日写作主题：村庄与田野。

村庄随想曲

马 鹏

　　今天早上大概十点，我们一行十三人从合普山舍开始一直往东走，一公里的直线大道，两旁似乎没有多少房子。一条直线仿佛被红石砖切成几段，每一段颜色又不同，有的比较亮，看得出来主人家重新修建了；而有的比较暗淡，似乎被时间抹去了光亮；有的墙面已经脱落，似乎好久没住人了。我看见一位大爷挥着锄头整理围墙外洼地，徐老师上前跟他聊天，我也站上去听。徐老师问耕地种什么，大爷答种的是苞米。徐老师又问苞米价格如何，大爷答苞米便宜，一斤一块几分钱。很多年，粮食都没有涨价了。

　　村里很多人觉得种粮不赚钱，便撂荒到城里，打工的打工，带孩子的带孩子，或者投靠亲戚。其中有一部分人会在春天或夏天回来，而另一部分人很久都没有回来了。春天回来的人主要是耕种，等待丰收。夏天回来的人主要是度假，夏天城市炎热，乡村凉快，很多人会选择回乡躲"阴凉"。但无论何时，我想村庄永远是他们避风的港湾。这个春天，村庄还是没有多少人，常住居民很少。记得小胖哥说过，只有北边有几户人家，南边有几户人家常住外边，大部分房子都是空的。那些空旷的房子在时光深处独自美丽。

　　一位大爷开着拖拉机从我们前面走过，车身是黑色的，四方形发动机立在左右轮之间的横杠上，货厢像是倒过来的雨棚，等待着装粮食。大爷坐在货厢与发动机之间的缝隙上掌握方向盘，仿佛身体的瘦小与缝隙有关。那呜隆呜隆的响声，仿佛一只笨重的鸟从我们头顶飞过，消失在雾蒙蒙的田野上，成为时间深处的老人。白发苍苍，不正是历史残留的灰烬吗？从古代穿越而来的苞米种满了大地，也种满了大地上耕耘的人，他们日复一日脸朝黄土背朝天，把自己所有的喜怒哀乐都赠予了大地，也只有大地能听懂他们的心事。

　　大爷开车赶往耕地，水库那么大的耕地，分散着三三两两的人。许是正午的阳光太烈，他们坐在苞米秆旁休息，隔着几百米远互相喊话，这头喊着，没有水了，带一瓶水来。这喊声似乎不大，无法穿透耕地的距离，也随着耕地的遥远在减弱。那头的人似乎听见了声音，点状的身影朝着这边移动了一下，想要呼应着从远处传来的声音，但这头还是没有听见回应，便又重复喊了一声。几帧无声的影片画面在田野放映，他们的动让这片土地有了更多的故事。

  午后一点，他们打开了饭盒，满足地吃着户主送来的饭。大爷说，干活这么累，如果没有饭菜就干不动了。合普山舍的王老师看了一眼说道，饭菜不放肉吗？大爷说肉还在家里。王老师说："没有肉会不会吃饭就没有味道了？"大爷说只要是粮食做的都是肉。就在此刻，我仿佛看到了粮食在大地上生产的本质，人们在吃中又种下了吃，这或许是物质生产与消费的意义吧。对于农民来说，满足生命最低的消费成了最高的消费，他们一辈子无欲无求，只希望能种好手中的两三亩地，让粮食获得丰收。

  我也走上去问大爷，这么多的地什么时候才能种完？大爷说，用大机械耕种，活儿干得快，一天最多能种两亩地。我又问，田野多么广阔，村庄耕地像水库那么大，是不是每个人家都有很多地？大爷说也没有很多地，每家就两三亩，挨着山的人家耕地比我们还要少，因为那边山多，没多少土地。我问大爷耕地里种的是什么？大爷还是说种的苞米，一年又一年种着苞米。我问现在开始耕种吗？大爷说还没开始耕种，还在打包苞米秆，又把耕地里的苞米堆，一点一点放到器械里搅碎，然后运回家给牛做饲料，但饲料也维持不了多久，一下子就吃没了。

  大爷身形看起来比一根苞米秆还要瘦小，仿佛历尽了这片土地的风吹雨打。他望着远山，我看到山上开着星星点点的花，那么鲜艳，那么漂亮，但似乎这个春天与他无关。我突然想起了早上我朗读的诗歌，题目叫《商歌》，一个叫罗与之的人写的，诗歌写道："东风满天地，贫家独无春。负薪花下过，燕语似讥人。"我终于知道了这个村庄为什么会叫"沟"了，因为村庄两边被大山夹着，就像一条河流一样，每片空地，都是这片村庄呼吸而冒上来的气泡，这也是生命的气泡。

喊 山

赵天赐

"安红,我想你。"这句话出自张艺谋导演的《有话好好说》。我忘记这部电影的内容了,只记得一个人拿着喇叭,顶着太阳,戴着草帽,不停地冲着高楼喊这句话。四点左右,从合普山舍正门进入,跨过溪桥,登上台阶时,我不由得嘀咕了一声:"安红,我想你。"当然,得带着一种方言腔,拉长音,再把"我"说成"额",唯一不足的是,我面子窄,没能对着周围大山喊出这句话。

五点左右,艾伦做完菜后,忙碌告一段落。徐老师想要提前去佛手山踩点,我便拿着木棍,跟随他看风景。去佛手山的路有一段是石板路,下了石板路就是用碎石子铺成的山路。山是山,树是树,水是水,各在其位,浑然天成。鸟们肆无忌惮地叫,山下几家的狗随声附和,流水间接伴奏,就有了一丝烟火气。手中的木棍与碎石的摩擦带着些嘈杂,一二三、三二一地敲着,我仿佛成了一个不受待见的人。冲它喊、冲它吼,吓一吓它,最好惹它哭,让它将知道的一切告诉我。当然,我会跟它说我不认识安红这个人,我更不会在它头上屙屎、撒尿。我现在变文明了,但忸怩不少,喜欢安红却不敢喊出来。我一直看着它,看周围的一切。

徐老师说"春水碧于天"。我开始盯着水,不知多久,我看到了安红的影子,看着她隐去的身影,看着它迷蒙的身姿。我张开嘴,轻声地喊了一下。六点左右,我跟在徐老师的身后,一直咂摸着喊的感觉。喊是一种宣泄,我记得红霞到后来都没有喊出来,但她的眼睛、她的红头绳、她的红衣服,一直冲那座大山喊着。我想抱一抱红霞,想叫一叫安红。我更想抱一抱你,告诉你,我心疼你。

合普山舍第三日

刘竺岩

我是第二天才参与进这次采风活动的。由于从长春开车往合普山舍运送物资,第二天大部分时间都耽搁在路上,所以第三天的活动才算全程参与。

难得起了大早,早饭后,我们先接续前一天的工作,去绘制山舍南区的平面图。这项工作结束后,一行人出发探寻村庄四至。平时在城市里生活,除了节日回趟老家以外,很少有机会深度体验农村生活。有时开车走在公路上,身边的村庄仅仅是一个点位,每每从身边一闪而过,但当真的漫步在村庄里时,却发现,其实村庄并不小,家家户户的建筑风格、院落布置,都不乏独特的风景。

重头戏其实在下午。这天的晚饭由我们自己来做,要用大锅炖鱼。山舍的几位师傅为我们备好了一条鱼和各类佐料。主厨是杜艾伦和刘天权。之前常和天权小酌,却还不知道他有一手烧菜的好手艺。艾伦手艺好也是

这次才知道的。我厨艺不佳,兴趣爱好在于烧火。于是我就把院子里能搜罗到的一切可燃物统统塞进炉灶,幸而还是柴火占了大多数,这把火才烧得"可持续发展"。在贴好了饼子之后,一条集众人之力的炖鱼就出锅了。为庆祝炖鱼成功,徐老师和我开车去村里小店买了三箱啤酒。

鱼和贴饼子很美味,大家赞不绝口,片刻间吃得干干净净。其实,这不光是做一顿饭,也不仅是吃一条鱼。团建的意义在于"破冰",尤其对研一的几位同学来说,短短几个月同窗学习的经历,似乎还不足以让人熟悉起来。但在这样一次沉浸式、互助式的合作中,人与人间的距离感就在不经意间消融了。

第三天

佘 飞

今天是入驻第三天，又是充实的一天。早餐时，徐老师在微信群里发送了《古诗一日一首》的电子版，让我们一人朗诵一首关于春天的诗，我读的是欧阳修的《丰乐亭游春》："红树青山日欲斜，长郊草色绿无涯。游人不管春将老，来往亭前踏落花。"

上午我们一起走进村里，走到田间地头，观察乡土生活，体验农耕文化。下午趁其他同学下厨做饭的时候，我们几个人组成"合普溪探源小分队"，缘溪上溯，到达"林蛙部落"，发现一处景色绝美之地。白天的事有其他同学记，这里我就不详述了。我主要说说今天晚上的事吧。

今天是世界读书日，晚上在房间里听了一场线上讲座。讲座结束，听见徐老师在大厅里拉二胡，便走出卧室，来到大厅。大厅有一张长约四米、宽约两米的大桌子，这次采风，徐老师把文房四宝都带了过来，还带了二胡、梆子、毽子、跳绳、羽毛球等。休息时大家都可以使用。我见桌子上摆放着笔墨纸砚，便在桌前坐下来，拿起笔，蘸墨，写起来。

读本科一年级时，特别喜欢练字。当时我们宿舍只住了三个人，宿舍里有两张大桌子，其中一张被我长期"霸占"，上面放着笔墨纸砚，每天下课回到宿舍，坐下来就拿起笔临帖练字，一边练字一边和室友聊天。受我的影响，两位室友也会时不时坐下来练几笔。就这样，用零碎的时间，差不多练了两年，当然，字的变化是肉眼可见的。后来，由于种种原因，没持续下去。

今晚又唤起了我练字的冲动，我坐在桌子前，一口气写了近两个小时的字。期间，徐老

师则在一旁拉二胡，然后唱录王肯先生《1956鄂伦春手记》中记录的民歌。马鹏、刘竺岩、梁炎等同学也被吸引过来了。徐老师唱录结束后，亲身示范写字，我们都受益良多。

徐老师在创意写作教学实践中提倡"三意、四端、五理、六融通"（"三意"：留意、会意、创意；"四端"：哲思、史识、文心、艺趣；"五理"：物理、事理、情理、文理、道理；"六融通"：科文融通、艺文融通、语文融通、雅俗融通、研创融通、理实融通），其中"六融通"中的"艺文融通"强调的就是艺术与文学的相互融通。前人说"不通一艺莫谈艺"，在徐老师看来，一个从事文学写作的人需要有相当的艺术情趣，所以徐老师鼓励大家在学习写作之余都要培养自己的艺术爱好。这次采风，徐老师特意带上文房四宝、琴棋书画等看似与采风无关的东西，实则是老师的一片苦心啊。

烟火里的山舍

杜艾伦

给山西人一瓶醋,能拌世间一切;给陕西人一个馍,能夹住整个世界;给重庆人一个火锅,能涮下整个宇宙;给天津人一张饼,能卷出一个未来;给浙江人一罐糖,能糖醋一切食物;给云南人一把菌,能创造玄幻世界;给东北人一口锅,他要乱炖整个人间。

今天我这个东北人遇上了铁锅,定是不能轻易错过的。

柴米油盐酱醋茶原本就是国人日常生活中最基础、最本真的元素,千百年来传承至今。可不知从何时起,排名第一的柴在城市中不知去向了,寻觅柴的踪影只有去乡下。没有这次采风的经历,我想我是没机会近距离接触柴火灶的,更别说亲身体验了。

黄昏时分,清风微拂,坐落于青山绿柏间的合普山舍飘散着一层浓淡相宜的炊烟,恰如陶渊明所说的"暧暧远人村,依依墟里烟"。今天的晚餐颇为特殊,上午王老师便向我们表露买来水库的鱼让大家尝个鲜的意思,大家听后也是摩拳擦掌,颇有兴致。我也是其中一员,所以一切前期准备就绪后,我便自告奋勇,主动请缨为大家炖鱼作为晚餐。

戴好围裙,见提前倒入锅中的油已热,事不宜迟,倒入葱姜蒜八角等爆炒留香,随后加入适量黄豆酱、生抽、蚝油、糖、辣椒继

续翻炒，直至酱汁略显黏稠后，倒入一罐半啤酒。这短暂的几分钟看似手忙脚乱，实则也要做到乱中有序，前后顺序稍有偏差都会或多或少影响最终的口感。锅中咕嘟咕嘟冒泡的时候，加入肥硕的开江鱼。鱼儿似乎是满意这锅"泡澡水"的，滋啦两声后便安静了下来。千炖豆腐万炖鱼，炖鱼需要耐心等待，心急是吃不了美味鱼的。

铁锅炖鱼火候特别关键，火太小不收汁，烘久了鱼糊了。上好的铁锅鱼应是鱼肉紧实有嚼劲，鱼汤鲜美不油腻。听起来不太好掌握平衡，其实不过是熟能生巧。几位男生跑前跑后为寻找柴火而努力，都害怕稍有不慎影响整锅鱼的味道。

一个半小时转瞬即逝，鲜味挤进每一块砖、每一片青瓦。或许是等待时间颇长，或许是大家暖心支持，鱼儿自打上桌便深受欢迎。短短一小时就实现了"光盘行动"。一声声饱嗝、一片片开心的笑脸是对我最大的鼓励。

师生们围坐一桌，铁锅鱼的喷香、田园菜肴的浓香，和着欢声笑语在一起。金黄金黄的鱼肉一大块，咬一口满嘴香脆，是农家菜独有的味道。今夜，一场烟熏火燎、一锅热饭热菜、一桌碗筷杯盏，构成了我记忆中最温暖最满足的画面。

炖鱼小记

李庭萱

从五行的角度看，柴火灶烧菜时，铁锅为金，柴段为木，砖灶为土，灶烧起来时有火，烹煮时少不了用水，看来烹饪是集五行于一体的活动。气通化合，符合天道法则，贴合自然。这可能就是柴火饭吃起来更香的原因。

那么来到村里就不能不吃正宗的"大锅饭"了，采风的第三天下午，大家刷了北院外面的大铁锅，准备做一道美味的铁锅炖鱼。

鱼下了锅，要过一个半小时才能品尝到美味。接下来要做的就是耐心等待，及时添柴添火。

盖了盖子，我们只能看炊烟袅袅，听流水潺潺，思绪也跟着飘远了。水之貌随物赋形，与山石曲折。火焰亦是如此，形状是多变的，燃树枝时，它如蚕丝般蜿蜒，徐徐不断；燃柴段时，四周火舌齐发，又如同大树般雄伟，时而流动如波浪，时而旋转起舞。火是如此有魅力啊，燧人氏钻木取火打破长夜带来生生不息；普罗米修斯盗火开启思想智慧；人类行至迷茫时又以火做媒叩问神明。它明亮、热烈又神秘。让人忍不住想要靠近它，汲取温暖，直到指尖的炙热忽而转为刺痛时才察觉到它的危险。

天色渐暗，锅灶的轮廓被夜色由外向内一点点侵蚀，只剩下灶里亮红色的火光格外明晰、柴火燃烧得噼啪作响。

零星的火苗熄灭，终于，铁锅炖鱼出锅了。香气四溢，让人垂涎三尺。鱼肉鲜嫩，汤汁浓郁，每一口都让人满足。用过晚饭后，心情格外明亮。一个美好的下午，一个值得纪念的日子。

短暂的休息

王植玉

田野里,玉米秆堆成一层又一层的小山,"山"脚下,一个大爷静静地坐在边上,这座小山是他一个人的杰作。大爷把盒饭放在两腿上,背靠小山,眯着双眼看向远方,把饭菜夹起,塞进嘴中。他的手掌很大,上面结了很多粗糙的茧,指缝中带着泥土,橙色的护套在工作的过程中也不再鲜艳。夹起一口饭,大爷慢慢往后倒,收割下来的玉米秆轻轻地托住他,一上午的劳动成果成了他的依靠。大爷大口大口地吃着,身体逐渐舒展,目光远眺,静静地享受这片刻的休息时光。

民宿外的灶台从下午四点开始热闹起来了。同学们要自己做炖鱼。在水枪的冲刷下,炉灶露出了本来的颜色。提水,清理铁锅,点火烧菜,放入配菜,贴入面饼,一切有条不紊。灶口吞吐着火苗,天色渐晚。手电筒光束打在铁锅上,白色蒸汽透过光变得更加浓郁。所有人带着笑,等待着开锅的最后时刻。

意属山川
情及艸木
持之以恒
玉汝将成

赵为
蒋君玉恒 甲辰 徐强

画画与炖鱼

蒋玉恒

除了上午跟着大部队行动去探寻村庄四至之外,我今天最大的收获有两个,一是得到徐强老师的墨宝,二是吃到大灶铁锅炖鱼。

下午休息时,我翻看这两天拍的照片,看到魏家沟的山花、奇石、怪树,突然有了灵感,想把它们画下来。因为徐老师说过,有想法时,赶紧记下来,不方便打字,录音也可以。画画亦如此。我简单画了几幅,还没完善,拿去给徐老师看看,希望能得到他的指点或者墨宝。我提出想法时,徐老师思索片刻,挥笔写下两幅字:第一幅"草木含情,翰墨寄意",第二幅"意属山川,情及草木,持之以恒,玉汝将成"。

魏家沟花谱

第一眼看过去,好像都明白,第二幅中有"玉""恒"两个字,就是我的名字。但再仔细瞧一下,我更惊讶了,原来还有"艹"和"将",合起来就是"蒋玉恒"三个字,太惊喜了!

以前我只觉得徐老师是"人肉电脑",很博学,什么都知道,现在我发现了他的另一面——玲珑心窍。内容上表情达意,形式上暗藏妙思,这也是我们创意写作需要加强的能力。徐老师并不会揪着我们的耳朵空讲大道理,而是用实践告诉我们如何进行创意写作。

晚上,大家一起做大灶铁锅炖鱼,由艾伦和天权主厨,我们其他同学打下手。我是南方人,没吃过东北农村的铁锅炖鱼,感觉挺新奇的。我靠近灶台时,闻到锅里的香味,不停地咽口水,真想立刻来一碗!等到大鱼端上桌时,我立刻拿起筷子,先来一口豆腐,再来一口鱼肉,哇,又香又嫩!盘子里还有粉丝和白菜,也是香软入味,好吃到停不下来,舍不得放下筷子。

今天是快乐的一天,既得到了精神食粮,又满足了口腹之欲,明天继续快乐!

落碎云

刘天权

  东北大部分地区是平原,这对于我这种山中长大的孩子来讲极为新鲜。在我的老家,农民种地是无法使用大型农机的,那里梯田纵横,从一片田到另一片田有不小的落差。但在魏家沟,我看见了被丘陵夹着的一片不小的平原,看见了大型的拖拉机,近景震撼,远景静谧。行走在乡野间的土路上,我能看见辛勤劳作的农民,能看见堆在地里的牛粪,有一种宁静、紧张的氛围。极目眺望,远处山上的杏花开了。我最喜欢山杏,它有一种野性,生命力很旺盛,能够顽强地开遍整座山。每当春天来临,山杏就会像天上的浮云碎落,一块一块地将光秃秃的山染成娇嫩的粉白色。所谓"纵被春风吹作雪,绝胜南陌碾成尘",大抵是这个道理。

乡村小记

陶新宇

天是越走越亮的。我悄然起身,沿着乡间的小路漫步时,还影影绰绰的。清晨的空气带着几分湿润的清新,鸟鸣声此起彼伏,仿佛是对新一天的礼赞。渐渐地,太阳从地平线上升起,那灰蒙蒙的天空逐渐染上金色的光辉。从朦胧到明亮,这个过程竟是如此短暂,仿佛只是一瞬间,便将乡村的大地点亮。

三天的乡村生活,悄然改变了我的心境。刚来时,没有外卖、没有网络,我有些不适应。我是个习惯"黑夜比白天多"的人,经常熬夜到凌晨才睡,没课的时候中午才起。如今,每天早起迎接第一缕阳光,反而让我觉得充实又有活力。一大早就开始新一天的活动,这样的日子仿佛被拉长了许多,每一天都充满了无限的可能。

晨光熹微中,我漫步在田间,目光所及之处是片片绿意和乡村的简朴人家。农田里传来人们的劳作声,锅灶里升起缕缕炊烟,空气中弥漫着柴火的味道,朴素却令人安心。这样的日子虽简单,却有着别样的诗意。乡间生活的节奏舒缓,仿佛在提醒我们慢下来,去感受身边那些被忽略的美好。每天的早起让我有了充裕的时间沉下心来思考、写作,也让我重新认识到生活中最本真的快乐。

每日乡村记录,让我发现写作不仅是一种表达的方式,更是一种与自己内心对话的过程。在这样的生活里,文字不再是紧张快节奏生活中的匆匆记录,而是源自内心的自然而然。文字流淌于指尖,也流淌在心间,像一条静静的溪流,滋养着我的内心。

站在乡间的小路上,我常常会忍不住遐想:若有一天我老了,也许我会回归乡村,建一座朴素的小房子,每天粗茶淡饭,亲手种些花花草草,在四季的更迭中感受生活的流转。没有城市的喧嚣,只有日出而作、日落而息的平淡。或许,这便是我向往的"人间平凡"。

平平淡淡,或许才是真正的人生至味。这三天的采风生活像是一场短暂的逃离,也是一场心灵的修行,让我更加笃定:生活的美好,往往藏在那些看似普通的日子里,藏在每一次与自然的深情对话中。

小村一览

吕天媛

今天是在小村里待的第三天。早上起来,我们依旧是先丈量土地,由于有了昨天的经验,今天女生住处的地图画得格外得心应手。

饭后,我们在徐老师的带领下终于朝着村子深处出发了。来这里三天,这还是第一次见到小村全貌。我们沿着"合普大街"一路向下。"合普大街"是徐老师给这条路起的名字,老师说得煞有介事,我还以为这条乡间蜿蜿蜒蜒的小路真的有名字。反应过来,不禁哈哈一笑。老师什么时候都是这样幽默风趣,一条普普通通的小路老师也不会让它无名无姓地存在着。不仅有"合普大街",随后我们还依次去了"经一

路""经二路""南纬一路",都是老师命名的。我当时还想着朝东家要一张村子里的航拍图,在图上看看这几条路到底是怎么分布的,是怎样的蜿蜒曲折,又通向哪里。我们一行人沿着小街四处观望着,同行人王立夫老师是有名的民俗专家,一边和小胖(摄影师赵紫翔)跑前跑后录像,一边为我们讲解各种民俗文化知识。一路上我们收获颇多,还吃了徐老师在地里捡的烧剩下的半穗黑玉米。玉米已经被烧得黢黑,很硬了,大伙还是吃得津津有味,小手一个个黑扑扑的。尤其是徐老师,嘴都吃得黑黑的,平常严肃的老师此刻看起来是如此地平易近人。

很快我们的小村东、南二至探索便结束了。一路下来酣畅淋漓、意犹未尽,让我对接下来的活动很是期待。

山色空蒙（4月24日）

本日活动一览：

好雨知时节，当春乃发生。昨夜雨狂风骤，今早雾气笼罩四野，徐老师早起出门，与吉林铁路局退休的老刘偶遇，隔篱攀谈四十分钟；早餐时徐老师演唱杜甫的《春夜喜雨》，为大家欣赏春雨起兴应景。

饭后按课表，在营地上"叙事学"课。十点二十出发，沿合普溪上溯，东折往北，探寻西北二至。寻到客居山中的火车两节，大家合影留

念。返程时偶遇挖野菜的一家三口,与之攀谈。中午刘竺岩主厨做陇南搅团,梁炎、赵天赐、陶新宇帮厨。

上午大家辛苦,下午不安排营区外活动。前天访问瑞德园大家意犹未尽,恰巧王德平先生和徐老师共同的朋友赵彦辉老师(书法家,北华大学教授)前来探视,徐老师邀请他及王先生夫妇在营地晚餐。赵老师来后做了书艺座谈,兼示范表演,为中心及采风营题词。

写作主题:依据赵彦辉老师所讲艺理,结合采风宗旨、创写"五理",自由写作。

佛手山行记

刘天权

今早醒来,你踱步来到屋外,昨夜暴雨过境,在房间里的你听着雨滴落在山间平原上的声音入睡。而如今,你觉得世界万分宁静。远山被雨水洗得清澈透亮,绿色似乎在一夜之间攻上了佛手山,雾气从云中缓缓泻出,完完全全笼罩住了山头。你心想,好久没有见过这般景色,也不枉昨夜春雨袭扰。徐老师照常起得很早,屋内屋外飘着他练唱《春夜喜雨》的歌声,不一会儿,众人在歌声中醒来。

上午天朗气清,雨润山野,处处滴翠,你与众人一起上山。佛手山的门前有一块牌子,上书"严禁烟火",门被一条铁链锁住。你心想,既已决定登山,铁链就是最为脆弱的阻力。你拉高铁链,众人从门缝鱼贯而入。佛手山的路由石子铺陈,山下是"林蛙部落"的营地,几间素朴的房屋已经停工,寂寞地等待着来人。最先吸引你注意的是一条小溪,原来它从山上奔流而下,一路流过合普山舍。众人皆好奇对岸风景,你与蒋玉恒踏石涉水,对面却是一处坟茔。

忧伤与山间的雾气丝丝飘进了你心里。

徐老师兴致高昂,扬言要一步跨过小溪。你脑海里想起来刘皇叔飞马跃檀溪的桥段,还未及喊一句"小心",徐老师已然在对岸与大家笑谈,看来自然风光的确是驻颜良药。沿路进山,时时能看到池塘和湖泊。事实上,你也无法分辨二者的区别。或言之,小者为池,大者为湖。你喜欢水,流动的水欢快,似乎取无尽,用不竭,让你想起永恒。而池塘的水大多宁静,在山中非狂风不动,它绿得惊心,静得恐怖,暮气沉沉,让你想起遥远的死亡。马鹏师兄蹲在水边,叫你给他拍张照,蒋玉恒在细心观察花草虫鱼,吕天媛是山林精灵,博闻强记,教大家辨认野菜。冷风披身,树叶作响,湖面起了浅浅的皱纹。徐老师安排王植玉和杜艾伦在湖边接受采访,畅谈近期感悟。你心中一喜,亏得前日已经采完,不然今日进山机会恐将断送。复前行,你看见一辆黄色的废弃火车,你信心满满,想要攀爬,谁知你"年事已高",再也无青春之灵动。一回头，徐老师摩拳擦掌，言之凿凿曰："老夫要聊发少年狂。"未几，徐老师寻到侧面一处，纵身一跃，双手便握住了火车侧面的两条扶手，双腿仅仅蹬住车的下摆。众人惶恐，争先要辅助老师着陆。徐老师淡淡地说："还不拍照？"一时间，手机、照相机等电子设备一齐眨眼。随后你与师兄托住徐老师的胳膊大腿，将此"狂人"从车上摘下。

　　人总是对触手可及但又差之毫厘的事物充满幻想和勇气。等你遇到第二辆火车时，你的征服欲瞬间占领了大脑，尤其是你见到车门处有铁梯可爬行时，更是喜不自胜。你登上两级梯，双手一撑，后面有两只手推了你一把，你腾跃而入，心里暗想，谁如此多事，这岂用援手？随后众人纷纷登车。废弃车厢里并不杂乱，甚至有些整洁，你想或许此地有野人部落，时时勤拂拭，以便保护重要旅游资源。徐老师马上又来了兴致，在火车中间推拉门处双手握杆，速降而下。一套动作行云流水，后来问起，他说自己于梦中乃是武林高手，腾跃而上可有数丈高，想来梦境与现实也并非毫无关联。你自然也是不甘示弱，不借助任何辅助，直接跳了下去，双腿蹲地，卸力成功。你沾沾自喜，以为比徐老师高明，明知不是，但还是称自己这一招为"无所待"。众人好奇如此庞大的车厢，是以何种方式运进山的？众人纷纷献计献策，仿佛自己正是将火车抬进佛手山的设计师。有人观察到，火车底下有两段似轨非轨的东西，或许是将其拆解，用车运零件上山再现场组装？吕天媛注意到车身上有"加工车"的字样，遂询问老师，老师也不甚清楚，但他说车厢有两扇门，应该是工作车间。蒋玉恒一上山便神神道道地断言，此地适合作为悬疑小说的取景地与素材库，此时她更加好奇火车的前世今生，于是在地上寻找，想寻得蛛丝马迹。

　　徐老师见状，提及瑞典作家斯特林堡的《半张纸》，给大家讲述了内容，并赞扬蒋玉恒做的是拼缀历史的工作。你自恃为有才华的小说家，但竟没读过这篇作品，你不露声色地记下，准备回去苦读。终于，蒋玉恒在地上寻到一张卡片，上书"通辽供电段材料签"，她欲携之而去，老师拦下，告之如此会破坏此节车厢的完整性，老师遂将其藏于车厢隐蔽高处。今日留文在此，有缘人看到，可去亲自寻找，也不失为乐趣。后与梁炎学长分析，应是在村口铺设铁轨至山里，用铁轨将火车运到山上，再拆掉铁轨，只留短短一节。你回忆那两段铁轨，又想到古代被殉葬的嫔妃，二者似有共同的哀伤。

若能看见太阳，你预计此时已接近正午，众人徐徐下山，头戴花，肩披草，脚浸泥，俨然与山林融为一体。你早就听到周围隐隐有谈话声，不知是野人还是智人。你按住相机，仿佛按住一把手枪。你畅想，若是突遇野人拦路，你会迅速调整ISO、光圈和快门，以最快的速度留下最清晰的照片，并且你会以此问鼎普利策奖。但，你与众人循声而去，发现是三位游客，询问得知，原来是市区来的一家三口，儿子带着母亲和妻子来山上挖野菜，两代三口人其乐融融。众人与之交谈，徐老师拿起野菜，欢欣留影。你原想苍山孤寂，如此看来实是谬误，许多人都记得山，记得水。山门处，老师又拾得一根棍子，随即孩童一般耍了起来，他称此为"绕腕旋风舞棍功"，众人看老师精彩的表演，棍子甩出的风声时时入耳，你举起相机按下快门。

行程将尽，你走在人群之末，你想起这几日众人的喧闹声，你想起老师常常浮现的笑容，你想起竺岩师兄正在做的陇南搅团，你想起油泼在青菜上的声音。所以在此刻，"你"有没有想起"我"在哪里？

山 雨

陶新宇

乡村与城市之间，仅隔着一场雨的距离。山里的雨，总是早于城市到来。它匆匆而至，又匆匆离去，没有一丝拖泥带水。村里的农民对此显得坦然淡定，他们只需戴上一顶草帽，便可安然面对天公的变幻。李大爷总是笑呵呵地说："雨是好东西哩！"我也附和道："可不是嘛，春雨贵如油呢！"雨后的田野，满眼都是生命的张力。农作物仿佛在一夜之间疯长，葱叶被雨水冲刷得干净透亮、修长挺拔，像刚出土的勇士般充满生机。韭菜、玉米、野草莓、玉簪花……黑土地孕育出的花草蔬菜如同一支庞大的交响乐团，在春雨的指挥下，奏响了自然的生命赞歌。

午后时分，我们迎来了一位特别的客人——赵彦辉老师。他应徐强老师的邀请来到山舍，为我们带来了一场关于书法创作的讲座。这堂"山间课程"为采风生活注入了更多的艺术灵感。从落款的章法到书写的形态，赵老师为我们细致讲解，让书法的每一个细节都鲜活起来。他还谈到，无论是书法还是其他艺术形式，我们都应追求"无为无事人，逍遥实快乐"的创作境界。只有全身心投入，抛却世俗的羁绊，我们才能在创作中达到真正的自由和宁静。心外无物，才能感受到天地的广阔，而这种境界正是艺术之美的深邃所在。

近日山中略有凉意，我不幸染了风寒，错过了与同学们一起上山欣赏美景的机会。留在山舍的时光，却意外成为另一种别样的体验。同学们陪着我一起制作陇南洋芋搅团，大家热火朝天地忙碌着，欢声笑语在小屋里回荡。与此同时，我们播放了徐强老师吟唱的《春夜喜雨》。那悠扬的旋律与今日的天气相得益彰："好雨知时节，当春乃发生。随风潜入夜，润物细无声。"虽然古代的原始范唱早已无从考证，但徐老师通过他的研究与复唱，为古诗词赋予了新的生命。这种传统文化的现代呈现让我深受触动。小时候学习《春夜喜雨》时，单纯觉得它词句优美；如今再读，却从中感受到一种超越时空的深远意境——春雨不只是自然的馈赠，更是万物的和谐与共鸣。

"好雨知时节"，这是对时机的感知；"润物细无声"，则是对温柔力量的礼赞。从古至今，春天的脚步从未停歇，每一刻都展现着不同的韵味。"一微尘里三千界，半刹那间八万春。"春天不仅是季节的更替，更是人心的归属。只要内心有所依托，脚步有所方向，无论前方道路如何蜿蜒曲折，我们终能找到通往春天的路。在这片雨后的山间，春天的踪迹无处不在，悄然生长在每一个被雨水滋润的地方，也深藏于我们的内心。

溯源行

梁　炎

　　合普山舍的前院有一处小溪，清澈，也带有着东北四月的冰凉。早起陪徐老师闲走合普大街，与铁路局退休的刘大爷攀谈。刘大爷很自豪地说，这条小溪源自西山上，到此仍属于中上游，还没有受到任何污染，是非常干净的水源。午后阳光透过树梢，斑驳地洒在小溪之上，想起大爷的话，于是便决定独自一人上山溯源而行。

　　路过村西林六叔的前院，逗过趴在铁门上的、体形硕大的咪咪（金毛）和大白（拉布拉多）两条温顺的大犬，再往西就出了村，继续前行几百米，到达"林蛙部落"，这是一个以林蛙为名的项目，已然初具规模，有林蛙池多处。道旁、池边巨石若干，都没刻字，唯有最大的一个池子附近一块巨石刻有"青山溪谷"四个大字。来此驻扎以来，我已经西上三次，两次达到"青山溪谷"而止。今天便从此继续前行。踏着溪中的石块，我逆流而上，每一步都需小心翼翼，以免滑落。溪水的冰凉，透过鞋底，直抵心脾，带来了一种透彻的清醒。水流在石块间穿梭，发出悦耳的哗哗声，让人心旷神怡。随着不断前行，山间的雾气开始渐渐浓重，细雨如丝，轻轻洒落。山巅的轮廓在雾中若隐若现，增添了几分神秘与朦胧之美。

　　沿着主路前行，没多久小溪已被林立的植被遮蔽起来，为了完成此次目标，只能踩着小溪里的石头溯源而上。终于，我来到了一处小潭，这里虽然不是源头，却无法再往前行。潭水宁静，倒映着周围的山色和树影，雨滴落在水面，如同时间的波纹，缓缓扩散。坐在潭边，任由细雨打湿衣衫，心中却充满了宁静与满足。

　　当我下山，踏上归途，看见很多折断的树桩，旁边散落了一地的木屑，于是便写下一首诗：

断　　木

　　路过一处断木
　　光秃秃的

想起墙上停摆的钟

想起一片水渍

裂纹牵起树的头颅

时间落地有声

背后是嘀嗒作响的四月

周围散落着一堆木屑

捏在手里

像捧着一把果实

我背过身去

假装沉默

假装身后还有春天

这一路上,聆听溪水潺潺,感受山风的轻抚,观赏雾霭的变幻。对于我来说,不仅仅是一次简单的独自上山的出行,更是一次与自然直接接触的机会。这是一场心灵的洗礼,也是一次灵魂的对话,让我对自然有了更深的理解和敬畏,也让我有了一次深刻的生命体验。

春之声

杜艾伦

你听过春的声音吗?

清晨,徐老师与我们共读《古诗一日一首》,从诗里读出春天的声音。我读到的是"杨柳青青江水平,闻郎江上唱歌声。东边日出西边雨,道是无晴却有晴"。读罢,我想这就是春日村落的声音。合普山舍的春天是清晨的睡梦中迷迷糊糊听到的鸟鸣声,是夜晚的风雨声里那满地惹人爱怜的落红。它是如梦如幻的。我突觉也许我无须走出家门,便可以感受到春天的美好。春天醉响在耳边,春天是可以听见的。

前夜春雷声乍响,我听到一种蓬勃的声音正从远处流淌而来。这声音,似冰凌在暖阳中破裂,然后汇成奔腾的河流。

当我的耳中充盈着这种惊涛骇浪般的声音时,似有一支春天的乐队正在笙箫齐鸣,在远处。在悠扬的箫声划过之后,弦乐再度响起,然后汇进雄壮的锣钹之声。这时候,有鼓点似的马蹄脆响,这是来自大地深处的心跳。春天正浩浩荡荡前来,如黎明时的阳光,或者一场珠玑落盘的雨。

这声音,如阳光般温暖;这声音,又有雨水的纯净和甘甜。枝头张开的嫩芽是春天的嘴唇,正在吸吮着这种声音的雨滴。

这是春天无处不在的耳朵,正从冬的禁锢中缓缓升起,倾听着来自蓝天白云之上和绿地黄土之下的天籁。

赏书识人

王植玉

下午,采风行动迎来了一位客人——赵彦辉老师。赵老师为这次采风活动题了四个字:华茂春松。《洛神赋》中的这几句一直在我脑海里回荡:"荣曜秋菊,华茂春松。仿佛兮若轻云之蔽月,飘飖兮若流风之回雪。"洛神是遗世独立之美,而这次采风中的乡间景色,是一种含蓄之美。

昨夜凌晨的一场大雨,让今天的青山穿上一层薄纱,抬眼望,云卷云舒,若隐若现。如果不向山中走去,便可惜了此番景色。早晨沿山路向上,行至"林蛙部落",门口一块巨石,镌刻着四个字:青山溪谷。定眼一看,正是赵彦辉老师的书法作品,客人未至,作品先行,似是用另一种方式与赵老师相见,正应了那一句话:"人生何处不相逢。"

傍晚餐桌上,我向赵老师提出了一个我心中一直存在的问题:"有些书法作品我自己欣赏不了,却是公认的优秀,该如何提高对书法作品的鉴赏能力?"赵老师听后,讲述了自己对书法的理解,有些书法家的创作可以称之为"拙朴",但这正是"趣味"所在。老师讲到最后,落实到了一句话:"绝知此事要躬行。"只有沉下心去学习书法,才能增强对艺术作品的领悟,书法如是,文学创作亦如此。

清晨小记

李庭萱

　　雨下了一整夜，今早出门时天还是湿的，我深吸一口气，青草混着泥土的气味瞬间占满整个鼻腔。

　　走到院里，面前再无树干或房舍遮挡，眺望远山，山峰没了踪迹，山腰也被隐去了一半，只剩下几棵若隐若现的松树静静地伫立在翠色的幔帐下。周围的一切都是静谧的。风虽仍带着些许料峭，但已过了谷雨，柔和不少。走过桥时，我侧过头，本想去听淙淙溪水，但带着潮气的风拂过耳边时，在它幽幽的鸣咽里，我听见了自然的吐息。

　　早饭前，我又走到房屋外看山，楼梯上的一角长出青苔，昨日还没有，应是雨的杰作。抬头看，太阳虽还未出来，但笼罩山间的雾不愿再多作停留，渐渐褪去。与城市的车水马龙相比，这里的宁静显得尤为珍贵。在疯长的草木间，在山中清新的水雾里，我的心灵得到真正的放松与滋养。

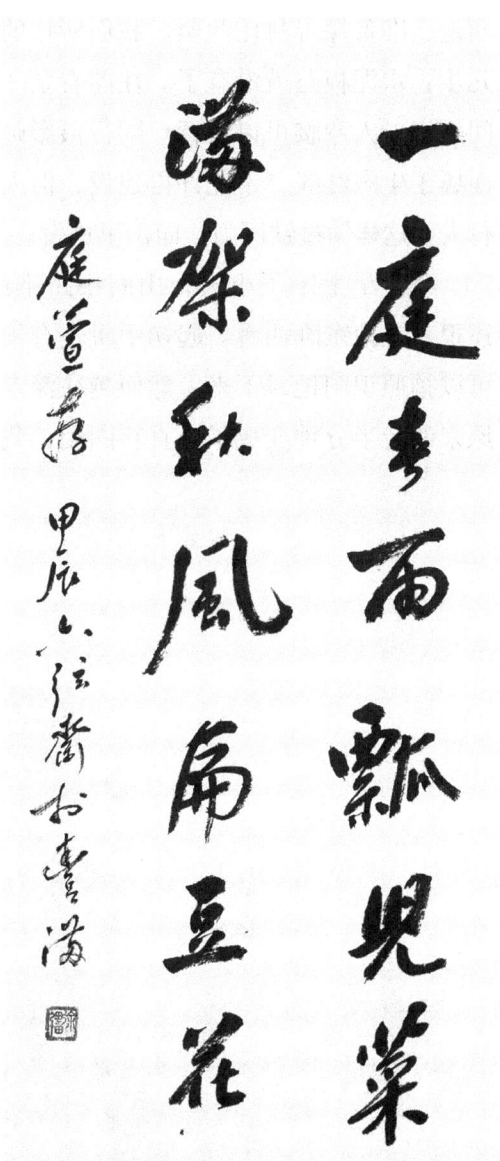

小村西至探索

吕天媛

昨天我写了《小村一览》,其实还没有写完。由于时间关系,昨天我们只探索了东南二至,今天上午我们上完课后又沿着合普大街一路向西走,准备探寻村庄西至。我们所住的民宿位于小村西侧,所以向西走几步,水泥板路就没有了。往前看是一扇大铁门,一条铁链虚锁着,中间刚好一人弯腰可以通行。随行摄影师小胖介绍,村子到这里结束,前面属于生态红线,不允许再建设,但人还是可以上山看看。于是我们一行人就这样钻过铁网门,向山里进发。

今天早上下了小雨,山间小路难免泥泞,但是大家都不甚在意,还很新奇地东瞧西看。起初手机是有信号的,遇见不认识的植物我们还可以拍照识图记录下来,然而越往深走信号越差,拍照识图的图标也由原来的转半分钟变成了一直转圈圈,我们只好将照片一一留存。抬头远

远地看见一个岔路口，中间有一块石碑，上面刻了四个大字"青山溪谷"，凑近细细端详，书写者竟然是那天我们拜访王德平先生家里时发现的、王老先生与徐老师的共同朋友，北华大学教授、书法家赵彦辉老师，这个发现使大家都很意外，我们在此拍了多张照片留念。

我们从左侧路继续前行，见一小湖，湖边有很多石头，我们猜测这些石头是有人买了摆放在这里另作他用。我们看到由两块石头摆放在一起构成造型的"组装石头"，大家对它的造型议论纷纷，小胖说正面像狮子头；玉恒又说侧面看起来像一只青蛙；我也从侧面看，觉得像一只趴在那的老龟；佘飞学长还说像《神雕侠侣》里的大雕。继续前进许久，我们见到了一节火车车厢，车门开着，大家起了探究的心思，但是车门距地面得有一米多高，大家十分激动地一个拉一个上了车厢。车厢两头有门，侧面还有一个推拉门。里边是空的，只有一些垃圾，车门上标注着"03加工车"，我们推测这可能是一节餐车，应该不是乘客车厢。探索完毕后，我们一个一个跳下车厢，这段短暂且奇妙的探车之旅就结束了。路上我一直在留意有没有野菜，寻找一路未果，很是遗憾。

返程的路上，我们碰见采野菜的一家三口，进林子与他们交谈了一番，得知他们不是本地人，专程驱车来此采野菜。但是山上野菜数量不多。他们还将摘的野菜展示给我们看，有猴腿、刺五加等，都是东北特色野菜，焯水蘸酱吃起来十分鲜嫩可口。

下午四点多，前面提到的赵彦辉老师来探望我们，并与我们探讨了书法的各种知识，还赠墨宝一幅。我很是激动，上午偶遇作品的书法大家，下午就到了眼前。我们都颇为珍惜这次机会，也十分感激赵老师。

穿越森林

马　鹏

这是我来到魏家沟的第三天，也是进驻采风营的第四天。昨晚下了雨，合普山舍前面的小溪涨了很多水。白天还露在水面上的那块石头，现已被水淹没。流水声也比前一天大，哗哗哗哗地响彻整个合普山舍。几只小鸟在溪边跳来跳去，叽叽喳喳似乎在鸣奏着一曲春之歌。当我看到这样的场景，我便记起昨晚我、竺岩、佘飞和赵天赐练习书法，徐老师在旁边一边唱谱一边用手机录音。老师说虽然录了很多首，但只有一首最满意。事情做多了就有积累，就像创作，只有写的东西多了，达到了一定的量，才会有质的提升。

昨夜下了一整晚的雨，老师六点起床看到小溪涨水，地上湿漉漉的，远方森林雾蒙蒙的。老师便找来杜甫《春夜喜雨》唱了起来。那时候我还在梦中，听到老师的歌声后，朦朦胧胧睁开了眼。我打开手机看时间，才六点三十分。老师早起已成习惯，无论在哪个地方都会这个点儿起来，有时候甚至更早。记得老师有一段时间每天就睡四五个小时，晚上一两点睡，五六点起床。睡不着的时候，就沿着人民大街一直走到火车站，再走回来。

老师唱了一会儿，声音就停了下来。我知道老师出门散步，就也起来了。老师经常跟我们说创作要做到"艺文融通"，也就是每个人都要学会一门艺术，无论是画画、音乐、书法，还是舞蹈，在文学之外要有另一项爱好。因而，他希望借助我们这次采风挥毫泼墨，能够多写写字，感受书法创作的理路。徐老师还带了王肯老先生（我院王红箫教授之父）的《1956鄂伦春手记》，让我们早餐或晚餐一起读读唱唱。体会到艺术的门道，文章写起来才会雅俗共赏，有地气也有灵气。

吃完早餐后，徐老师便带我们沿合普大街（徐老师命名的街道）一直往西走，去探索森林的秘密。向前走几百米，就能看到一片森林。郁郁葱葱的树木，绵绵缠缠的小雨，整片森林朦朦胧胧的，犹如仙境一般。我感觉自己好久没有呼吸到这么充足的氧气，便闭着眼睛，想在时间的边上停滞一会儿。不久，我们走到小溪边上，溪水似乎涨得更多。摄影师小胖率先跳到对面去给我们拍照，回来时候脚滑了，一只脚落进水里。徐老师便问小胖鞋子有没有湿，小胖回答没有湿。这几天，小胖跟王立夫老师很辛苦，我们走到哪里，他们便跟拍到哪里。王立夫老师是民俗专家，每去一个地方，都会给我们讲解地方风俗、民族历史或者各种传说。没来之前，不曾想到一个小山村竟然有这么多的人文轶事。我也走到对面去，借着石块发力，跳到了对岸。

  这个时候，老师让大家猜猜他不借助石块能不能跳到对岸去。大家瞪着眼睛扫了一眼小溪，话还没说出口，徐老师便准备着起跳姿势，用力一蹬到对岸了。有些同学也想去对岸玩，但跳不过去，徐老师便拉开架势，一只脚踩在岸上，一只脚踩着小溪里的石块，扶着大家一一过了河。这个时候，天权和玉恒看到不远处有几个颜色鲜艳的土包，便想去探个究竟，结果到那儿一看是几座坟头，跑回来了。他们有些失望，但我想从希望到失望的过程，一定就是文学开始的地方。行为出现转折，事物就有了故事性。记得徐老师经常给我们说，我们这次选择来魏家沟采风，并不是说这个地方有多么戏剧性的故事，而是每一个人要学会从平凡和普通的生活中找到审美的生活，这既是文学创作的意义，也是采风的意义。

  我们只好调转方向继续往前走，看到一块大石头横在我们前面，写着"青山溪谷"四个大字，旁边题着"壬寅之秋，赵彦辉立"。徐老师上前看了看几个大字，刚开始没注意，后来定睛一看，发现落款是"赵彦辉"三个字，便惊喜地喊道："哎呀，这不就是今天下午要来看我们的赵彦辉老师吗？"记得我们去瑞德园采风，王老师在院子里给我们讲解的"小鸟花园"，就是为赵彦辉老师的女儿修建的。此后，徐老师便一直频繁提到赵老师的名字。参观回来后，老师便将自己所拍的"小鸟花园"照片给赵老师传了过去，赵老师知道我们在这采风，便来电说要过来看我们。没想到"林蛙部落"里头的这块巨石题字也出自赵老师手笔，这可真是太巧合了，真的就是徐老师所说的，缘分无处不在。我们嚷着要跟这块大石头合影。大家以为老师会像往常一样站到石碑旁边，没想到老师一个箭步跳到石碑上，跟大石头来了个亲密合影。后来，天权也爬上去，但似乎没有老师这么灵活，蹬踏了好几次才上去。这样看来,老师一下子就能跳上去,像是两位老朋友相见,冥冥之中就注定了缘分。石碑不远处,我们还发现了一块奇形怪状的大石头,徐老师说这块石头像戴着斗笠站立的苏东坡,左手前伸下垂,后背挺直,仰望前方佛手山。有的同学说这块石头像青蛙,有说像小鸟,有说像大雕的,大家对着一块石头品味,这不就是老师经常说的"世事洞明皆学问"吗。

我们继续往前走,通过手机软件发现,我们距离合普山舍已经1公里有余,在海拔441米的地方。到了森林的深处,四周都是高耸入云的树木。在我们前边不远处,一根黄色的"大木头"若隐若现,走近一看,才发现那是一节火车车厢,长度估算有30米。车厢外身是黄色的,但常年风吹雨打,局部颜色已经变暗了,说明火车来到这里有一段时间了。车厢内部是灰色的,还有很多垃圾,可以看出经常有人来玩或者躲避风雨。火车怎么运到这里不得而知,但可以明确推测的是,巨大的火车运到这高高的山上一定费了很大力气。这个时候,徐老师看到车头边上有两根铁柱,便迅速用手一抓,两脚轮空用力往上爬,直到弓着身体,两只脚蹬在火车外身,仿佛一把拉弯的弓,老师还开玩笑说这是"老夫聊发少年狂",大家不禁哈哈一笑。

在场的同学们无不惊叹于老师的"幼稚",见到小溪,老师有路不走,偏要跳过去;前天到耕地上观察农人种植,老师像一个小孩在耕地里打滚;从耕地里捡到一个烧煳的苞米,一边吃得津津有味一边说着苞

米被火烧糊的过程就已经消毒了，吃了没事；见到赵彦辉老师题词的石碑，不按套路出牌，爬到石头上与之合影……像个孩童一般调皮，跟老师身份形象似乎有些不符。但这正是老师对我们的用心良苦之处，希望我们下乡采风，不要太矜持了，而是真正用身心去体察事物，才能与之共舞。文学创作者要永远保持对事物的好奇心，而保持童真、童趣、童心才能体察出事物的奥妙和有趣，文章才能写得生动。徐老师常说，创意写作的意义是让每个人都能够写作，不仅仅专业作家可以写作，每个普通人都可以写，因为每个人都有自己的故事，把自己的故事叙述下来就是写作，所以创意写作就是要去激发人的创作冲动。

从山上回来，天赐、梁炎和新宇等人或洗菜，或切菜，或添柴，竺岩掌厨。竺岩本科和硕士是在兰州大学读的，在兰州生活了七年，对西北美食情有独钟，便自告奋勇地想要给大家做一道甘肃美食——洋芋搅团。做好后，竺岩给每个人都盛了一碗，配上辣椒油，以及由韭菜和胡萝卜混合炒成的配菜，吃起来可香了。

下午，赵彦辉老师如约而来，赵老师现在北华大学（原吉林师范学院）教书法，写得一手好字。徐老师跟赵老师都是"吉长书法界"小群里的群友，几年来互动频繁，只是一直未见。

赵老师不喜欢我们称他为书法家，他觉得这个名声不太好，被人用滥了，只要写会写点字的人，不管写好或者不好，都会把自己称作"书法家"。人们或为名或为利，是有目的地写，而不是真正地喜欢书法，这样写不出好字，也写不出字的情感。赵老师引用陆游一句诗"汝果欲学诗，工夫在诗外"，对于书法同样如此，"汝果欲学书，工夫在书外"。人真正对某件事的热爱，应该是质朴的，不能功利心太强。赵老师本科在吉林师范学院学政治专业，留校当老师四年，但平时喜欢到处写写，后偶然报考了书法文献专业，成为丛文俊老师的高足。赵老师还跟我们分享了书法与创作的经验，比如写字的节奏、结构、气韵等方面跟写作是相通的，让我们收获颇丰。徐老师说，生活到处都是艺术，觉得写作没有灵感了、没有题材了，就走到门口去看看一些石碑，去做一些背景考证，也能写出一篇有意思的文章来。所以，艺术生活本身也是创作的素材。这便是徐老师所说的"艺文融通"理念了吧。

采风与写作

蒋玉恒

上午,我们一行人沿合普溪上溯,去探寻村庄的西、北二至。天空微雨,树木青翠,群山环绕,山峰隐没在茫茫雾气里。路边有形态各异的石碓,有的像蹲着的林蛙,有的像戴草帽的老人,还有的像小狗脑袋。越往上走,越是安静,除了偶有几声鸟叫之外,没有其他小动物的痕迹。在路上,我们还遇到废弃的房屋、一小节火车车厢、被砍伐的树桩。

虽然我在跟着大部队行动,但脑海里全是探险悬疑类小说的写作灵感,心里的想法总会压不住地冒出来,如"会不会突然有一条大蟒蛇从深处的树林里冲出来?""我们如果被大蟒蛇追着,是不是要躲进废弃的小屋?""然后在废弃的小屋里再遇到变异的人?"或者"那一小节火车车厢是大蟒蛇搬运来的,里面会不会有蛇蛋?"哇哇哇!我太有想法

了！我忍不住跟徐老师和其他同学讨论。

我走到前面去问："徐老师，我们专业的内刊《北极光》可以发严肃文学之外的小说吗？"

徐老师回头说："我不大明白你所说的严肃文学是什么，除非你给我举出它的对立面。"

我想起上午的叙事学课，老师刚刚讲过"在对立结构中理解个别概念"的原则，立刻理解了老师的意思。于是，我说："比如网络小说，有盗墓的、悬疑破案的、探险的、职场的……"

徐老师说："这些写好了也是好作品啊，也可以发。"

我问："那么，采风对这些非严肃文学有用吗？"

徐老师说："我们出来采风，这些农村的地理景观、人文风貌，会给我们灵感，这些山川草木会成为写作素材。采风这个活动，不仅仅对直接描写现实的传统类文学写作有用，对现在的网络小说写作也有用，比如探险的、悬疑的这类小说。"

我想，徐老师说的"五理"，即"物理""事理""情理""文理""道理"就体现在这次采风活动中。而我上面的想法，恰好印证了"情理"，在这样人迹罕至的深山溪谷里，有"迷失森林"的感觉，对于有写作敏感度的人来说，确实会萌生探险悬疑类小说的灵感，这是情理之中的事情。

这几天的采风活动陆续开展，我们经常出去探寻，我突然悟出一个道理：采风和普通旅游是不一样的。普通旅游，比较注重衣食住行的品质和景点的名气，似乎去越有话题的地方，就越有派头。而我们采风，要亲近大自然，走访民居，与当地人攀谈，了解民风民俗，我们听到的，看到的，都可以成为写作的素材。

春日掠影

佘 飞

昨晚下了一夜雨，早晨起来雨已经停了，但地面还是湿的。远处的山峰被云雾笼罩，宛如仙境。脑海中不由自主地想起了杜甫的诗句："好雨知时节，当春乃发生。随风潜入夜，润物细无声。"简单几句，便贴切地描绘出春雨之后的景象，仿佛专为今日之景而写。虽然相隔千年，但人的情感在许多方面仍然是相通的，这难道不是一件很奇妙的事儿吗？

此地名为魏家沟，顾名思义，地形是一道山沟，一条小溪从山中流淌而下，村里的房子就建在小溪的两岸。溪水特别清澈，即便现在已是四月下旬，但仍然冰冷刺骨。

上午我们继续溯溪而上，希望能一窥溪源。行至村尾，一道铁门挡住了去路。我们钻铁门而过，眼前豁然开朗，一片尚未完工的营地映入眼帘，名为"林蛙部落"。

越往里走，海拔越高，树木越茂密，俨然一片原始森林。听闻有人打算把这里开发为景区，后来因为种种原因停工了，但当初修建的一条公路，仍然可以通行。我们一边欣赏沿途美景，一边聊天，心情格外舒畅。山里的树木都开始发芽了，嫩绿的叶子看起来特别诱人，林间开了许多小花，我们都叫不出名来。毫无疑问，春天的气息已经弥漫在每一个角落。路上，我们还遇到了三拨采野菜的村民。

突然，我们惊奇地发现了几节火车车厢，在这深山沟里显得尤为突兀。远远望去，仿佛一艘宇宙飞船停放在那里。这激发了我们的探索欲，走近后，我们爬进车厢内部一探究竟。一瞬间，我们仿佛回到了童年。我们都很纳闷儿，这么大的车厢，是怎么运送到这里的呢？

走了一个多小时，路还在往山沟里面延伸，似乎没有尽头。时间已经到了中午，我们决定下山。竺岩、天赐、梁炎等人留在营地准备午餐。竺岩特意做了一道西北风味——陇南搅团，色香味俱佳。可能是因为爬山爬饿了吧，午餐时大家都狼吞虎咽，吃得格外香。

下午，北华大学美术学院的赵彦辉教授来访，闲聊间讲了一堂生动的艺术课。赵老师还现场挥毫泼墨，为东师创写中心题写了"华茂春松"四字。

这次采风，不仅是一次写作的学习，更是一次艺术的熏陶和审美的提升。徐老师鼓励我们把艺术作为写作的资源，从艺术中汲取灵感，提升写作水平。他说："采风活动中，其实有很多无形的资源。比如我们的艺术创作和交流活动，都是很好的写作素材。我们朗诵诗歌、唱歌、画画，这些都是我们的艺术体验，都可以成为写作内容。同时，我们也要学会从艺术中领悟写作的道理，比如，从书法中可以领悟到文章的结构和辩证关系，这对于提升写作能力大有裨益。"

一天一转眼就结束了。感觉还有好多想做的事情都还没来得及做。

洋芋搅团

刘竺岩

在甘肃读书七年，我最爱吃的小吃莫过于陇南洋芋搅团。洋芋，就是常见的土豆。回到长春以后，我仍然时常思念搅团的味道。看到昨天艾伦和天权炖了鱼，又见后厨土豆甚多，不禁想给大家分享这道美食。

今天一早，我就和两位师傅商量起烀土豆的事。虽然不知道我要做什么菜，但两位师傅还是帮我把土豆削了皮，然后一起烧上了火。做搅团其实需要用木槌砸，把烀熟的土豆砸至黏稠有筋性。在这里只好因地制宜，我刷了两个啤酒瓶，又找了根擀面杖，权当木槌。上午，众人外出考察，梁炎、赵天赐、陶新宇留下帮厨。

土豆烀熟了，装进大盆，冷却一会儿，我们就开始砸搅团。一人扶盆，两人持酒瓶猛砸，另一人用擀面杖把翻起的土豆泥掀到酒瓶下。四人合作，大砸一个小时，大家都有些脸红脖子粗，看来砸搅团也是个力气活。

砸好了搅团，接下来就是配菜和酱汁。本想炒个土豆丝，土豆配土豆，这是懒饭（类似于搅团，但更松散些）的正宗吃法，但大家第一次吃，难免会感觉有些奇怪，所以我决定炒胡萝卜丝。咸韭菜其实也是甘肃吃面、吃搅团的必需品，但只能从简，改为炒韭菜，算是做个样子。酱汁是搅团的灵魂，上品乃是浆水，如今只好退而求其次，做个红油搅团。后厨有现成的辣椒油，我取来若干，配以酱油、醋、白糖、花椒面，调了一小盆。

这些工序刚刚完成，众人就从山上下来了。我用大勺把搅团逐个盛在碗里，浇上酱汁，盖上配菜，看起来很像那么回事。大家吃起来，少不了一番称赞，我却暗自惭愧，砸的时间还是短了些，劲道不足。虽然如此，味道还是熟悉的。身在家乡，吃着故地的滋味，于我而言，这是一次独特的体验。想必对大家来说，尝一尝远方的小吃，也是别有一番风味吧。

一粒玉米

孙　琳

　　学生在外采风，我居家采风，采访保姆赵姐。

　　赵姐家在榆树弓棚子长发村。

　　我说看了学生的采风日志，一个玉米才卖一块多？赵姐说就是一块多。一株玉米秆能结几个玉米？赵姐笑，还几个，就一个呀！顶多再结一个小的。

　　是的，就是现在，四月中旬翻地，劳作自此开始：下肥、播种、除草，打封闭药、除草药、驱虫药、墩杆药……如遇灾害，另需补苗。十一前后，秋收。

　　风调雨顺，一垧地能赚两千。

　　一垧地是多少？一垧地是十亩。十亩是多少？赵姐被问住了。

　　百度说，一亩地约等于666.7平方米。

　　知乎说，普通楼房两居室一般90平方米，实际户内面积70多平，算上楼梯间80平左右。一亩地大概相当于8户多一点，即一亩地相当于四个单元、一梯两户、两居室的一栋楼的占地面积。

　　一垧地就是十个这样的单元楼。

　　耕种十个这样的单元楼的面积，能赚两千。

　　计算完毕。

　　赵姐说，那是好年。好年两千，灾年赔钱。有一年春季干旱，秋季下霜，玉米没成熟，一垧地净赔五六千。

　　学生写，采风地的农民手里有两三亩地。赵姐说，这么少？写错了吧？我给她读日志、看照片。赵姐说，山区，地少，有可能，那比我们穷多了，我们是富裕的村子！赵姐很自豪。

　　我感叹，赚这么少，难怪年轻人都进城了。

　　赵姐说，是，乡下没有年轻人了，全是老的了。

　　老人怎么不进城？

　　没等赵姐回答，我知道，又问了个傻问题，老人还能去哪儿呢？

　　采风地的大爷一年能赚多少，我不想计算了。

　　一粒玉米落在地里死了，结出许多籽粒来，依然养活不了许多人。

行走·访谈·游戏（4月25日）

本日活动一览：

早饭前，徐老师在群里分享了有关民俗语言的论述。早餐吃韭菜合子，师生分享有关韭菜的诗文与艺事。刘天权一口气吃了九个，创下本餐的纪录。饭后大家完善作品，准备推文。

十点出发，探寻魏家沟北至。大家访工地，下稻田，捡玉米，测墒情，路上边走边讨论下午的民俗游戏主题，兴之所至，直接在

路上画线玩起"跳房子",大家各自讲述自己玩过的"跳房子"游戏,比较出不同点,并当场演示。

回来路上,正午天气炎热,路过村里小卖店,徐老师请每个同学吃一根雪糕,并与商店老板娘(姓刘,林六叔弟媳)谈经历与生计。路过蜂农家,访蜂农阿姨(姓丛)。

午饭后,徐老师与林六叔聊天。下午王立夫老师讲民俗民宿非遗创意,徐老师准备接下来活动的道具(临时削了木伞)。随后一起玩老游戏。

回到童年

李庭萱

早餐后我们简单休整，完善昨天的作品。还未至出门时间，我坐在长桌前看到笔墨，有些手痒了。画！那画什么呢？这又有新的难题了。我上次拿画笔还是在小学，许多笔法、技巧都记不清了。我学的是写意，仔细回忆，小时候最爱画芭蕉，理由很简单，快。把一张宣纸裁成四份，只需要侧锋挥洒几笔，大大的芭蕉叶就能占据半张纸，十分钟就画完一幅。偷懒几次后，被家人发现后就不许我画芭蕉了。后来学了不下几十种花，但都记不清了，躺在记忆深处的还是芭蕉。想到此处，开始动笔。看到画面空旷，本想画鸟，几笔下去，鸟没画成，多了个大墨点，无奈只能放弃。想起李煜词中写"秋风多，雨相和，帘外芭蕉三两窠"。我这里正好有三株芭蕉，雨不好表达，就选了秋日最有代表性的菊花来画。小品完成后，我自己看笔法有些幼稚，但徐老师仍为小品题名"蕉菊图"以资鼓励，还在画空旷处加了字，不仅提升了美感，更让画有了独特的韵味。

上午十点我们出门，探索魏家沟北至。北边靠近马路，土地宽敞，我们所走的路西边是一小片梯田，种的玉米。东边平整的地方种的是水稻。走到一处名为"山水人间"的小景点，这标志着我们走到了村北的尽头。至此，魏家沟四至的探索基本完成。

下午听完王立夫老师的民俗与村庄创意分享会后，徐老师带领我们玩老游戏，"打尜""拾石子""木头人"，大家仿佛都回到了无忧无虑的童年，心中住着的小孩都跃跃欲试。每个人都尽情投入，院子里的欢声笑语此起彼伏。

午后时光

刘天权

午休结束后,王立夫老师给我们上了一堂生动形象的民俗文化课,过去我很难想象关外人的生活是什么样的,毕竟东北不像关内那样物产丰富。听了王立夫老师的课之后,我对东北地区的民俗文化产生了浓厚的兴趣。王老师扎根基层,跑了全国许多个县城和乡村,收获了许多经验,取得了光彩夺目的成绩。

游戏是一项神奇的发明,尤其是物质贫乏时期的游戏,它们反映了人苦中作乐的精神和发明创造的巧思。徐老师教会了我们不少他儿时喜欢玩的游戏,如"打尜""拾石子"等。同学们也各显其能,纷纷献出了自己小时候喜欢玩的游戏,大家一起玩了"一二三木头人",同学们跑来跑去,一片和谐,院内外洋溢着欢快的笑声。

从早到晚的游戏

王植玉

我拿着一块三十多厘米长的木板,朝一个两端尖尖的小木棒的一端打去,小棒子弹跳而起,往前快速翻滚。我右手一挥,扑了个空。又试了一次,再一次扑了个空。看来这个游戏不太适合我。拿着五块石子,因为紧张,我的手微微发抖,抛起五块石子中的一块,飞速把另四块放在地上,只是脑子跟不上手,石子掉在了地上,便烟花般散开来。我堪堪接住正在掉落的石子,盯着左一块右一块的布局发呆。根据游戏规则,我需要在丢起一块石子的同时,捡起这四个,最后接住,再次抛起。我不出意外地失败了,心里暗自感叹着这个游戏的技术含量。而偶然成功时的成就感,也在我心中反复回荡。这些,都是下午进行的活动,在听完王老师的讲座后,徐老师便带着我们进行了一场又一场的怀旧游戏。有老师想分享的,也有大家自己选择的。

晚餐结束后,月上树梢,几个人在屋内火炉前,开始了另一个游戏"阿瓦隆"。大家认真的劲头相互影响,如同召开一场活泼中带着一点严肃的会议。走在回民宿的路上,我不由得想起了高中时期的寝室生活,周五的晚上挑起台灯,各自在床上,说着莫名其妙的话,尽情地叫喊宣泄,却在最后投票时保留着"契约精神",遵守着规则。那份记忆,也让我回味至今。关上房门,躺在床上,想起一首歌,歌中有一句是这么说的:"回家吧,回到最初的美好。"我相信,不论何种游戏,在最开始,也应当只是要获得快乐吧。

"穗"岁年年

杜艾伦

一想到苞米地,我的眼前就会闪现金黄的光泽。那是颗颗果实饱满的光泽,是风的光泽,是太阳洒向田野、河流、树木和村庄的光泽。

这穗玉米是徐老师发现的,在我们探访村庄北至的路上。它不似天赐发现的那穗,半黑半黄。它是干净的,饱满的,充斥着生命力的。

它就这样传到我手上,夹带着远方山脚下的风,吹来稀疏的云和隐约的鸟鸣,在阳光下它泛出甜润润的泥腥味。我将玉米在手中摆弄,背面几只无处躲藏的花大姐急忙跳离手掌。

这胖鼓鼓的一穗在我手心慵懒地斜躺着,与风悄悄嬉戏着,饱绽的玉米粒惬意地晒着日光浴,蜜蜂偶尔飞来,绕了一圈又走开了,这道金黄的光泽让周边都明亮了几分。

玉米是有灵性的。这不,采风几日发现了两三穗了,有时它们甚至是三两个聚众地躺在一起。这使我沉浸于这种接二连三的意外和惊喜,已经可以心无旁骛地进入搜寻、拣拾的快乐中了。渐渐地,我觉得自己就是这旷野的一分子,我就是风,就是云,就是这穗闪着金黄光泽的胖鼓鼓的苞米棒子了。

已近午饭时分,直了直腰,站在空旷的田野上静静张望,山的颜色深了点,风似乎累了,云不再流动,甜润润的泥腥味依旧暖烘烘的,花大姐早已不见踪影,远处的屋顶吐出道道乳白的炊烟,太阳包裹田野,洒向河流、屋舍、树木和一切它所能及的地方。

"穗"岁年年花相似,年年岁岁人不同。

四月二十五日

梁　炎

　　你即使没吃过韭菜合子，也一定听说过这个北方名吃。吃过的都有一个共识，韭菜合子必定是要趁热吃，焦煳煳的外壳，一口下去，只要听到嘎嘣脆的一声，韭菜与鸡蛋混合的清香就流入唇齿之间。它一定会将你征服。

　　早晨吃完韭菜合子，便与大家同去村里采访村民。村舍的分布，不像我的家乡那样稠密，而是零零散散分布在主路的周围，每家都有很大的前院。向北行至不远处，便有一超市，门口一条边牧、一只短毛猫，很是招人喜欢。沿着超市往下走，是一位养蜂的丛阿姨，养蜂对于我来说是一件稀罕事，家乡没有见过，于是便和丛阿姨攀谈起来。这里的蜜蜂采的是离此处不远的佛手山上的椴树花，丛阿姨说她一个人养蜂，不养多，也不去赶蜂，每年只靠这短短半个月的椴树花期，不求数量，但求质量。高纯度的蜂蜜为她赢得了众多回头客。她还谈起了很多有关蜜蜂的知识，我们一行人听得津津有味，直至饭点才恋恋不舍地作罢。

　　午饭后，下午听王立夫老师讲乡村、东北、民宿等有关他们团队的故事，他提到"有多少乡村可以重来""找寻东北""在地文化"等很多宏大却接地气的话题。确实，东北是一块很神奇的土地，正如民间文艺家曹保明所说："东北是一块时时在感动着人，人一旦被它感动，又忍不住去感动别人的土地。"这是他在《闯关东》封底的题字。

　　听完王立夫老师的讲座，徐老师便带我们重温了很多他童年时的老游戏，如"打尜""拾石子"等等。现在的小孩都已不玩了，但那些游戏却是那个文化生活匮乏的年代最珍贵的回忆。

　　今日路远体乏，未作一首完整的诗，留下一断章，以求来日能补完。

村　　民

荡起秋千

树吱吱作响

屋外余灰虚掩着黑土地
一个黑色的影子斑驳地站在那儿
高高挂起三颗种子
直到手指间长出嫩芽
折一枝春天
编成花环，为你加冕

春韭之味

佘 飞

清晨，我正在做梦，梦中我拿着一把韭菜准备做冒菜。突然，一声"起床吃饭啦"打破了我的美梦，将我从沉睡中唤醒。

我迷迷糊糊睁开眼，从床上爬起来，打开房门，只见走廊里站了好几位同学。我听到他们在说"好香"。

"什么好香？"我脱口而出问道。

"韭菜合子！"天权答道。

这时，老师从餐厅走出来，用有声调的口哨吹响吃饭的铃声，催促道："快快快，吃饭啦！"

我匆忙洗了一把脸，便往餐厅走去。大家已经围坐在桌旁。桌子上摆放着两大盘金黄酥脆的"馅儿饼"。

"太香了！"

"我最好这一口了！"

大家一边说，一边一人夹了一个在碗里。看上去有点像饺子被拍了一巴掌，变成了饺子饼，外皮已经煎得焦黄诱人。我特意夹了一个煎得最焦的，我爱吃焦锅巴，香！原来这就是大家心心念念的韭菜合子啊！

我提到这是我第一次吃韭菜合子，大家都露出了惊讶的表情。以前听说过这道美食，但今天真是第一次尝。一口咬下去，一声脆响，仿佛打开了封印在合子里的韭菜妖精，韭菜的香气瞬间充溢整个口腔，并向四周飘散开来。春天的韭菜很鲜，有一种清香，仿佛我们吃的不是韭菜，而是整个春天的韵味。春天就这样被我们一口一口地吃掉了！

"杜甫有句诗'夜雨剪春韭，新炊间黄粱'，为什么叫剪韭菜呢？"徐老师突然问道。

"因为韭菜剪了会再长出新叶。"有同学回答。

"对。"接着，徐老师说："过年之前的韭菜，特别是头刀的，味道最为嫩滑鲜美，但是到了后面，比如二刀、三刀，味道就差了些。到了夏天，韭菜基本上就不能吃了。"

"现在不一样了,因为现在有了反季节种植,一年四季都能吃到韭菜,但味道肯定还是春天的、自然的最好。"我接过话茬说道。

我想起了《红楼梦》中的一句诗:"一畦春韭绿,十里稻花香。"多么美妙的画面啊!

大家又聊到了韭菜的独特味道。这种味道极具"杀伤力"。喜爱它的人,赞不绝口;不爱它的人,避之唯恐不及。

从大家的谈话中,我听说韭菜是荤菜。饭后,我查阅了资料,果然如此。在佛教中,葱、蒜、韭、薤、香菜都被归类为荤,也就是常说的五荤。因为韭菜辛辣,口味太重,不利于修行。当然,这只是一种说法。

那么,韭菜味儿到底是一种什么样的味道呢?或许每个人都能品出不一样的味道来。

味道不仅是一种感官体验,更是一种美学境界。昨日来访的北华大学赵彦辉教授就将自己的书房命名为"味斋",他说,此前本名"无味斋",后来改为了现在的"味斋"。当然,在这变化当中有着赵老师个人的故事和体悟。

老子曾言:"味无味。"何为味?何为无味?何为味无味?这不仅是物理问题,更是哲学问题了。中国画也有能、妙、神、逸四种画品。所谓能品,是指掌握了一定的技巧,可以达到外在的形似,可谓之有"味"之境;妙品,则在能品的基础之上,增加了奇妙和趣味,超越形似,进入"无味"之境;而神品、逸品则更是追求形而上的精神内涵,达到"味无味"的至高境界。

一边品味着美味的早餐,一边聊着天。这顿早餐,可真是味道十足啊!

遗憾一日

吕天媛

今天由于生理期腰痛难忍,缺席了上午的活动。早上睁眼发现起不来床,就请假没有和大家一起吃早饭,本想着忍忍,饿了就吃点小零食垫一垫,没想到新宇给我打包回来三个热腾腾的韭菜合子,煎得金黄焦香。三个下肚,果然舒服多了。

同学们都出发去探索村子北至了,我一个人在房间里休息。迷迷糊糊睡了一上午,中午去集合点与大家会合,没想到徐老师还惦记着我,给我买了一小袋香肠。我坐在同学们中间,听着她们给我分享上午发生的事情,原来我不在的时候,她们去了田地里,回来的路上在小卖店又和老板娘攀谈一番,还遇到了蜂农,学习了很多养蜂的技巧。我听得津津有味,也深感遗憾。

下午听了王立夫老师的民俗民宿创意分享,一个小时的坐姿让我腹痛难忍。但还是想和大家一起,所以忍痛参加了接下来的游戏活动。徐老师特意为我们制作了木柔,捡来了一大捧小石子,准备带我们玩"拾石子"和"打柔"游戏,并亲自做了示范。老师跟我们分享他儿时输了游戏的惩罚,指定一个"阎王"决定打的次数,赢家捶输家的背,在一声声"打金鼓,撞金钟,问问阎王中不中"里,游戏达到了高潮。随后我们还一起玩了"一二三木头人",一起跳了远,场面一度欢乐融洽。

很遗憾我也没有参与游戏。今天我的工作是当摄影师,为大家抓拍了好多照片。希望明天身体能好受一点,和大家一起参加活动。

写作是美好的

蒋玉恒

下午，我们一起听合普山舍的王立夫老师分享自己从事乡村规划事业的故事。主题是"乡村+：一种新生活场景的多维营造"，这是关于民俗、民宿、非遗创意知识的讲座。我记住了他说的两句话。

第一句是"不懂设计的流浪汉不是好作家"。乍一看，这好像是在一本正经地胡说八道，而细细想来，大有深意。王立夫老师有多个标签：背包客、酒店人、多个项目的乡村总规划师。他这十几年来走了30多个省、300多个县市、3000多个村，还业余写作、整理东北民间艺术相关书籍。所以，他说的这句话，包含了他的工作经历、兴趣爱好、一生追求。换作我们，我觉得有两个词语可以借用，即"流浪汉"和"作家"。"流浪汉"怎么解读呢？我想，是行万里路。出去采风吧，看看这世间的花儿是怎么开的，水是怎么流的，太阳又是如何升起又落下的。在房间里"挤牙膏"式写作，只能写出"一朵花开了"，而我们爬上山坡，眺望远方，看到山花烂漫，才知道原来每一朵花儿都不一样。这样，我们笔下的花儿才各有姿态，各有灵魂。而"作家"怎么解读呢？我觉得，作家只是一种职业，并不是某种高尚的代名词。无论是业余爱好写作，还是专业学习写作，只要笔耕不辍，就担得起"作家"二字。

第二句是"唯有热爱可抵岁月漫长"。如果选了一条不喜欢的路，这一生可就漫长难熬了。如果选了自己喜欢的路，那么，原本漫长的一生，也在浪漫的时光里匆匆过去了，甚至会觉得时间不够用。有时候呢，我觉得人挺可悲的，忙着生，忙着死。但是，如果人生有了兴趣爱好，如写作，用笔去记录生活，记录心情，原本忙碌焦虑的日子也变得美好起来。如果心爱的写作成为一种职业，那么，即使遇到再大的困难，也会在热爱中解决掉了，并且，还会更快乐。

访谈与听讲

马 鹏

早餐前,徐老师在群里发了高长江《乡情·乡俗·乡音——中国乡村文化语言的研究》一书中论述农谚、俗谚与生产经验、生活经验关系的两节,我边读边不断联想起这两天田野采风的见闻感受,受益颇多。早餐吃的韭菜合子,老师即兴分享了韭菜诗文与逸闻轶事,后来讨论的话题还扩展到我们贵州的折耳根、内蒙古的闷倒驴和东北的倒骑驴。从一个话题谈到另一个话题,不分东西南北,只要觉得好玩,都可以给大家分享,我想,这不就是大家共写一篇文章吗?餐后一小时是改

稿时间，大家把昨晚写好的采风纪事，该增加内容的增加内容，语句不通的就把语句写通，有错别字的就改错别字。改毕，天权和我留下编排公众号，其他营员随老师沿合普大街东行，再经一路北折，一路探建筑工地、下稻田、捡玉米，并深入大田实测土壤墒情。十一点半前后去与大部队会合时，老师正用粉笔在屯北水泥路上画格子，原来他们在讨论"跳房子"老游戏。我一时兴起，迫不及待地模拟玩了一遍。中午气温明显升高，大家上坡下田走得劳累，返途路过小超市，老师请我们吃雪糕。超市建在路边，院子没有大门，大家人手一根雪糕，在当院吃得好一个爽。这时也没有其他顾客，只有45岁左右的老板娘在，我们就和她聊了起来。

下午，王立夫老师给我们讲民俗、民宿和非遗创意，我特别期待。王立夫老师是非遗、民宿文旅方面的专家，这几天给我们讲了很多的民族历史和传说，让我不禁感叹魏家沟这片小小的土地竟然有这么多的故事。可以说，吉林省很多网红景点，王立夫老师或多或少都有参与，比如参与策划了长春网红商场"这有山"，还推动了延边龙井市三合镇北兴村被列入第六批中国传统村落名录。他先介绍吉林村庄特色，再介绍全国一些特色村庄的做法，最后总结出当地文化旅游资源对民宿发展的经验。我老家近年也修建了很多民宿，我愈发感兴趣。这次讲座颠覆了我对于民宿的看法，我一直以为，民宿不过是酒店的一种商业延伸，本质上还是以商业为主。讲座中，我听到王立夫老师说，他做的很多民宿都是被村民淘汰的房子、被村民遗弃的村庄，甚至有些村不到50个人。民宿做得再怎么好，没有人来住宿，一切都是白搭。赔本做了两个村镇的民宿项目，建造房子的费用都是东凑西凑下来的，但没想到的是，他的项目获得了省里和国家的民宿设计大奖。他说自己对民宿设计很执着，想干就会努力去干，赔本也值得。我也懂得了，商业只是人生追求的一小部分，情怀才是人一生孜孜不倦追求的事业。

下午后半段的民俗板块，是今日活动的亮点之一，徐老师亲手做道具带我们玩了很多老游戏，并总结探讨游戏的功能，大家开心又长见识。

当下的快乐

陶新宇

采风已接近尾声。从最初的些许不适应，到如今的乐在其中，我的心情也随着这段旅程渐渐发生了微妙的变化，竟有些舍不得离开。清晨，我们的早餐是地道的韭菜合子。其实这些年，我很少吃韭菜，总觉得味道浓郁且容易粘牙。同学却笑着对我说："大家都吃，就没味儿了嘛！"一句话把我逗得笑了半天。

春日的韭菜，取最嫩的尖芽，剁碎后拌入炒香的鸡蛋，包裹在薄薄的面皮中，煎至金黄酥脆。一口咬下，酥脆的外壳与韭菜的鲜嫩汁水交织，辛辣的刺激感与蛋香在舌尖迸发，令人瞬间唇齿生香。正所谓"三月三，韭菜鲜"。席间，同学们聊起关于韭菜的诗句，杜甫的"夜雨剪春韭"与辛弃疾的"夜雨剪残春韭"，让这种寻常的乡间蔬菜平添了几分文雅和意趣。古人的诗情画意，与眼前的一盘韭菜合子竟然奇妙地契合起来，顿时让这顿早餐有了别样的文化韵味。

这情景让我想起电影《驴得水》中的一幕：张一曼坐在村头剥蒜，裴魁山对她说："昆明有一所学校招老师，跟我去吧，比这儿好。"张一曼却将剥下的大蒜皮扬向天空，笑着说："昆明能下雪吗？下雪啦！"漫天飞舞的蒜皮粘在她头发上，就像冬日飘落的雪花，那一瞬间，她在自己微不足道的生活中闪闪发光。那一刻让我无比感动，大蒜皮虽然平凡甚至有些不雅，但她的快乐却是那么真实、鲜活。她知足常乐的模样，诠释了什么是真正的人间。

怎样活着才是好的？夜深人静时，我常常思考这样的问题。未来该如何规划？如何才能过得更好？这些问题总在脑海中盘旋，却让我忽略了眼前的生活。正如史铁生所言："永远都有更好，当下即最好。"当下的每一刻，或许才是生活的真谛。

夜幕低垂，我们与徐老师围坐在院子里，回味着童年的游戏。"拾石子""打尜"，那些久违的乡间小玩意儿仿佛让时光倒流，把我们带回了无忧无虑的童年时光。徐老师眼中闪烁着怀旧的光芒，他深情地讲述自己的童年趣事。在那个物质匮乏的年代，孩子们没有如今琳琅满目的玩具，一根简单的玉米棒、几块木头，就能成为最珍贵的宝贝。尽管条件简陋，那时的他们却有着最纯粹的快乐。

听着老师的讲述，我不禁感叹，童年的快乐竟是如此简单而纯粹。那时的时间似乎过得很慢很慢，我总觉得自己会永远背着书包、满怀憧憬地走向学校。然而，"最是人间留不住，朱颜辞镜花辞树"，转眼间，纯真的时光早已化作遥远的记忆。岁月如梭，现在，我已站在了人生的另一个十字路口。眼前的街道繁忙而喧嚣，而我的心却久久停留在过去的那片安宁之中。

如今，我们长大成人，肩负着生活的责任与压力，那份纯真的快乐似乎被岁月冲刷，变得模糊而遥远。然而，我知道，它从未真正离去。它藏在心底的某个角落，等待着我们去重新发现。也许，当我们放慢脚步，感受身边的一草一木、一饭一茶时，那份快乐就会悄然浮现，带着熟悉的温度，轻轻唤醒我们最初的纯真与向往。

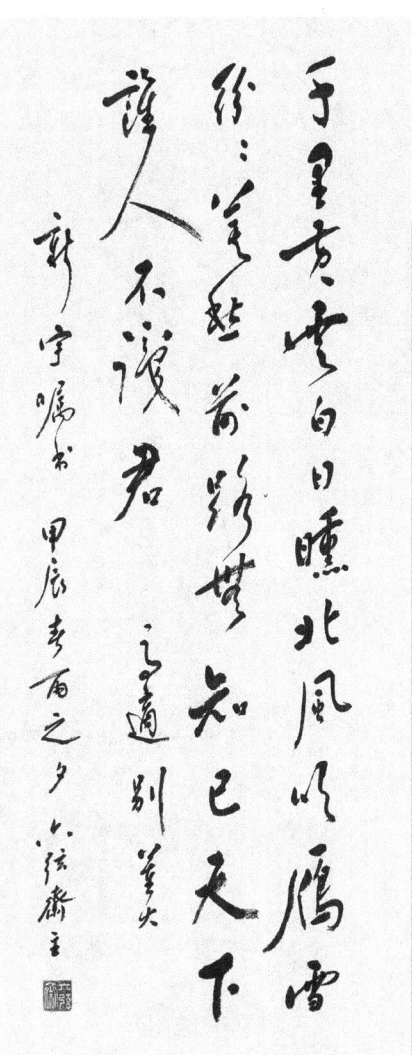

东创的节日：欢迎导师团抵营（4月26日）

本日活动一览：

早餐时分，大家齐心协力包了美味的包子。

今天最大的事件是东师创写导师团的各位老师要来营地探望指导。大家精心制作了横幅，热烈欢迎老师们的到来。

十时顷，老师们分两车先后抵达（刘雨老师、关尚敏老师一车，王增宝老师、于文思老师、孙琳老师一车）。在热烈的欢迎气氛中，东创师生实现了大会师。

艾伦、天权、庭萱、植玉以及于文思老师联手，为大家烹饪了美味的排骨和炖鱼。午餐分两桌,大家祝贺采风计划进展顺利,同学们给导师团敬酒,这一餐空前热闹。

部分同学陪同导师团重走一遍合普溪探源之路,介绍沿路田舍、石刻、蛙池。

饭后,导师团同访瑞德园,与主人王德平夫妇进行了愉快的交谈。

晚上,徐老师为同学们及山舍团队题词留念。

导师团带来了采风实习基地的牌子,下午"东师创写采风实习基地"正式在合普山舍挂牌。

这一天,我们不仅品尝了美食,还享受了与老师们共度的欢乐时光,留下了难忘的回忆。

山中聚会

陶新宇

今天,山舍迎来了东师创写中心的全体老师。大家心情激动,仿佛这次聚会为采风生活增添了最后的华彩。我和玉恒决定制作花环来迎接老师们,在山间寻找适宜的柳条,编成环状,再插上路边各色的野花。编花环是个巧活儿,充满了乐趣。正忙碌着,一辆车缓缓驶来——是王增宝老师开车,载着孙琳老师和于文思老师先到了。他们热情地与我们打招呼,在这山野间看到熟悉的面孔,让人倍感亲切,仿佛连路边的花儿都因此更加明艳了。

不久后,刘雨老师也携夫人关尚敏老师带着鲜鱼和茶叶蛋赶来,为我们的山舍添了几分鲜味。王增宝老师还带来了他的爱犬夕夕,这只活泼的小狗瞬间成了焦点,逗得人们欢笑不断,今天的聚会因此更加热闹。我们一同上山赏景,夕夕偶尔淘气地跳进水中戏耍,我们则兴致勃勃地采起野菜。这些野菜中,有一种我们当地叫作"婆婆丁"的蒲公英叶,味道略苦,却是清热解毒的佳品。

午餐时间，我们享用了一顿异常丰盛的美味佳肴。红烧鱼、排骨、野菜等一一端上桌，同学们纷纷下厨，亲手为这场聚会献上自己的心意。饭桌上，我们围坐一起，谈天说地，欢声笑语洋溢在每个人的脸上。这种简单又充实的日子让我倍感适意，也让我深知这样的相聚是多么难得。不由得感慨，不知道下一次大家这样欢聚又会是在什么时候。

傍晚，老师们陆续离开，天权也因事随车先走。我与天媛坐在秋千上，聊起了这些天的采风生活，从日常琐事聊到心中的感慨。时光流逝之快，让人不禁感叹；而时间也让人看清人心与世情。在这几日的相处中，我和老师、同学们之间的情感愈发深厚，这种默契与信任，是岁月的馈赠。

夜晚，徐老师与我们围坐在一起，总结了这些天的采风经历。他的话语中满含对我们的鼓励与期许。我无比动容，眼泪在眼眶里打转。对我而言，徐老师不仅是授业解惑的师者，更是亦师亦友、半慕半尊的存在。他的点拨与陪伴，是我们成长路上的珍贵指引。

聚会的尾声，徐老师为每位同学题了一幅字。赠予我的，是高适的《别董大》。这首诗我从小就会背，徐老师在饭桌上用昆调唱过，别有韵味。它不仅展现了诗人的豪情壮志，更是徐老师对我的深切祝福。捧着这份墨香四溢的书法作品，我感到内心充盈而坚定。无论未来的路上有多少坎坷与荆棘，我都会带着这份鼓励与期许，心怀信念，一路向阳而行。

包包子

马　鹏

　　昨天吃晚饭，小磊姐说明天早餐要吃包子，希望我们早起来帮忙。有同学问几点起床，小磊姐说早上7点。大家害怕早起，就没有正面回答能不能起来。老师觉得男女分住两个院子，早起不太方便，就让男生明天7点准时到厨房帮忙。我害怕睡过头，就把手机拿出来，定好闹钟。早上在迷迷糊糊中起来，天大亮，外面也没动静，以为睡过头，急忙从被窝掏出手机一看，6点42分，才安下心来。慌忙中，心一直快速地跳，再也睡不着，干脆早点儿起床。

　　洗漱好后，我听见老师在屋里唱歌，就打开电脑把昨晚整理好的小超市老板娘采访记录给老师发过去。老师在电脑前，逐字逐句校订。老师说我写东西最大的问题是不够简洁。此外，写词语要看语境，写句子要看前后逻辑，不能前言不搭后语。确实，每次老师一改我就能发现这些问题，可能有些表述已成了习惯，再写还会犯错误。今后还要继续努力反思改正。

　　7点，帮厨时间到了。我出门，张大爷正拿着锅往门口走，我以为大家在院子里的露天锅台包包子。张大爷说，不在这边包，原来他是端着包好的包子来蒸的。我又折返，跑到室内厨房，发现高阿姨已包完一锅，放到灶上去了。小磊姐对我说："已经包得差不多了，还有几个就包完，你有事情先忙着，我看到你在学习，刚才就没叫你。"我是贵州人，还没有包过包子，很想学一学。小磊姐就叫我把手洗干净，她手里抓了一把干面粉不停搓着。阿姨正在擀面皮，见我准备好了，就放下手中的活儿。拿起一块面，一边把肉放到上面去，一边说要一个褶子压一个褶子，直到有18个褶子为止，才是一个标准的包子。我学着阿姨的样子包起来，第一个包子没看到褶子，第二个包子褶子没捏好，馅儿漏了出来。第三个稍微好点，但是褶子太小了。一会儿，天权、佘飞、梁炎、植玉也加入进来。小磊姐和小胖哥给我们拍照，定格美好的瞬间。厨房里的高阿姨和张大爷均已64岁，我们采风这段时间的三餐都是他们做的。记得刚到那天，我们6点半出去散步，7点吃早餐，他们就要5点多起床做早饭。

吃完早餐，老师提出做个横幅欢迎导师团。老师用毛笔写了"热烈欢迎东师创写导师团"这几个字，找了一块红布，把字钉上去，然后把红布挂到门口。时间来到九点多，最先来到的是孙老师和于老师，王老师还把大黄狗带了过来。艾伦和玉恒做了可以戴在头上的花环。半小时后，刘老师和关老师来了，刘老师给我们带了鱼，关老师给我们带了自己煮的茶叶蛋，吃起来真的太香了。老师们都来齐后，大家陪他们到青山溪谷散步。

今天感受到了老师们满满的爱，感谢东师创写让我们成为一个真正的大家庭。

充实的一天

佘 飞

清晨,徐老师清脆的口哨声在走廊里响起,我慵懒地从被窝中探出头来,睡眼蒙眬地瞥了一眼手机屏幕,才六点零三分。心中暗想:"这么早,再偷个懒吧!"一翻身又陷入了甜美的梦乡。

再次醒来时,已是七点钟。突然记起昨晚的约定,今天要一起蒸包子,想要参与的同学可得早早起床动手。想到这里,迅速从床上起来,匆匆洗了脸,径直奔向厨房,同学已经开始包包子了。我洗完手后,也加入了他们。阿姨已经准备好了面团和馅料,甚至连包子皮都擀好了,我们只需要动手包起来。

包包子这项手艺,我并不陌生。小时候,看妈妈做过,上初中的时候,还曾亲手尝试过一次。从发面、做馅到包包子、蒸包子,整个流程都操作过,非常成功。自高中起,由于长年在外求学和工作,回家的时间越来越少,做饭的机会也愈发稀少。这次和同学们一起包包子,让我意外地发现,那些曾经熟悉的技巧竟然还牢牢地印在我的脑海里,只是手法稍微生疏了一些。

大家都兴致勃勃地加入进来,不一会儿,就将一个面团全部包完了。随后,我们将包子放入蒸锅中,期待着美味的早餐。当早餐时刻到来,我们品尝着自己动手制作的包子,那种满足感真是无法用言语来形容。

早饭后,东师创写中心的其他老师陆续来到营地探望我们。徐老师还特意写了字,制作了欢迎横幅,整个营地洋溢着温馨而隆重的气氛。刘雨老师和夫人关老师,孙琳老师、王增宝老师、于文思老师都来了,营地顿时热闹起来,增添了更多的欢声笑语。增宝老师把他的爱犬夕夕也带来了。夕夕是一只拉布拉多犬,性格很温顺,长得特别壮实,我们拍照时它也喜欢凑热闹,给我们带来了很多欢乐。

老师们到来后,一部分同学留在营地准备午饭,另一部分同学则陪同老师们上山散步。午餐很丰盛,同学们做了两锅鲜美的炖鱼、一锅香气四溢的炖排骨，还贴了玉米饼子。刘老师带来了万昌的鲫花鱼，关老师特意给大家煮了满满一锅茶叶蛋。东北的同学说，这不是一般的鸡蛋，是"小笨鸡蛋"。

下午，老师们前往瑞德园参观，而我们则有了自由活动的时间。我在营地周围溜达，享受着大自然的宁静与美好。随后，我坐在桌子前练字，写了好几张纸。感觉这几天练下来，还是有一点点进步的。练字不仅仅是练字，其实也是磨炼心性。之前不想做事情的时候，总是忍不住拿起手机浏览各种信息，越看越想看，越看越浮躁。但这几天，很明显的一个变化就是，看手机的时间少了。没事就坐到桌子前练练字，写着写着心也就没那么浮躁了。在这个快节奏的时代，宁静成了一种难得的奢侈品。平时，自己还是太浮躁了，希望自己能够保持这份宁静，让内心更加平和。

晚上，我们在营地吃了"最后的晚餐"，明天就要告别这里，返回学校了。大家围坐在一起，边吃饭边畅谈这几天的收获和感受。我也沉浸在这温馨的氛围里，感触良多。

闲卧秋千听风雨

吕天媛

今天东师创写中心的老师们来探望我们了。村子里的时间仿佛比外面慢些,只是一周,却恍如隔世,见到老师们感到格外亲切。增宝老师带来了他的爱犬夕夕,是一只胖乎乎的拉布拉多,像一块吐司面包,走起路来屁股一扭一扭的,煞是可爱。大家和夕夕玩得特别开心,夕夕性情温顺,一时间院子里充满了欢声笑语。转眼就到了分别的时候,依依惜别后感觉心里空落落的,原本热闹的小院再一次寂静了下来。我和新宇没有回去休息,一直在院子里的秋千上并排坐着,说说这些天的感受,谈谈人生和理想,聊得不亦乐乎。

新宇回前院拿东西,我一个人躺在秋千上。风吹秋千,我摇摇晃晃;没有风吹,秋千就那样停着。秋千绑在一棵榆树的枝干上,坐落在溪边。我抬眼向上看,是蔚蓝的天空,枝干粗粗大大,树枝呈放射状向四周散去,像是绽放的绚丽的烟花,永恒,持续。叶子星星点点、重重叠叠,要冲到天际去了。隔溪的院子里传来徐老师的胡琴声,是我打小就熟悉的东北民歌《摇篮曲》,声音婉转悠扬。我躺在那儿,微微晃动,仿佛真的置身在摇篮里,今晚的风扮作母亲轻哄我。一时间,乐声、风声、水声、鸟鸣声不绝于耳。闭着眼睛,声音拂过我的皮肤,穿透我的四肢百骸,在头脑里融合,又向四周激荡开来。不知又过了多久,也不知何时二胡声已经停息了。忽而察觉到有雨滴落下,急切、嘈杂,却又能与周围融为一体,仿佛天就是该下雨的,风就是要吹得秋千微微颤动,小溪水也永远打着旋儿欢乐地往东奔去。

我不知道如何形容,我称之为感觉。

我开始难过了,虽然我一直知道我会离开。

夜 雨

李庭萱

这是在魏家沟的倒数第二天。傍晚时分,阴了一天的云再也撑不住了,一场大雨倾盆而下。雨点打在石地上,发出噼里啪啦的声响。我们赶紧躲进屋内,坐在窗边听着雨声,享受这难得的宁静。

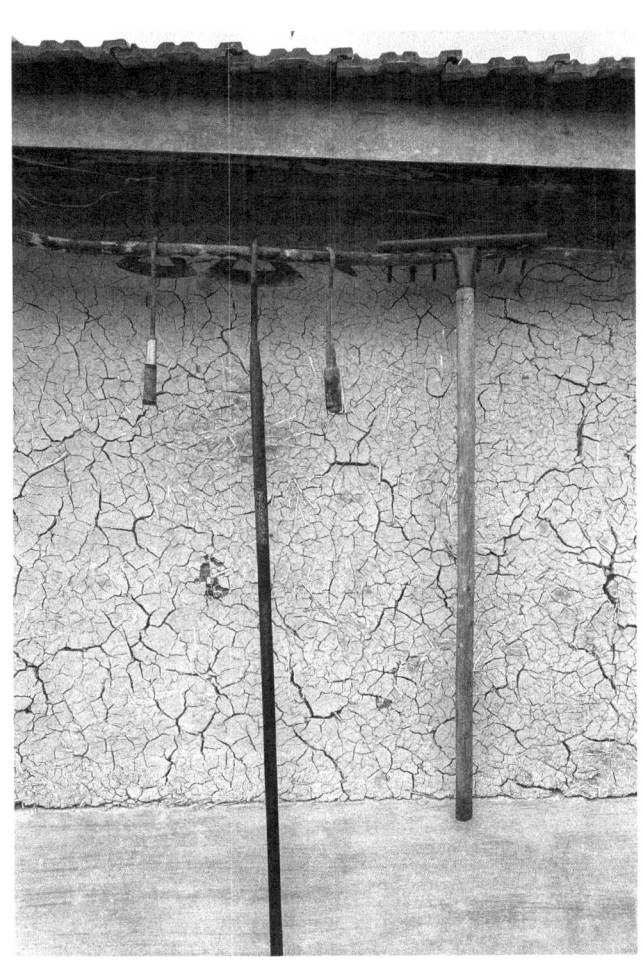

晚上,我们聚在大厅烤火。正聊天时,一只飞虫撞到了灯上,叮当作响。我们都被这突如其来的小客人吸引了,一同抬头,观察这只迷路的小虫。看着它在吊灯上来回穿梭,东奔西闯。我们心里不禁生出一丝怜悯和敬意,遂打开房门,它立刻感受到了冷气的方向,像箭镞般飞了出去。房间恢复宁静,我们围在火炉旁,喝着茶聊着天,度过了在魏家沟的最后一个夜晚。

丰满记事

刘天权

七点,我准时醒来。外面一片嘈杂,我到厨房时发现师兄们已经起床,开始包包子了。我和植玉姗姗来迟,到时包子皮已经所剩无几,第一笼包子马上准备出锅。我洗洗手,也投入了劳动。包饺子我稍微会一点,但是包包子我实属初学乍练,很难掐出褶来。不过有句俗语叫"包子有肉不在褶上",我也就不在意这些。山菜肉馅的包子很香,佘飞师兄还露了一手,包了几个柳叶包子。

吃过早饭,我们开始紧锣密鼓地准备迎接导师团的到来。一部分人在挂欢迎横幅,我与杜艾伦在厨房做铁锅炖鱼。刘雨老师是最后一个到的,给我们带来了新鲜的小鱼和现做的茶叶蛋。我用小鱼做了道酱焖鱼,茶叶蛋由大家分食,很好吃。

下午老师们外出调研,我们在营地收拾内务。看老师们回来时脸上欣喜的表情,我就知道大家都很快乐。

晚上徐老师允诺给大家题字,因事返回长春的我收到植玉的消息时想了想,忽然灵光乍现,想起徐老师在第八届中国创意写作年会上的发言,他提到自己集的两句话:"文章千古事,修辞立其诚。"我很喜欢,就托植玉转达,请老师写了这两句。

帮 厨

王植玉

早晨一场雨，把我冻醒了，经过长时间的心理斗争，我艰难地从床上爬起，洗漱完毕，叫醒天权。我俩一同前往后厨，开始完成一项重要的工作——包包子。拿起面皮，用筷子把馅料放到面皮上，提起一角，往前一拽，面皮被我随意拉扯，当我把所有边缘都团在一起的时候，松开手，发现褶子是随意堆叠的，而顶上的馅料，却是散漏出来的，不像包子，倒像烧卖。又尝试了一次，倒是包住了，但褶子的中心处却像立起了一根天线。我看着包子哭笑不得，就今天来看，包包子可比早起困难。

学校的老师们前来"探班"，大家热情高涨，陪老师出游，在火灶旁烧菜。到底来回跑了几趟腿，我已经数不清了，只记得招呼我，我便行动，烧水、打水、端菜、拿柴。从户外的灶台到后厨虽说相距不远，但时间久了还是会感到有些疲惫。最后来到餐桌，我拿起水杯，一饮而尽。老师们同学们看着满桌菜肴，连连夸赞美味。我参加了劳动，与有荣焉。

下午老师们前去瑞德园，天权有事需要提前返校，准备搭增宝老师的车回去，我有些难过。

石头记

蒋玉恒

快要返校了,我对丰满屯魏家沟依依不舍,可是我能带走什么呢?是山花烂漫的佛手山?是小院前的小溪?还是合普山舍民宿?

然而,都不能带走。

我怅然若失地整理行李。翻到之前在合普山舍院子前小溪沟里捡到的石头,突然觉得很惊喜。是的,我可以带走这块石头啊!

这块石头,看样子已经被溪水冲刷多年,表面光滑圆润,棱角稍钝。细看之下,它的形状像一座山,纹路像山上的沟壑。那沟壑里的斑斑点点,似乎再添画两笔,就像远处的草木。整体上看,颇有传统山水画的意境。

合普山舍院子前的小溪里有千万块石头,在这些年里,它们看见了无数个来来往往的旅人。也许,它们看见了小桥上牵手行走的年迈夫妻;也许,它们看见了溪沟里翻找螃蟹的年轻小伙子;也许,它们还看见了木屋旁荡秋千的漂亮姑娘。而我手里的这块石头,它也见证了这里的故事,我想带走它,安置在书房的桌子上。当我看见这块石头时,就会想起魏家沟的春天。是啊!在那个阳光明媚的上午,我们东师创写采风小队路过小溪沟时,我不经意地一瞥,便深深地喜欢上了它,并决定把它带回家。此后,它将在夜晚的台灯下,见证我写作的点点滴滴。

采风营导师为瑞德园题句

瑞德福地,四季花开。

——刘 雨

瑞气德风。

——徐 强

瑞华住在德平的礼物中,我坐在瑞华的美梦里,都是好得无比!

——孙 琳

听风入耳语,松涛自在心。清流映明景,路远更觅春。

——于文思

采风出游信乐哉,山中忽遇舞雩台。

——王增宝

好景君须记（4月27日）

本日活动一览：

八点早餐，厨房师傅为大家做了油饼和糖饼。

九点五十，长春来接的车到了，还是曹师傅那台20座中巴车。

十点出发去松花湖丰满水电站参观，赵紫翔随队拍摄。水电站距魏家沟11公里，抵达后发现人车较多，到处有彩旗，明天是"大东山水·'渔'众不同"——吉林市第15届松花湖开江鱼美食节旅游季启动日，时间从4月28日持续到5月15日。工作人员在布置会场。

车顺利开到湖畔，先后停了两次，大家下车远眺湖区与电站大

坝。紫翔放飞无人机航拍。

十一点十分返，二十分钟后到。厨房师傅和小磊姐在包饺子。有韭菜鸡蛋馅，有白菜肉馅。王立夫老师说：上车饺子下车面。

村中的林六叔上午来过又走了，说让小磊姐随时叫他。再来时，大家在大厅大概聊了四十分钟。期间天媛和新宇完善公众号推文。

午饭，王立夫老师起开营地最后三听德国啤酒，男生们匀着喝了。

午饭后，收拾行李。两点零五分出发返程，厨师张师傅随车回长春。一路上大家都在小憩，车中安静。徐强老师提前下车。四点十分，同学们在群里报告安全抵达学校。

至此，本次采风活动圆满结束。

合普山舍的最后一天

马 鹏

早上起来,发现时间还早,我就到外面散了一会儿步。昨晚下雨了,空气湿漉漉的,地上也湿漉漉的。山舍后面草地有很多鸟,或"咕咕,咕咕",或"哦……哦……"或"咿呀咿呀"叫着,汇成一曲清晨之歌。鸟声似乎有些低沉,像是啜泣,仿佛在挽留着什么。今天是我们在魏家沟的最后一天了,或许是鸟用自己的方式与我们作别吧。我只走一会儿,就回房间收拾行李了。行李不多,只有几件衣服、一本书和一台电脑。

吃完早餐,新宇编辑好公众号推文,老师一篇一篇地修改。

九点五十左右,曹师傅开车来接我们去松花湖看大坝。此前,就已经听到了丰满区大坝的各种轶事,比如王立夫老师说丰满区大坝水电站一关,吉林就全黑了。可能有些夸张,但也从侧面说明了丰满区大坝水电站的重要性吧。艾伦说,以前家里停电,她妈妈会说那是丰满水电站关了。我就很期待看到大坝的景象。

十点半左右,我们来到了大坝,从车上瞥见了湖面,很是开阔。徐老师临行前给大家准备了《丰满区志》《吉林市志·郊区志》以及其他丰满水电站的有关资料。资料里说,松花湖是东北地区最大的人工湖,湖区面积超过550平方公里,平均水深22米。松花湖盛产各种鱼类,边花鱼、鲫花鱼、鳌花鱼和岛子鱼合称"三花一岛",是东北名鱼,更有名的是白鱼,被誉为松花湖中的无上佳品,清蒸白鱼也是吉林名菜之一。

湖面上有很多船,有的在湖中,有的停靠在岸边。我看到每条船都有自己的编号,比如"五虎岛十号""五虎岛十九号""五虎岛十四号""园林号""中国环蓝吉001""庆岭二号"等等。最引人注目的是"水师五十六号",看到"水师"这两个字,我联想到甲午中日战争中的故事。那个时候船不坚,炮不利,但我们有英勇的水师,他们不怕牺牲、顽强战斗,只为保卫祖国。想到这些,不禁让人红了眼眶。

在这些船左边不远处,就是丰满区松花湖大坝了。我们所在位置属于上游，虽看不到大坝放水时万马奔腾的场景，但远远看去，也能感受到了宏伟和高大。根据资料记载，旧大坝始建于伪满时期，一建成，就成了当时亚洲最高的大坝。之前也听王立夫老师说，大坝这个地方风比较大，大家就叫它风门，谐音为丰满，所以叫丰满大坝。大坝建了五年，资料写道："将松花江拦腰截断，形成当时全国最大的人工湖，就是松花湖。新中国成立初期，丰满水电站是全国最大的水电站，培养了两千多名水电专业人才，被誉为中国'水电之母''水电摇篮'。但2007年大坝被评定为一座病坝。2014年，又在大坝下游仅120米的位置开始建设一座新大坝，2019年，存在了80多年的老大坝被拆除，新大坝开始发电，实现了新老更替。"所以我们现在见到的丰满区大坝，是一座新建的大坝。

我们在松花湖参观了将近一个小时就回来了。老师约了林六叔给我们讲魏家沟的历史与变迁，从他的叙述中，我看到了一个村庄历经重重磨难后重获新生的过程。有人从魏家沟走出去，也有人从魏家沟外面走进来，我想这就是村庄百年不倒的秘密所在吧。

吃完午餐后，我们拉着行李走出合普山舍，突然感觉有些不舍。我来到魏家沟，魏家沟有了我生活过的印记，我感觉到故乡之所以为故乡，不仅仅是出生地，更多的是我们曾经在那里生活过。车走了，我看着那与自己渐行渐远的魏家沟，心里突然有了某种惦念。

最后一天散记

佘 飞

这几天，眼看着村子背后的山一天天变绿了，春天终于来到了眼前，但比想象中来得晚了一些。

此时已是四月末，节气已过谷雨，南方早已进入夏天了，就连北国春城长春也早已感受到了春风的暖意。所以，当我们从长春出发来到吉林丰满屯村魏家沟采风时，都不曾预料到这里竟然这么冷。第一天晚上，我们就体会到了冬天的感觉，以至于接下来的几天晚上，我们睡觉连热水袋都用上了。

今天，村里的乡亲们告诉我们："沟里有些地方还有冰呢。"这不，我们同行的一个小伙伴，前两天溯溪而上，还曾在溪沟上游看见过冰块，证实了乡亲们的话。我说呢，难怪溪水还这么冷冽刺骨，透出一股寒意。

此情此景，让我不由自主地回想起1207年前的那个四月。唐代诗人白居易与友人共游庐山，他们在大林寺看到桃花盛开，白居易随即吟出了那脍炙人口的诗句："人间四月芳菲尽，山寺桃花始盛开。长恨春归无觅处，不知转入此中来。"

此刻，我深感白居易的诗句正是对我心中感受的最好诠释。大自然真是太奇妙了！文学真是太奇妙了！

早饭后，我们集体前往松花湖水库，看那座大名鼎鼎的丰满大坝。据了解，此坝始建于1937年的日伪时期，当时是亚洲第一大坝。1942年大坝开始蓄水，1943年3月25日，首台机组投产发电。新中国成立后，丰满水电站的建设更是被列为我国第一个五年计划的重点项目，直到1953年工程才基本完成。丰满水电站不仅是我国第一座大型水电站，更被誉为"中国水电之母"。

我们还在车上时，就看到了雄伟高大的大坝，那是2019年重建的大坝。但遗憾的是今天不能到大坝上去参观，我们只能远远地观望。

参观完大坝后，我们回到营地。徐老师特意邀请了魏家沟的村民林六叔与同学们交流。林六叔是魏家沟的原住民，谈了魏家沟的村落历史、人口变迁、林家的家族史、他家住房的迁徙史、村庄里的行政架构和干部情况，以及村庄的主要产业——种植业和养殖业，又谈了成本收入等经济细节。

我们还向林六叔询问了大家都感到好奇的一个问题：山上那两节火车车厢的来历。大家都想知道是如何将这么庞大的物体运上山的。林六叔介绍说，那两列火车属于合普山舍的主人钟先生的产业之一（钟先生是铁路技术专家，从事高新技术研发，有专利多项）。林六叔正是这个事件的当事人和联络人，参与了整个运输、安置全程。林六叔绘声绘色地描绘了前后情形，说单运输费就花费了十五万元以上，大家颇感新奇。

通过与林六叔的交流，我们对魏家沟有了更深入的了解。

午餐时，我们在营地吃了饺子，他们说："上车饺子下车面。"这是当地的一种习俗，寓意着旅途平安，归途顺利。

下午，我们乘车返回学校。不知不觉间，我们已经在村里度过了一周的时光。时间过得真快啊，仿佛昨天才刚刚离开学校。

归 思

李庭萱

  今天是我们在魏家沟的最后一天。午饭后,我们一行人前往本次采风计划中的最后一个活动地点——丰满大坝。车刚刚驶到桥上,就听见司机师傅的导航播报离目的地还有三公里。远处的湖面与高耸的大坝映入了我的眼帘,看起来有百米之高,像是埋头张开双臂守护着这片土地的巨人。进了景区,路旁两边都是彩旗,湖边的酒楼上,挂着"祝贺松花湖开江节顺利"的横幅。听小胖说,明天这里将会有大活动,来玩的游人会很多,我们也算看到了活动的序章。

  走到围栏边,极目远眺,大坝有千米长,风吹皱湖面。太阳下,波纹明亮,映射着天空的色彩;我趴在栏杆上久久不言,感受着大自然的壮阔与人类的智慧。

  下午两点,我们收拾好行李准备返程。时光易逝,七天的采风活动结束了,心中有些不舍,但更多的是满足和喜悦。上车前再看佛手山,绿意盎然。

    来日山林未著色,归时桃蕊满山头。
    春风未解离人意,独自吹香过小楼。

转瞬即逝的绚烂

杜艾伦

在松花湖边,我买来一瓶泡泡液,站在广场上挥洒,走向围栏,面向大坝,对着湖面制造着泡泡。此刻,我与湖面共在。

或许因为价格低廉,吹出的泡泡又小又散,最后还由于疏忽大意,扬掉了瓶中剩余的全部液体。我短暂地失落了,但这并不影响它为我带来的长久快乐。

瓶子空了,我倦了,寻一处石阶坐下,翻看手机,惊喜发现学长为我拍下了璀璨的泡泡。我总是不由自主地伸手去碰,是想戳破这虚幻,还是渴望抓住一份注定会逝去的绚烂?

生活也是失去,但人生依然值得我为它蜡炬成灰,就算只为了那份转瞬即逝。

离别情深

蒋玉恒

今天是采风活动的最后一天,下午就要回学校了。

仔细回想今天一天的活动,记得最清晰的事情是去松花湖丰满水电站参观。下车后,我被眼前壮观的景象惊呆了:蓝天白云,远山连绵,湖面平静,发电站建筑宏伟,湖边游人如织。

如果前几天看到的春日在山坡上,那么今天看到的春日便在湖水边。微风把暖暖的阳光揉碎,细细地洒下来,湖面上泛起金色的涟漪。湖边踏春的游人来来往往,有的举起望远镜,在高台上眺望湖光山色;有的拿起手机自拍,让自己的倩影融入烂漫春光;还有的吹起泡泡,回味彩色的童年。

回学校时,车子飞驰在山岭之间的公路上,那些山坡、大树、农家房屋、野花……在窗边一闪而过。我知道,我们离开了,不过,没关系啊,最美的风景永远留在心间,留在笔下。

从松花湖离开

王植玉

从松花湖畔向远处看,一排巨船紧紧地停靠在岸边。船分两层,通体暗金,船头的龙头正对着前方。船的第二层是一挺笔直的火炮雕塑,后面是三个人形雕像,一人拿着小旗在奋力呼喊着,另外两人在火炮后方,装填着炮火。二层周边围着一圈圆形的盾,从图案可以看出是照着旧时的装备设计的。船的最上方,插着红白蓝黄四色的旗帜,旗帜中心,是船的名字——水师十七号。往后的船照着顺序,十八号,十九号,二十号……它们整齐地排列着,等待下一次出航。

我盯着湖面发呆,风吹过脸颊。低头看,水面泛起层层波纹,一条蓝色小舟从我的眼前经过,它走得很慢,船上的人戴着红色安全帽,用力荡起船桨。小船越走越远,在我的视线里越走越慢。恍惚间,我发现今天的行程已经快要结束。船啊,船啊,请走得慢一点,让我的心思还能停留在这湖面。

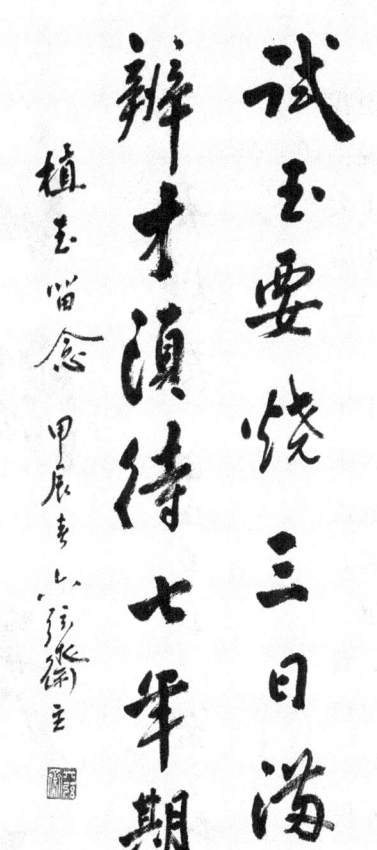

分别的时刻还是到来了,大家收拾行李。在我们刚来的时候,民宿门口的杏花还未开放,如今已经开出了娇艳的花朵,我把它拍了下来。往前走,是小溪、石桥、凉亭、大门、飘着沙子的水泥路。感谢这趟旅程,感谢旅程中的每一个人。

再见了魏家沟

吕天媛

今天是我们在合普山舍的最后一天。早上睁开眼睛就开始收拾行李,我很期待今天的活动。我和新宇昨天晚上早早地赶公众号,就是为了今天上午能一起去丰满水电站。还是来魏家沟时的车来接我们,车子一路向东北方行驶,窗外景色快速倒退,11公里的路很快便到了。下车映入眼帘的便是大片的江水。江边插着很多标有开幕式字样的旗帜,蓝底黄字,还摆了LED屏,下面设有椅子。摄影师小胖说,明天丰满水电站开园,还有美食节,可以坐船品尝美食。我们都甚是遗憾,要是采风活动可以晚一天结束就好了。我们在江边合影留念,一起查看水电站的故事。

巴金故居的周立民老师(大连籍)听说我们去丰满水电站采风,在微信里对徐老师说:"丰满水电站特别有名,我们小时候停电了大人就会说,丰满水电站不转了。"我们都很震惊,原来丰满水电站这么重要,我以为它只对吉林省有用呢!

快乐的时光终究短暂,转眼我们就踏上了返程的车。中午小磊姐为我们准备了饺子,王立夫老师说,上车饺子,下车面。韭菜馅的饺子吃得人心里暖洋洋的,一口一口吃得是满心不舍。大包小裹提上车的时候有一种恍惚感,这种恍惚感一直持续到车子开到学校北门。看着已经全然绿起来的校园,走的时候还是星星点点的绿,虽然只走了一周,却是恍如隔世。

我会永远记得魏家沟这个小小的世外桃源。

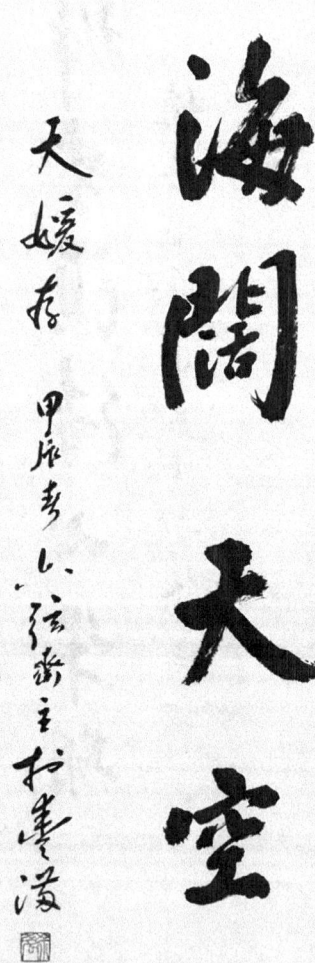

再相会

陶新宇

在告别的清晨，我们踏上了前往丰满水电站的旅程。这座始建于1937年的水电站，被誉为中国"水电之母"，是亚洲首个大型水电工程。然而，这座宏伟的工程也曾在战争的硝烟中饱受磨难。历史记载，日本侵略者曾试图通过修建丰满水电站，将东北变为其侵略战争的物资供应地。在修建过程中，无数中国劳工遭受了残酷的压榨和虐待，近万人因此失去生命。

如今，经历了87年的风雨洗礼，这座水电站早已焕然一新，重新焕发出勃勃生机，成为吸引无数游客的历史见证地。站在岸边，面对浩浩荡荡的江水，我心中涌起阵阵感慨。这水流穿过青山旷野，诉说着世间的沧桑巨变，同时也默默记录着我们这些天在丰满屯的点滴回忆。它壮阔而温柔，仿佛在无声地述说着时间的力量与人类的不屈。

分别的时刻终于来临。中午，我们在山舍吃了最后一顿饭——饺子。北方有句老话："上车饺子，下车面。"关于这句话的解释不一，其中一种说法是饺子的形状像"回"字，寓意着希望远行者平安归来。饺子皮薄馅多，形状团圆，正如这段日子里我们与山舍的主人们相处的情感，厚实而温暖。

这些天里，我们与王老师、小磊姐、小胖哥朝夕相处，早已成了一个温馨的大集体。饭桌上，气氛虽热闹，但心中却难掩离别的惆怅。看着桌上热气腾腾的饺子，我默默多吃了几个，试图用这种方式多品味一分山间的风味，多留住一些和大家一起度过的美好时光。尽管我没有说太多的话，但心里的不舍却无比真切。

饺子的温暖和饱满承载着离别的情意，但我深知，离别只是暂时的。古诗云："海内存知己，天涯若比邻。"山舍的岁月虽短暂，却深深印刻在心底，成为难以忘怀的珍贵记忆。未来的某一天，当我们重聚时，这段时光一定会像这流水般清澈明亮。

盼望再相会！

疾风知劲草

刘天权

采风结束了,我提前一天返回学校。静坐思之,愈发觉时间飞逝,这些日子过得很充实。之前从未想过会和老师同学同吃同住,度过如此亲密无间的日子。久而久之,我觉得大家就像亲人一样熟悉,就像老友一般热络。互帮互助、患难相扶真的让人感受到了许多温暖。初到营地时大家有诸多不适,我们会因为床被寒冷而辗转难眠,会因为饭菜寡淡而唉声叹气。可一切不适最终都会适应,一切困难最终都会过去。我们感谢竺岩师兄送来的物资,感谢导师团的真诚关爱,感谢王立夫老师的全程陪伴,感谢小磊姐和小胖的有求必应,感谢厨房大爷大娘的辛苦付出……

光阴似箭,我们一路走来,有太多的美好回忆,这些都会成为我们的精神力量,支撑我们今后的生活与创作。从"形之于心"到"形之于手",我相信在沉淀之后,一定会有所突破、有所创造。

营员感言录

采风期间,摄影师赵紫翔陆续请大家面对镜头发表简短感言,最后剪辑进了纪录短片《触摸苏醒的关东》。兹将感言整理出来编为小辑,以为采风营存真。

暮春时节,关东大地缓缓苏醒。山河朗润,杨柳转青。4月21日,地处长白山余脉、松花江中游的丰满区丰满屯魏家沟,迎来了东北师范大学文学院创意写作研究中心师生组成的采风营。在为期7天的采风活动中,师生踏勘村屯,走访农户,查看墒情,体验农事;观风光、风物、风习、风雅、风情;采民生、民俗、民艺、民谣、民谚;悟物理、事理、情理、文理、哲理;写采风日志,取得了丰硕成果。

好雨知时节,当春乃发生。现在是五一前夕,正是农民春播春种开始之际,昨天一夜春雨,现在丰满区土壤墒情如何,请跟随镜头,我们来实地考察一番。我们现在所在的地方,是丰满区丰满屯魏家沟村北的一片梯田,咱们农民在这儿种的是玉米。现在没有烧荒,也没有打茬子。我们用一个简单工具来略加挖掘,看看这次是一场透雨,还是一场毛毛雨。土壤非常松软,黑土腐殖质非常丰富,我现在已经挖出去足有20多厘米,土壤依然是湿的。可以预料,这场透雨,将会为今年的春播春种带来一个非常好的契机。

话须通俗方传远,语必关风始动人。生活是写作的源头活水。创意写作的课堂不仅在校园、在书房,更在市井间巷、田间地头。采风是预设和生成的结合,预设是有的,我们大致要采录哪些对象,以怎样的原则,而即兴也安排了很多,比方说游戏的板块,或者我们邀请了特殊的访谈对象和大家进行面对面的交流。这些项目非常生动、非常丰富,师生都感觉到非常满意。感谢导师团的大力支持、悉心指导,感谢大家吃苦耐劳、团结互助。东师创写丰满屯采风营深入扎实,成果丰满,圆满完成计划,期待采风成果不断转化为写作成果,采风精神永远伴随大家的写作生涯。

——徐 强

这个地方给了我许许多多的灵感。前两天写的一篇文章叫作《山雨》，就是在村庄的雨夜，我想了很多事情，才写出来的。我们去了许多地方，探索了非常多的故事。可能房子里的每一个物件，都有久远的故事，等待我们去探索。村庄因为人才活络起来，因为人才更富有当地的风貌和特色。

——陶新宇

　　这次来丰满屯魏家沟进行为期一周的采风活动，让我真正明白采风的意义。采风和旅游是不一样的。平时我们出去旅游，通常只会关注风景名胜、热门景点、食宿条件。但是采风，我们不仅要采自然风景，还要去发现这里的每一棵树、每一朵花的特别之处，更要关注历史文化和风俗人情，去发现每一餐饭、每一栋建筑背后的意义。通过这次采风，我们对大自然、农村生活和地方历史文化有了更深刻的理解，这些都为创作提供了素材。同时，我们汲取了民间文化的营养，激发创作灵感，创作出了有深度和温度的作品。

——蒋玉恒

　　魏家沟是一个令人心旷神怡的地方，这里的自然风光和淳朴的民风给我留下了深刻的印象。我们走访了很多地方，与当地的居民进行了深入的交流，这些经历都为我接下来的写作提供了丰富的素材。尤其是王德平先生的瑞德园是我此行的一个重要收获。他收藏了许多具有历史和文化价值的老物件，每一件都承载着深厚的故事和记忆。这些老物件不仅仅是物质的遗留，更是历史和文化的传承。我会结合自己在魏家沟的所见所闻，以及与王德平先生等当地人的交流，将这些老物件的故事娓娓道来，让读者在欣赏文学作品的同时，也能感受到历史和文化的魅力。

——吕天媛

　　这次采风让我切实地感受到了南北方的地域文化差异。因为我自己是土生土长的南方人，来到这里，我看到了不同的人生活在不同的地区，营造出来的不同的文化现象，这对我来说都是非常新鲜的内容。尤其是当我们走在田埂上的时候，我们看到那些大爷大娘正在农忙，有的大爷在吃着盒饭，靠在干草垛上。烈日当头，那一刻他们展现出来的姿态，都是我过去很少去注意到的，这将会是我的写作素材与灵感来源。整个采风下来的生活，粗茶淡饭，恬淡美好，苏轼有句诗是这么说的："蓼茸蒿笋试春盘。人间有味是清欢。"那一份淡淡的欢愉，可以给人带来一种非常浓烈的感情，生活中的乐趣就是这么简单。

——王植玉

  我在这里体验到了与以往截然不同的生活。这里的工业化痕迹很少，一抬头就能看到山，它离我很近，近到能看到它的吐息。我每天看它都是不一样的。第一天来的时候，那座山还是光秃秃的，随后一场雨下来，就变成翠绿色的了，然后这抹绿漫山遍野地蔓延开。大自然能带给我很多灵感，生命力的奇妙是可以传递的。

——李庭萱

  就像刘禹锡在《竹枝词》中所说："东边日出西边雨，道是无晴却有晴。"在丰满屯采风的日子转瞬即逝，让我有种恍然若梦的感觉。短短一周，我们一直在路上。采风其实就是带着求美求真的目的，用脚步丈量，用眼去看，用心领悟，内化于心才能外化成文。看啊，河水滔滔，不舍昼夜，奔腾不息，汇入主流。我也同它一样，最终都要融入世俗生活，谁也不可能永远停留在某个拐弯处。就要回去了，我想，我一定会期待下次采风，也会怀念我们一同出来走走的时光。

——杜艾伦

  时间是什么？是抽象的概念，还是每个人都可以感知的一种元素？相信每一位写作者面对时间，都会有自己的困惑和疑问。今天中午，我与几位同学去爬营地东面的小山。山并不陡峭，但并无现成的山路。我们猫着腰，身体几乎与地面平行，能看清地上四散奔逃的蜘蛛，不疾不徐地成功登顶。对于这种野山坡，下山要比上山困难，上山时随便抓住一些小树小草就能借力攀爬，下山时如何卸力可是让人着急，一不留神就会滚下山去。好在我跑跳结合，顺利回到了山下小溪旁。脱下鞋袜，我将双脚浸入溪流下游。春天的水流是湍急的，携带着一股源自冬天的冰冷。我似乎明白了，人对于时间的感知跟随季节。冬天的时间是粘滞的，东北的冬季漫长，天地霜白，时间粘住雪花，也模糊了人的感知。

——刘天权

这两天印象最深刻的事情我觉得蛮多的。比如说我们一起包了饺子，一起蒸了包子，一起炖了鱼。这样的集体活动对于写作来说都是不可多得的素材。

——佘 飞

"留意""会意""创意"的"三意"写作观强调我们要对日常生活有更多的好奇心，并读懂背后的原因。这和创意写作息息相关。只有在"会意"和"留意"的基础上，才能够激发我们的"创意"。今天中午，我沿着河流一直往下游走，发现小亭子、河流和天空形成了一种交会感，这就是"留意"和"会意"所激发出来的"创意"。

——梁 炎

我在采风中观察了很多事物，这些观察今后在我的写作中一定很有用。现场采风给我的空间感受更加深刻。我在创作的时候，肯定会想到采风时看见的每一个事物在空间上怎么分布、怎么安排，让我笔下的文字表达更加准确。

——马 鹏

这次活动让我更好地了解了丰满屯魏家沟的风土人情。采风并不是想象中的走马观花，也不是疲于奔命地参加各种忙碌的活动。在闲适的生活之中，能产生很多感悟，也能产生很多新的成果。

——刘竺岩

我尝试将人文和景观相结合，在这样的视角之下，于采风的第三天，创作出了一篇名叫《喊山》的短篇作品。

——赵天赐

第二辑

访 谈

一访瑞德园

2024年4月22日下午，瑞德园

主要谈话人：王德平　赵瑞华　徐　强　王立夫

整　　　理：马　鹏

校　　　订：徐　强

王立夫：那个泥巴房是满族的。

徐　强：黄泥抹的那间？你现在就住在这里吗？

王德平：不是，这是我的活动室。

徐　强：我看到丛文俊先生题了两幅"听涛小筑"，一个挂外面，一个挂里头吧？

王德平：两幅题字相隔一段时间。

徐　强：字不一样，外面那个刻匾，"筑"是竹字头，里面这幅墨迹，上面部件是两点。

王德平：四十年前我的院子就这样。2017年发大水，就都毁了，重建家园。……这是王立夫的朋友留下的字。

徐　强：一会儿有卡片，我们一人写一张。您原来是在哪个局工作？

王德平：我在吉林市人社局退休。1975年、1976年左右下乡，在吉林市郊区金珠公社。孙硕夫是团委书记，赵瑞华是金珠公社团委委员、南兰大队团总支书记。我是下乡知青，没在公社做过任何工作，只参加了金珠公社第一届后备干部培训班，在南兰大队任大队革委会副主任，下乡知青进大队班子任职。

王德平：这是原来咱们吉林市书协主席李壮的题字。这个大座钟是美国的，很早了。

徐　强：上面是罗马数字。

徐　强：现在还能走吗？

王德平：没问题，嘎嘎的，但弦绷在一块儿了，现在就卸不开……这房子是我一个朋友按照我的想法设计的。这个穹顶是一个漏斗翻过来。这里头有一种意义，有聚财的意思。……这是16毫米电影发动机。过去咱们小的时候放电影，用这种机器，把片子放进盘里。

徐　　强：我们小时候就喜欢对着它做手影。谁专门写老物件来着？

吕天媛：是我，老师！

徐　　强：每个老物件背后都有故事啊。……这个灯笼，丝、绢一类糊成的。

王德平：是的。这是山东火盆，这是日本火盆。

徐　　强：这是日本侵华的罪证。这是《广州日报》奥运会合订本。这是"备战备荒为人民"，70年代中期的。

王德平：这是吉林省吉林市的工业券，一套全的，当时就凭这个券买衣服、买鞋、买帽子，没那个买不了。

徐　　强：对，光有钱也不好使。你们谁知道这个是什么？有两个圈这个。

众：（猜测）……刚才那个大钟就靠这个上弦。……这是一个农具吧？犁铧的尖？

王德平：是柴镰。东北有两种镰，还有一种是稻镰，弯钩的。直的是柴镰，上山砍柴用的，比较厚，比较坚实。……后来吉林市博物馆着火了，烧掉了很多文物，很多珍贵的历史资料都烧掉了。这个图像现在博物馆扒掉了。

徐　　强：我感觉造型还是这个呢。

王德平：原来的造型有点像龙，后来都挪了。

徐　　强：但我感觉它不高、很矮、细长，现在还是吗？

王德平：不是了，都已经变了。这些东西是我买老房子之后，清理周边垃圾捡过来的，反映周边生活状况。他家曾经有钟表，有镰刀，有犁铧，特别是这个钥匙串极其珍贵，自己编织的，是那个时候最珍贵、最时尚的东西。这叫马莲朵儿，用塑料皮绑在钥匙上。现在找不到，也没人用了，这都是手工，纯手工。

徐　　强：很多人会编，就像女孩子编辫子一样，但比编辫子要复杂。

王德平：这都是这个地方自产的，蜂巢外边的壳，还有灰喜鹊的巢。东北人叫大嘴帘，生完孩子之后把小鸟带走了，空巢了。窗台上放的都是巢，这是蜂巢，土蜂的巢，还有鸟巢、蛇皮，都跟家有关系。

徐　强：蛇皮不短，是大蛇，这是一条，院子里就有蛇呀？

王德平：对呀，就是院子里的，前天还遇到了。

徐　强：在哪屋啊？

王立夫：（开玩笑）好像就你那屋。你来之前那天晚上还进去一只野猫。

徐　强：是黑白的吗？今天中午我看见了。

王立夫：总来偷吃，黑白野猫，从窗户、从门进你那屋睡觉。

徐　强：这不都是老物件吗？

王德平：对，汽水、啤酒。

徐　强：这个是什么树？

王德平：梨树。

徐　强：那这可有年头了。

王德平：百来年吧，我这院里头和别的院不一样，非常招人的原因可能是因为地气，在这方圆百里之内找一棵自然生长的百年梨树很不容易。

徐　强：（指倾斜埋在地里的一个瓷罐）这里头没东西吧？

王德平：没有。这是你们前院那个大院，他们家酒坛掉下来，碎了一半，我捡了放这儿。

徐　强：看见了草莓，这是草莓苗？取出来再栽，是吗？

王德平：栽过了。

徐　强：怎么不成趟不成行呢？

王德平：规范式的那种要用塑料布，采摘的时候才干净。我们这是自然生长，放养的孩子似的，随便就塞一个。

徐　强：这是原来老房子的？

王德平：这是桥头堡石片，桥已换几代了，最早的桥被水冲坏了，重新建的，建完之后，随着城市发展，比较窄就扒掉了，重新建的。又发大水，又重新开始建。最早有个人在那儿摆渡，一个老和尚叫德元师父，要坐船，管他要钱。和尚手里哪有钱呢？老和尚下决心，要化缘建一座桥。老和尚就开始到处化缘，建了这个桥，就把开船的生意给弄没了。所以人得善良，是吧？你当时要放过人家一马的话，岗位和职业是不是还在？结果什么都断了。这些石料差不多都是那个年代的。

徐　　强：这是石臼。

王德平：对的，但这个石臼跟院里其他石臼不一样，这是当地原住民在长白山用过的东西，因为石头是火成岩，这地方不会有这种东西。你手伸进来摸摸石壁，非常光滑，说明使用过，里头有磨痕，在里头打米。这东西虽然破了，但还有点记忆。（来到老房子厨房，指正在做饭者）这是我的弟妹。

徐　　强：这是准备吃饭了。

王立夫：两顿饭。

徐　　强：这个叫锅塌豆腐，是山菜。

王立夫：南北大炕两侧都可以坐，看看我们东北的老屋。

王德平：家里头有这些，也还是比较富有的。这幅画是南京长江大桥，毛主席的诗词，我非常疑惑，那时候已经有简体字了，但这个用的都是繁体字。

徐　　强：这个是手写制版。这不就是糊的顶棚？昨天王老师说的暗棚，有点塌了，塌腰了，里头有骨撑。拿什么做的？木条？

王德平：对。

徐　　强：这房子有多少年了？

王德平：这房子是1967年修建的。

徐　　强：我跟你们讲过，小时候信息稀缺，没有书看。爷爷买回报纸来，我告诉他有广告的糊在里面，有字的露在外面。我躺在炕上，看这些报纸，很多新闻标题、文章题目，都念熟了，熟读成诵。2003年糊的，21年了，还有2004年4月的。

王德平：顶着房间的这个立柱，时间长了，漏雨，烂了，烂了之后房顶慢慢沉下来，把棚压塌了。我朋友上来看到墙架有一个大包，就把它打开，打开之后就发现了咱们今天看到的那个蜂巢，在里头做好的。房架顶起来了，又重新砌墙。

马　鹏：房顶是放树叶在里边？

徐　强：是高粱秆，中间取平，必须有骨撑，然后报纸贴在骨撑上。我糊过，上面糊报纸不容易。

王德平：外面现在看到的是幔竿，类似于床帘，爸爸和妈妈，和儿媳妇在一个屋里住，生活不方便，就要用到幔竿。这两边是缠头，起遮挡作用，分为幔子、幔杆子和轴。（走出屋子）曹杜缸跟汉中缸最大区别是曹杜缸没脖，用来腌辣白菜，食材放进去，缸顶用纸糊，让它发酵。

徐　强：与其说是缸，不如说是罐子，大号的罐子。我给大家讲过没，我们村里头有个姑娘，有人说她长得就像"瓢坐在罐上"。瓢有吗？

王德平：有。

徐　强：瓢坐的是大罐子，小罐小点。这个故事砢碜她什么呢？她长得挺漂亮，但脖子短，脑袋往这儿放就像瓢坐在罐上，完全没有脖子了。你们随手都得采录。我现在布置一个任务，今天我说的"五理"，物理、事理、情理、文理、哲理，刚才我就注意到了，王老师说的幔子和幔杆，两头为什么做成龙头状，它有遮挡作用，这就是物理，这个东西本身有道理，而且它有美学，既有功能，也有审美。还有吉林市的那个桥，桥上的那个石头。王老师给大家讲了故事，化缘的和尚来过河要收他钱，和尚由此发愤自己建桥，把渡船的生意给挤兑没了，这里头是不是就有哲理啊？今天在这院子里头，每个人从这五个方面，最好是五个都能找全了，哪一个暗含物理，哪一个暗含情理等等。关于事理，刚才在屋里头，我已经捕捉到好几个了，比如和尚的故事就暗含事理，人和人之间关系怎么处理，事情背后的这个道理，文章的道理最后是哲理。每一个同学要为这五理找一个对应的案例，我希望大家在日志里能把这个写出来，明天咱们的推文就有了物、事、情、文、道这五个方面。用这个任务做接下来的驱动。（对王德平）这样来集中一下大家注意力，要不然走马观花，看完了也没留下什么印象。

王德平：这是海边小道，那个时候孩子很小，没上过海边，问我海边什么样？我就把这个地铺成了一个小道，把海螺壳什么都扔这里边，有不同颜色，我说海边就是这样。

徐　强：将来你们如何做父母，用心就在这里，这是来自松花江的江边沙石吧？

王德平：对，这些东西都是上亿年的软体动物的化石。

徐　强：我看像贝壳里头那个瑶柱之类的东西，里头的纹理有点像。

王德平：这东西特别古老，已早消失，没有了，沉在海底之后就成为贝壳了。

徐　强：小院蕴藏着大世界。

王德平：这些都是粪堆，没什么可看，但为了把它做得有点艺术感，朋友送我很多大勺，我把大勺打磨，喷上颜色，挂在墙上，环境就有了变化。

徐　强：布展水平很高，很有创意。

王德平：这地儿叫"小鸟花园"，我有一个朋友是北华大学的，书法教授，叫赵彦辉，是我最好的朋友。

徐　强：哎呀，我跟他认识。一会咱们合个影，我发给他。

王德平：赵彦辉的孩子叫嘉禾，小女孩非常聪明，高级知识分子家里教育孩子既有约束又有自由。那孩子的爱好非常广泛，自己养小鸡儿，自己养花、种豆，种完发芽了没地方放，我就给她做了一个小的花园，立一块牌子，我自己写的钉在这儿。他爱人回来，问我为什么叫"小鸟花园"，我说你姑娘就是一只鸟，非常漂亮，非常伶俐。鸟儿只是到这里落了一脚，以后要飞走的，要回归天空。

王德平：这个亭子是赵彦辉给起的名，写的作品。

徐　强：写的什么名字？

王德平：旷远亭，我的运动室。

徐　强：蔬菜副食品公司牌子也都整来了。

王德平：对，我一个朋友把它买断了，之后这牌子被我要来了。你一看就知道这人是谁。

王德平：（指着一幅剪纸作品）这作品是吉林剪纸学会会长的，鸡妈妈、鸡爸爸，还有鸡孩子。

徐　强：装饰性很强。（看一幅画）画里的毛主席在安源，这是原型。

王德平：（指着一个挂件）这挂件意思就是"路在脚下"。很简单的一个木板，打完膜，把两个草鞋放那儿。

徐　强：什么材质啊？

王德平：麻。

徐　强：这就到边上了吗？

王德平：对，那边是小河了，小河顺流过来的，这些都是青蛙的卵。

徐　强：水从哪儿引过来的？

王德平：属于地下水。

徐　强：来，大家坐，听王老师讲讲古。您是赵老师啊？

赵瑞华：我是赵瑞华，叫老师可不敢当。

徐　强：今天就是老师了，给学生讲知识就是了。

王立夫：王老师、赵老师还没吃饭。咱就先聊一段，晚上我们在这儿点着灯聊。

徐　强：那现在四点四十，五点咱们撤，不一定非得今天聊，改天也行。这几天院里要有什么活，我们能插上手的，也可以来帮着干。现在农业也是艺术了，你种的这些都不是民生问题了。我们今天来的学生，我给王老师介绍一下，有博士生两位，硕士生九位，今天来的有八位，一会儿还有一位博士生，给我们送物资来的。这庄园总面积有多大？

王德平：两千，不到三千平，名字叫瑞德园，瑞雪的瑞，道德之德，名字出自我名字的中间字、我爱人名字的中间字，她叫赵瑞华，我叫王德平，两个字的组合。

徐　强：这两个字都是寄寓好的意思。

王德平：对，祥瑞，吉祥。我们把瑞德园叫作瑞气、德风，已经有二十多年了，我们俩在这里工作，修建、改造、维护，从我四十岁开始，慢慢弄成的。

赵瑞华：是的，1998年买的，1999年盖的。

徐　强：有26年了。（对大家）比你们岁数都大，这是王老师接手之后，接手之前还有若干年。

王德平：1967年开始的。

徐　强：这院子原来是一家的吗？

王德平：是一家的。我为什么对这个土房情有独钟呢？除了对小时候怀念和情怀之外，还有一个很重要的点，这个家是下放的城市居民，他爸爸在黄旗屯，原来基地是划几片的，比如江北、江南、西关等等。他爸爸是西关警察署的警长。

徐　强：这是1949年前的事。

王德平：他爸爸和共产党好，实际是共产党安在国民党警察署里头的一个线人，做隐蔽工作的。他们家就下放到这个屯子，盖的这个房子。这家姓孙，他们家第二个孩子非常有意思，叫孙盼，他多才多艺，是一个文艺青年。他怀着一种情感到这里来，眷恋过去的生活，写了一首歌叫《恋江城》。

徐　强：他是从吉林下放到魏家沟，就是怀念他的城市。

王德平：那时候他很年轻，是下乡知识青年。

徐　强：那时他父亲下放带着他们几个孩子来到这，这个是老二。

王德平：为什么我喜欢这个地方，那是因为在这个方圆五十里之内，再也找不着依然延续着过去古法生活的人，这环境之外，再没有了。旧房改造全部都扒掉了，所有都建成砖瓦房了。

徐　强：这个房子就是他们当时修建的吗？是什么结构啊？全是土坯？

王德平：底座是土坯和砖瓦结合的。

徐　强：上面应该是后换的吧。

赵瑞华：我们来之后换的房盖。

徐　强：最早应该是草吧？

赵瑞华：那不是草，我们买时是大片的水泥瓦。

徐　强：那估计也是后来的，如果是五六十年代肯定是苫顶的。

王德平：二十世纪六十年代农村改造，条件都好一点了。

徐　　强：那时候东北条件好一些，但那时候一般的农村很难有瓦房建筑。我家山东的，我们二十世纪八十年代那会儿，还是用麦秆做的苫房。

王德平：我知道，把麦秆切成一段一段的，底下糊热泥，那个拍子我也用过。我孙子后来也非常喜欢，听说王立夫老总来搞民宿，孙子就说咱们家不能搞民宿，不能扒房子，不能再盖。他也有这种情怀在里边。

徐　　强：他（指王立夫）一整就找一帮朋友上我们这儿来了，来了之后就得让我给讲一个啊。唉，都朋友嘛，非常欢迎。这俩院哪个更大些？跟北院比。

王立夫：那个院大，工业痕迹很重，我搞建设的朋友弄的，在铁路工作，他对乡村生活没有这么深的理解。

徐　　强：属于工业化时期的遗存，还有一些农耕文明，你看什么锄头、铲子都有。

王立夫：对对，我们这些搞规划设计有一句话，叫"城市做有序，乡村做无序"。乡村是伦理的秩序，城市是制度的秩序。城市设计如果说你弯一点了，有可能还要审计你，说你为什么要弯呢？明明可以节省成本等等。乡村就是有棵树也要绕过，有个小的瓶瓶罐罐也要绕过。所以说这个感觉就不一样了，所以南院北院区分特别明显。

徐　　强：但这也有铁路痕迹，这个不就是铁路上的？

王德平：对，因为是邻居嘛，邻居就有点呼应，我也特别喜欢这个。

王立夫：同学们，刚刚咱们不聊过吗？看看大家有没有比较感兴趣的，刚才我介绍了一下赵老师，让赵老师说几句话吧。刚才我们看到墙上的图形，就是"路在脚下"。赵老师这些年写了一本书，也叫《路在脚下》，我觉得应该是家族史、成长史，或者说是回忆录。

徐　　强：赵老师这本书什么规模？什么内容？

赵瑞华：嗯，就讲我的成长过程，也是勉励自己，我读书也挺费劲，很坎坷。

徐　强：你两位都是当地人吗？小时候都在这片长大？
王德平：我是在吉林市长大的。
赵瑞华：我是纯农村的。
徐　强：是这片农村吗？
赵瑞华：不是，我是在金珠镇南兰屯，松花江边上。
徐　强：那就是王老师下乡。
赵瑞华：是的，王老师下乡到我家那块儿。
徐　强：这也是你们认识的机缘吗？
王德平：对，是。
赵瑞华：恢复高考头一年，我是1977年第一届考生。
王德平：她学习很好，分数考得很高，但录取非常低，她当时那个成绩要是上东北电力大学的话，都超了多少分？
徐　强：能写书肯定错不了。
赵瑞华：那时候137分就能被东北电力大学录取，我考了198分，但头一年报考的中专，一张卷子，报啥是啥，分高了你也不能上大学，当时报低了。咱下乡在农村待了四年，回乡四年，不一定能考上。
徐　强：想着能稳妥是吗？
赵瑞华：对，从农村走出来也不容易。
徐　强：中专后来去了哪个学校？
赵瑞华：哈尔滨铁卫学校。
徐　强：铁路啊？铁路卫生？
赵瑞华：铁路卫生学校，护士专业，其实我没报这个，报的是铁路技校，结果那一年技校招生的学生全送到哈尔滨去培训，因为医疗战线青黄不接，没有人了，就送医生护士都培训去，我毕业分到丰满铁路疗养院，是沈阳铁路局的。
徐　强：就在这附近吧？
赵瑞华：就是在松花湖上游，那个疗养院非常好，1962年建的，当时是科级以上干部的疗养院，后来停了好多年，等我们毕业以后又开始恢复了。刚恢复一年，我们毕业就分到那儿去。

徐　强：那工作条件是非常好。

赵瑞华：对，条件非常好，风景特别美，疗养院下边就是松花湖。站在卧室里看松花湖。（指《路在脚下》）我其实没文化，啥也没有，就是一种写作的冲动吧。主要是他（王德平）支持我，他不支持我，一事无成。

徐　强：写了就很有成就感。我们这些都是在研究现在所谓的创意写作，他们都在学写作，创意写作研究现在有一种观念，写作不光是作家的事，写作应该属于每一个人，所以我们有一个使命就是要启发所有的人把心底的故事讲出来，这个就是创意写作最新的理念。上学期创意写作大会不是有个分会场叫"平民写作"嘛，你们上一届有学姐研究的课题就是这个，但她用的是另一个概念，叫"素人写作"，有故事就把它写出来，很有价值，是不是体会到非常大的成就感呀？

赵瑞华：怎么说呢？自己就想给自己一个交代，我都没有想什么成就感，我没读几年书，但也想着你们看了能够满足，想写能让你们满足的故事。另外，我的立足点是南兰屯，我们家离松花江特别近，现在城市扩展，已经把屯子给占了。原来我们屯子有四千多口人，两千多户，一个非常大的自然屯，结果现在消失了，土地、房屋都被城市扩建占了，都被通岗给占了。通岗全搬过来了。我们家南兰屯这个名字的南兰、北兰都是满族的。

王立夫：明天或后天我给大家分享一下，吉林市定村的一个原则，五旗定村，黄旗屯为中心，南兰、北兰应该是镶蓝旗。

徐　强：过去是郊区，现在属于丰满吗？

王德平：现在叫龙潭区，龙潭区过去就是郊区。

赵瑞华：原来是吉林市郊区，现在变成吉林市龙潭区。

徐　强：对，丰满过去也是郊区。

赵瑞华：对，丰满也是郊区，现在变成丰满区了。

王德平：老的建制以吉林市为中心，郊区是围着吉林市城区一圈，都归郊区管，郊区包围了吉林市城区，后来打破区域设置，按方位来重新设置。

赵瑞华：没啥说的了。

王德平：她是第一次在这么多人面前，这么多高才生面前，这么多象牙塔里的人讲话。

赵瑞华：我觉得我是一个比较内向的人，不会说话，不愿意说话。

徐　强：将来我们做这个专题的时候，还可以再来专题采访一下。非作家身份的人的写作，如果能给我们分享一些那个作品片段，我们会特别感兴趣。

赵瑞华：我们有书。

徐　强：我就怕有点冒昧，到时候王老师帮我转一下，也许我们探讨一下，能不能发表一些片段或者是出版，看看有没有希望。

王立夫：王老师的愿望是希望能出版，我觉得赵老师多少信心不足，因为她没写过，但我看了里边内容很丰富，也很感人，可能结构等等一些（有问题），到时候您帮我看一看，书已经成册了。

徐　强：自己制作出来了是吧。

王立夫：都已制作出来了。

赵瑞华：写的可能有30万字。

徐　强：30万字那是一本很大的书了。

赵瑞华：没正式出版。

徐　强：《路在脚下》是您（王德平）给写的序？

王德平：那自然我写，很早之前她有写书想法的时候，我也有一点冲动，也不是什么序，就是一种想法或者一种鼓励。

徐　强：先从1995年开始讲的，然后是童年记忆、少年烦恼、青年励志，挺好的。

赵瑞华：主要是也没个章法，不懂也不会，反正就想到哪儿写到哪儿。

徐　强：按照顺序写就是章法呀。

王德平：实际上她这是一本家书。

徐　强：赵老师这书一共做了几本？就一本？

赵瑞华：没有，我印了50本。

徐　强：往出送过吗？

赵瑞华：个别的。

徐　强：我也讨一本？

赵瑞华：可以。

徐　强：给我签个名，写句话，我带回去拜读一下，我也推荐给我们专业研究生看看。

赵瑞华：可以。

徐　强：两位老师没吃饭，咱们今天时间也到了。在这里发现了一个富矿，这几天可能再来叨扰几次。我给两位留个卡片，写句话。这礼物是我带来送给两位的，不成敬意。

王立夫：他们在这儿待一周，随时来，随时聊。

赵瑞华：行。

徐　强：我带有笔墨纸砚，回头写大字。今天就写一个可以挂在墙上的。

王德平：所有同学也写一句话，作为你们到瑞德园打卡的纪念，下一次或什么时间，你们来的时候可以在那片墙上找到自己的名字。或者我这个小园子以后要成网红了，或者改成咖啡馆，你们来

喝茶。你们给我留个痕，将来这院子里头我要做一个展馆，你们就是第一批来我院子的高才生。

徐　强：（题词）瑞气德风，参观瑞德园记，东师创意写作采风营，甲辰谷雨。

王德平：这个就收藏了。

徐　强：那谈不上，不好意思。回头我写个大字，笔墨纸砚印章全套都带了。将来您这儿可以多备一些，包括大的签名册给嘉宾签名。那今天就这样了，下次再来拜访两位老师。

王德平：欢迎再来。

与铁路局老刘的隔篱闲谈

2024年4月24日清晨，合普山舍街道

主要谈话人：老　刘　徐　强

整　　　理：梁　炎

校　　　订：徐　强

  4月24日清晨，合普山舍一片寂静。昨天采风营活动紧张，大家都累了，徐老师允今日早餐推到八点，以便大家多休息一会。我却早早起床，在合浦山溪边看水。不一会儿，徐老师也出来了。老师要到山舍外走走，叫我一起去。我们沿着合普大街信步东行，大约走出五十米，见右手边（路南，昨天访问过的瑞德园对面）是一处很大的庭院，内有房舍一栋、小亭一座，还种了些许蔬菜，其余地方遍植花草树木，清风拂面、鸟声悦耳，风景甚是宜人。驻足欣赏不多时，便见一位七十岁左右的大爷携带工具，来菜畦间剜野菜，徐老师便凑近铁栅栏，上前与其攀谈。

  大爷叫刘明远，是铁道部门的退休职工，儿子在上海成家立业，妻子为铁路医院（丰满疗养院）退休职工。老刘虽然对自己的小院恋恋不舍，但也打算未来去南方，离孩子们近些。

  老刘不算健谈，但逐渐也熟络起来。我原以为聊天不会很长，直到十几分钟后，我感觉谈到的内容很有记录的价值，而且聊天还没有止歇的意思，才想到打开手机录音按钮。于是，后面二十多分钟的谈话就记录了下来。现在整理出来，以便留存当时的场景。

——梁　炎

【前十分钟录音阙如。】

徐　强：在这里待的时间有几个月？

老　刘：八个月？可能都不到，十月份走，四月份回来。

徐　强：这个房子回来是不是得好好收拾收拾？

老　刘：这房子冬天不住，是得收拾。

徐　强：我看这基础设施还行，水电什么都有，就是暖气不行。暖气好的话，冬天应该也还可以。

老　刘：现在那个暖气，家家也有不少，做得都挺好，你看那家吧，人家年年冬天搁这旮沓也还行。

徐　强：多数用什么取暖？

老　刘：整个小锅炉。

徐　强：小锅炉带土暖气？

老　刘：是，现在房屋的保暖技术也好，都做上保温了，窗户都搁上双层或者三层的玻璃，你要是屋里头再烧点儿柴火，再加上那个暖气，也不错，挺暖和。问题是我们犯不着搁这儿待。

徐　强：对，冬天在这儿也不能种啥，也没有什么花草树木了。

老　刘：你看看这山上，这会儿开花了，都是满眼的绿。

徐　强：你这院子五千多平，比他们都大，我也走访过几户，也就两三千平。

老　刘：我这个从那个墙，到那个白杨树的边上。

徐　强：那山坡是吗？

老　刘：是啊！山坡上的树都是原先就有的，我都养大了。其他地方缺少的，我就再栽两棵，让它全一点。

徐　强：真好，真是大庄园，这房子是自己原来买的时候就有的，还是来了之后自己建的？

老　刘：自己建的。

徐　强：建这个房子花多少钱？现在是不是比以前便宜了？

老　刘：这个房子你说盖的时候啊？我盖得早，得有十多年了。我之前是搞铁路的。

徐　强：那后面也开门吗？也可以从那边出？

老　刘：对。

徐　强：这个房子建筑面积也得有……

老　刘：也得有一百三四左右？都算着一百四左右。

徐　强：瞅着不能这么小吧。

老　刘：是，外面还有一个建的。

徐　强：就是那个不算是吧？

老　刘：这房子大是不大。

徐　强：嗯，那时候也很便宜。

老　刘：现在我们也有顾虑，孩子在外地，将来还是得走。干不动，岁数大了。

徐　强：多大岁数了？

老　刘：七十了。

徐　强：七十啊，不算太大嘛。

老　刘：还行，但干不动。我这都整得都比较那啥了，园子改造改造就行了，不用再做大的改动。我这几年把这地儿（指树枝、杂草）都剪光了。一年我们家基本都不会买菜，夏天就吃青菜啦，冬天吃点儿冻菜，茄子、豆角啥的。它和买的那个不是一个味儿。

徐　强：那是。

老　刘：不用说别的，就是那个黄瓜，咱家的黄瓜摘过来，直接就可以吃，那个味道你自己吃着也香，别人闻着也香，一股清香味儿。

徐　强：对。

老　刘：另外那个自己种的西红柿，吃完了以后也是一股自然的甜味和酸味。现在这些都是可以冻的，冬天冻着到时候一吃，保准你吃不够！

徐　强：西红柿没见过冻的。

老　刘：嗐，西红柿冻的好。好的地方是啥？它好扒皮，反正冻完了以后，就着热水一洗，皮自然就掉了。

徐　强：哦，这样？西红柿确实没冻过。

老　刘：行，西红柿都冻。我家啥菜都冻。

徐　强：黄瓜好像不行，容易变质。

老　刘：但是黄瓜可以切条，然后晒，冻成干。你们是哪个大学的？北华大学吗?

徐　强：东北师范大学，我们从长春来。我知道我们昨天访问的瑞德园，他是吉林的。

老　刘：对，不就是他家吗？

徐　强：嗯，是的。你们住对门啊！那你们来到这儿之后，平常也是来来回回的吗？

老　刘：如果有啥事回家一趟，平常都在这儿住。

徐　强：孩子在哪里啊？他们回来也会到这儿来吗？喜欢这儿吗？

老　刘：他啊，喜欢，他也喜欢。但是不行啊，他在那旮沓也有家有业的了，不能回来了。

徐　强：那你们将来也得去啊。

老　刘：是啊，我刚才也说了到时候往那儿去。

徐　强：孩子在广东？

老　刘：上海，如果在上海买这么个地方，得个一两千万。

徐　强：哈哈，问题是进市内也买不着啊，买可能也得到外面。

老　刘：我去年过年的时候去那边也看了几个，那边也是五六百万吧，也是在农村。大概多大地方呢？就是我这个院子从墙头到那儿，也就这么大一个地方吧，一个院。

徐　强：五六百万？

老　刘：得。

徐　强：哪个区啊？

老　刘：嘉定，淀山湖那边。那淀山湖不挺大吗？新开发的。

徐　强：嗯，在上海东北，北边。

老　刘：那地方我看也挺好的，但是我是不算太习惯，冬天太冷，阴冷。

梁　炎：有暖气吗？好像没有。

徐　强：有没有暖气没事，倒是可以自己整供暖，主要是海洋气候，它潮湿。

老　刘：潮，冬天吧，很阴冷。

徐　强：冬天到上海，不如咱们东北好过。

老　刘：没咱们屋子暖和。你像夏天，天热，但是身上也挺干燥的，但是那地方吧，就很潮。

徐　强：夏天待不了，床上都潮，床单里头就像有水似的。

老　刘：对。

徐　强：您这是在东北待习惯了。

老　刘：你看夏天，那块儿热得要死。

徐　强：东北热就那么几天。

老　刘：对，像咱这个地方，睡觉都得盖被子呢，得盖个小薄被，那多舒服啊。那要是在那边，跟上大厢里睡觉似的，能睡着吗？

徐　强：不行。你们就像候鸟迁徙啊！

老　刘：我们年龄越来越大了，干不动了。

徐　强：冬天可以回吉林市。

老　刘：主要是反正没几年我们也走了。你们是东北师大的？

徐　强：对，东北师大。

老　刘：东北师大，现在校区也多了吧？

徐　强：两个校区。

老　刘：啊对！两个校区。

徐　强：您去过？一个在人民大街自由大路，一个在净月，也得二十多年了，2002年建的。

老　刘：啊对，咱们在净月。

徐　强：净月大街。

老　刘：你们学校毕业的学生去南边的可多了是吧？

徐　强：是的。

老　刘：多数都往南边去了，尤其在最早的时候，他们南边那个普通话不太好，那时候最喜欢要咱们东北的。

徐　强：东北师大专心办师范，学生从教志愿比较坚定。另外咱们北方培养的学生语音面貌好，确实就像您说的，南方学校喜欢要东北的学生。

老　刘：对，师范嘛，就搞教育。

徐　强：所以就业还不错，去南方的挺多。

老　刘：对对，咱们东北师大就业相当好了，很有名气，相当有名气，在外边也都很响。

徐　强：还行，我们带学生出来采风，也靠学校支持，学校目前有这条件。

【聊到这里，采风营的几个同学从合普山舍下来找我们，叫我们回去吃早餐了。正好老刘的夫人也在屋里喊他回去吃饭了。】

老　刘：那我不和你们唠了，你们回去吃饭吧，我也回屋吃饭了！

徐　强：哈哈，好，那我们也走了，很高兴遇见你，谢谢！再见！

老　刘：再见！

王德平、赵彦辉访合普山舍一席谈

2024年4月24日下午，合普山舍北院

主要谈话人：王德平　赵彦辉　徐　强

整　　　理：佘　飞

校　　　订：徐　强

【录音阙如。】

王德平：东珠啊、渔猎的，一切他们都有，因为满族是渔猎民族，他们在生活上必需的东西都从东北海参崴那一带采完之后用皇道，就是那个拉粮的驿道运过去，所以就非常非常重要。在东北，乌拉街应该是一个非常重要的建制，是专门为朝廷做事的，级别也很高。

赵彦辉：这乌拉是啥？乌拉不就吉林吗？

王德平：乌拉是"江"，吉林是"沿江的城市"。

赵彦辉：沿江做打牲。

王德平：对，这地方沿江做打牲，从这儿开始一直到黑龙江。

赵彦辉：就是包括采集、渔猎，动物植物都有是吧？

王德平：采集、收购，就是做这个工作，有点像物资局似的。所有的物资都从这里来，包括木材，很多东西都运到那儿去。他们家是这个。

徐　强：上去几代人还做这个啊？三四代人？

王德平：对。武木普领他的后人来到南兰这个地方。这个名叫老屯。南兰屯原来的老屯是在江边，江岸边上就是。因为二几年、三几年那时候没有丰满大坝。它那个水流是按照季节，比如说夏天高，汛期的时候长白山的水非常旺，然后就把那个庄淹了。等到秋天枯水的时候，它就又露出来了。后来就把那个屯子迁出来，向北迁，向东迁，到现在这个南兰屯的这个位置。后来他们就把原来那个居住地改名叫旧屯。新屯就是后来居住的地方，但现在已经都开发了，还有一部分人在。

徐　强：这些地名在地图上搜还能搜到吗？

王德平：南兰屯可以搜到，但旧屯搜不到了。我为什么给你讲旧屯的这个经历呢？是因为下乡的时候，我是记工员，下乡的知识青年那么多，谁也没有我知道的地方多。所以要在旧屯那个地方干活，他交出来的工单顶上写的是"旧屯，打茬子"，我就记上十个人、多少工。完了每天交给我，我记账。

赵彦辉：记工分的。

王德平：三几年的时候，日本鬼子打进来之后，曾经在金珠南兰那块儿建过飞机场。

赵彦辉：就金珠那块儿啊？在金珠的哪边？

徐　强：离这儿四十公里。

王德平：在靠着江边这边，过去就是化纤厂（九站）。

徐　强：现在的黑大线旁边啊？

王德平：对对对，黑大线，上哈尔滨必须走这条道。

赵彦辉：现在都开发了，没啥玩的了吧？

王德平：现在有不少农民还在那居住的。那是一个非常有故事的屯子。咱们吉林地区第一个农民文化宫就是这里产生的。农民文化宫那个时候有交流，有东方红牌拖拉机、解放牌车。

徐　强：现在有个金珠豫园，挺大一个小区，是不是金珠镇上最大的一个核心？

王德平：就是围绕南兰、岗子、荒地，那些个大队，动迁之后集中在这里的一个小区。那些年叫什么？叫撤村并户，上楼。

徐　强：这是赵老师他们家族世世代代生活的地方？

王德平：对。正好是在松花江岸，满族人是原住民，农耕文化是后来开始的。他们都是打猎、捕鱼。满族人，不是咱们说的老农民。再不就是当差，像他爸爸就是，又当过国民党俘虏。

徐　强：国民党时期是不就是做地下？

王德平：没有，他是满族。他祖上为清朝皇族做事，他们那个朝廷有规定，就是男孩子下生的时候，朝廷给发养育费，女孩子给胭粉钱。

徐　强：胭粉钱。胭脂和粉。

王德平：这都是当时清朝政府给的。因为满族孩子就是为国家生的，到时候得为国家出力、打仗、当兵、出征，有这个含义在里边。他父亲最早的时候，做侍卫当过兵，就是伪满皇帝溥仪进入长春以后，给他爸爸招去了，做禁卫军，就是皇宫内的，不是皇宫外的卫兵，是皇宫内的侍卫。

徐　强：那就是最心腹的一层护卫了。

王德平：他首先必须得是皇族。在这个过程中，溥仪、溥杰见那个日本天皇的时候，他随着上日本，我老丈人还会说日语。所以曹保明来了之后，听我爱人讲这个故事之后，他不是一般欣赏，是非常欣赏。就上我家去两次。头一天晚上来之后跟王立夫在这儿聊，黑天就上我这儿来了，来之后都没吃饭，就要先看看这人是谁，然后就开始唠，唠得非常好。第二天早上起来，我们起来做饭，这老爷子七十多岁，又来了，没唠够，就在那儿又唠。因为他对这段历史，东北这段历史他比较……

徐　强：他熟悉，也感兴趣。

徐　强：赵老师这本书，曹老师看到了吗？

王德平：看到了。他有一回做直播专门讲的，他有一句话叫：追逐讲故事的人。然后就寻找那个书里头历史上没有记载的史实。就是你们刚才说的那个，社会最底层那些人的口述，把他那些口述、那些语言和历史吻合在一块儿，历史就更丰满了。

徐　强：被宏大的历史叙述淹没了，照顾不到每一个人。这个属于比较角落的一隅，但是它非常有人情味儿，有个人的生命史，有生命经验在里头。

王德平：昨天前天你们去我那里说到这个的时候，徐老师也说到处理书的这个事。她这本书基本上写到我们俩恋爱以后，从她出生开始，但是这里头还有一些就是她没有加进去的，没有加进去的原因就是当时怕主线被冲淡。要是这一笔那一笔就乱套了，我们在讨论的时候也就是沿着那个时间脉络往前写。基本上她是含着眼泪写完的，每天都写到后半夜四点。

徐　强：我认为赵老师这个作品经过修改是可以正式出版的。近年文学界的"素人写作"现象很热，出现了很多非作家身份的作者，他们的作品贴近生活，真实感强，文字朴素，受到出版界的认可，也引起读者的极大兴趣，学术界也很关注这个现象。赵老师的这部作品从题材、叙事和基本文字水准来说，置于其中，并不逊色。

王德平：他那个基本上就是写了一个村落的变化、变迁，写了一个人的成长，写了人性的真善美，写了一个时代的变化。我一直跟她在一起，就是讨论那件事。

徐　强：你这几条概括得非常好。一个人的个人史，也是村庄史，也是家族史，也是一个时代的变迁，这本书的意义就很齐全了。

王德平：所以你们来了之后，因为是写作营嘛，唠得也比较愉快。

徐　强：我也是一见如故的感觉。

王德平：对。再加上有赵教授的情谊在这里。

徐　强：缘分无处不在。

王德平：我跟赵老师是挚友。

赵彦辉：忘年交。

徐　强：是。那天在现场，王老师就这么说，我当时眼睛一亮，我说赵老师我们也是朋友，虽然没见过面。那天大家写作的主题就是"从瑞德园里看'五理'"——五理指的是物理、事理、情理、文理、哲理，每人从中发掘一个点、一个细节，体悟其中蕴含哪一"理"。我们吃早餐的时候就会分享，一部分写出来了，有些没写出来，就口头分享，好几位都提到了瑞德园专为朋友的女儿建的那个"小鸟花园"，这里头有情理，因为有情谊在嘛！还有王老师、赵老师给孙子铺的那条路，他们都提到了。但是"王老师的朋友"是谁？他们还没注意到，我给加上了。我说你们这采访不细致，我跟王老师都聊了半天，那个朋友是我们共同的朋友，书法家、北华大学赵彦辉教授。后来他们在文章中就都括注上了。缘分不期而遇。

赵彦辉：是。

王德平：实际我心里没有什么更高的要求。朋友之间很清淡。我和彦辉我们也挺清淡，但是感情很深。

徐　强：这样最好。

王德平：人生难得遇到知己。

赵彦辉：对，是的。

徐　强：不在于多少互惠互利的这种功利性的东西。

王德平：是，太对了。我认识他的时候他好像刚毕业。

赵彦辉：那是2005年前后。

王德平：差不多。有一天丛老师来了，说打电话让彦辉来。彦辉特别谦虚。

徐　强：那您是先认识的丛老师。

王德平：对，我每次都不错过请教老师的机会。本来是约他和我们在一起，因为丛老师我们也是朋友，在一起聚。他在长春，吉林市也不经常来，大家聚一次也挺高兴的，他就让学生来在一起。

徐　强：丛老师你们是不是老相识啊？他就是吉林市人。

王德平：原来不认识，我认识丛老师是因为原来我们单位领导，他学书法，拜在丛老师门下，学草书，学得也可以，写得也行。在吉林市书法圈里头，像我这外行看就是龙飞凤舞的，还有点那个规矩，因为跟大师学习嘛。后来他得病了，脑梗、半身不遂，现在不写了。

赵彦辉：病多长时间了？

王德平：好几年了，五六年了，他（指单位领导）写不了，但我手里有他的字。我就微信跟他说，他说那写着玩的，你就留着玩吧，现在不能写了。就这么认识的丛老师。丛老师他家人、他爱人、他姑娘、姑爷，我们都认识，一家人都熟悉，不仅是一对一的关系。包括高向阳他们家，也是这样。那次赵老师跟丛老师说，老师打开（指书法作品）看看怎么回事，那次让我逮着了，看完之后他要卷起来收走，我就要来了。

赵彦辉：现在还有吗？

王德平：有，没搁这儿。早就入我那个档案里了。

徐　强：王老师是收藏家，对什么都很在意，不会轻易丢弃。那破瓦罐什么的都很别致，往地里头一放，学生都写进去了，那里头都有艺术情致啊。

赵彦辉：是是是，反正像王叔这样的少有。阅历这么丰富，兴趣爱好非常广泛，最重要的是人还这么好。这老头儿多可爱啊！

徐　强：我一见王老师，我就没想到是六十多岁的人。虽然胡子很长，但是感觉应该是个留胡子的年轻人。

王德平：我这次走了两个月回来，我和老伴，我们俩开车走了一万多公里。

徐　强：去哪里了？

王德平：去湖南、湖北、安徽、山东、河北，然后辽宁这一圈。

赵彦辉：这时候正好是不冷不热，我们就坐在这，刚开始走的时候有点雪。

徐　强：就是春节在外面吧。

王德平：对，我们初三走的。我们在车里住，我们在车外做饭，我们自己采购。

徐　强：房车吗？

王德平：就我那车。

徐　强：就是那个改造了，是吗？

王德平：没有，那个椅子一放倒。

徐　强：那还是不舒服，上面得放垫子。

王德平：还行，有垫子，习惯了就好了。

赵彦辉：外边挺冷的时候，车里边会冷吗？

王德平：车也冷，但是我那个是毛的褥子，然后都盖上。

赵彦辉：但那也冷。

徐　强：有取暖的设备吗？

王德平：没有。

徐　强：我看到好多UP主他们在做，有的冬天跑到根河，那个最冷的地方去。晚上外面是零下38度,他说,那里头它是有个什么设备。

王德平:对,他们可以,因为他们带蓄电池。白天的时候用太阳能,然后把电收集好了,到时候用。

徐　强:往南走还好,越走越暖。

王德平:但是到张家界的时候也赶上那个寒潮、冻雨,相当厉害了。我走国道嘛,进大山就出不来了。我现买的防滑链子,自己安装,走了18公里到高速,刚上高速,刚开两个小时就关闭了。为什么?前面又下雪了。说让你先上去,然后人家指挥你到那口的时候,你该下去你就下去。结果我们等了多长时间?等了两天。别人没有吃的,咱啥都有啊。锅碗瓢盆、桌子、米面油、水,里面都有。

徐　强:那几天好多的回家过年的,都不行了,路边的那个居民去给送方便面什么的。

王德平:生活有的时候是这样的,我们也有负担,不是没负担,因为孙子今年十岁,儿子收入也不是很多,多多少少你得拉一把。也有责任,也有目标,也得有努力的方向。所以生活嘛,你得自己给自己找点事呗。

徐　强:最好的状态了。回来有个大园子。开车出去,祖国各地。

赵彦辉:向往。

王德平:我特别高兴。高兴在哪?就是在这儿。

赵彦辉:人可好了。

王德平:夏天的时候我回市里。以前我经常上他那去坐坐。这些年我去得就少了。有时候他说没事,你上我这里来吧。学院那门卫啥的,都麻烦,但他说肯定能进去。我说,那不去了。再一个,他现在要开始忙了,又带学生,又这那的,挺好。反正人和人在一起就这样,有很多时候就是那种很难寻找的情,一旦找到的时候你舍不得撒开他。就是这么回事儿。

徐　强:人生的一笔财富。

王德平:为什么一好就好这么多年?这五年。

徐　强：赵老师是在美术学院是吧？

赵彦辉：对，美术学院。

徐　强：跟长师是一样的建制吗？书法系吗？

赵彦辉：我们没有书法系。我们比较特殊，美术学院美术系，美术学专业，下边本科是分的书法、国画、油画、雕塑、设计方向。

徐　强：那学生到几年级分流啊？

赵彦辉：就是2+2。

徐　强：所以侧重书法了。

赵彦辉：对，这两年其实这个书法这么整，到底比没有强。反正孩子现在选这个东西学两年他学不成啥样。在家没有用，没经过这个训练……

徐　强：我今年也给美术学院的学生上课，我们上了中文写作，头几年也上，我就感觉现在搞国画的普遍的就是书法缺腿，最后画出画来，画我是不太懂了，感觉画得都挺好，但一看字我就感觉到能判断它什么层次了。好的少。

赵彦辉：现在整个太缺少文化了。就是普遍的。

徐　强：过去来说，国画、书法是基本功，是吧？甚至上头的题款怎么题呀，都会。内容上也能自己作诗、作文。现在基本上很难找到这么齐全的，那字都不行。书法这几年这么提倡，你们也跟下面中学联系吗？

赵彦辉：对，中小学就是我在做，我跟王洪义关系也挺好的。

徐　强：我跟他也很熟。

赵彦辉：他每年在省教育学院搞国培啥的，培训中小学老师，一般都找我去，我给他们讲。

徐　强：下面也是师资不理想。

赵彦辉：对，师资的整体水平不理想。社会需要归需要，实际上就是工作量能完成，但是质量保证不了。现在部分中小学老师有这个问题。

徐　强：有些就是对付。

赵彦辉：加上师傅带徒弟这个风气，比如说我教学生就这么教，完了学生他也是这个观念，也是这么教。这么教可能有问题，有问题就一代一代往下传，始终解决不了问题。比如说书法从什么入门的问题，好多人都觉得必须得写唐楷，尤其是写欧楷，所以学生都是从欧体入手，之后再进行其他的学习。那这里边就会出现问题，比如说欧体写时间长了，要是把书法当成日常书写的一个东西，那还好一点儿。如果要不按这么写，比如我写一个楷书，写一个横，如果大字的话，这个横右边它是往回带一下子的。像咱们一些小字的话，日常书写，那就自然就往这儿一停就完了，往回一弹就回来了，下笔接着写其他的地方。他们观念上以为那个就是都要往回来，那是一个笔法，这样的话在写行书的时候，楷书的痕迹就特别重。所以实际上又有不好的地方，都是两面性的。像我本人，就是从隶书入门。隶书入门也有它的问题，比如说人家说我这个笔法不过关，那我也承认，对吧？但是从书法的本体角度来讲，我这个东西是抒发性情的，我比你抒发性情可能要好一点。它是这样一个东西，有的时候鱼和熊掌不可兼得。

徐　强：今天很意外，昨天我到里头那个石碑那里去了一趟，我都没注意。

赵彦辉：刚发现的（笑）。

徐　强：写得好，今天我特意注意了一下，我们在那儿合了影，我单独把石碑照了一张，我又自己单独在那儿照了一张。

赵彦辉：那个原作搁那儿挂着没有？

王德平：没有，收起来了。

赵彦辉：原作大概是6尺的，没放大多少，基本上就是原大。

徐　强：那么大也合适，那块石头也就那样。

赵彦辉：后来我考虑风格，你看那个风格要写成楷书，就一点味道都没有。我觉得我那幅字和这个环境是比较合的。比如说像徐教授，你要到这儿来考察了，再西装革履，就不是那么回事儿，是不是？就得亲民一点。要么的话王叔心里就有顾虑了，对吧？一看你这么随和，这个打扮就合适。这涉及人跟环境的协

徐　　强：对，刻得也挺好，那个绿字很好。我今天定睛一看那个署名，我熟悉，那个"辉"字我看得也很多了。

赵彦辉：是吧？我跟这块儿还是有渊源的。

徐　　强：因为那署名，我问他们（指学生们），你们知道这是谁吗？他们都认不出来。我说这就是昨天大家都提到的赵彦辉老师，赶紧照相。王老师家进门那块儿的也是赵老师写的吧？

王德平：那个是高向阳写的，吉大艺术学院教授。

赵彦辉：高老师也是吉林市人？

王德平：对，他也是吉林市的。

徐　　强：吉林市出书法家，江城它就是很灵秀。

赵彦辉：你可以考虑让他们帮着农民干点啥活。

徐　　强：学农就是一个任务。但是这两天还没有条件，我们只是走到大田里去。

赵彦辉：你家有啥活给他们留点。

徐　　强：你给我找点啥活呀？园艺呀？

王德平：舍不得呀，我儿子来我都舍不得让他干，你说能让他们干吗？

徐　　强：那我们主动要求。

赵彦辉：我不知道你啥出身。

徐　　强：我小时候农活都干过。

赵彦辉：你老家在哪儿？

徐　　强：山东诸城。我小时候农活都干过。推粪、倒粪、施肥、摘棉花、切瓜干我都干过。

赵彦辉：诸城，你跟王愿坚是老乡。

徐　　强：对，我们那儿也出了不少作家。

王德平：诸城，那儿有一个圈，就是文学创作圈，它是有传承的。毕竟名人特别多。

徐　　强：这次路过诸城了吗？

王德平：路过了。

徐　　强：路过诸城了。我的白皮本呢？我也记一下王老师这次走过了哪些地方。看看路线图,将来我退休也去。这状态我很羡慕,将来我要是有条件,也开车去饱览祖国大好河山。还走到我们诸城去,这很难得啊。

王德平:我们主要是看博物馆。

徐　强:诸城博物馆还行,有恐龙博物馆,听说还有好多东西都借到国博去了。

王德平:我们主要是看博物馆。

徐　强:你看,这就是有层次的人。

王德平:我们先到博物馆看看,按博物馆选去哪个地方。一般的基本就不去了。

徐　强:都走了哪些地方?我想记下来。

王德平:详细的你得问我们家那个设计路线的,我大概就是湖南、湖北、安徽,反正出来之后上山东,搁山东出来之后,就上河北、天津,在天津出来之后就奔辽宁了,就回来了。

徐　强:这两个月,第一站就到湖南吗?

王德平:我们是到张家界,主要是去看自然景观,因为它是世界遗产。我们现在如果要去的话,得选一定层次的。一般的3A以下就不去了,得选5A的。比如说像溶洞,也就不去了,你怎么看它都是溶洞,还能看出啥?打上灯光之后都是花花绿绿的东西,只是大小、长短、深浅的问题,没啥意思。一般的山也不去,没有故事的不去。还有一个最重要的,收费的一般不去。爬爬山还收费有什么意思?咱上这不收费的爬呗。

【大家午睡醒来,来到大厅,和王德平、徐老师打招呼。】

王德平:这是赵老师,是你们老师的朋友,也是我的朋友。

徐　强:他们都知道,都预告过了。这是蒋玉恒,就是我说擅长画画的那位。

赵彦辉:好啊。你是哪里人?

蒋玉恒:我是重庆人。

王德平:重庆这回我也去了。她一说重庆,我一下就想起来了。

徐　强:那这个路线怎么走啊?重庆是最远的,重庆比湖南还远,从咱们这儿算的话。

王德平：我们从张家界那边过去的。

徐　强：从重庆再回湖北？

王德平：对。就是进去就出来，出来就进去了。

徐　强：张家界开发没有多少年，四十年左右。原来就是索溪峪吧，都没有张家界这个名称。汪曾祺他们第一次被邀请去采风，采风的过程就是开发的过程，让他们看哪儿像什么，这适合开发个什么，特别是给每个地方命名。景点命名都是作家们做的。那时候作家做了不少这样的事儿，还有温州永嘉的楠溪江，原先名不见经传，就是请北京的大牌作家、书法家去游山玩水。差不多了之后就让他们命名，另外就是回去写文章鼓吹宣传。汪曾祺他们给南溪江上的九溪十八涧命了名，现在再去看就全成了名景了。过去藏在大山里头，谁都不知道，都是四十年间的事儿。

王德平："青山溪谷"也可能是就是因为你们这个采风营，让更多人了解。

徐　强：对，我们回去写，都写出来，写就是宣传。我们到自媒体上都去写，将来大家一搜这几个字，搜出来都跟东北师大创意写作采风营有关。将来到你们那个书法研究生班考察一下。

赵彦辉：好啊，去呗。这两天就去。

徐　强：这两天有点儿困难。

赵彦辉：再晚了就五一放假了。

徐　强：五一之后。

赵彦辉：那可以，随时。每个人学书法也都有故事，都挺好玩的其实。像我当年考丛老师的研究生也是挺有故事的。

徐　强：讲讲。你原来也是师范毕业吗？

赵彦辉：对啊，我是学政治的，本科。

徐　强：那在这之前不是中师的底子吧？

赵彦辉：不是中师的底子。

徐　强：中师重视书法，像王洪义他们是中师出来的。

赵彦辉：我没有那个经历，本来想考那个，但是后来没考，就是寻思上大学嘛。农村孩子那时候寻思上大学。我一个舅舅，就是我老舅，比我大八岁，他先考上我们的榆树实验中学，榆树实验中学就是榆树最好的高中。完了他就一直考、考、考。他最后一次考是我参加中考的时候。他比我大八岁，是1966年的。我中考呢，咱是1990年，你是1989年，是吧？他一直考到1990年也没考上，对他来说这个就是一个遗憾嘛，我就弥补这遗憾。我说我考大学，就没考中师。考大学呢，我赶上高师保送，吉林省有高师保送这样的一个政策。像我们那样的重点中学，能考上好一点的985、211的，人家不考这个，我那时候属于中等生，反正那年考大学其实也不好考，总共才百分之七八的比例吧，全中国都很难考。

徐　强：我记得1992年全国招73万大学生，本专科加一起。

赵彦辉：对啊，本科那时候很难考。这个高师保送怎么回事呢？就是考四科，像我是文科的，不考政治，就考语文、数学、英语，历史、地理一张卷，各100分，就400分。我考了299分，不算高，但也不算低，当时的本科线就是这个线，所以就是别的专业你没得选。老师说，你跟人家竞争中文、英语之类的没有竞争力，就别报了，报上就给你扒拉掉了。于是学政治，本来也不愿意学。但是农村孩子想上大学，就得学这个。我老师说吉林那个地方不错，有山有水，你去那儿吧。我就来了。

徐　强：我们那时每班有几个中师保送生，普高保送不多。

赵彦辉：学政治也不愿意学，我那时候就喜欢书法，就寻思写字。上办公室要了好多报纸，自己瞎写。现在看那时候其实就是凑热闹、瞎胡写，好多东西、精要的东西写不出来，看不出来，不会写。现在我的研究生，我还得天天提醒他才能写明白。那时候因为写字好，所以就总找我干活什么的，出板报了，各种各样的条幅都得整。所以就给我封个宣传部部长。我人缘还挺好，从小也不烦人。正好赶一个啥机会呢？就赶上那时候是吉林师范学院的，外边的大学生不上这儿来当老师，那就自己培养吧，得上外边吸收点新鲜血液去。所以一上大三的时候，就把我们送出去，插到你们东北师大政治系里，回来就留校。

徐　强：我还不知道这个情况呢。那咱俩在校园里头可能擦肩而过很多次。

赵彦辉：肯定是。

徐　强：我是1995年到1997年，那时候政治系在哪里啊？

赵彦辉：就在靠大墙那个数学楼嘛。

徐　强：我们现在在那儿，今年刚搬过去。

赵彦辉：你们现在那儿？

徐　强：对，我想起来了，数学楼。

赵彦辉：跟工大一墙之隔嘛。工大那个墙底下有个豁子，我们就经常钻。我那时候不跟本科生一块儿住，我住在研究生宿舍，就是北边一点挨着静湖那个研究生宿舍，窗下就是运动场。

徐　强：那是研究生楼啊。我研究生在那个楼208住的。

赵彦辉：我当时是以教师的身份。

徐　强：那就叫研究生楼。

赵彦辉：归东北高师师资培训中心。高师师资培训中心接收，完了给我们塞到各个系里边去。

徐　强：当时就确定你们留校了？

赵彦辉：对。这么就留校了。那时候农村孩子总有压力嘛，我寻思留校当大学老师，这个身份得保住啊。那时候其实本科留校当老师肯定是不行，就寻思得考个研究生。考啥呢？那时候学政治，让我教政治学。是2000年考的，去的时候准备考政治学，但是当时一看招生简章，丛老师招历史文献学，下边有个书法文献。哎呀，这个好。临时就改了。临时起意了。完了就考上了，跟丛老师学了三年，这三年改变了我的人生。

徐　强：终于回到自己的兴趣所在了。

赵彦辉：对，工作了四年，完了就考的这个研究生。我说是不得调美术学院，这个研究生念完了不能回原来的学院。

徐　强：念研究生是全职的吗？这边不上课？

赵彦辉：脱产。

徐　强：那没教过政治学？

赵彦辉：教过几年。

徐　强：头几年教，教了四年。

赵彦辉：本来是2004年研究生毕业，2003年我就调美术学院去了。

徐　强：调得容易吗？

赵彦辉：还容易，因为那时候美术学院没有研究生，有考上的，但是考上就走了。那时候正好2006年评估，很容易就调过去了。

徐　强：我说一个人你肯定知道。麻爱民。

赵彦辉：知道。

徐　强：他这研究生也是在我们文学院读的。后来他考上中山大学了。

徐　强：对。原来在校的时候我们总见面。他写得也挺好。现在是在嘉应学院，在梅州，在那儿干得不错。你看要不说你们吉林就出书法人才，麻爱民也是一例。中师出来的。

赵彦辉：他就是河湾的那个中师的，不是吉林师范的，是永师。

徐　强：永吉师范？

赵彦辉：对。他也挺励志的，中师留校了，好像是保送的还是怎么的？我不知道。

徐　强：保送本科？

赵彦辉：应该是。

徐　强：他的前史我不知道，我光知道他中师出身，后来到我们这里读研究生。

赵彦辉：麻老师学问做得好，人也好，我见过。他那边的学生要考研究生，很少有往我这边考的，就是调剂。

徐　强：嗯，那也行，因为他们没有硕士点。

赵彦辉：考研的那时候学书法，后来一想学书法的都是跨专业的，没有本专业去的。你看我们那儿去的，大多数都是中文的、历史的去考丛老师。我呢是学政治的，比较另类。那时候考研究生之前，我就见过两本帖子，一个是《集王圣教序》，再一个写过欧阳询的《九成宫醴泉铭》，别的啥都不知道，胆子大。但是好在考的时候有点范围，考古代史文化部分，再一个就是考书论。也挺难的，读的时候太难了，丛老师说我啥都不知道，上老大火了。上火上到什么程度？就是研二的时候，得过带状疱疹，俗称蛇盘疮。我平生有两次上火，第一次是小时候不知道为什么上火。我记得那时候是中医解决的，把它刮破了，完了上药。

王德平：你们俩聊，我先回去了。

徐　强：您到吃饭点儿了是吗？

王德平：是的。

徐　强：我是真心想留您一起共进晚餐，咱们还能多聊一会儿。需要吃小灶，那没办法，您只能回去吃。

王德平：是，我也很想。这次就算了，下次的。

众：再见。

赵彦辉教授书艺一席谈

2024年4月24日下午，合普山舍北院

主要谈话人：赵彦辉　徐　强

整　　　理：徐　强　佘　飞

【王德平告辞，赵彦辉继续谈。】

徐　强：叫大家过来，让赵老师给大家讲讲自己学书法的经历、体会，给大家示范一下写字。

徐　强：开车过来多长时间？

赵彦辉：二十多分钟。

徐　强：就怕你在这路上再折腾半天。我本来也没想通知，那天说到了，我说赵老师我们互动很多。

赵彦辉：我不知道你来，因为王叔他那个抖音一直是在发他在路上的状态。我寻思他没回来呢，他没告诉我，我寻思你可能是去年秋天来的。后来你说来了，我跟他打电话一核实，他说你在这儿呢。我说那我怎么的也得过来瞅瞅。

徐　强：让你移驾这么远。

赵彦辉：没事没事，这很近的，很方便的……写作，涉及《古文观止》吗？

徐　强：我们没教《古文观止》。你们当时学过这个？

赵彦辉：不是，我就是喜欢，吴楚材编的那个。

徐　强：吴调侯、吴楚材。我喜欢这书，我最近还写了一个系列的，就是为《古文观止》的译注做一些考校的文章。

赵彦辉：从写作的角度探讨一下《古文观止》也很好。

徐　强：等我写完这个，将来可能会把它引入教学。我收集了从阴法鲁先生，吉林人民出版社出的，一直到后来，齐鲁那是袁梅，湖北人民的周大璞，江西人民出版社刘世南等人译注的，还有专门为中学生编的，中学版的《古文观止》，还有中华书局那个排印本，去年还通过众筹买了一个影印刻本，总共有十几个版本。

赵彦辉：可以考虑把古代文论和《古文观止》结合……《古文观止》都是古人现成的例文，它是怎么应用于古代书论的？古代书论是理论，这个是具体应用。理论和实践是怎么结合的？我觉得探讨这个事儿可能也挺好的。有人搞过这研究没有？

徐　强：可能没有。搞这个研究，不一定锁定《古文观止》这个选本。因为《古文观止》里确实有一些被认为是糟粕的内容……

赵彦辉：但是从写作上，肯定选的大多数还是水平比较高的。

徐　强：它作为一个有影响的选本，从清代以来普及度是最大的，它肯定是有它流传的道理。现在也有人编新的《古文观止》，像上海古籍的钱伯城先生编的《古文观止精编》，对照发现有少数重合，但多数是另外选的，他就是用了这个名称。

赵彦辉：这个还不知道，我出去弄一本。

徐　强：找到了，我去年就是在这家买的，我再下单一套送给你。……咱们这属于同好啊。

赵彦辉：我是滥竽充数，我属于写字的，基本现在不怎么研究学问了。

徐　强：别谦虚。

赵彦辉：过去那些老先生，像吉大的于先生、罗老，他们从来不把自己当成书法家，你要说他书法家，他都不高兴！他们愿意听自己是学者。其实我也不太喜欢"书法家"这个词。现在有一种提法，就是书法家的字、厨子的菜、诗人的诗，这都是挺让人家挺难受的事，它都是为了什么而什么的一种状态。像过去的诗人，都是有感而发，发乎情，都是那种状态。不是今天我为了作诗而重新酝酿，这个诗的主题、情感是现找的嘛。书法家写的东西，比如说现在你们到书法展厅里边去看那些展览，你看几个就够了，其他的都是一样的状态，最重要的原因就是写出来的东西都是表面技术上的堆积，没有可读性。反过来，比如说我们今天要看苏轼的手札或者是什么，字的状态能看起来吸引人，今天书法家写的字就不行。大家可能都有这个感觉，比如说学校食堂那个饭啊，一个假期一回学校，这个挺好吃，几天就觉得这个太难吃了。为啥呢？厨子做的菜。回家吃你妈做的菜，就没有这个感觉，是吧？因为你妈翻过来调去给你做，今天吃这个挺好吃，明天换那个，还好吃。食堂呢？天天就这些菜，我都做了，你就吃吧。这是挺有意思的事儿。

徐　强：（对陆续进来的女生）你们休息好了吧？跟赵老师打个招呼。

【众问好。】

徐　强：赵老师正在跟大家讲厨子的字和书法家的菜……

赵彦辉：厨子的菜和书法家的字。（笑）唉，要是厨子的字和书法家的菜那就好了……厨子写字肯定有他的特殊因素，就是不知道你们能不能体会这个。

徐　强：为什么赵老师说他不愿意被别人称作书法家呀？因为真正本质上的书法家不是琢磨写字的事儿，就像古人说"工夫在诗外"，功夫也在书外。书法家是表层的东西，背后还有综合文化修养，所以背后他要是学者。但是现在都叫俗了。

赵彦辉：（出示手机里的图片）前两天别人给我送了本书，我在书上写了几个字，我觉得没有书法家那个味道了。技术上我不是很成熟，但是情感上还有。嗯，我觉得挺……

徐　强：好玩，非常好，非常有韵味。

赵彦辉：后边是我抄书抄的，你看，就是用谢小萌印的信笺。我拿起笔就抄诗，跟书法家的字也不一样。我虽然没读多少书，但是我觉得我能把书上的东西通过字表达出来。你多批评！

徐　强：你这些写得好，佩服！这都是书法家的修养，艺术家的修养。他那笺谱就是……（比量大小）

赵彦辉：A4纸那么大的。字就是指甲这么大的，好多，大概有十几张。我记得是二月二那天我写的……

徐　强：你可以写成一个系列。

赵彦辉：我前两天给同事题的是这个，我觉得还挺满意的。

徐　强：赓续赋新，好！他这是师生作品展。

赵彦辉：对，国画展。

徐　强：其实书法家也并不是铁板一块，我感觉老兄是在极力地避免染上书法家的这种习气。

赵彦辉：对！现在总把写字当成作品去完成，实际上古人的作品都是在日常当中完成的。我觉得这个事儿是很重要的。同学们，你们现在有啥问题提给我，咱们交流交流，或者感兴趣的话题提出来。

徐　强：咱们聊天大家也受益啊。看你们能捕捉到什么信息？（对晚到的几位说）刚才你们没来，赵老师讲了他当年怎么进入到书法这一行。他上大学时喜欢书法，写写画画，成为学生会宣传部的干部。再后来他学的是政治系，但他并不喜欢。但凭着书法这个特长，后来学校物色留校人员，挑好的派到东北师范大学去完成后两年的本科学业，赵老师就被派到东师政治系。后来就留校教了四年政治学，后来考研，自然要考政治系，但是就在报考之前，突然发现吉林大学的丛文俊先生招生的消息。丛先生大名鼎鼎，前天我们在瑞德园看到丛文俊题字"听涛小筑"，眼前一亮，还跟大家介绍了一下。丛先生招书法文献的研究生，缘分突然而至，毅然放弃了自己之前的专业，回归了一直心仪的专业。就这样入了丛先生的门，再后来成为他的高足，在书法界站稳脚跟了。我跟赵老师过去有好多交流和互动，但今天第一次见面。赵老师听到我带大家来这里采风，就驱车几十公里来看望。我希望这个会面让大家也受益。我为什么这次带了这么多纸？昨天起佘飞他们已经开始写写画画了，我一直就跟大家强调艺术和写作，也就是艺与文的融通，咱们四端里头叫哲思、史识、文心、艺趣，就是文和艺之间一定要很好地沟通。一方面艺术是写作的资源，如果你们有敏感性的话，艺术本身可以成为咱们这次采风的一个资源。写什么？当大家觉得没什么可写的时候，其实你睁开眼睛，这个门口就有石碑。石碑上写的是什么？谁写的？要有好奇心，去辨认一下，落款就俩字，考索一下是什么背景。"合普山舍"啊，

"瑞德园"啊,"听涛小筑"啊,还有我们今天进山在"林蛙部落"看的"青山溪谷"那块石头啊,都是很有蕴含的题刻。"青山溪谷",我看到很兴奋,所以要单独照一张,因为那是赵老师写的!也是巧遇,就在赵老师约好要来的时候,意外发现他题的石碑,机缘无处不在!这不,今天下午赵老师就仿佛从天而降了。这也是"艺事"。咱这次采风提倡艺术体验,有许多"艺事",是可以一写的,我很希望有人专门写写,例如我希望有人能写《采风营艺事一瞥》,记录我们的艺术创作和艺术交流活动。这样的活动很多啊,大家都朗诵诗了,都唱歌了,蒋玉恒画画了,对吧?我们现在也在谈论艺术,你把这些事情记下,来龙去脉如何?参与者有谁?赵老师擅长哪一体?有什么代表作品?从艺经历如何?你到网上去搜一搜,就可以写成文章。所以说"艺事"可以成为写作资源,这是一方面。另一方面,我们在艺术里获得的种种体悟,像刚才赵老师就提到,他重视《古文观止》,这是写作,是文学,但里面很多艺术的道理是可以迁移到书法上的。反过来说,前人写字,很多道理可以迁移到文学上。这儿有赵老师特意给我带来的一幅字,大家都观摩一下,文字内容选得也很好,而且每个字怎么写,间架结构,它的各种要素的辩证搭配等方面,跟写文章一个道理,这也是艺文融通。这就是为什么要把艺术实践和交流作为采风的一个内容。为什么要带笔墨纸砚,带那么多纸任由你们去挥洒,希望大家能体悟到。平时我在办公室里经常写写画画,你们硕士生来得少,没有机会,也没那个环境。咱们这一次好几天的时间都在一起,随便哪个间隙,随手一写一画。咱们刘雨老师也写字,过两天他们来了,也叫刘老师给大家挥毫,都是艺事。我们测绘地图都用毛笔勾勒,也算艺术了,拿来给赵老师看看,这个是北区平面图,大家起草了画稿再写在宣纸上,我给他们题跋题款,将来都要留下。至少每组执笔的几个同学通过拿毛笔体验了线条怎么勾,其实书画同源,画画跟写字,线条是一回事。

赵彦辉：好啊，这个得用手机里面的指南针定一下位吧？

徐　强：是的，这个不是正南，南偏东16°。这个是南区的，第二天早上画的……我们来读一下赵老师的字吧！你们也照个相。谁来读一下，看看赵老师写的内容，对咱们也是一种勉励。这是两张合成一张，将来装裱的话称为大斗方。天媛你来读一下？

吕天媛：春有百花秋有月，夏有晴风冬有雪。

徐　强：不是晴风，是凉风。下面的大家都发声，都随着。

众：（读，中间老师同学几处纠正）若无闲事挂心头，便是人间好时节。

徐　强：下面还有三首。

众：善是青松恶是花，看看眼前不如它。有朝一日遭霜打，只见青松不见花。面上无嗔是供养，口里无嗔出妙香。心中无嗔无价宝，不断不灭是真常。佛在灵山莫远求，灵山自在汝心头。人人有座灵山塔，心向灵山塔下修。慧开禅师《无门关·平常是道》。味斋。

赵彦辉：我的斋号叫味斋，也有故事。

徐　强：味斋的故事，讲讲。……有没有人叫无味斋？

赵彦辉：哈哈，我最开始叫味无味居。实际上就是鼻子闻不着味。怎么闻不着味呢？我从小身体就不好，我读研究生时呢，就学习毛主席，总冲凉水澡，天天坚持到水房用冷水往身上浇。夏天挺容易的，冬天就很冷，但是我坚持了一整年，这个事的收获就是考验了我的毅力。但事物都分两方面，那坏处是什么？就是我本来就是寒性体质，越往身上浇凉水，寒气越重，表现就是鼻炎很重。2007年，闻不着味，所以我给自己取了一个斋号，当时还没读《老子》，不知道老子里边的"为无为，事无事，味无味"，就叫味无味居。后来我这鼻炎导致鼻息肉，做手术了。恢复好了之后就闻着味了，所以就改叫味斋。这个"味"就是动词，"味"可以味到味，也可以味到无味，对吧？嗯，所以我觉得味斋就比这个味无味要好一些。

徐　强：更丰富、更简洁。一个字的斋名不很多，但是也有不少名人像程千帆先生叫闲堂，饶宗颐先生叫选堂。

赵彦辉：郭沫若叫鼎堂。

徐　强：对，"甲骨四堂"。甲骨文四大权威字号都叫什么堂，除了郭沫若郭鼎堂，还有罗振玉罗雪堂，王国维王观堂，董作宾董彦堂。

赵彦辉：大家把这些信息都记下来，回头都查一下，是知识。

徐　强：咱们东师校门进去那个石头，"斯文在兹"，香港饶宗颐先生题的，落款就是"选堂题"。这也属于艺事，我们校园里的艺术，大家都去熟悉熟悉，欣赏一下。

赵彦辉：校门有一个校训石，那是孙晓野先生写的吧。

徐　强：对，孙晓野、孙常叙先生，咱们文学院的老前辈，著名学者。幼儿园对面的"人民教师的摇篮"，左人（符孝佐）先生写的，我也非常喜欢，我们见证的，"211工程"评审期间立的，三十多年了，有人主张挪到更显眼的地方，没有必要挪了。赵老师的味斋挺好。味这个字本身在古典文论和艺论中是一个很重要的范畴。用口鼻之味作艺术的品评，赵老师说的神、妙、能，是古人对艺术分等定品的一个说法。神品、妙品、能品……我感觉能品应该稍微差一点，是达到基本的技能合格，对吧？

赵彦辉：对，技能合格叫能品，然后是妙品。那个妙啊，古代说百种滋味叫妙。你说什么好吃，"妙不可言"，是吧？后来品评文章也用妙。

徐　强：对，好到极致，我们说不出它好在哪儿，只能是拍案惊奇，说这太好了，妙！妙再往上叫逸品、神品。

赵彦辉：《周易》里讲"阴阳不测之谓神"。

徐　强：对，那不是人间的东西了。我们品评文章有的时候……

赵彦辉："如有神助"，就是妙笔生花的时候。

徐　强：（对因感冒后到的陶新宇）姜糖水有用吗？有用晚上再让厨房给熬点。我们在这儿和赵老师闲谈，咱们也不叫讲座，就是闲谈。刚才赵老师给我发送了他的作品，就是写在书上那个小题款，我转到群里大家欣赏下，正好再认识一下赵老师的字。这是赵老师一个很不起眼的习作。

赵彦辉：这个太小了。就是一个小长条，供大家了解了解我写的字。

徐　强：看看赵老师最后的签名，恐怕好多人第一眼是读出来的"彦""辉"这两个字。……我最近发现好多人注意不到的一个现象，就是题款的问题。东师创写公众号采风营第二期推送了前天我写给王德平老师生日的那副联，赵老师看见了吗？

赵彦辉：看见了，写得好。

徐　强：惭愧，字不好。不过那个词呢，比较应景。大家打开，我现在就说一下落款的格式。

赵彦辉：抬头是吧？

徐　强：对！现在好多人该抬头处不抬头。就像刚才赵老师写的这个，他说洪老师赠。当然他这本书可能小，要写两行，所以就只能写"甲辰二月初五／书洪老师赠"两行，很自然。可是如果这本书很大、很长，能够写下一行，他可不可以写"甲辰二月初五书洪老师赠"这样的一直行下来呢？他如果是往出赠，写成那种长行肯定是不合适的。"书洪老师"在赵老师这儿来说，属于高位的人，一定要把他抬到下一行的顶上去，让他顶格，这个格式就叫"顶格""抬头""上款"。现在好多书法家不知道。

赵彦辉：很多人不知道，搞古典文学的很多都不知道这个事儿。

徐　强：对，整理书信的时候，普遍出现这种错误，排印成文章，很少注意顶格。我最近就在手稿群里提了不少这方面意见。

赵彦辉：大家多看点古人手札之类。我推荐一本书，沈树华的《中国画题款艺术》，人民美术出版社出版的。这个书过去印过黑白的，旧书网上卖得很便宜，现在新出了彩色的，稍微贵一点，主要是讲中国画。其实书法跟这个有关系，我就推荐我的研究生、本科生看这本书。比如说一年四季时间的雅称，不同的日子，像十五叫望、初一叫朔、十六叫既望、最后一天叫晦……对人的称呼，比如你们要写字画画给徐老师，怎么称呼？除了老师以外有没有别的称呼？比如说"夫子""先生"，这些都可以啊。我称你们，就说徐老师的"高足"。

徐　强：敬称、谦称、雅称。

赵彦辉：谦、敬，里面有文化。我要写幅字送给徐老师，时间可以写"甲辰春三月中浣"，就挺雅。古代当官的一个月洗三回澡，专门给放假一天，所以中旬叫"中浣"。徐强老师，在古代，还不能直接称姓名。

徐　强：有字的话要称字，表字。

赵彦辉：对，或者是个斋号、雅号什么的。空格或提格，说老师存正、指正、斧正、雅正。大家了解这个我觉得挺好的。多看古代的书法、绘画，包括书信，都挺好的。写送给谁，要空一个格，写"某先生一哂"，"一笑"的意思。

徐　强：我要送给赵老师这本书，我不会说让赵老师来欣赏，这类意思都不能带出来。我只能说赵老师"一哂"，请赵老师收到之后一笑，扔一边儿去就可以了。我昨天给蒋玉恒写的这个字发到群里大家看，后面我写"题为蒋君玉恒"，再后面写甲辰，落我的名。"题为"后面明明有地方，我为什么空着？因为我送给蒋玉恒，我没法把她名字放在下面，既然是上款，我要把她抬到至高无上的地位，必须得另起行，让她顶格。蒋玉恒这几天采集了好多标本，我给她写"意属山川，情极草木。持之以恒，玉汝将成"。她的情意都注目于山川，感情寄托于草木。后两句本来想写"持之以恒，玉汝以成"，是从"艰难困苦，玉汝于成"改造来的，嵌了名字"玉""恒"。但是这两句各有个"以"字，两行写的话俩字挨在一块儿，也不好安排，又改成"玉汝将成"。另外前面有草字头，后边有将，合起来是蒋，这样三个字都有了。我前天给王德平老师写那个下款，空间安排得不合理，要写王德平先生的名字了，下面还有余地，但是我必须提起来。王德平放在下一行开头。包括你们写文章最后那个缀语，我要求咱们《北极光》都写上，例如"2024年3月5日，北京紫竹院客室"，出差期间晚上写的，都记上。这个怎么安排？先写时间还是先写地点？这也算题款艺术。留心处处皆学问。

赵彦辉：看这本书，你就知道文章最后怎么落款了。课上很少有人提到这些知识。

徐　强：没有机会，或者说我们假设这些常识大家都知道，不值得在课上去专讲，可事实上很多人不知道。这不也是艺术和文学的共通处吗？这里面也有"情理"。送字画给别人，面子上也必须抬高他，上款就抬高，自己的下款就要居下，更不能把自己另起一行。

赵彦辉：中国文化就是内敛的文化。就是要把自己说得啥也不是，把别人抬得非常高。

徐　强：对，这是文化。你看钱锺书，给他最瞧不上的人写信，也得堆叠各种礼貌称谓和奉承话。

赵彦辉：实际上是中国人的智慧。《周易》有一卦叫谦卦，谦卦六爻皆吉。就是你这个人本来就很厉害了，你还很低调，这叫谦。厉害的人低调，就更厉害了。

蒋玉恒：赵老师，我有两个问题。第一个问题是，初学者应该选什么样的楷书，去练习哪一家的？第二个，如果自己本专业不是书法，但是又喜欢，作为业余爱好者，可以参加什么样的考试来检测一下自己的水平？

赵彦辉：我先说入门的事，你为什么推那些楷书呢？有理论依据吗？

蒋玉恒：因为我们大学里第一次提笔，都是欧颜柳赵。

赵彦辉：这还是老师的局限。因为老师他就会写楷书，别的教不了，不敢教，这是第一；第二就是这个老师他学过啥，就按照他那个学习的模式来教你，你要让我教的话，我就不让。你想想没有楷书之前是什么书？

众：隶书。

赵彦辉：再早呢，篆书。你说篆书那时候还得学楷书，那可能吗？汉代学楷书？不可能吧？所以入门的时候不一定是楷书。

徐　强：蒋玉恒的问题暗含了一个预设，就是入门要学楷书，所以她直接问要选哪种楷书。

赵彦辉：所以不一定哈。但是不能一上来就学行书、草书，这是一定的，因为行书、草书是需要基本功做支撑的。控制不了笔，就像小孩似的，连走都不会走，就让他跑，他不摔跟头吗？所以不能从行草书入手。下一个问题，你就是业余爱好啊，为什么非得要验证自己？你要首先找一个明白的老师。印证的话就有功利色彩，你有功利印象能写好吗？说我写字是用，非得别人来夸我，非得来证明我自己的实力，你真正发自内心喜欢，就肯定能写好。我就是从小喜欢，别人总夸，完了之后我就寻思考个研究生，结果从事这个专业了。现在这个专业和我的兴趣爱好结合在一块儿，是我的工作。所以希望你们也找到一个自己真的喜欢的，比如写作，你们是不是真的喜欢？不喜欢的话，把它变成自己喜欢的，就能弄好，就这道理。所以你喜欢写就行了。

徐　强：书法不是有考级吗？

赵彦辉：有考级，但那个东西太世俗了，就是太功利了。你是把钱花出去让别人承认一下，那有啥意义？这用他承认吗？是不是没人承认我，我写得就不好了？不是。我觉得这和文学创作其实也是一样的，好多人这一辈子写完之后可能不发表，一发表就功利了，对吧？比如说让徐老师给你看，徐老师给你竖大拇指，那你还用发表？

徐　强：发不发表的，人很难能够逃脱出这个，是不是？我写东西也希望能发表啊，哈哈！

赵彦辉：那确实是，刚开始的时候确实需要。人的存在的意义，一个非常重要的方面就在于被承认，你得有价值。

徐　强：我刚才说的这句话也得分两方面看。我固然是写出东西求发表，但是反过来，我写了很多不求发表的东西，而且更多。你们看《弦音》上我每期写一篇，半个月一篇，我没落过，一百多篇了。最近的《北极光》转了不少，这只是内刊，大家看了我也就很满足了，不求公开发表，我的意思传达到你们也就可以了。你们年级入学办《北极光》,要求你们每个人都承诺一直写稿,毕了业也欢迎大家写,将来打算开个栏目,专门给毕业的同学推作品。

张小磊:徐老师,晚饭好了!

徐　强:晚饭好了,正好六点,走,咱们去餐厅,边吃边继续聊!

与龙井三合镇朴虎范书记一席谈

2024年4月24日晚,合普山舍北院

主要谈话人: 朴虎范　宋　跃　王立夫　徐　强　马　鹏
　　　　　　　梁　炎　刘天权

整　　　理: 徐　强

王立夫老师参加抚松长白山人参老把头节回到合普山舍,带来了两位"不速之客":一位是延边朝鲜族自治州龙井市三合镇党委书记朴虎范,一位是三合镇北兴村泉水屯文旅项目合伙人宋跃。泉水屯项目也是不咸山舍精心策划开发的文旅项目,得到了省里的支持,已经非常完善。两位来客听说东师创写在丰满屯采风,非常想邀请大家也去泉水屯驻扎一期,这次利用赴长春开会之机,特地绕道来采风营介绍当地特色优势,诚恳发出邀请。当晚,两位客人与采风营部分师生餐叙,有些信息颇有记录价值。以下是交流实录。

——徐　强

王立夫:我去抚松,主要是参加今天的老把头节。老把头被奉为采人参的山神,他的原型叫孙良,来自山东。

朴虎范:祭山神呗!

王立夫:对,祭山神。这里边有故事。他(孙良)母亲病重,听说长白山人参能救他母亲,就来采参。采参的过程中遇到了一个朋友,他又帮他朋友。他把仁义礼智信表现得淋漓尽致,所以说奉他为长白山的祖神。

朴虎范:这里面有一些传奇的故事,松茸吸引游客,故事也能够吸引游客。

王立夫:我今天看,包括这些把头、祭山等等,仪式极其简单,这是第一。第二,孙良那个传说比较短,就闯关东时期,你想想,长

　　　　　白山……

朴虎范：还比较直白，没有人物刻画，人物形象不是那么高大，不能刻骨铭心。

王立夫：对。在朴书记那里呢，最好的松茸在他那儿。云南也有，四川雅江也有，但是唯独我们三合镇的松茸，在国际市场最受欢迎。采这些人参、松茸也有流程。你看今天我拍的那一段，所有的把头，年轻的、老的，应该四五十个把头，是国家级非遗（传承人），都喊"棒槌——"所有人一喊，就感觉整个人那个什么……其实采松茸也一样，都有这些仪式。

朴虎范：松茸比人参更加珍贵，因为不能人工种植。

宋　跃：欢迎老师带着同学们来到我们三合镇！

徐　强：好，谢谢！

马　鹏：我也去过延边，我是去到帽儿山。

王立夫：哦！再往前走走就到龙井了。

马　鹏：还有图们，有一个桥……

朴虎范：从那儿沿着图们江再往上走100公里，就到我们三合镇。

马　鹏：我是2017年国庆节去的。那时想吃朝鲜族冷面，他们说吃冷面要到延边，我为了吃这碗冷面去了一趟。

朴虎范：是不是冷面不好吃？

马　鹏：我觉得很好吃，那时候我是这么觉着的。

朴虎范：其实冷面跟贵州的蕨根粉差不多。

徐　强：贵州我去过，但我没到过他们家那儿。安顺我去了，就是没到你们县。

马　鹏：下次一定要去安顺黄果树瀑布。

朴虎范：黄果树瀑布是拍《西游记》的地方吗？

宋　跃：对，在那个瀑布上面走。

马　鹏：有几个版本，有的是在九寨沟那边拍的。

朴虎范：最后的片尾镜头，水往下掉的那个，是在九寨沟拍的。

马　鹏：有的是在我们黄果树。

朴虎范：真的希望你们给我们多创作好的作品，多宣传，将来我们的产品能有卖点，完了你们再创作。

王立夫：一定要去，徐老师，就是不请……我都这嘴都瓢了，不情之请吧，是不是？到三合。

徐　强：这叫盛情邀请……

朴虎范：你这给研究生上课的人，怎么今天碰着正主了，有点害怕了呗？

王立夫：我当时跟朴书记也开玩笑，我们给三合镇做策划，不都有句Slogan嘛，一个宣传语。我就跟朴书记说，我说以后到三合，咱们都说一句，叫"志合者不以三合为远"，就是志同道合的人，不要以三合为远。那下一句应该是"道乖者不以咫尺为邻"吧？前一句就变成我们乡镇的一个口号了，我们希望有一个不算网红，有文化的一个……

马　鹏："文理"……

徐　强：跟他搞个联动，是吧？大东北和大西南。

王立夫：这个文化联动很棒，那很牛！

王立夫：一定推动这件事。还有贵州民宿协会的会长，我俩很熟悉。我们都是搞民宿嘛，能搭上。再就是文化，有互动的这么一个平台。

马　鹏：主要是他们宣传，他们找一些写文章的人去他们那边，免费吃住，就帮你写文章。

王立夫：我们叫"艺术家驻留计划"。徐老师，我们也在研究这个计划。

徐　强：类似我们东师创写中心的"作家驻校计划"……

王立夫：我为啥说不情之请呢？其实逻辑一样，把我们村变成学校，开放一点，写作营、摄影营、绘画营、写生营、创作营等等都可以。最早我们就希望把我们这个村变成这个，假如说写作来半个月，那下一期有可能是绘画来办。

徐　强：我们会挂牌成立正式基地。山舍这边，星期五导师团来了，咱们就把牌子挂起来。

王立夫：周五，好啊！那就特别期待三合镇了。朴书记周五就别回延吉了呗。给徐老师埋一个伏笔。

徐　　强：没事，不用安排。我们这个计划会是长远的计划，不是一锤子买卖。

朴虎范：其实在吉林省的院校当中，我们知道东北师大，当时我们觉得对你们是望而生畏。

王立夫：朴书记还用了个成语，他的语言功底好，朴书记以前是龙井市政府办主任，写材料……

朴虎范：关键是和宋总是同学嘛。哈哈哈……

宋　　跃：我们俩上高中的时候是同学。他父亲去世得早，家里困难。那个时候他靠什么为生？靠稿费，给我们《延边日报》写稿。我负责我们学校收发工作，总给他送稿费单。

王立夫：还有这一段呢？上次我喝多了，没听见。

宋　　跃：哈哈哈，就是小的时候愿意写点"小豆腐块儿"。

徐　　强：难怪！在宣传部待过吗？

朴虎范：没有，一直是在政府口。

宋　　跃：他能靠文字养活自己。

徐　　强：笔杆子！

朴虎范：挺想往这个方面去靠。

徐　　强：现在咱们省作协主席就是金仁顺老师，她就是朝鲜族作家，小说写得好，影响很大。

朴虎范：那曹保明老师是哪个部门？

王立夫：他是民协。他们写东西有纪实性，不侧重艺术性。

朴虎范：他这些东西就是记录，比较原始的土味儿。

徐　　强：民俗研究。

朴虎范：实际上按古代来说，他是写史记的。咱们（采风营）是写诗的。

徐　　强：我们创意写作，什么都写，也不限于诗。

王立夫：朴书记，你俩早点儿走，去长春，如果说周五能成行，那最好。如果说周五不能成行，我也想办法，拉着徐老师一定要到边境来。我认为松茸那个事，朴书记应该表个态，咱俩研究三年了，怎么把松茸这段故事写出来，松茸的传说，怎么采的，等等，一直没有（定下来）。

朴虎范：围绕松茸也可以创作一些文学作品，将来都得考虑，通过这些文学作品拍摄电影、电视剧。

王立夫：我现在看人参的烫画、烙画，就把人参故事表现出来了。三位同学表达一下你们的意思！

马　鹏：感谢王老师我们创造这么一个好平台，让我们走走看看，写东西肯定要下到地方来，才能观察到乡村振兴，才能看到现在乡村是什么样子的。就像我们到魏家沟来，我们来观察了，了解了真实的乡村，知道乡村它都有什么，它的变化趋势，农民是怎么种地的啊，人口如何，我们也跟农民大爷聊一聊。来魏家沟前，我一直以为吉林是一片平地，因为我看到很多视频，一座山都没有，我们贵州就是一座山连着一座山，五分钟十分钟就要过山洞。他们经常说一句笑话，说到我们贵州全部都是在那种山洞里面穿梭，出不来，见不到太阳。所以刚开始坐车的时候，就觉得吉林真的好平，全是平地。我们那边土地就特别少，像我家全家不到一亩地。那天我问那个大爷，他说每口人可能两亩地左右，但是往山里面可能会少一点儿。这些在我们那边就是特别多了，这些都是来到这边以后才了解到的。老师说的就是"物理""事理""情理""文理""道理"，我们写东西，要先把真实的情况搞清楚才能有创作，艺术都是要以现实为基础。来这边受益很多，感谢徐老师给我们这么一次机会哈。朴书记、宋总，刚才听到很多朝鲜族的故事，我之前去延边也了解过长白山的大鸟的传说，觉得特别有意思。刚才老师说，您的家族73代，如果把这种70多代的历史叙述出来，就够一部电视剧了。还有松茸，可以用报告文学把这个松茸表现出来，它就特别有价值。所以希望以后能去学习。

朴虎范：吉林省为什么都这么平？说的是西部地区，吉林市往长春，往那个白城地区、松原地区，这都是平的。过了吉林往东，往我们那儿去，全是山。

徐　强：吉林是东高西低。

朴虎范：但是我们那个山不像你们的山那么大，那么高，我们都是属于丘陵地区，但是物产也比较丰富啊。你刚才说地的事儿，你们那儿一家可能几分地，这边可能一家几亩地。俺们那块儿是一家两公顷！什么概念？但我们那边老百姓都快不种地了，为什么呢？老年人他没有那个能力，而且都是机械化去种植。

徐　强：都流转了吧？

朴虎范：流转了。现在都是种植大户在种。

徐　强：朴书记抓总？

朴虎范：对，我们小乡镇班子里虽然人不多，但也是13个领导干部。书记、镇长、人大主席这三个属于正科级。

徐　强：乡镇没有政协是吧？

朴虎范：没有政协，只有人大，再往下，副书记、政法委员、宣传委员、组织委员和纪检书记，四个副镇长，再加一个武装部长，就是我们整个班子，组织机构还是比较庞大的，分工也比较明确。人大主席分管啥呢？他分管汗王山，我们的汗王山那个文化，包括老促会啊。老促会，革命老区建设促进会。

徐　强：老区是从哪个意义上说的？

朴虎范：抗联。

徐　强：抗联所到之地全是革命老区，都有这个机构？

王立夫：延边是国家一类革命老区。

宋　跃：延边是当时抗联有驻扎，在延边有个点。

朴虎范：抗联主要是在东北三省。延边这个区域，当时原住民朝鲜族比较多，这个民族有血性，延边的烈士在吉林省占比高！

宋　跃：村村都有烈士。

朴虎范：都已经沦陷了，都成亡国奴了，没招儿，不愿意忍气吞声地生活。山区还是比较有血性的，跟他们拼命，拼到最后一兵一卒，最后一颗子弹也跟他们拼命。我们祖先从一开始就特别讨厌汉奸。

徐　强：金仁顺老师去年那个话剧《猎枪》，就是抗联战士过了多少年，60年代，手持猎枪回头去找当年叛变的战友，把他们给杀死了。

王立夫：就是那种文化，咱们一开始都说是抗战八年嘛，其实不是抗战八年，是十四年。实际上革命的火种一直在传递，虽然当时被浇得快灭了，那也把火星子连起来，星星之火可以燎原嘛。

王立夫：（对梁炎）你说几句？

梁　炎：我来自河南濮阳。我跟马鹏学长这个观念就是不太一样，因为我家那边都是平原嘛，我到这边来就感觉山很多。

王立夫：这种区别很有意思！

徐　强：这山？应该到云南去看看，哈哈哈。

梁　炎：都没去过南方，延边也没有去过，希望有机会再去感受一下。感谢朴书记和宋总，感谢王老师这么多天的陪伴。

宋　跃：中原人士，公子如玉。

朴虎范：咱同学是不是也有那里的吗？

王立夫：天权是我最早接触的了！

刘天权：我是老师的联络员。我们家在承德，也是山区，来这里感觉比在长春更亲切一点，我们家的地形跟这边差不多。但是我们家那边跟贵州一样是梯田，没有像这样一种大平原、大机械工作。我们都是人刨地，小时候我也经常跟着一块儿去，所以我感觉来这边非常亲切。在文学创作上，既然过来采风，以后没准有一两个人就能写点儿自然文学、生态文学，宣传自己的家乡。我们很多同学都是吉林本地人。还有自己的所见所闻所感，有一种归纳总结，这都是在座各位的功劳。哈哈哈，我们是受益者。

朴虎范：整点《乡村爱情》之类。

王立夫：哈哈哈，别听他的。

朴虎范：那咋的？那有意义，传播得快。拍到二十几季了吧？那多火呀，大脚、象牙山啥的。

王立夫：（对赵紫翔）那你得找小胖。

朴虎范：承德是不是避暑山庄在那儿？你们地底下应该有宝藏啊！

王立夫：承德有。也有狩猎、围场文化。

刘天权：对，我们这儿有围场满族蒙古族自治县，有坝上草原。

王立夫：时间不早了，朴书记他们得走了。大家今天休息好，每天都有收获，不管收获多少，每天比前一天收获多那么一点点，就是我们这些当老师的、当学长的、当兄长的心愿了。那就这样，徐老师，咱们送朴书记他们走吧。

小超市老板娘闲聊录

2024年4月25日中午，小超市门口

主要谈话人：老板娘　徐　强　马　鹏

整　　　理：马　鹏

校　　　订：徐　强

　　魏家沟小超市坐落在合普大街与经一路交汇处北转500米左右。原为独门独院，后拆除院墙、大门，成为开阔空地，作为旅游旺季的收费停车场。正房为六间平房，东西厢房各一排。正房西部与西厢房辟为超市，东厢房为仓库。

　　老板娘姓刘，四十二三岁，独自值守超市。丈夫姓林，在吉林做别的营生，一个女儿大学毕业，在青岛海尔实习。采风营所在的合普山舍的临时代管人林六哥（林卓），就是老板娘的大伯哥，她的丈夫排行老七——堂兄弟大排行共九个，他们亲兄弟六个。

　　采风营驻扎后，曾数次来店购物。老板娘也早已知道采风营来魏家沟驻扎一事。4月25日，采风营集体考察魏家沟北部，路过超市，买冷饮、歇息，趁此时机，与老板娘略作交谈。

——马　鹏

徐　强：您是本地人吗？

老板娘：不是，我是从哈尔滨那边嫁过来的。

徐　强：嫁得够远的！什么机缘啊？

老板娘：……什么机缘……缘分呗。

徐　强：来多少年了？

老板娘：二十多年了。

徐　强：这里跟哈尔滨也没啥大区别，是吗？

老板娘：没啥区别，因为我们是在吉林市认识的。我俩一直在市里，后来回到农村这边，这是他老家。

徐　　强：跟哈尔滨也算是共饮一江水了。

老板娘：距离松花江没多远，也就一个边界线。

马　　鹏：我一直以为哈尔滨离这边很远。

老板娘：从这里到哈尔滨不远。

赵紫翔：从这里去哈尔滨和到长春距离差不多。

徐　　强：还是长春近，这里到哈尔滨需要三个小时吧？

赵紫翔：哈尔滨两个小时就到了。

老板娘：那可到不了，从这儿到五常需要三个小时呢。五常到哈尔滨还需要一个小时。

徐　　强：去哈尔滨不用到长春，直接往北走……

老板娘：对，也得需要三个小时。

徐　　强：这是咱们家老宅子？

老板娘：对。

马　　鹏：小店开几年了？

老板娘：……三年。

马　　鹏：生意怎么样？这屯子除了您家，还有别的店吗？

老板娘：没有了。

马　　鹏：就是说周边的人都会来这里买东西？

老板娘：六队只有我家开。魏家沟总共有六个队，其他队也有人开，比如对面第五队就有一家开的。

佘　　飞："队"其实就是我们南方所说的"组"。

老板娘：对，意思差不多。

马　　鹏：一般多长时间去采购一次？

老板娘：有送货的，都是送到家。

马　　鹏：打电话要？

老板娘：对，直接送来。

马　　鹏：多久送来一趟？

老板娘：货基本一周就卖完了，如果你缺货，或者快卖完的时候就给卖货的说，他就送来。

马　鹏：一周送一趟？

老板娘：基本上是吧，你缺啥他们那儿都有。而且不是一个人送货，有好几家送呢。

马　鹏：什么食品卖得最好？

老板娘：都差不多。

马　鹏：过年的时候生意是不是会好一点？过年人多。

老板娘：对，遇到节日的时候生意会好点，节日来旅游的人多。……哎呀，去年"五一"人可多了，我家这两个院都停满了车，大道上全是车，老火了。

徐　强：那现在得开始筹备货物了吧，"五一"快到了。

老板娘：正常筹备呗，还是卖这些东西。来旅游的人带的吃的比咱还全，有的水都一箱一箱往山上搬，房车顶上也有小冰柜，老厉害了。

徐　强：那是团队旅游的，个人带不了那么多……

老板娘：对，有个人来玩的，也有团队这样的。去年有一家四口人来这里住四五天，但没有住的地方了，最贵的屋一千多呢。

马　鹏：是宾馆的价格一千多？

老板娘：哪是宾馆？就是一个小木屋，你们没进那里去？

徐　强：就那个圆的，像蒙古包。

老板娘：你们可以去那里采访一下，给他们做个宣传。从大门进去，"山水人家"那里，还有鸟巢啥的，挺好看呢。

马　鹏：外形设计比较特别。

老板娘：你们跟他们说一声，说是来采访宣传，他们就不收门票让你们进去。去年票价是39元，最开始还是69元呢。原来那块儿就是山，后来做了度假休闲就把地方扩出来了，但都是平铺的，不让建造。

马　鹏：就是不能挖地基修建那种？

老板娘：对，像这样弄就不行。

徐　强：不能碰触生态红线。

老板娘：你们走到小火车那块儿，去年都要门票，但现在都废弃了。

马　鹏：人这么多，不考虑腾出一个屋子来弄个民宿？

老板娘：本来说要整，但是哪有地方啊，如果要整只能中间这屋，能整两个房间。

马　鹏："五一"到了，人多了，游客来旅游就会找地方住。

老板娘：一家干不行，得几家联合，几家联合做也有规模。无论住宿，还是吃饭，都得几家联合来弄。这里大饭店没干起来，自己弄吧，客人吃饭就没有选择。多家联合客人就有选择。

马　鹏：没想过专门做民宿？只提供住宿的地方。客人想吃啥，就去那些专门做吃的的地方吃。闲的时候卖东西，客人多的时候就给他们住。简装价格可以低一些，精装就太贵。

老板娘：对，可以这样，但我们房子是真小，还是那句话，只一家来做民宿不好做。去年上俺家来找地方住的人还挺多的。

徐　强：这里距离丰满区也就四五公里，到区里住还挺方便的。……有来这里露营的吗？

老板娘：有，需要自己带帐篷，"青山溪谷"那里就可以烧烤和搭帐篷。

徐　强：您家院子比别家小点？还有后院吧？怎么没有院墙和大门？

老板娘：路南边的地是俺家的，有后院，旁边那个房子也是，养了几只大鹅。原来有院墙，去年"五一"人多，拆了做停车场了。

徐　强：怎么收费？

老板娘：10元。

徐　强：一小时？

老板娘：哪里？进来停一次就是10元，不管多长时间……有的在这里停一天。

徐　强：就小长假那几天人多吧？那太便宜了……

老板娘：是的……今年，我们打算把路南边那块儿地也做成停车场。

马　鹏：这边农村民宿有没有这样一个模式，农户腾出一间屋子出来，游客找不到地方住，村支书来安排游客上农户家去。

老板娘：这边还没有这种模式，旅游发展到一定规模才能实现，一家人来做太难了。

马　鹏：那您现在除了经营小超市外，还干农活吗？

老板娘：种苞米。

徐　强：前面这个园子种什么？

老板娘：啥都种，白菜、豆角、辣椒、茄子、黄瓜、土豆都有。

马　鹏：每户人家大概有几亩地？

老板娘：我家就三亩多地，除了这片菜园以外，大部分都种苞米。

徐　强：玉米是种来养鸡鸭鹅还是拿去卖？

老板娘：也有拿去卖的。

徐　强：一年收成多少？

老板娘：三亩苞米能卖7000到8000块钱。

徐　强：卖苞米的钱能不能做到收支平衡？

老板娘：能平衡，秋收苞米能卖8000块钱，其中一半人工和化肥费用，最后能剩3000到4000元。

马　鹏：种这么多苞米都是自己种，还是请人帮忙？

老板娘：有时候请人，有时候自己种。

徐　强：请人的话，一位工人多少钱？

老板娘：400到500块钱一天，比较贵。

马　鹏：请人多久能干完活？

老板娘：两天左右。

徐　强：你家先生跟你一起做这个还是另有工作？

老板娘：都做这个吃啥呀？他在山上给人打零工……还是南方好，南方有工厂，挣钱多。

徐　强：那这边有没有人出去打工？

老板娘：有，我姑娘在青岛待两三年了，她先在海尔冰箱干一年，又学宠物美容去了。

马　鹏：这里冬天有没有什么额外收入？

老板娘：冬天都是雪，一般都待在家里面，没怎么出来，但也有上山采野参补助家用的。

徐　强：人们来这边旅游主要看什么呀？

老板娘：看山，看水，松花湖离这边不远，"五一"人老多了。

马　鹏：我们从门口进来的时候看到旁边就有一个湖，那是松花湖吗？

老板娘：应该属于松花湖的一部分。

徐　强：合普山舍里的林六哥是你亲大伯哥呀？

老板娘：是的。

徐　强：你们家有几个兄弟？

老板娘：俺家是老七，亲哥们六个，老四是他老叔家的，老八老九也是。

徐　强：您贵姓？

老板娘：我姓刘。

徐　强：这是你们老宅吗？

老板娘：对啊。

徐　强：村庄原先应该是老魏家的吧？

老板娘：现在没有姓魏的了。

徐　强：魏家沟有多少户人家真正在种地？

老板娘：真正种地的不多，上面除了俺们六掌柜他们家，往下这条街两边全是外来的。底下这块儿有三家，剩下没有了。

徐　强：那村里地很少，你家三亩地是全家人，还是一口人的地？

老板娘：我也不知道是几口人。

徐　强：你有没有分到地？

老板娘：我没有地，都是俺家孩儿他爹的，孩子也没有分地。

徐　强：这些地以后不就是父亲传给孩子吗？

老板娘：这么说也是。

马　鹏：这边冬天来旅游，除了松花湖还有别的景区吗？

老板娘：后面那个坡是国际滑雪场，冬天很多外国人都来这里滑雪。夏天也有人来这边搞户外徒步竞赛，来了很多南方人。对了，你们这次实习是自己出钱吗？

徐　强：学校给出经费。

老板娘：我外甥女去实习都是自己交钱。

徐　强：她学的是什么？跟海尔冰箱有关系吗？

老板娘：我外甥女学建筑的，没事就来农村拍素材和体验生活。她今年大三，艺术生身份，在长春读建筑大学。

徐　强：那是园林设计之类的专业吗？

老板娘：对，就是设计那些东西。进屋里吧，外面太热了。

徐　强：我们溜达一会儿就得回营地了，还有别的计划。下次来买东西再聊。

老板娘：好。

养蜂户女主人访谈

2024年4月25日中午，超市南路东头

主要谈话人：丛女士　徐　强　佘　飞　梁　炎　赵紫翔

整　　　理：佘　飞

校　　　订：徐　强

　　采风营师生探寻魏家沟北至，在超市南路东头遇上蜂农在放蜂。这里是养蜂户的住家，就在超市东面。这个时节，养蜂户定时在门口空地上放蜂。女主人姓丛，丈夫姓王。当时只有女主人一人在，她比较健谈，热情地向同学们介绍养蜂情况，谈话约40分钟。

——佘　飞

【录音阙如。】

丛女士：这里面养的全是蜂子，现在正是繁蜂季节。

佘　飞：它还会繁殖？比如说今年有这么多箱，明年可能要比今年多两箱？

丛女士：要繁殖可以。

梁　炎：您养多长时间了？

丛女士：我2018年开始养的，这块儿蜜分大小年，今年是大年。

梁　炎：什么是大小年？

丛女士：大年出蜜，小年不出蜜。

佘　飞：它是隔一年出蜜？

梁　炎：小年就是它出蜜少？

丛女士：小年很少有蜜，因为小年山上椴树不开花。这个是传统遗留下来的还是咋回事，那咱不了解。今年你细点心，就能看到那满山全都是椴树花，公路上的树也有，全都是椴树花，你一瞅满山都是刷白的。

梁　炎：那个白的是椴树花吗？

丛女士：后面开的那几棵就是，椴树七月份开花，现在是蜜蜂繁殖阶段，一般都是6月30号到7月5号这之间开始出蜜，椴树开花，就开始出蜜。现在山上什么有蜜呢？柳树，看到毛毛狗了没？柳树上那毛毛狗，那东西出蜜，但供不上它（蜜蜂）吃。出蜜的时候必须得温度高，温度低不出蜜。

赵紫翔：咱能用啥喂它吗？

丛女士：得喂。

梁　炎：那喂啥呀？白糖吗？

丛女士：必须是白糖，我们买都是成批买，必须得是蔗糖、白砂糖。

梁　炎：咋喂啊？就是放进去就行了吗？

丛女士：对，一斤糖，半斤水，然后倒进蜂箱里的巢里。完了蜜蜂就会去倒腾。吃完了，它就会一代代哺育。

梁　炎：蜂蜜寿命是多久？一年吗？

丛女士：采蜜期，一只小蜜蜂能活四十来天。

佘　飞：就是一只蜂子只能活四十天吗？

丛女士：这玩意说起来有点太深奥了，要是越冬蜂，10月之前我们就要把那个越冬糖放里头，就是天天喂，天天喂，它都倒腾到坯里了，这些蜂就开始哺育另一代。

梁　炎：您是以这个为主要职业吗？

丛女士：我是以这个为职业，我家他（丈夫）就是打零工，我这块儿没啥事，因为这边有山，养蜂条件优越。我养不多，就养三十来箱，多了我整不过来。

佘　飞：平时需要怎么打理啊？

丛女士：两三天就得查一回，看看它产没产王台，小蜜蜂自己可以造王台。

梁　炎：王台是啥？

丛女士：王台就是一个蜂箱里有一只蜂王，它不喜欢这王了，它可以重新造王台。你要是不看着，它自己就出另一个王台了，领着蜂王跑了。

佘　飞：这么神奇！

丛女士：你必须得两三天查一回，就看看里面有没有王台。

梁　炎：就看有没有王吗？

丛女士：王是必须得有，一箱得有一个。王台是这个王生长的过程，它12天就能造出来一个王，你要是查不出来新造出来的王台，那一整箱蜂就跟着新的蜂王跑了，昨天就跑了一箱蜂，我刚接回来。

佘　飞：它为什么要跑呢？

丛女士：就是一箱蜂里有2个当家的，必须得分出去。一箱不能有俩王，有双王的蜂群，那是中间有隔板，它们互相不能相通。

佘　飞：一个王就带一群蜂吗？

丛女士：对，一个王就是一家之主，有俩就不行。如果你喜欢，有双王台，中间必须得有个死隔板，两面蜂不能通，两边王它不能通，通了就会互相掐死，一个箱里就只能有一个王。

梁　炎：跟一个国家似的。

丛女士：对，必须有一个国王，要不然多了它就造反了。

梁　炎：还得打架。

丛女士：对。两三天必须得查一回，现在最好是一天一喂，刺激那个王产子。它搁那儿一代一代地产子，等到打蜜期了，也得预算，多少代，打蜜期的蜂养起来顶上必须得过八坯蜂才能出去打蜜。蜂少打不了蜜，只能供它吃。

梁　炎：这些蜜蜂得供它们的王？

丛女士：蜜蜂哺育下一代就得吃啊。刚才看那没多少，这个（蜂）是我前天接回来的。（揭开让大家看）这个就是跑了，我接回来的，现在是繁育期。

佘　飞：它还会自己回来吗？

丛女士：它跑了不能自己回来，必须得把它接回来。

佘　飞：怎么接呢？

丛女士：你得整个箱，完了一抖搂，都整里头去，蜂子一点点就都进来了。

佘　飞：我小时候家里来了一群蜂，它飞飞飞，然后飞到抽屉里去了。

丛女士：那就是自己跑出去的。

梁　炎：哎呀，我身上黄色的这个是什么？

丛女士：那是蜜蜂拉的屎。小蜜蜂要是有毛病，它拉的屎是稀的一摊，要是没毛病，拉的屎像是一条线。这蜂子养倒挺好养，但一般人养不了。

佘　飞：对，这个还需要技术。

梁　炎：还得要知识。

丛女士：它要是来毛病了，你几百箱蜂两天就完事儿。

赵紫翔：它们打不打架？

丛女士：咋不打，它们打架就互相偷东西，它偷它的东西，它偷它的。被打死的蜂子死得是不一样的，我们能看出来，你们看不出来。

梁　炎：我真感觉这跟国家似的。

丛女士：假如说它偷它的，都互相偷起来，这完了，你就算是养几百箱，两天就报废了。

赵紫翔：咱一年能产多少蜂蜜啊？

丛女士：那看年头，假如说年头好，一箱能打150斤，或者120斤，80斤、40斤都打过。一年蜜期就那几天，都不超过半个月。你买蜂蜜，就问它有多少度，能说出来的就证明懂，糊弄不了你。别说这蜂蜜怎么这么贵，便宜点之类的话。有的老便宜了，10块钱、15块钱一斤，20块钱一斤等等，多少钱都有。

梁　炎：那多少度是好的呢？

丛女士：蜂蜜最多43度，38度的是水蜜，当天封在挡箱里，晚上就摇出来。水蜜随时吃可以，但不能隔年，隔年它就发了，因为水没排出去。要是度数高，假如说43度，别人一天摇一回38度，我8天摇一回就43度，因为小蜜蜂搁里能加热，它把水分都蒸出去了，所以这蜂蜜永远都不坏。人家蜂蜜几千年历史，从那古墓里挖出来，好几千年的蜂蜜都没坏。蜂蜜只要够度数，永远不坏，不够度数就不行。蜂蜜往出倒，淌得快的就是水蜜，淌得慢就是浓度高的。你要是买蜂蜜，千万别买假蜜，你宁可不吃也别吃假蜜。

佘　飞：那你们这种卖到哪里呢？

丛女士：我们就搁家零售了，别人直接到我家来买，或者放着自己吃。大多是回头客来买。（指着不远处的一群蜂）你看那箱蜂，那个小王出去交尾去了，蜂子都带出来了，要是小王飞远了，蜂群就跟着跑了，飞去哪块儿，我得去哪块儿接它们回来。

赵紫翔：对，那块儿现在都不好过人了。

丛女士：假如说野蜂子，你碰它窝，它能蜇你；不碰它窝，你自然过，别管它，它自然而然就飞了。小蜜蜂也一样，坐你身上别怕，别管它，它不蜇人。

赵紫翔：我想去拍下那个门口。

丛女士：别去了，因为你们身上抹那些东西，也有香味啥的。蜂子这东西说道特别多。

赵紫翔：东北就长白山这边有养，北方都没有。（对着梁炎）你家那边是不是没有养的？

梁　炎：我是河南的。应该有吧，但是我不清楚。

丛女士：我外甥现在在湖北，他养得多，必须得赶场。

佘　飞：对，我看他们有些养蜂的就是到处跑。

丛女士：搁大车必须得赶场，要不都赔死了。

梁　炎：就带着蜂走？

丛女士：对啊，就那板车，而且拉蜂的车都是走绿色通道，你都不用交钱，就随时随地，看你过去，马上就给你开闸。我就养那几十箱，多了我也整不过来。咱也不造假。

梁　炎：他们赶蜂是为啥？

丛女士：就是哪里开花了就把蜜蜂带过去。油菜蜜刚打完，它们现在应该是去赶洋槐的。

佘　飞：它吃不同的花，那个蜜也不一样，对吧？

丛女士：对。

佘　飞：我们这里吃椴树花出的蜜叫什么蜜呢？

丛女士：就是百花蜜，百花蜜色深，那营养都差不多。（看着远处地里的蜜蜂）完了，那箱蜂跑了。

佘　飞：阿姨您就是本村人吗？

丛女士：我是丰满的，离这里不远。（她的视线一直注意着远处地里的蜜蜂）这下蜂跑了，一会儿我还得往回接。

梁　炎：那接的话，就把箱子搁那儿，蜜蜂就能进吗？

丛女士：它不进，我得拿坯，得拿箱，得把王给它整回来，整里头来。

赵紫翔：那你咋逮这个王呢？

丛女士：它们一会儿就聚成一球形，我就把箱搁那儿，晚上再来收，它们就都在箱子里了。

佘　飞：阿姨您贵姓？

丛女士：我姓丛，两个人加下面一横。蜂跑那里去了。（大家都看着远处的蜂，继续聊）小王要是出去交尾，跑远了，蜂群没跟着蜂王，一会儿就都能回来了；假如小王交尾没跑远了，蜂群就搁那块儿，都聚在一起。

赵紫翔：那它得多久能聚？

丛女士：得等一会儿，看王飞的情况，王飞走的话，它马上能回去。王出去交尾得好几天，小王必须得出去交完尾回来才能产子。它出去是跟野的蜂子交尾去。

赵紫翔：这山上也有野蜂是吧？

丛女士：有。

佘　飞：太神奇了。

马　鹏：（从远处走过来）这么多蜜蜂为啥不蜇人啊？

佘　飞：（徐老师从远处走过来）这是我们的老师，徐老师。

徐　强：你们是这里的养蜂户啊？

丛女士：我是丰满的，在这块儿养蜂。

徐　强：到外地去吗？

丛女士：不去。我养得少，走不了。一趟路费就好几千，那赔死了。

徐　强：它老在这儿一直有花采吗？

丛女士：现在只能是过渡，够它吃，但是也得喂一点，要等7月份。（盯着远处的蜂群）哎，落那儿去了。7月份开始产椴树蜜，你看山上椴树花开了，温度上来了就开始采蜜。

徐　　强：那个椴树花开完了呢？

丛女士：开完了就繁蜂了，要是赶场的话就赶下一场了，要不赶场的话就是开始繁蜂越冬了。

徐　　强：下一场是什么时候？秋天？

丛女士：下一场就是上南方了。

徐　　强：一共养了多少？

丛女士：我一共就三十来箱。

徐　　强：就这一群是多少？

丛女士：这一群那没数了，几万只是有。

徐　　强：到点儿它们就回来啊？

丛女士：不是到点儿回来，这箱蜂是跑了。

徐　　强：那怎么办呢？

丛女士：小王给带跑了，它一会搁那块儿要落的话，我就能接回来。

徐　　强：怎么接？

丛女士：我去把那个蜂箱给它们，就像给它们安个新家。

徐　　强：也会有个别的找不着家就走失了吧？

丛女士：现在外面没有蜜，它一般不跑。小蜜蜂可以多多了解了解，这玩意可神奇了。有一只小蜜蜂，假如说采着蜜了，采着花粉了，蜜蜂回来搁那箱里来回飞，告诉那些小蜜蜂，这个搁哪个位置带回来的，你要怎么飞，怎么走。

佘　　飞：对，以前学过一篇课文就是讲这个。

徐　　强：这叫动物社会学、昆虫社会学。

马　　鹏：那它会全部走出去吗？就是冬天的时候。

丛女士：不能。外面没有蜜，它不走。

马　　鹏：它结束了以后，就自动回箱子里面躲冬天了，是吧？

丛女士：那不会，得靠咱们，蜜蜂要繁殖，如果箱里有小王，跑了，它们就都跟着跑出来了。

佘　　飞：就相当于这一窝蜂里本来有个大王，现在又有了一个小王了。

丛女士：对，没看住王台。

佘　飞：那这种有2个王的情况要怎么办？

丛女士：那就接回来，再整一箱，从头再接着繁殖呗。

徐　强：他们养蜂的都戴着面具、面纱什么的，你什么情况下用啊？

丛女士：我查蜂的时候也得戴，说不上啥时碰到它了，它就蛰。

徐　强：有没有说把附近行人、邻居给蛰了的时候啊？

丛女士：那没有。我养蜂这么多年都没有。

徐　强：自己被蛰过吗？

丛女士：那经常，我查蜂箱的时候，压住它，碰上它了，它马上就蛰。

徐　强：它误会了，是吧？（众人笑）它们也认人吧？

丛女士：认人，你要是总养它，它能闻着你身上的味儿。假如说现在没打蜜，你要打蜜的话，生人进蜂场那肯定蛰。

徐　强：那是不是身上得涂点什么？

丛女士：那不行。

徐　强：这东西就很神秘，通人性似的。

丛女士：这玩意跟咱们生活是一样的。它这一箱蜂里头，看家就是看家的，打扫卫生的就是打扫卫生的，分工特别清。

徐　强：那你们能认识小王大王吗？

丛女士：那能认识啊。

徐　强：它是有单独的住处啊？还是？

丛女士：不是，那小王跟大王它不一样。

徐　强：就是它们飞出去了，你能看出小王在哪里吗？

丛女士：它去哪块儿，王就跟着去哪块儿，所以蜂要是在哪块儿聚，那王就在哪儿。这蜂子跟王，就像一家之主似的。王在哪儿，蜂就跟到哪儿。

徐　强：每天都在这儿放啊？

丛女士：对，每天都在这儿。要到蜜期了，就不在这儿了。

徐　强：那这些箱子里现在都是吧？

丛女士：对，蜜期就上那蜂场了。

赵紫翔：山上吗？

丛女士：对，就在那山里。

徐　强：找时间我们过来聊聊天，请教一下蜜蜂和养蜂的知识。您姓什么？

丛女士：我姓丛。

徐　强：你家先生呢？

丛女士：姓王。

徐　强：是这里的老住户吗？

丛女士：不是老住户，我在丰满住，2018年过来的。

徐　强：你们老王家过去也不是这里的住户？

丛女士：不是。

徐　强：那这房子面积有多大？

丛女士：房子98平。

徐　强：院子呢？得有1000平吧？

丛女士：这个我没量过，那得多了，房前屋后这些地都是。

徐　强：那这得有5000平了。

佘　飞：您家蜂蜜是什么价格呢？

丛女士：每斤30块钱。

佘　飞：那蜂蜜不贵啊。

丛女士：我这蜜你怎么放都行，你就随便放，你放多少年都没事，咱能保，我的蜂蜜度数在那儿呢。

马　鹏：要密封才行吧？如果打开了以后呢？

丛女士：那跟它没关系，就是好蜜，打开不打开都是。

马　鹏：温度高了以后，它会不会坏掉？

丛女士：那不能。我的蜜都是高度的。

马　鹏：也就是说温度高它都没关系？

丛女士：那肯定没事，买到那种不纯的才有事。就是水蜜你放不住，隔年就坏了。

徐　强：那你这怎么加工呢？就是所谓的割蜜。

丛女士：蜂蜜是蜂子在封箱里加工，我们往出摇，摇出来完就存起来了。咱们加工不了。

徐　　强：你们直接出来的这个就是蜂蜜吗？

丛女士：对，我给你讲啊，水蜜就是蜂子倒腾一天的蜜，早上倒腾，晚上摇出来，就是水蜜。蜂蜜是有度数的，最高是43度，那叫成蜜，最低37度、38度，那叫水蜜。它俩有什么区别呢？水蜜是一天一摇。成蜜要是天好，我可以八天一摇。我得上那儿去看，拿出来看够不够度数，完了我再摇。

佘　　飞：这个怎么看？

丛女士：那能看啊，够度数的，它有封盖，就像蜂子存粮仓似的，够度数了它会封盖，要是不够度数那都在眼里。

赵紫翔：一箱一年一百多斤？

丛女士：不一定，一百多斤的时候肯定是好年头。那年头得老好了。要不是好年头，你摇两回蜜，哇哇一场大雨就全完了。椴树蜜期就半个月，没有说常年流蜜的，不赶下一场就繁蜂越冬了。

徐　　强：相当于你这一年就干这一季？

丛女士：对。我养这一年，就那十来天半个月，要不下雨的话那就是半个月，要是下雨的话，那就十来天，基本上就完事儿。前年是小年，一点儿蜜都没打上，这玩意儿看在哪个年头。

徐　　强：今年咋样？

丛女士：今年是大年嘛，小年不流蜜，小年椴树花也不开。你留点心，你看到7月椴树花全开了，满山都是。你要没事，你就总过来，观察一下，来年你再观察，满山一个花都不开。也挺神奇的。

徐　　强：这么神奇啊？就是这片山它有大小年这个规律，还是说全国今年小年都一样？

丛女士：不一定。珲春年年流蜜，但是不一定多。黑龙江也有一个地方是年年流蜜。东北这地方一般就是一年大年、一年小年。

徐　　强：又学到了。咱们吉林像做你们这一行，小规模做得多吗？你们有组织吗？

丛女士：我不跟他们联系。

徐　　强：他们做的多不多？

丛女士：也有。

徐　强：最后主要都怎么卖了，到市场卖还是有人收？

丛女士：我就搁家卖，有人收，我也不卖给他们。小户都上我这儿来收了，我也不卖他们。我的蜂蜜就每斤30块钱，也不讲价。反正咱这蜜你就搁到啥时候都行，咱能保。

佘　飞：加个微信，以后要是买的话，就跟您联系。

徐　强：餐厅开饭了，今天只能聊到这里了，下次再聊？

丛女士：没事，有时间你们就来。

众：好的，再见！

二访瑞德园

2024年4月26日下午,瑞德园

主要谈话人: 王德平　赵瑞华　王立夫　创写导师团
整　　　理: 徐　强

王德平:现在在地里干活都是五十岁以上的,你想想未来中国农村,这些村落能不能消失?什么时候消失?这个村子要发展,谁来接手?就他这样的(指王立夫)在研究,在走。

关尚敏:消失的村落,复活的村落。上集、下集,行不行啊?

王立夫:哈哈哈,就这么来!

徐　强:就得看城市居民怎么能回流。

王德平:对,现在国家也有这政策嘛。

关尚敏:村落的复活靠这一代有农村情结的文化精英。

刘　雨:其实这次采风的意义就在于什么呢?我们这个时代有很多东西已经不再被关注了,有许多东西是被忽略的,甚至被淡忘的。这次采风的意义就在于使魏家沟这个小村,成为文学书写的一个对象,成为一种记忆,成为一种经验。这个意义太大了,就是说它从此有了一个文学的命名。

关尚敏:咱们不是有这么多学生吗?就写魏家沟,成一本书。

徐　强:我们这几天的推文,回去就能整理出来很厚一本。

刘　雨:我们开车来,走错道了,回去,走到东边,三个人在那儿坐着,我下车问:"东北师大采风的在哪儿?"他们说:"在沟里。"一指沟里。关老师跟我说,你问人家,人能知道吗?我说肯定知道,采风营的影响力在这沟里已经非常大了。(笑)

关尚敏:哈哈哈,魏家沟已经沸腾了。

刘　雨:深入人心,家喻户晓……

关尚敏:得说在这沟里相遇,碰到有共同语言的人、有共同话题的人。

刘　雨：其实不被别人记住、不被别人关注，也没啥问题。就像这个山里边有一棵花树，它每年自己自由地开放，秋天把叶子落下来，完成一个生命的过程，也都没问题。生命不用别人评价，自己完成自己，这个过程本身有意义。人们往往关注别人怎么评价，往往被名利所累，就是因为太注意外在的东西，自我的评价没有。写作就是玩儿，赵老师的书里面有一句话，我就是为了把自己的生命、自己的过程写下来，那不就挺好吗？至于出版不出版，谁看或不看，无所谓，我自己有个完成的期待，实现了，自我价值就实现了。还需要别人吗？我把我一生经历的东西、听到的东西都变成了文字。那就行了。

赵瑞华：这么短时间就看了？（指赵著《路在脚下》）

刘　雨：我下午在合普山舍就翻阅了。你这就是非虚构写作。

徐　强：我早就跟刘老师推荐了。赵老师，我替孙琳老师再求一本书，孙老师有个研究生在做"素人写作"研究，那天我不是还提了吗？（对孙琳）你给梅雪炀带一本啊。再有，给刘老师一本吧。

刘　雨：不用，我借你那本看就行。

赵瑞华：行行行，有！

徐　强：赵老师告诉我印了50本，没怎么往出送。

徐　强：（对孙琳、于文思）采风这个事儿，你们两位应该知道，一开始2015年咱们本科开创意写作课，刘老师我们就在一起，老提到说得带着学生出去走走，就是所谓采风。我们曾经策划过租个大客车拉到伊通的满族博物馆去看看，也觉得挺好，那也就是一天就回来了。一直就想着出来，现在2024年了，咱们现在真正做了。现在这么做的还不多。现在情况复杂，大家首先想到的是：带那么多学生出去会不会出问题啊？出点事不担责任吗？要不就是没有经费支持。

关尚敏：现在很多人做教育都不这么做了，不这么想了，怎么做省事、怎么做没有责任，他就怎么做。所以我第一次听了之后我就觉得，有点冒失，有点浪漫，太浪漫了，还带一帮学生去采风……

徐　强：咱们还有情怀，哈哈。昨天本来我想回长春，然后和老师们一起回来，后来一想算了，我还是在这儿吧。

关尚敏：我听说联系文旅，住民宿。哎哟，我说那能行吗？真没想到，还真行，是王立夫这样有情怀的人，那怎么说来着？

王立夫："新乡人"。我是"新乡人"，林六哥是"原乡人"，王德平老师是"归乡人"……

徐　强：我们是"看乡人"，哈哈……

王立夫：我们是"思乡人"。

徐　强：回到乡村，他们是来到乡村。

关尚敏：年轻人是"看乡人"，我们是"思乡人"，因为我们都下过乡。

王立夫：你看，又出来两个群体。

徐　强：行了，序言有了，就这么写。

王立夫：我当时录视频的时候写过一段："原乡人"是我们与土地链接的期待，没有"原乡人"，我们跟土地根本连接不上。我们不懂乡村，所以没有情，没有对乡村的这种眷恋。我们到土地里，只能看到风景，但感受不到土地的温度。所以说我一定要跟"原乡人"聊。

王增宝：还有一类人，你看我就是从小在农村长大，我来这儿就不断唤起农村的经验。如果说按这几类人的话，我就是那个从农村出去那个人。

徐　强：你是什么乡人？

关尚敏："离乡人"……

徐　强："弃乡人"……

王增宝：哈哈哈，"离乡人"，没弃乡。

徐　强：我是"恋乡人"！

王立夫："恋乡人"，就是小小的一个群体，成分就这么多。……你说空巢那些人哪儿去了？

王增宝：在这儿有一个，哈哈哈！王老师对农村的了解深，我从小从农村出来的，您比我了解得都深。我们已经不太关注这个了，就剩下一个很抽象的"乡愁"。现在在发生什么，也不知道。

关尚敏：在他们这些孩子印象中，老家只是一个形，已经没有意义了，现在通过你的连接，这个形就有意义了。

王增宝：就是看一看，参观一下，回家住一段儿，不能深度介入，不能像小时候一样在农村生活。

关尚敏：没有这样的农村经历，他不会喜欢。像他（指刘雨）姥姥家是农村，肯定有这种感受。要是纯粹城市的，他不会喜欢，因为生活都不在那儿。

关尚敏：（接赵瑞华拿来的赠书）哇，这么厚吗？谢谢！（赵签字赠书）你看我们这个小魏家沟，还有这么著名的作家。还有王德平老师保驾护航，你看拿着印，帮着盖印。

王德平：我那都是往事了。

刘　雨：赵老师字写得好看。真厚重！得有多少字？

徐　强：三十万字，word统计有数。

刘　雨：太好了，回去仔细看。

王德平：我打印地道吧？

王增宝：不说"盖章"说"打印"，一听这说法就地道！

王立夫：最巧的是，第一天我们来，正赶上王老师过生日。

刘　雨：（指徐强）对，你不是写了副对联吗？

徐　强：王老师都没说自己过生日，跟我们聊了半天，最后走的时候才说。我特别高兴。我回去晚上写了副对联，王总和小磊给送去。

刘　雨：意义非凡。

关尚敏：《路在脚下》，这个书名就非常好。

徐　强：王老师和赵老师还专门做了这个主题的一个艺术品，一个装置艺术：两只草鞋垫在一个木板上，题为"路在脚下"，挂在那小屋里，很有艺术匠心。那个图片是不是收进书里来了？

王德平：没有收。

徐　强：可以收啊，放在扉页，多切题！

刘　雨：这是一棵梨树，山梨，开得太漂亮了。野梨，山梨。每个细节都可能成为诗意的，只是因为你还没有真正注意到。所以诗意其实在人的心里，不是在外边。另外这园子里边的每一个地方，可能都和你的生命有联系。像这一树梨花，每年都开放，每年开得还都不一样，你的感受，就不一样。

关尚敏：每年是从南方回来，迎接梨树花开。

刘　雨：现在没全开放吧？

赵瑞华：刚开始。

关尚敏：是不是等梨熟了就要走了？

赵瑞华：对，我们一般都是十月末收拾利索，十一月份左右就走了。

关尚敏：（问王增宝）你毕业几年了？

王增宝：我2011年就来工作了，也是十多年了。

关尚敏：你们这个团队挺厉害。

徐　强：今年中文创意写作列入二级学科了，也是一个契机。

关尚敏：刘老师说了，这些事刘老师第一时间都和我说。

徐　强：有这个契机，学院，包括研究生院，支持力度大，那后面做事条件就更好一些。

刘　雨：二级学科，就和古代文学它们都一样了。原来三级都不算，跨在别人那里。

徐　强：对，原来上不了目录。

王德平：刚才刘老师说老梨树……反正咱们也是闲谈，我就找出了我的一篇日记，关于这棵梨树，我给大家读一下。

众：好！

王德平：（读《小院里的老梨树》）①

【众热烈鼓掌。】

关尚敏：咱们也算采风了是吧？采风意外的收获。

刘　雨：是的，真正是采风来了，不是光采菜来了。（众笑）

王德平：这是才写的。

---

① 见本书附录《小院里的老梨树》。

徐　强：刚写的啊？我说上次怎么没听到！

王德平：你说要再来这里，我就写了，要献给你啊。

徐　强：太好了，真好。谢谢！（对刘雨等）因为前天没尽兴，说好再来。

关尚敏：2017年发大水，那时候你们在这儿吗？

赵瑞华：在这儿，见证了，那水老大了，老危险了。

刘　雨：那房子呢？

王德平：房子都要冲垮了，当时水都上到窗台了。

刘　雨：当时没有这个房子是吧。

王德平：整个这仓房都拍倒了。

关尚敏：当时你们在哪儿呢？在屋里？

赵瑞华：我们在屋里。他在抗洪，到最后石条都冲走了。

徐　强：那么，这房子是大水之后重建的？

王德平：对啊，都是重建的，重建家园。

徐　强：这个也是？（指眼前房子）

赵瑞华：这个不是，这儿已经冲出一个大沟，地基底下冲一米多深，里边都是空的，我们后给填的。

徐　强：水主要是从后边那条沟上来的吧？

赵瑞华：对，就是那条。

徐　强：那很幸运，那个土房没事。

赵瑞华：对，它没事，有这个房子挡着。

关尚敏：既是生活写实，也是自然写实，还是历史写实。太好了！

王增宝：人和树的生命在沟通，我感觉。

赵瑞华：那时候，整个村子啊，不光我家。

徐　强：王老师把文章发给我吧，我们写东西可能要引用一下。

刘　雨：写得好，还得继续写啊！

关尚敏：你俩我看明白了，一个短篇，一个长篇。（对刘雨）你看人家俩配合，咱俩也得配合，我写短篇呗。徐强，是不是我短篇，刘老师长篇？

徐　强：可以啊，关老师写得也好！

关尚敏：刘老师说我写东西要徐强看，我说你可不要叫徐强看……后来他总笑话我，我就不写了。

徐　强：我都看了，写万昌的那些农民，写得多好啊，那个什么大哥，什么老妹。不管写什么，都贯穿着一个教育家的视角和思考！

王德平：我这个她也老批判我"哼哼唧唧"。

徐　强：互相批评一下，挺好。

关尚敏：我喜欢这样的描写。像我们这个年龄的人去听他讲这个故事，就有共鸣。

刘　雨：其实不完全是人看到了什么或者想到了什么，更多的是比如说，树对你来说具有了意义，或者说树在某种意义上教育了你，影响了你，你从树的身上感受到生命的顽强、坚韧。这就是说，自然在教育你，不是我们要用一个东西去统摄自然。我们常常被自然所启示，从自然中认识到自己的生命，这个就是最重要的。这棵梨树至少得有三十年吧？

赵瑞华：那可多！

徐　强：三十多年了，他们来就住二十六年了。

赵瑞华：住二十六年了，我们来的时候它也就差不多这么大。起码得有三十多年了。

刘　雨：梨树长得慢，特别慢。而且这个树木质特别坚韧，树干硬啊。

关尚敏：每个人赋予它的意义都不一样，你们赋予的和年轻人赋予的意义一定是不一样。

王增宝：现在再看这梨树感觉就不一样了。

关尚敏：就不一样了，真是，和刚来看的时候就不一样了。

徐　强：事物被赋予内涵了……

关尚敏：对，就是怎么看待事物，赋予意义了，历史的内容，给它定义了。

徐　强：这个院子有故事，最早住在那草房里头的那家，刚才王老师提到的，他们回城的那个家庭经历也很丰富。

刘　雨：以后还得继续写，当作一种抒发。

关尚敏：得写啊！以后我俩还来，自己来！因为我们平时在万昌住，周末就上万昌，今天从万昌往这儿来，开俩小时，我俩开得慢。到这儿之后我就喜欢这个地方。以后立夫不在的话，我就上你家来。

赵瑞华：来吧！以后经常来。

赵瑞华：其实我那个书吧，都是真实的事，都是我上一辈，父亲那辈告诉我的，我听的，或者我经历过的。没有虚假，特真实。

关尚敏：（对王增宝的宠物狗夕夕）你是城市人啊，嗯？怪不得你这么胖，你看这肉，全是肉啊！

王德平：然后那天我又写了一篇，就是门前挂那个辣椒串。（读《辣椒串》）①

刘　雨：写得太细腻了，你看看！

徐　强：这种写作完全不是为了靠它去获得什么。

刘　雨：没有别的目的，没有别的外在的目的。

关尚敏：给同学们看看这个文学的魅力，一个人退休了，他的职业生命结束了，但他文学的生命是一辈子，和自然的生命一样长久。一个人，你的生命可能结束了，但你的文学生命反而活跃起来了。对，挺好的，向你学习啊！

王德平：不是向我学习！你们来了之后我找到知己了，所以我觉得我"卖弄"一下子，也不是很砢碜的事，又有这么多好朋友在，特别是瞬间就成为好朋友的徐强教授，已经成为知交了。

关尚敏：你给我的第一印象，我觉得你应该是一个艺术家，现在看来你将来会成为一个文学家。（对宠物狗夕夕）这狗胖的，你看。一掐老厚了，这肉。毛特别好。怪不得，你是见过世面的。

王增宝：最近毛还行，还不怎么掉毛。

关尚敏：是不是太好了？生命就得是这个状态。

王德平：（对赵瑞华）你陪老师们唠会儿。

关尚敏：向你们学习啊！我到明年得写几句，我干到明年不干了，刘老师估计也快了，我俩也旅游去。

---

①见本书附录《辣椒串》。

赵瑞华：我们今年开了一万公里，刚回来。

刘　雨：到每个城市，就住房车基地吧？

赵瑞华：我们住在车里。我们是个七座车，不用去基地。

刘　雨：那车停在啥地方呢？

赵瑞华：随便停，有时候停在宾馆啊、政府门前啊。有时候停在公安局门前，有时候停在大商场门前，有时候停在车场。反正是有摄像头的地方，安全。

关尚敏：车上的装备很齐全吧。你们俩生活能力强。

赵瑞华：对，都带，我们自己做饭，全套炉具都带着。

关尚敏：你们走就走，都不去住旅馆，就在车上？

赵瑞华：时不时地住，一个礼拜左右住一次，洗衣服。洗澡，我们随时就上浴池。挺好的，现在我们俩就剩西藏没去了，因为我身体也不太好，不放心。再就是宁夏、甘肃这些地方以前也都去过，但是开车自驾没去过。

刘　雨：生活就得这个状态。

关尚敏：那得准备个房车，是不？咱那驾照能不能开房车？

赵瑞华：可以，但是吧，房车太招摇，到哪块儿也不受待见。我们这么多年出去哈，现在就买小的，小房车，B型的就行，到哪块儿一个车位都可以停下，车里头五脏俱全，啥都有。还可以做饭，都太阳能的，什么都可以。不要买大房车，我就感觉大房车到哪块儿，有的时候就驱离你，你得到房车基地，有的小地方没有房车基地，你又没地方停，所以你就不得不到别地儿。

关尚敏：那还是大的舒服。

赵瑞华：大的是舒服，但你就得找房车基地，费劲，有些城市现在不让。

关尚敏：不一定停在城市，就在城市周边的小镇。

赵瑞华：最好是到县。

关尚敏：周边的小镇，不要到城市。大城市里那么拥挤，走进去就难出来，绕着走。

赵瑞华：对，我们这回上济南，看那个趵突泉和大明湖，绕好几圈都没

　　　　　有停车的地方，花钱都没地方，停不下来。你想住宿吧，也没
　　　　　有，可贵了。最后就放弃了。
关尚敏：都没啥意思，还不如这儿呢。
赵瑞华：出去走走吧，心情也不一样。
王德平：现在也没有负担，我孩子也都很自立，他们自己管孩子，我们
　　　　　俩这个年龄，就得自己找事。
刘　雨：自己就得有自己的乐趣，有自己的生活。
关尚敏：徐强，你这采风内容太丰富了。本来一心采农民，越采越多！
徐　强：城乡都采了。
关尚敏：不是光挖婆婆丁的事。（众笑）
刘　雨：我不说了嘛，你这个采风的意义就在于，从此魏家沟有了文字
　　　　　的记载，有了命名，有了故事。
徐　强：这些路我们都给命名了，我们自己走，说是走合普大街、经一
　　　　　路、经二路、纬一路、纬二路……都有。
王德平：我有个请求，各位老师给我留一张卡片在这里头，你们下次来
　　　　　的时候可以在这里找到对这里的印象、感受。
徐　强：（对刘雨等）那屋里挂了好多，来过这儿的人都会写卡片，留
　　　　　下。我也留了。
关尚敏：还写什么？
王德平：什么都行，写句话都可以。
于文思：行啊！
王德平：我都会收藏，大学教授来过，哈哈哈，给我这个地方打个卡。
关尚敏：不会写字了！你们先写……
王德平：哎呀，书写是一种享受啊！
徐　强：（对于文思）你坐这儿写。
于文思：没事，我在这边，拿这个写。
王德平：这是我准备的。
关尚敏：王老师、赵老师，你们全名是什么？
徐　强：赵瑞华老师、王德平老师，所以叫瑞德园。
赵瑞华：他说这个房子是他送给我的礼物。我一小家里困难，就从打我

母亲去世以后，我的生活就一落千丈，节节败退，完了我就一直做梦。

关尚敏：这谁写的呀？多漂亮。

王德平：这是徐老师写的啊，咱们教授！

关尚敏：我别写了，咱俩写一张得了，我字不好看。

徐　强：写吧，关老师。（对王德平）关老师曾任省二实验学校的书记、校长，著名的教育家！

王德平：那更要写了。

于文思：赵老师您接着讲故事……

赵瑞华：故事啊，好。这么多年，就是一直做梦，几十年的梦都是一样的。就梦见在黑暗的角落不见天日，特别憋屈。没地方走，没地方住，就是特别黑暗的地方，每次做梦就梦那个，完了总是哭醒。我就想我母亲活着的时候，我们家那小院。我爸爸是军人，军人的特质，就是特别干净利索，所以我家买那个房子的时候，我爸爸把那院子打扮得像花园一样，前边都是榆树，小榆树墙。榆树上边是葡萄架，我和我妹妹就在那个葡萄架上打秋千，用那个方盘，就是过去农村办事情都用那方盘上菜，我和我妹妹坐在那个方盘里头打悠。房后全是花园，各种花，特别好。我父亲和我母亲他俩特别勤劳，给那院收拾得特别好，这是我小的时候印象。但是我母亲在我十岁的时候就去世了，所以我就有一个梦想，总想有一个自己的小院子，哪管很小很小，有这么一个地方。一直想买房子，这么多年他就一直在陪着我找房子。他说："我一定买这个小房子，作为咱们俩结婚十八年的礼物送给你！"所以这个房子就是他送给我的一个礼物。起名就是我的，房子也是我的，房票是我的，他都是落在我的名下。瑞德园，瑞字打头，德字在后，就叫瑞德园。但是因为我是泼出去的水，嫁出去的女，我是属于王家的媳妇，所以他那个瑞字也是王打头。

刘　雨：咋写都是王字打头。（众笑）

王德平：万变不离其宗！哈哈哈哈！

关尚敏：聪明！（众笑）

赵瑞华：这个小院开始买的时候就一个房子，我们也没有能力建房子，我们也没有多少钱啊。后来那就奋斗吧，第二年盖一个小房，因为当时我们都年轻，四十岁，也没有经验，啥也没有，就是自己想象的，就盖这么一个房子，所以一点一点地……

关尚敏：这都是后盖的？

赵瑞华：都是后盖的！原来就那么一个房，一片地。

关尚敏：四十岁的时候有这样的眼光啊。

赵瑞华：我们是1998年买的。

关尚敏：1998年咱俩干啥来着？

刘　雨：咱俩都荒废了，岁月都荒废了。

徐　强：1998年，刘老师当了教授。

王德平：我来的时候，我们邻居也来了，也是退休的。然后邻居隔着墙问我："你今年多大岁数啊？"我说："我四十。"他说："哎呀！啥时候是个头啊？"呵呵呵……

关尚敏：他想逃离，你们还往里进……

徐　强：这人现在在哪里呢？

王德平：这个人已经故去了。

徐　强：你看，我一猜就是，他看不到你现在这个样子。

关尚敏：他就这种心态，"啥时候是个头啊"，这心态估计就过去了。

徐　强：他就没有信心，对人没有信心，对自己也很难有。

关尚敏：他不会写出文章，把这棵梨树赋予那么美的意义。他不会的。

【老师们各自写字。】

徐　强：刘老师写得真好……孙琳，多有仪式感呀！

王德平：写这个卡片非常有意思。朋友到这来之后，有这么一个仪式，大家都很认真……都在自己想：写点啥呀？

赵瑞华：买了这个小院，就不再做噩梦了。有的朋友就说："有的人买这种小院，是为了增值啊，有的原来是年轻的人，他就是回去纪念啊，有的是为了办民宿啊，你都不是，你是一种情结。"

徐　强：（念）瑞德福地，四季花开。

王德平：好！谢谢刘老师！……

关尚敏：我就别写了，好长时间都不写字了。

王德平：写一个！写一个你下次来，以后就不一样了。

刘　雨：你不总给别人签字嘛。（众笑）

关尚敏：我没签过字……

王德平：校长肯定签字了。

关尚敏：写点儿啥呢？

王增宝：我也没想起来……

徐　强：（对刘老师）日期写一下……甲辰，今天是四月二十六号，三月十八……

刘　雨：我写字没有徐强好看……

徐　强：哪里，写得比我好！

关尚敏：哈哈哈，确实好……

徐　强：我们师生写得都不错……不谦虚地说，超过绝大多数人，哈哈哈！

关尚敏：写完之后都挂到哪里啊？

赵瑞华：暂时挂在墙上，完了等以后……

徐　强：文思，到桌子上写，别蹲在这里写，费劲儿。

于文思：我就差俩字写完。

徐　强：到桌子上写最后俩字，我给你照相。

于文思：可以，我刚编完，那我上来签名。字不好看。

徐　强：好看！人更好看……

于文思：徐老师太会说话了……

刘　雨：都把它裱起来，那有点费材料，那得多少个？

王德平：这个是一家的，跟别的不一样。简单的我会做这样收藏，（指大本夹子）一个大夹子，就像邮票。

刘　雨：挺好，这东西。

赵瑞华：他喜欢收藏，他是吉林市十大收藏家之一，收藏毛主席像章。

王德平：小磊这里也有收藏，那年……在这里头。

王增宝：不好看啊！不行，我重新写。

孙　琳：换一张，嘿嘿！

王增宝：字写不好怨笔，哈哈哈！换支笔！

徐　强：给，这支笔！

关尚敏：你们学文学的都写得非常棒，我看看……（看于文思的）你看人家写的这个……

关尚敏：这诗，真好。

于文思：不算诗，不算诗，编了四句！

刘　雨：（对关尚敏）你写两句话得了。其实就写话，没有话就写两个句子就行。题词就是造句，按照那个主题去造句。

于文思：徐老师说写三月十八，是吗？

赵瑞华：三月十八，是阴历。

徐　强：写四月二十六日也行。

张小磊：到王老师家，就自己上手了。

关尚敏：平时词挺多的，这时候没有词了呢？

刘　雨：就是因为你在创意写作这五大导师面前，肯定是有压力……（众大笑）五大导师都来了，那你还能写了吗？

王德平：不能给关老师压力，哈哈。

刘老师：（指苞米手工脱粒机）这个东西是啥呢？

徐　强：苞米脱粒的？

王德平：（演示）对，脱粒机，用手工摇，搁这儿就下去了。这是三线厂、军工厂转民以后的第一代产品，就是那个大华机器厂生产的。

刘　雨：大华机器厂后来搬哪去了？

王德平：搬九台，就是长春外边那个地方。

刘　雨：这个东西得把它拍下来，去问别人是干啥的。

徐　强：十有八九不知道……铸铁的。

王德平：对，铸铁的。它是一个时代的标志……现在还好使。

徐　强：这种东西它坏不了。

刘　雨：可见他们能够贴近生活需求来设计这玩意……但是摇肯定费劲。

王德平：你可以把这个卸载，卸载之后搭一个轮，可以带电机。小家小户就可以，然后做点面粉什么的。

徐　强：就可以现吃现加工。

王德平：那个三线企业，都回城了，搬迁了。三线军转民了……过去三线在桦甸、蛟河、磐石都有。

刘　雨：一个人就是一部历史，他的经历和别人不一样，即使和别人经历一样，他内心世界的体验也不一样。

王德平：（与刘雨在另一边聊人生）……去年看见，就是倒计时的，人生的路非常短，每天在这里头觉得很珍惜的感觉。

【关老师写完。】

徐　强：阳历也行，四月二十六日。

关尚敏：这写得也太不专业了，应该写横的，这字不行，你看这距离还不好。

徐　强：很好，不用太平均，写得很好。（念）瑞德遇见，人生美满。

赵瑞华：太好了！

王增宝：（念）采风出游信乐哉，山中忽遇舞零台。

关尚敏：在创业写作团队面前，我手都发抖，平时没有这么抖，哈哈哈。

孙　琳：不行，我这字越写越难看。

王增宝：我这字写得拿不出手，不好看。

孙　琳：挺好看的。

王增宝：也练字，坚持不下来。

于文思：（对夕夕）这大尾巴扭的，这家伙扭的啊。

徐　强：文思，你也把日期写上。

于文思：我应该没地儿写日期了，我试试。

徐　强：可以写在这儿。好，正好咱们放在一起拍个照，这就是咱们全都有了。对了，咱们的学生也都写了。

赵瑞华：在市里也没什么事干，人家锻炼身体，也是有点事干……最终潜意识这个东西始终是没有改变过，就是我一定要有这个……

关尚敏：其实就是妈妈去世，缺少一种安全感，缺少一种人生的归宿。

赵瑞华：复制我母亲活着的时候那种场景。

关尚敏：特别好，非常有诗意。

赵瑞华：很多人对这种事不能理解。写这个东西我也是，就是考验一下自己，实际上一点没文化，但是就寻思考验一下，看看我能不能把我的经历写出来。

于文思：我刚才在那边一直在看，看入迷了，非常真实。

赵瑞华：对，全是真事，没有虚假，因为我特别不会编故事。

于文思：有很多地方跟我妈妈很像，我妈妈在黑龙江林业局。我妈妈是恢复高考第二届考的，您应该是前后。包括以前读书的经历啊，看到很多。我二姨讲起我妈妈以前的读书经历，包括复习，大队里……看您写的这个，特别亲切！

孙　琳：我的字不好看，我要练字。我写得好吧？不像你们文绉绉的。我写白话文。

徐　强：写得好！

徐　强：念一下，咱们每人读一段，我录下来。

王增宝：（念）采风出游信乐哉，山中忽遇舞雩台。

于文思：（念）听风入耳语，松涛自在心。清流映明景，路远更觅春。

孙　琳：（念）瑞华住在德平的礼物中，我坐在瑞华的美梦里，都是好得无比！

与林六哥一席谈

2024年4月27日中午，合普山舍北院

主要谈话人：林　卓　徐　强

整　　　理：马　鹏

校　　　订：徐　强

　　林六哥名叫林卓，生于1965年，今年59岁，魏家沟本地人，住在合普山舍西邻。受山舍老板钟阳的委托，山舍无人居住期间由他掌管钥匙并临时开门接待参观接洽人员。他有四个亲哥哥，一个亲弟弟，两个姐姐。他自己家有一个儿子、两个姑娘。儿子在吉林市，姑娘在新加坡打工。

——马　鹏

徐　强：大家来认识一下林六哥，你们应该管他叫林六叔。林六哥是这里的原住民，我第一次来踩点就认识他了。这次本来想早点请他给大家讲讲村庄的历史与现状，但前几天林六哥在邻居老隗家帮忙装修房子，一直没过来。今天终于抽出空来和大家聊一聊并共进午餐。我们时间比较紧张了，我和林六哥随便交谈，大家也可以插话，最后时间够用的话，大家每人问个问题。六哥就先随便谈谈有关魏家沟的事吧，比如魏家沟为什么叫魏家沟？它的上下行政关系以及周边村屯是怎么样的？本地户有多少？外地户有多少？村民产业和收入如何？这些都可以聊一聊。

林　卓：我们家在这儿住三代了，爷爷、父亲、我和孩子。这里原先叫魏傻子沟，据说最早有两户姓魏，其中一家有个叫傻子，大家就管这儿叫魏傻子沟。土改那时候人家问这里叫啥名，就叫魏家沟了，后来又是丰满屯，现在又叫社，属于丰满屯村六社。

徐　强：以前村庄总共有多少户人家？也就是真正的原住民大概有多少？

林　卓：魏家沟原住民年龄基本上跟我一样大，六十岁左右，孩子基本上都在城里发展，虽然这边有房子，但他们很少回来住。本地有二十来户，外来二十多户，总共五十来户。

徐　强：那现在魏家沟原住民大概以什么样的方式谋生？比如种地或者以其他方式谋生。

林　卓：过去是生产队，天天干活挣工分，挣多少工分就分多少粮食。沟里实行承包责任制后，多劳多得，生活越来越好。现在沟里基本上种苞米和黄豆，没有稻田。农闲了出去打打零工，外来户也会搞点开发啥的，农民能挣点儿钱。

徐　强：我看村外有一小片稻田，那是沟里开发的项目吗？还是参观用？

林　卓：不是开发的项目，过去也是水田，但那是七社，魏家沟是六社，不是稻田。

徐　强：七社与六社中间分界线在哪里？下面的小超市属于哪里？一个村总共有几个社？总共多少人？

林　卓：小超市这边属于魏家沟，再过去属于七社。五社那边是石咀子……接着往下四社、三社、二社和一社，总共七个社。七个社人口加在一起有1300多人。

徐　强：村支书在几社？

林　卓：这里的村支书是民主村和丰满村两村的村支书，他在五社。

徐　强：他多大岁数？

林　卓：37岁左右，年轻。七社有个副村支书，年龄50岁左右。

徐　强：魏家沟原住民现在大约有多少人？

林　卓：整个村七个社不到一百户，基本都是空巢老人。比如我有一个儿子、两个姑娘都在外地，就我跟我媳妇在家。

徐　强：儿子多大？最小的姑娘多大？

林　卓：儿子今年三十六，最小的姑娘也三十五了。

徐　强：那他们现在都在哪里？

林　卓：儿子在市里，二姑娘在新加坡打工。

徐　强：去新加坡几年了？

林　卓：今年就第四年了，今年九月份回来。

徐　强：在新加坡一年挣好几十万吧？

林　卓：也不行，反正比咱这里好多了。

徐　强：我有个表妹在那儿，劳务输出，前些年，一年二十来万。

林　卓：对，上新加坡肯定一年能挣二十来万，我姑娘跟着团队过去，雪花啤酒厂招工过去的，主要推销啤酒。

徐　强：你家种几亩地？

林　卓：种十来亩，一口人一亩半地。

徐　强：那你家几口人全有地呀？

林　卓：有，老一辈分来的，以前分过一回，现在这地是死的不去，生的不添，一直没动。

徐　强：地全种玉米吗？拿去卖吗？

林　卓：没别的，全种玉米，冬天或春天有人来收购就都卖了。

佘　飞：一年能收多少玉米？能卖多少钱？

林　卓：玉米十来亩地也就收两万来斤，去掉种子、化肥（一袋化肥二百块）、农药、人工，能剩一万来块。

佘　飞：玉米现在多少钱一斤？

林　卓：有时一块零三分，有时一块零五分，现在卖最贵。种个五六垧地，一垧地能剩个一万来块，五六垧就有五六万，但特别辛苦。

徐　强：同学们不务农，大概不关心农产品价格，也不了解有关情况。拿玉米来说，1985年山东河南的玉米就三四毛钱，价格高的省份，例如安徽，就已经达到五毛了。之后多年缓慢增长，到1990年代末达到一块多。2000年前后，养猪效益下滑，饲料需求减弱，一度又跌回到八毛钱左右。疫情前后几年稍高一些，曾达到一块三以上。但疫情后又开始下跌。三十年前和三十年后，价格增长三四倍。大家可以设身处地地算一下账。

林　卓：徐老师很了解。

徐　强：种这么多地是农户个人还是公司承包？

林　卓：没有公司，都是农户个人，这里没有成立合作社。

徐　强：五六垧地是雇人干活还是自己干？

林　卓：雇人的，这地方石头多，用不了大机械。

徐　强：我家亲戚养牛，刚卖了一车，十块三毛钱一斤，平均一头赔5500

元，一大车好几十头呢。前年最贵的时候十九块钱一斤，一头大牛像林六叔说的能卖两万多块钱。现在掉了一半。当然现在牛肉也便宜，进小牛也便宜，原来8000进一头，现在4000就能进。

林　卓：以前农民们养牛，越贵越不卖，都寻思着你家有五头牛，我也发展到五头牛。你家有十头，我也发展到十头。大家都不卖，现在价格下来了，不挣钱。不卖吧，还要用料喂着，一袋料三百来块。现在卖牛就是贱卖，但不卖赔得更多。不过会算计的农民过得也不错。

徐　强：六哥算过得不错了，你包地耕种吗？

林　卓：我不包地，我在这里给老板做二十多年了，工钱年终全部结清。

徐　强：老板的产业主要做什么？

林　卓：民宿主要靠朋友过来玩，他自己在铁路上班，主要做一些火车自动刹车器什么的，搞技术的。

徐　强：他是这个村里的人吗？

林　卓：他不是村里的人，我也不知道他是哪里的，他后来搬到沈阳，在铁路科研所当过所长，后面买断单干。他不指望民宿能赚多少钱，但他没啥事就来这边盖房，老百姓有个活儿能挣点儿钱。

徐　强：北院这是谁家的？

林　卓：北院是后来盖的，原来没有房子，他自己盖的。

徐　强：这地方没有房子，那你家怎么在北院后边有房子？

林　卓：这里原来都是荒地，我原先房子不在上面，2017年洪水把我房子冲了，就到这上面盖了一间。魏家沟是个好地方，溪水干净，渴了能直接喝。溪水上面还有冰窖，现在去石头洞里都能凿出一块冰来，拿着就可以吃。

徐　强：走多远能到源头？就这点高度差，一两百米。这季节山顶还有冰块呀？

林　卓：走五公里左右，夹在两山之间缝隙里边，那里现在就有冰块，十天后里头都还有冰。

徐　强：村里发展还得靠旅游度假什么的。昨天我们的老师们一来就都相中了这地方。

林　卓：这边旅游设施不完善,如果要发展旅游还得需要投资。不投资游客来了也没啥玩,需要很喜欢这个地方的老板来带动发展,没投资发展不起来。

徐　强：我们进山里几趟了,还看到两节火车,还有其他火车吗?安装那两节火车的时候你在这边吗?

林　卓：没有了,就这两节。这两节火车都是我主张弄的。

徐　强：你是怎么主张?快给大家介绍介绍,大家都很好奇。

林　卓：这两节火车从沈阳用大平板车运来,没少花钱。火车淘汰了,老板买了下来,2022年11月运到这里。火车开始进不来,村里老人商量了也没办法。火车本身就有三十吨,还太高、太长,拐不了弯,在七社那里停了两天。后来到市里找了一个老头,他是专门研究大件运输的专家,也有专用的运输设备。他过来勘察火车能不能运上来,但说白了只要你有钱请人家,人家就有办法给你弄上来。他出了两台一百吨的吊车,请了电工,害怕运输把电线弄断,耽误人家用电。

徐　强：有没有在地上铺设滚木或者轨道之类的东西?

林　卓：没有,车直接开上来的,那老头专门研究运输,人家有经验。后车可以遥控,前车走到哪头,他都能跟上。

徐　强：大车运上去不得把路压坏?

林　卓：没有。就走的合普山舍这条路,从底下往上来,到上面了再用吊车吊下来。吊下来之前,在地上铺好铁轨,再落到铁轨上。

徐　强：施工过程很长吧?

林　卓：他们是专业的,从火车运输上去到落地,速度还比较快。

徐　强：那得花多少钱?

林　卓：火车从沈阳运到这,一个车三万,三个车就将近十万。再从七社运到山顶,花了六七万。

徐　强："林蛙部落"也是他投资的吗?

林　卓：都是他承包下来的,但不是买来的。现在魏家沟都是他在投资,比如山上滑雪用的雪车,他也一直在做。这里的雪很干净,抓起来就能吃。

徐　　强：这条小溪有名字吗？你们都怎么称呼？

林　　卓：没名字，我们就叫沟里，或叫河套，魏家沟河套。

徐　　强：那如果有人问你在哪里就说在河套？

林　　卓：对，比如拿菜到河套洗洗。

徐　　强：那不准确，这个不是河套，也称不上河呀。

林　　卓：老一辈都这么叫。

徐老师：我们现在给他命名叫合普溪，今后你们也这么称呼，哈哈。这条路也没名，我们命名为合普大街。我们出去会多多宣传，告诉大家这条沟非常有意思，让大家都来玩。

林　　卓：我也经常跟老板说，你别看我是个农民，其实我也挺有想象力的。我还跟老板说这条沟应该怎么开发，给他一些建议。这些年老板也很信任我，咱也忠心耿耿，不贪小便宜，像这些年修的建筑，用工、买材料什么的都是我们两口子管，是咱的咱就要，不是咱的咱就不扯那事儿。

徐　　强：那你有林地吗？哪些人有林地？哪些区域是个人的？

林　　卓：我没有，我大哥那时候在山上有荒地，勤快的人家就去开荒种点落叶松啊什么的，成林区了国家就给办林证，承认是你个人的，这些树都归你，山上那些都是个人的。

徐　　强：从生产角度来说，山坡除了种树木，还能种什么？

林　　卓：过去土质好的地方可以种点人参，但现在除了树木什么也没种了，因为一发大水都给冲没了，但山顶都有野参，纯天然野参，人家经常在山上找到野参，要碰运气，我就没有那么好运气。

徐　　强：你有九个兄弟？哥哥们都健在吗？

林　　卓：我有六个兄弟，两个姐姐，都是亲的，老四、老八、老九是堂兄弟。我五哥和七哥还在，老大、老二、老三都去世了，亲的就剩我们哥仨了。

徐　　强：五哥现在多大？

林　　卓：五哥今年六十，我跟他相差两岁。

徐　　强：他住在沟里吗？主要干啥的？

林　　卓：就住沟里，也是农民。

徐　强：他有几个孩子？

林　卓：只有一个姑娘，在市里。

徐　强：老伴还在吗？

林　卓：还在，他们都在家种地，有时候给人打点零工。

徐　强：以后年纪大不能干活了，是不是要跟姑娘走？

林　卓：不会的，年纪大了就上养老院，附近有养老院，只要有点积蓄，攒点养老钱，就能进去。姑娘她们都有房贷、车贷什么的，还有公公婆婆，指望不上。

徐　强：老七干啥呢？他媳妇在村里开小超市，听说不怎么赚钱。

林　卓：人家各有各的道，他有地也不种，苞米挣不了几个钱，出去干活一天挣160块钱好多了，不想吃种地那个辛苦。老七就在"山水人间"给人家打零工。

徐　强：你弟弟比你小几岁？

林　卓：他属鸡，比我小两岁。

徐　强：那你们三兄弟都差两岁啊。有姊妹吗？

林　卓：我姐姐都不在这边，大姐、二姐在外地，都还健在。大姐今年73岁了，我大哥、二哥岁数大一点，然后是大姐、三哥、二姐、五哥、我和老七。

徐　强：你们几个老哥可以定期聚一聚。

林　卓：还是要看哥们的媳妇，媳妇如果走不到一块儿，就很难团结。

徐　强：你跟五哥走比较近还是跟七弟近？

林　卓：那肯定是哥哥，现在他最大，肯定关照他，俗话说有父从父，无父从兄。

徐　强：你的地什么时候开始种？要种哪些？

林　卓：现在就开始耕种了，种点土豆、香菜、辣椒、柿子、茄子、黄瓜、大头菜。

徐　强：种这么多，夏天就不用买菜了，冬天够吃吗？

林　卓：不用买菜，大头菜都吃不过来。这边没窖，冬天主要腌酸菜，腌一次能吃一个多月。

徐　强：养生猪吗？还有大牲畜之类的？

林　卓：现在屯里都不养猪，但有些人家养牛，养的是肉牛，指望着卖钱，但现在牛肉便宜，很多牛都贱卖了。但也不是都卖不上钱，有些人脑子快，两万块钱买，如果有老板三万块钱收，就卖出去了。但有的人家老板给四万也不卖，后面只能赔钱。我以前养牛，2017年发大水，我房子被大水冲没了，卖牛来修房子，后面就没有养牛了。

徐　强：涨水的时候这一片儿能涨多高？持续多长时间？

林　卓：那时候发大水，河边上的街道水能有一米二三深，洪水持续将近一天，不下雨了，洪水就退了。那年下雨真是瓢泼大雨，像是一瓢水从天上倒下来，我长这么大，都没见过那么大的雨，百年不遇。

徐　强：洪水带来这么大损失，有救济吗？

林　卓：有，一户补助460块饭钱。

徐　强：盖房子得多少钱？

林　卓：不一样，大沟上面那房子是我的，是个老房子。我花了十多万盖了个面积88平方米左右的房子，但具体多少钱也没细算。我找到两个钱就投，一点一点把房子盖起来。

徐　强：我看到你的新房场地势挺高了。如果再发大水，还有啥保护措施吗？

林　卓：河套加高了，比以前宽多了。房子质量比以前好，底下都打地基，加上钢筋水泥，比较结实。

【餐厅开饭在即，林家人来叫，他坚持不在这里吃饭。】

徐　强：辛苦林六哥跟我们说了这么多，那咱们下次接着聊。林六哥辛苦了，再次感谢。大家用掌声感谢林六叔！

林　卓：好的，那我回去了。下午要下地干活了。

徐　强：这件茶礼，里面是朋友送的两种新茶，我请林六哥带回去尝一尝。

林　卓：哎呀，徐老师太客气了！

徐　强：希望下次还能接着聊。我们师生后面有需要请教的地方，用电话交流可以吗？

林　卓：可以的，欢迎你们常来！

徐　强：我们出门送送。

触摸苏醒的关东——东师创写丰满屯采风录

第三辑

回 眸

采风营艺事一瞥
——"艺文融通"的创意写作实践

蒋玉恒

艺事,在通俗理解下,包括书法、绘画、音乐、建筑和工艺美术等艺术活动。"艺文融通",即艺事活动与文学写作的有机融合,目的是让写作永远保持生命力。对此,徐强老师进一步阐释道:"一个从事文学写作的人需要有相当的艺术情趣、艺术史知识和艺术鉴赏力。"除了课堂上学习写作理论之外,我们还走出校园,在吉林丰满屯魏家沟开展了为期一周的采风活动。

采风活动中的艺事,大致可归纳为六大类:传统的艺事活动,如笔墨艺事、诗词艺事、音乐艺事;另外,还有广义上的艺事活动,如园林艺事、游戏艺事、烹饪艺事。这六大类互相穿插进行,丰富每一天的采风活动。

一、笔墨艺事

我们初到魏家沟的民宿合普山舍,刚进到大厅,徐强老师便把笔墨纸砚铺在长方形的大桌子上。我们以为他自己要练习书法,但他却让我们来试试。见同学们羞于露怯,不敢上前试笔,他便挥毫创作了一幅幅书法作品,以作示范。为了鼓励我们拿起毛笔,徐老师借着绘制合普山舍平面图的活动,要求我们在宣纸上画出简单的曲线或直线,表示河流、小路、房屋、大树等,以此组成平面图,并标出地点名称。我们分成两组,博士学长佘飞带队A组,博士学长马鹏带队B组。在绘图期间,我们对房屋、亭台、果园等建筑的空间距离把握不准,摄影师紫翔哥拿出他们自己做的合普山舍地形资料图,用电脑投影在墙壁上,为我们作参考,修正平面图。平时,我们很少拿毛笔画画写字,画的平面图较为粗糙,但我们感受了勾线描边的控笔过程和干湿浓淡的调墨趣味。定稿完成后,由徐老师题款。第一幅题款为"合普山舍平面图(北院),A组手绘，蒋玉恒主笔，徐强题，甲辰谷雨后三日"；另一幅题款为"合普山舍平面图北院，东创采风营B组手绘，徐强题，甲辰谷雨后三日"。经徐老师题款后，两幅普通的平面图瞬间有了艺术韵味。

在后面几天里，大家面对笔墨纸砚也不再扭捏，纷纷上前调墨试笔。两位博士学长刘竺岩和佘飞铺开带格子的毛边纸，分别临帖或创作；李庭萱随手画了一幅写意蕉菊图，芭蕉浓重，菊花浅淡，寥寥几笔间，意蕴丰厚；我想起山坡上的花草和石头，画了几幅简单的工笔小景，小笔勾线，姿态各异。徐老师还给我们每人写了一幅字。我们虽然不太懂书法，但我们拿到徐老师赠送的墨宝时，内心都欣喜不已。因为徐老师给每位同学写的书法作品都是独一无二的，并且都大有深意。有的嵌入同学的姓名，有的字里行间的意蕴暗合同学的志趣，也有徐老师对同学的殷切期盼之语。例如，徐老师给王植玉写的是"试玉要烧三日满，辨材须待七年期"。此句引用白居易的《放言五首并序》，其中有王植玉的名字"玉"，又暗含徐老师的教诲：做人做事要经得起时间的考验。又如徐老师给我写的是"意属山川，情及草木，持之以恒，玉汝将成"。第一眼看过去，其中有"玉""恒"两个字，就是我的名字。但再仔细瞧一下，还有"艹"（草）和"将"，合起来就是我的姓氏"蒋"，原来我的姓名"蒋玉恒"三个字都嵌入诗句了，并且，全诗还体现了我钟情山水的志趣，不得不佩服徐老师的巧妙构思。再如，徐老师给杨轶智写的是"衡文敢月旦，为学效日知"。其中"日"和"知"，合起来就是她名字中的"智"字，并期望她衡文论艺，时常出新，学识丰富，日益精进。另外，徐老师还为摄影师赵紫翔写了一幅作品"紫气东来，翔龙腾去"。这幅作品寓意好，而且"紫"和"翔"正好对应摄影师的名字。导师团抵达采风营之前，徐老师还用双勾填色的方式做成宋体字，拼成欢迎标语，让我们了解了另一种美术字体。

除了自由练习书法和绘画之外，徐老师还请北华大学的书法老师赵彦辉教授来开座谈会。赵彦辉老师讲起他本人学书法的经历，以及平时爱好抄书和读《古文观止》的习惯。期间，徐老师和赵老师对谈，我们坐在旁边认真倾听。之后，徐老师还邀请赵老师临场写几幅墨宝，并让我们念出来，学着理解书法的艺术形式。"春有百花秋有月，夏有凉风冬有雪。若无闲事挂心头，便是人间好时节。善是青松恶是花，看看眼前不如它。有朝一日遭霜打，只见青松不见花。面上无嗔是供养，口里无嗔出妙香。心中无嗔无价宝，不断不灭是真常。佛在灵山莫远求，灵山自在汝心头。人人有座灵山塔，心向灵山塔下修。慧开禅师《无门关·平常是道》。味斋。"在徐老师的追问之下，赵老师又讲起"味斋"的来历。然后，徐老师接过话茬，谈到书法的格式，如"顶格""抬头""上款""敬称""谦称""雅称"等。我们一边听，一边提出问题，如"初学者应该学什么楷书"，赵老师认为初学者未必一定要从楷书入手，可以往前追溯，看一下篆书和隶书等，根据自己的喜好来学习。赵老师娓娓道来，让我们受益匪浅。

记得魏家沟山林里有一块石刻，上面写着"青山溪谷"四个字，这四个字便出自赵彦辉老师之手。过后想来，无论是书法还是绘画，它们在表情达意上，都和创意写作都有相通之处，只是表现形式不同而已。面对魏家沟的一草一木、山石溪流，在写作爱好者心里，想的是如何调用这些大自然元素，遣词造句，才能表达对魏家沟的热爱；在书法爱好者心里，想的是如何题词落款，才能铭记魏家沟的人事和草木；在绘画爱好者心里，想的是如何调墨勾勒，才能描绘魏家沟的朗朗春日。它们的共同之处，都是抒发志趣。

二、诗词艺事

每天早饭前，我们会诵读诗歌。因为这次采风的时节是春天，所以我们选读关于春天的诗歌。徐老师首先诵一段张晓风的散文诗《春之怀古》："春天必然曾经是这样的：从绿意内敛的山头，一把雪再也撑不住了，噗嗤的一声，将冷面笑成花面，一首渐渐然的歌便从云端唱到山麓，从山麓唱到低低的荒村，唱入篱落，唱入一只小鸭的黄蹼，唱入软溶溶的春泥——软如一床新翻的棉被的春泥。"接着，刘竺岩学长选读曾巩的《城南》："一番桃李花开尽，惟有青青草色齐。"我突然想到这几天魏家沟山上和山下的桃李花开景象不一样。山上温度稍低，许多花尚未绽放，仅仅有几朵花骨朵儿伫立枝头，而山下温度偏高，桃李树上花开绚烂，蜂蝶飞舞。这也正应和白居易《大林寺桃花》里的那句"人间四月芳菲尽，山寺桃花始盛开"。原来，古人早就发现了大自然的"物理"。吕天媛读了翁卷的《乡村四月》："绿遍山原白满川，子规声里雨如烟。"记得那几天里，魏家沟上午多阴雨，山坡上一片翠绿，山巅笼罩在朦胧烟雨中，虽然没有子规的声音，但吕天媛选读此诗，却十分应景。陶新宇选读苏轼的《饮湖上初晴后雨》："水光潋滟晴方好，山色空蒙雨亦奇。欲把西湖比西子，淡妆浓抹总相宜。"初听时，我尚未被触动，但到了采风的最后一天，我们一起去看松花湖水库时，我突然想起了这首诗。那天，远处山峦连绵，雾气飘荡，微风把暖暖的阳光揉碎，细细地洒下来，湖面上泛起金色的涟漪。湖边游人如织，热闹非凡。原来"西湖"就在我们眼前！

除了诵读诗歌之外，来探班的导师们还现场写了诗。导师团队抵达采风营后，由合普山舍的王立夫老师带路去民居瑞德园游玩。在院子里，老师们各自即兴作诗。刘雨老师写的是"瑞德福地，四季花开"。嵌入"瑞德"二字，并表达品德高尚、福气绵长、花开四季之意。于文思老师写的是"听风入耳语，松涛自在心，清流映明景，路远更觅春"。于文思老师才思敏捷，倚马立就，字里行间体现出悠逸淡泊之感。孙琳老师写的是"瑞华住在德平的礼物中，我坐在瑞华的美梦里，都是好得无比"。王德平老师退休前是吉林市人社局干部，赵瑞华老师退休前是松花湖铁路医院护师。瑞德园，是王老师送给赵老师的礼物，两人共同经营26年，数十载夫妻，伉俪情深，令人感动。瑞德园是爱情的象征，亦体现"有情人终成眷属"的美好梦想。王增宝老师写的是"采风出游信乐哉，山中忽遇舞雩台"。"采风"二字点明出游之主题。据史料记载，"舞雩台"最早是指孔子及其弟子经常外出游玩休憩之所，后来被泛化为文人墨客游春的地方。瑞德园虽是民居，但地处山中，风清林秀，园子设计颇有匠心，不失为一大景点。后面，王德平老师朗读专为采风营写的文章《小院里的老梨树》，赵瑞华老师介绍家族故事及自传《路在脚下》的写作经历。刘雨老师的夫人关尚敏老师与赵瑞华老师是同龄人，两人一见如故，交谈许久。关老师对赵老师的生活方式和人生态度十分欣赏，对她的写作毅力更是钦佩。老师们和瑞德园主人，还有随行的同学们相谈甚欢，不知不觉，太阳已偏西。

读诗、写诗，品味诗歌，可以丰富我们的情感。我们与古人共鸣，正是"今人不见古时月，今月曾经照古人。古人今人若流水，共看明月皆如此"。我们也可以从诗词中学到写作方法，如词句推敲、虚实结合、托物言志等，迁移到写作中，可算是"古为今用"。

三、音乐艺事

有一天早上，我们突然听到合普山舍北院有歌声，似乎是古曲。仔细一听，原来是徐老师在练习《春夜喜雨》。他练习许久，录下音频发到群里，我们一边听，一边感受音乐里的春天。后来，徐老师还演唱了他的原创歌曲《春晓》。晚上，徐老师鼓励我们选择关于春天的歌曲，大家分组演唱。第一组，以杜艾伦为领唱，一起唱《上春山》；另一组，同学们各自独唱，如吕天媛唱《小燕子》，陶新宇唱庾澄庆的《春泥》，刘天权唱《春歌》等。期间，徐老师拉二胡给我们伴奏，或敲梆子打节奏。有趣的是，徐老师拉几声短促的音符，让大家猜拉的是什么。刚开始，大家没听懂，后来在徐老师的示意之下，才发现老师在用二胡拟音，点同学们的名字。等大家反应过来，面面相觑，顿时哈哈大笑。当然，徐老师除了幽默细胞特别发达之外，抒情细胞也非常发达。有时拉情意绵绵的《小城故事》，有时拉悲戚动人的《梁祝》。我们对二胡这种乐器很好奇，等徐老师拉完休息时，我们围上去，拉一下弦，摸一下轴，听他讲解二胡的构造和发声原理。

音乐是一种过程艺术，不同的曲子随着悠扬的旋律进入人心。每一个音符都在拨动人的心弦，让原本就善于感时伤怀的写作爱好者更加意绪万千，迸发无数灵感。如果写作之人再懂得一些乐理知识，笔下的文字便更有艺术内涵了。

四、园林艺事

除了笔墨、诗词、音乐等艺事之外，还有园林艺事，如上文提到的瑞德园。在王德平和赵瑞华两位老师的共同经营下，园里汇集书法、建筑、手工等各类艺术品，琳琅满目。瑞德园里的一块石头上刻着"瑞德园"三个字，落款为"丙申蒲月 向阳"。通过瑞德园主人介绍，我们得知这石刻的来历。"瑞德园"三个字，是吉林大学艺术学院高向阳教授的手笔。高向阳先生是瑞德园主人的好朋友，他们已相识数年。平时，王德平和赵瑞华两位老师雅好收藏，如收藏丛文俊先生等书家的作品，并且对旧院加以改造增建，设计精巧，艺术感十足。无意间，我们看到窗户上有一个长方形木板，上面写着"小鸟花园"，细问之下，原来是王德平老师为朋友赵彦辉老师的女儿布置的房间，便于放置行李等物品。"小鸟花园"这个名字，有一种小鸟飞回来歇息的意味，体现王老师对朋友的深切关心，也体现王老师夫妻的艺术才情。另外，我们还看到一些艺术品，如厕所的彩绘木勺，墙上的手工草鞋，半截埋在土里的青花瓷碗，树下的老物件石磨。有趣的是，徐老师看见没有手柄的石磨，亲自上去，作出推磨动作，让想象中的推磨具象化，我们瞬间看懂了石磨的工作原理。

五、游戏艺事

在合普山舍小院里，徐老师教我们做"打尕"的小游戏。他亲手用木块做了两个小道具，一个拍子，一个尕。他一边示范，一边讲解：用拍子打尕的前端，使之飞起来，再用拍子击打出去，然后估量一下，报出距离的长短；参与游戏的另一人亲自测量距离，看是否相符，以此决定输赢。我们纷纷参与这个"打尕"小游戏，并回忆小时候玩的游戏，把游戏名称都写在地上。我们发现，虽然来自不同的省份，但我们的童年游戏都是大同小异的，如"拾石子""一二三木头人""跳房子""打玻璃球"……在欢声笑语的讨论中，有同学感慨时光易逝，转眼间，我们都长大了；也有同学惊叹，原来我们小时候在不同的地方，却玩着同样的游戏，而今成为徐老师的学生，相聚在这里，又讨论同样的游戏，这是不是冥冥之中注定的缘分？回看西边山坡，太阳收起最后一缕余晖。那些精彩的童年游戏，是值得书写的，而多年以后，那些在合普山舍小院里做的游戏，也是值得铭记的。不知不觉间，回忆也成为写作的素材之一。

六、烹饪艺事

在我们同学群里，有许多厨艺高手，如刘竺岩、佘飞、杜艾伦、刘天权、王植玉等。他们在合普山舍张小磊姐姐和后厨师傅们的帮助下，一起做出一顿顿美味的饭菜，让我们大饱口福。

刘竺岩学长为我们做了一顿洋芋搅团，这是甘肃的美食。他曾在甘肃的兰州大学读书，本科加硕士，一共读了七年，对甘肃美食颇为了解，洋芋搅团便是其中一种。所以在采风期间，刘竺岩学长便提议为我们做一顿甘肃美食。我们觉得十分新奇，期待尝鲜。

后厨的两位师傅帮忙把土豆削完皮后，由刘竺岩学长主厨，梁炎、赵天赐、陶新宇帮厨。他们先烧水，把土豆烀熟，端出来。然后，再把土豆搅碎，并用木槌砸，直到土豆黏稠有筋性为止。但是后厨里没有木槌，他们只好因地制宜，用两个啤酒瓶和一根擀面杖代替木槌。四个人一起砸了一个多小时，终于砸好了搅团。接下来，刘竺岩学长做配菜和酱汁。他炒了胡萝卜丝和韭菜，又取来辣椒油、酱油、醋、白糖、花椒面等，做了酱汁。等我们从山里探险回来，就用大勺把搅团盛在碗里，浇上酱汁，添上配菜，一人一碗。我们争着吃完了一大盆搅团。

还有佘飞学长，以及刘天权和王植玉，为我们做了一顿包子。刘天权和王植玉包了山菜肉馅的包子，味道极好。佘飞学长露了一手绝活，包了几个柳叶模样的饺子，外形俊美，好看又好吃。

另外，不得不提到两顿美味的铁锅炖鱼。做铁锅炖鱼时，杜艾伦为主厨，刘天权和其他同学帮厨。只见杜艾伦系好围裙，起锅烧油，爆炒葱姜蒜八角，再加入各种调味料和啤酒，炒出一锅香喷喷的底料，妥妥的大厨风范。接着加水，按顺序倒入开江鱼、白菜、粉丝、豆腐等食材。她一边炖，一边观察火候。我们靠近土灶台，闻到锅沿散发出来的香味，馋得直流口水。过了一个半小时，终于炖好了。等大鱼端上桌，大家迫不及待地拿起筷子，一口豆腐一口鱼肉，再夹一些粉丝和白菜拌饭吃。鱼肉香嫩，配菜入味，好吃到停不下来。刘天权做锅贴时，还专门给徐老师捏了桃心形状的锅贴，徐老师双手捧着，比画一个心形手势，开心极了。最后，全桌光盘，在一声声饱嗝中，结束了美餐。另外，除了铁锅炖鱼之外，刘天权用刘雨老师带来的新鲜小鱼做了一道酱焖鱼，也是别有风味。

  为期一周的采风活动艺事颇多，一些小细节难以记全。如我们同学一起给老师们编花环，把柳枝编成圆圈，再插几朵小野花做点缀。老师们把花环戴在头上，摆各种姿势拍照，美极了。又如导师团队中，李明彦老师临时有事没来，我们在魏家沟的山坡上挖了两株野生花草，连着泥土装进杯子里，再托老师们给他带回去，也算是把魏家沟的春天送给李老师了。李老师非常高兴，特意把花草养在办公室的窗前。再如徐老师和刘雨老师，还有关老师，他们一起挖野生蒲公英。在魏家沟，遍地都是野生蒲公英，它们生命力顽强，有的长在果园里，有的长在路边草丛里，还有的长在石块下。在东北这边，野生蒲公英又名婆婆丁，我是南方人，还是第一次听到这种俗称，十分惊讶。

  一周的采风时间虽短，但我们从中感受到了艺术情趣，学到了艺术知识，并提高了艺术鉴赏力。魏家沟的一草一木，一人一事，都将成为写作素材，并内化为写作灵感。往后的日子里，我们将继续体悟艺事活动，进行"艺文融通"的创意写作实践。

采风与创作
——魏家沟采风活动有感

梁 炎

丰满屯魏家沟之行是我第一次参加这么久的采风活动,也让我第一次亲身体验到东北乡村的风土人情。在那里的一周时间说长不长,说短不短,但那份质朴淳厚的乡村气息,让我记忆犹新。如今想来竟已离开一月之久了。拉开时间的卷尺,再去丈量当时的诗歌创作,我猛然发现采风对于写作竟有着比我想象中更深远的意义。以下权作思考的记录。

一、采风传统

采风是一个古老而富有生命力的传统。早在西周时期就已经有了专门的采风官员,他们奉命到民间采风问俗,搜集歌谣民谣,以供当时的统治者了解民情风俗,考察施政得失。也就是说,采风在古代未必作文学创作之用,而是观风批俗,作为执政者认识民情、检视施政效果的重要渠道。由此产生的文本,上可以供统治阶层讽谏教化之用,下则可为人民群众抒发冤屈之工具。随着时代的推移,文人阶层逐渐认识到采风在创作中的重要价值,并有意识地借助采风来推动文学创作的发展。

二、虚心体物

对于创作而言,采风首要的意义在于虚心体物。虚心体物与格物致知的思想传统有关,它强调的是在认识事物的过程中必须虚怀若谷、一切放空,以赤诚开放的姿态亲身体察万物的本来面目。所谓虚心,即是去掉成见,摆脱日常生活中各种习以为常的思维定式,以一种开放的姿态接纳眼前的一切;所谓体物,则是用尽全部的感官去亲身体验大自然的气韵,这里的"体"不只是肉身上的感受,更重要的是通过高度的专注力,用心灵的眼睛去领会万物的气韵、生机与灵性,去感受那种内在的生命律动。采风时，作家亲临诸多平生从未造访过的景致，举目四望，青翠的山峦如长龙卧伏，千百年的古树参天而立，潺潺溪流时隐时现，在如此原始自然的环境中，所有焦虑杂念一扫而空，只剩下对山川万物本质的纯朴体认。诗人在此时不是理性地观察分析，而是将身心投入感知万物的过程中去，才有可能达到"物我两忘"的临界体验境界。这种"虚心体物"的审美实践，打破了主客二分的狭隘边界，诗人与自然景物相互融合，获得了充分领悟的机会，以至于可以由内而外、由浅入深地体认事物的本质。

三、审美距离

除了对自然事物的质朴体验外，采风作为一种身心实践，不仅会为诗人带来精神滋养，也为诗人提供了独特的审美体验。熟悉的环境更容易让创作者安居在自己创作的"舒适圈"，创作者常会在无意中戴上一道无形的"镣铐"。相较之下，一个全新的陌生环境则能让创作者彻底打破常规，以全新的视角重新审视周围的一切，这个过程就为创作者提供了独特的审美距离感。面对日常视野之外的新奇景象，创作者需要重新观察、体验、理解周围的环境，从而获得前所未有的创新视角和想象空间。这种陌生环境疏离了创作者的常规体验，迫使创作者打破成规，跳出既定的思维框架，从而达到重新定位和重塑认知的目的。

正如我们沿途所见的庭院、田野、群山、小溪等景物，虽然可能在旅游中见过，但旅游是走马观花的，为期一周的居住却让我们在魏家沟获得了重塑视野的独特体验。采风期间，我们有幸与几位魏家沟当地的村民交流，他们朴实的语言、质朴的性情、淳朴的生活态度都给我们留下了深刻印象。这让我恍然想到，语言的本质本就是如此自由狂放，如此赤裸裸地流露生命最纯粹的律动。我们在日常生活环境中难免被社会的刻板印象所累，但在游离于世俗环境的采风过程中，我们的心智就如同获得临时的"解放"。正是获得了这种审美距离，创作者们才卸下了种种社会化的包袱和人为的伪装，重新露出生命最原初、最纯真的面目。就是在内心的彻底解放中，创作方能获得全新的欣赏力和体现力，诞生出那些质朴自然、狂放生动的奇文佳作。

四、返璞归真

在熙熙攘攘的现代生活中，创作者往往不得不被世俗的喧嚣、杂念所困扰。因此，采风之旅对创作最大的馈赠是让我们得以在宁静美好的乡土环境中，暂时逃离生活的重重困扰，重新回归生命的纯真本源。远离了城市的纷扰，我们重拾了对生命的体认与感悟。置身于绿树掩映、青烟环绕的原始景致之中，我们才真正理解了生命的瑰丽多姿、变化万千。对于东北的山区来说，四月末才是刚到春天之际，冰凉的溪流带着春天的生命气息向前奔流；李子花刚刚开放，枝叶摇曳，发出悦耳的鸣响，这是一种简单却富有内在的节奏与韵律。一切似乎都显得那样悠然自在，那样出于本能，这种纯朴的生命状态令人向往。面对这样原始的生命姿态，让我感到日常生活虽然带来了许多人事的纷扰，但终归无法磨灭生命那永不止息的律动。在这片洗刷了一切杂质的村落里，我们从内心深处感受到了一种超然物外的精神力量，一种源自生命本质的内在洗礼。这种体验也让创作者们在创作时不再拘囿于世俗的框架，而是以一种返璞归真的心态，去细细体味生命的纯粹、率真与永恒的意义。李商隐有诗云："夕阳无限好，只是近黄昏。"正是因为夕阳即将消逝的短暂性，才使其美感加倍凸显。面对自然万物的无常更替，我们不禁对生命的脆弱与宝贵有了更深层的体悟。而这种体认，恰恰是诗歌创作所需要的灵魂动力，唯有在一次次对生命价值的审视中，诗人的心境才能达到出尘之境，创作出那些穿透生死的不朽之作。

总而言之，这次魏家沟采风之旅，堪称一次充分实践虚心体物的审美之旅。我们在游离于世俗的旷野之间，以全新的视角感受了大自然的生命姿态；在超然的心境中，得以审视生命的真谛，重思艺术的价值。相信在这些宝贵体验的滋养下，我们必将在今后的创作中写出更为纯朴、灵动、充满生机的作品，去表达对生命的真诚讴歌，去呈现世间最不加雕饰的永恒之美。

好景君须记

陶新宇

离开丰满屯已有一周,回归校园的日子被连绵阴雨笼罩,仿佛是天公为这段难忘的采风旅程落下了帷幕。回忆起来,那些阳光明媚的日子里,我们怀揣着对大自然的向往与创作的热情,踏上了前往吉林市丰满屯村的旅程。从城市的喧嚣到乡村的静谧,窗外的田园风光徐徐展开,恰似一幅泼墨山水画,洗涤着我们的心灵。

初抵丰满屯,我们便被这里的民俗历史深深吸引。在村民的热情招待中,我们感受着乡村生活的宁静与纯朴。我们用脚步丈量民舍,用笔描摹院落的平面图,乡村的质朴和真实在描绘中鲜活起来。尤其是在王德平老师家中,那些充满年代感的物件像时光的碎片,将我们带回到那个纯真的年代。聆听着老人们的故事,感受岁月的流转和人生的沧桑,仿佛置身一场时间的洗礼。正如孙琳老师所言:"瑞华住在德平的礼物中,我坐在瑞华的美梦里,都是好得无比!"这份感悟,成为我们记忆中难以忘怀的一笔。

山舍的日子也充满了艺术的气息。徐强老师的二胡演奏和原创歌曲演唱令人陶醉。他用二胡模仿人声,甚至能拉出每个人名字的音律,独特的乐趣让我们惊叹不已。而赵彦辉老师的书法分享,则为我们打开了一扇新的艺术之门。他从书法的形式到创作的心境,为我们讲述了艺术的深邃内涵,激发了我们对书法与艺术更深层次的理解与敬畏。

采风期间的美景与美食,更是难以忘怀。乡间的韭菜合子、婆婆丁等地道农家菜肴,不仅满足了我们的味蕾,也让我们真切感受到乡村的淳朴和烟火气。这些简单却饱含心意的食物,承载着乡村生活的温暖,更在我们心中播下了对生活本真的热爱。

在告别的清晨,我们前往了丰满水电站。这座被誉为"中国水电之母"的工程历经风雨与沧桑,见证了历史的巨变。站在水岸边,面对奔涌的江水,我们感叹它的壮阔,也默默铭记这几天的点点滴滴。离别时,虽有不舍,但我们深知,这段旅程不是终点,更是一次新的起点。

海内存知己，天涯若比邻。彼此的故事与经历将在未来的日子里延续，我们期待着再次相会的那一刻。

这次采风之旅不仅让我们领略了自然的美景和民俗的魅力，更让我们受到了一场灵魂的洗礼。我们学会了用心去感受生活，用眼睛去发现美好，用文字去记录点滴。每一次踏足乡间、每一次握笔书写，都是对生活的致敬和对自我的探索。这段经历已化作我们人生中宝贵的财富，为我们的写作与成长注入了无限动力。

未来，我们将在写作的道路上继续前行。文字是记录，也是表达，是情感的延伸，更是思考的印记。我们会以这段旅程为起点，追求更高的创作境界，成为更好的自己。同时，我们也期盼与更多志同道合的人相遇，共享创作的喜悦与收获。更期待下一次的相聚，再次背上行囊，踏上寻找灵感的旅程，将那些散落在天涯的好景，用笔一一记录。

山村回眸

李庭萱

  长春的四月还没热几天，一阵雨来，又冷了回去。出门前我想找件加厚的衣服，发现衣架上有件灰色卫衣，正是在魏家沟时常穿的，恍然想起采风已经是半个月前的事情了。当时我住的房间朝东，一面墙上有两扇大窗子，采光很好。窗外有棵倚着围墙长起来的树，往后看是一片未被开垦的小山包，草木繁茂。前面的树是梨树，树干还很细，淡绿色的枝条带着新吐的白花，从一扇窗蜿蜒到另一扇窗，细细长长的倒也没挡住什么景色。所以每天睁眼时，就能看到窗外的满枝珠白、一山翠色，四四方方的玻璃窗，收尽春光。

  魏家沟南北东三面朝着大片大片的田地，西面是一座不高的小山，名为佛手山。北面的田最有意思，被分为了两面。挨着房屋的一面种的玉米，挨着县道（地图上名为腰旺段）的一面被开发成了水田。水田中还立着一圈椭圆形轨道，据说是村民为增加收益开发的农家乐游玩项目，待到水稻长成时，游客可以坐上小车，置身于一片浓郁茂密的金黄之中，品味徐徐吹来的稻香。可惜现在甚至还未到插秧的季节，我只能看着这个钢铁玩具滑稽地伫立于此。

  北面的路也有故事，在那里我曾见过一块被遗忘的石碑。采风第四天，我们探索魏家沟北至。北方春天的气温没有章法，前夜还风雨大作，第二日就忽晴乍暖，时间接近正午时，烈阳高悬，更是晒得叫人睁不开眼，抬不起头，只能看见脚下的田地。低头能发现低头的趣味，视野变窄了，也集中了，一块石头闯入了我的视线。第一眼并未发现名堂，直到我看到它四四方方，最上边还有明显的棱角，我才重新打量一番。阳光直直地照下来，把它本应该暗下的沟壑填满了，需要仔细分辨才能看出上面的字。"魏家沟屯"字体浑圆，刻得极浅，浅到灰尘也无法占据太多位置，最下面有两行快被磨平的小字，依稀辨得立于1988年。石碑是恒久的记忆载体，指尖摸索过的文字记录了36年前这里还未归属于丰满屯。我不禁开始好奇它的故事，又想起第一天来时在魏家沟

村口看到的另一块石碑，那块石碑要比它大得多，约两米高，"魏家沟"三个字用红色的油漆填满，好不醒目。相比之下，它只有半米不到。它太小了，小到恐惧风石沙砾，小到让人害怕这个村庄同它一样被时间快速湮没。时过境迁，沧海桑田，我开始庆幸是在暮春到访。只有这时，积雪已化，草木尚未覆盖，它能静静地躺在这里，享受久违的阳光。

采风的最后一天，徐老师邀请了林六叔来到合普山舍，向我们讲述魏家沟的故事。林六叔的父辈、子女三代人都曾居住于此。父亲种地务农，种过玉米、黄豆。林六叔也种地，但现在种地不像父辈那样辛苦了，同样的时间下一台播种机就能做五个人的活，在农忙过后林六叔会去村里装修的人家那里打工，砌砖、建房子，干一些零散活，补贴家用。但近两年因为年龄大了，零碎的帮工也难找了。林六叔有三个子女都在外地。这个村子里加起来不过二十多户人家，都是老人。在村子里，时间似乎变得格外残忍，在田间地头走得极慢。今年播下的种子没法立刻结果，总要赊明年的账卖去年的粮。在人的身上，时间又刻意拨快了指针，58岁的林六叔已经把自己算作老人。

来魏家沟之前，我对农村的了解甚少，最近距离的接触也只是在火车或大巴上的匆匆一瞥。车开得太快，快到把一切都定格。在定格的画面里，我自顾自地认为农村里的一切都应该是静的。初到时，这里和我想象中一样的安静。七天的采风转眼便走到了尾声，一行人说说笑笑准备离开时，我忽然想到，这样的场景魏家沟又见证了多少次呢？多年前，这里或许也有百户人家，热热闹闹地齐聚于此，然而时光流转，热闹过了，又分散着朝东西南北奔赴各自的前程，后面的故事如何，就与魏家沟无关了。原来魏家沟是这样静下来的。

没有一个春天这般美好

杜艾伦

你终于醒啦！现在是2024年立夏后的一个普通周末，也是你离开丰满屯半个月后再寻常不过的一天。

你揉着杂乱的头发坐起，周六，小雨，一台电脑、一壶香茶，卷起无数回忆，它们皆是你幸福的具象化。

回顾采风那段日子，你发觉一切都刚刚好。其实难以确切言说到底有多美妙，只是每每回想，嘴角便会不自觉地上扬。

那感觉仿佛初见王德平老师庭院中的大梨树，在春雨忽至之后，枝上朵朵白花竞相绽放。无须走得太近，只要你身处瑞德园中，那香气就一定存在。当然，一段甜美的故事也藏在其中。

丰满屯，乡野生活，你似神仙一般，过上了一段与世无争的时光。

你坐在书房里，木头茶几旁，煮一壶水，泡一壶茶，与师长同学一起，谈天说地。无论是天南地北，还是凡尘俗务，皆可成为谈资。

有雨时静听雨声，没雨时漫步乡间，尽情享受村中春天的一切美好。

你经常徒步，没有目的地漫步，随心又随性。在田垄间，在乡间小路上，想什么速度就什么速度。这一刻，你仿佛变成了风，从花丛间、树林间穿过。走累了，便安静地站在田野上，你像一颗特别亮的星星，在等着云路过，听星辰间的故事，再用空灵的声音讲与人听。

你时常在魏家沟的十字路口矗立，远处是连绵的群山，天空被"蓝墨水"染得很深很深。任何风吹草动都能让你心事重重，于是你不断写，不断记录，一段段令你满意的文字从指尖流出。

傍晚，在炉火前，虫鸣声中，你写着简单的诗，记录着复杂的生活。为了一天中见过的人，也为接下来遇到的人。徐老师说，经历过的人会描写得更加生动干净，你想是的，你会将看似崎岖的路刻画成你心中最好的路。

可是如今再次提笔，你失落不已，因为那指缝间夹杂着的一段段回忆，是破碎的，是模糊不清的。屯里的日子就像打碎的糖罐，零零散散但也颗颗甜蜜。你想，这定是因为在暮色中被吹失了神。

蝉在等夏盛，夏在等蝉鸣，等是一种约定，正如春山和黎明。

你也总在等，等着与暮春撞个满怀。开心，这次你赢了，等来了惊鸿，暮暮逢绮梦，繁花胜长风。

在长春读书近五年，因种种原因，你只目睹过秋与冬的无数次交会，对春夏属于毫不知情，幸得这次采风，让你被春天围剿。

所以下次是何时，要经历几个东升西落，才能再次做回神仙？

你想，真正掩埋春天的，是缄默无用的旧光阴，是虚度的深秋初冬。过去总觉得自己活得通透，可抬手落笔都只会空谈哀秋。

往后，你还是会不时地说很多话，来掩盖孤独。但是生命无韵脚，只有旧我赴新朝。去书写，去热爱，把向往的地方，都变成走过的路。这日子不停开花，每天都只不过是你人生简短的一篇。

写到这里，终于放晴，雨停了。风作陈情，拓下流光。其实在丰满屯发生的一切，在未来都会被看作是回忆。不过只要经历、感受，书写下一切美好，倾听万物的脉搏跳动出每一场波澜壮阔。

总之感谢这次采风，让你翻开了乐谱里最澎湃的春歌；让你见过太阳热烈；让你感受到了水波温柔。

回忆的意义在于走过每一处都能找到自己曾经的身影，我们总能在未来的某一时刻找到曾经失去的东西。生命里无疑还会有许多个春天，但肯定没有一个春天会如这般。

所以，没办法不期待春天。

复得返自然

刘天权

在中国，许多高校都开设创意写作专业，但是能够组织这么多学生、老师开展为期七天的采风活动，东师创写可谓是开天辟地头一遭。我也很荣幸能够当本次活动的联络人。组织这样一次采风活动，我们粗想一下或许不难，无非就是拉人出去走走，散散心，写写文章。细想之后，我们似乎能窥见其中难处，这么多人出门，安全如何保证？药品是否充足？饭菜是否管饱？与当地对接是否能顺利……好在有徐老师的带领，各位同学的齐心协力，创写中心各位老师的关怀，我们的活动圆满结束。

采风是大家都喜闻乐见的活动，尤其是创意写作这样的实践类专业，开展户外活动是必要的，而东北又有这样得天独厚的条件。春山淡冶而如笑，夏山苍翠而欲滴，秋山明净而如妆，冬山惨淡而如睡。在丰满屯魏家沟，我们一起见证了东北春天的到来，看山峦逐渐变绿，看河水逐渐丰腴，看春风吹动我们心中飘扬的旗帜。不咸山舍的王老师、小磊姐和小胖哥都很热情，对我们有求必应，在这段日子里，大家结下了深厚的情谊。

对于东北的农村，我相信大家都有了自己的认识。来日方长，我很期待以后再和大家一起探索自然与人文。

用心感受春天

吕天媛

距离我们出去采风已经过去了一段时间，但是每每想起还是令我记忆犹新，如同置身其中一般。记得我们第一次到达采风地点——魏家沟，那时候真开心啊，一个个拎着箱子蹦蹦跳跳下了车，然而第一天魏家沟就给了我们一个下马威——真冷啊。我们住的民宿没有大炕，一般农村的炕都要烧到六月才停，早晚还是要燎上点儿，平常做饭炕上也有热乎气。可想而知，四月末没有炕还没有暖气的我们晚上有多么难过。大家在被窝里仿佛搂着冰坨子，明明盖着厚厚的被子，却仿佛赤身裸体般暴露在广袤的山里。上牙打着下牙，总算是熬过了这一晚。随后，后方教师团队紧急送来物资，暖水袋暖上了脚，暖宝宝贴在了身上，才使我们顺利度过这七天。

印象最深的是徐老师带着我们走村子，下田地，访问乡邻住户。我们绕着村子走上佛手山，探寻山脚下火车厢的秘密，每一次户外实践都使我无比欢呼雀跃、印象深刻。我们是在用脚步丈量土地，用心感受春天。

在这一周里，我们看着远处的山一层一层变绿，绿得蓬勃，绿得氤氲，绿得千姿百态。我们见证了第一枝金达莱的盛开，漫山遍野的，盛开的，绽放的，争前恐后的，报告着春日的到来。我们听见了清晨第一声鸡叫、第一阵犬鸣，听见小河水哗啦啦朝东流去，树叶发出簌簌响声。若是赶上饭点儿，绕着村庄走上一圈，眼见着炊烟袅袅，鼻尖嗅到阵阵饭香，或掺杂着两声狗叫，那是你闯入人家的领地了。农村里的小狗忠心耿耿地为主人看家护院，见生人就要露出獠牙来，看我们灰溜溜地跑了，它们昂首挺胸，像是英姿飒爽的小战士，别提多骄傲了。

往回走的那天，我恋恋不舍，靠着车窗一直往外看，试图记住这里的样子。大片大片农田向后倒退，地里多的是弯着腰烧荒的人。种地并不是春天播种完毕就直接等待秋收，雪一化，天气回暖，人们就开始忙碌起来。要施肥、翻地、播种；苗刚长起来的时候要除草、喷药；为了

让最壮实的一棵有充足的养分，要间苗，天气旱了还要及时浇水。苗长起来能轻松一点，空闲的农民就期盼秋天的到来，到了秋天又是新一轮的忙碌，如此周而复始。土地给了他们生活的希望，却也死死将他们套在地里。除去打工的一部分壮年，大部分村民除去大事，可能一辈子都没有走出这个地方。他们生在魏家沟，长在魏家沟，最后也化作泥土陪伴魏家沟。

我们一边期待着返程，又舍不得返程。徐强老师在出发前的动员会曾说，采风和旅游是不一样的，采风需要吃一些苦头，相比村民来说，我想我们也不算吃苦。

关于采风的想象

杨轶智

出发前,我对采风基地的印象仅限于几张照片:几幢美式风格的建筑、一栋带壁炉的房子和一个带秋千的院落。画面中没有人,只有被树丛层层掩映的景色,笼罩在一层灰色中,一切显得幽深而神秘。

我不禁想起那些文艺电影中的度假故事:一家人来到远离城市喧嚣的村庄深处,在那里,他们拥有一幢静谧、与世隔绝却阳光充足的小房子。他们会在这片静谧之地度过整个暑期或冬季,抛却城市的纷扰,接触另一种文化,结识新的人群,并试图解决生活中无法化解的困境。直到某个突发事件打破宁静时,他们选择离开。一切看似恢复如常,但实际上,犹如忒修斯之船,他们的内心已经悄然发生了变化。

福斯特的《印度之行》中就蕴藏着这样的叙事:在到来与离去的过程中,无论事件是否显现,总有一些东西在文化的交锋中被悄然改变。我不禁想,这是否正是采风的意义所在?

及至因故不能前往,另一种留在原地的想象又充斥了我,正如电影《Flickan》中所讲述的,一个父母到非洲援助儿童的九岁瑞典女孩独自一人度过假期的故事。同电影对度假的描绘惊人地相似,留在原地的女孩也经历了由初期的好奇,到后来为解决自身问题陷入极致的无聊困顿中,从而引发了不可逆转的事件。可是最后等一切过去,父母归来,"正常"的生活再次重现,包裹在女孩平静的身躯下的是已经完全不同于从前的灵魂。在我的想象中,这是否也可以是一种采风,一种只进行在个人灵魂内部进行的采风?这是人对熟悉事物的再度触发。"以我观物,万物皆着我之色彩。"正是因为在原地徘徊的异象激发了主体的内在变化,致使眼前的熟悉之景变得陌生,促使主体对它进行全新的发现,从而成为个人的采风。

等到大部队真正出发后,透过影像和文字,我看到的却不再是一种想象。无论是田间地头散步巡游,还是对于基地的测绘,在只言片语中,我所看到的,是更加淳朴,更加接近于采风的一种样态,那就是

《印度之行》中主人公想要却未曾做到的——了解"真实的印度":对于当地文化和物质条件的全方位沉浸,真正成为其中的一员。看着老师带领同学们应时应景地歌唱、朗诵,对于佛手山的几番探索,还有生灶做饭的难得体验,采风逐渐从我的一种想象,变成具象化的体验。不再只是几张照片上萦绕的感觉,而是图文并茂地呈现,点滴都被及时地记录下来,即使远隔数百里,也能让我领会其中的风情。

或许此刻,我的想象该告一段落了。文字记录了真实,影像凝固了永恒。采风这个古老传统,在此刻焕发了新的生命力。

第四辑

创 作

林中路

马 鹏

　　森林最开始的地方,有一条小溪自东向西流去。小溪没有名字,我问了很多路过这里的人,都说是"沟"。溪水潺潺,从高处奔腾而下,又往低处沉沉睡去,具有那么多的审美,竟用"沟"这个模糊的符号标注,是不是想要抹去小溪原本更多的美,让丰富成为匮乏,也让村庄成为贫瘠。但我相信,大自然的丰富性并不会任由人类语言符号限制,比如昨晚下了雨,白天还露在水面上的那块石头,现已被水淹没。流水声比前一天大,还有那"砰砰砰"的声音响彻整个森林,几只小鸟在溪边跳来跳去,叽叽喳喳鸣奏一曲春之歌。一场雨几乎改变了溪流形态,这是大自然自我调整的审美法则,语言符号改变不了森林的美,人类的意志也改变不了,在森林面前,似乎毁灭也是一种重生。小溪向西是一座村庄,向东是一片郁郁葱葱的森林。绵绵缠缠的小雨,大地一片朦朦胧胧。山是静止的,树木是静止的,远处的田野是静止的,赶春忙着农活的人也是静止的,时间来到这里仿佛拐了个弯,森林失去了所有动感。我走到溪边弯下身子浣水,将手伸进溪水,又将水抛向天空,我从水往下落的过程看到了被冬天过滤的村庄,静谧、单纯,仿佛在时间留白的地方休憩。

　　溪水向东不远处有个村庄叫魏家沟,属于吉林市丰满区。魏家沟被两座山夹住,那些从村口向外生长的大树,仿佛村庄里的人们正努力往外攀爬走出村庄。据说魏家沟以前叫魏傻子沟,两户姓魏的人家最早居住在这里,其中一家有个傻子,大家就叫魏傻子沟。后来人们逐渐把"傻子"忘记了,"傻子"被省略了,村庄名字也改成了魏家沟。我一直觉得魏家沟里的"傻子"是幸运的,大智往往若愚,他命名了一座村庄,村庄也命名了他,让他成为和村庄一样久远和永恒的符号。

　　魏家沟呈十字形分布,从南到北、从东到西,各相距一公里。一

本文已刊《中国校园文学》2024年第19期。

公里的直线大道，两旁似乎没有多少栋房子，还被红砖切成几段，每一段颜色又不同。有的比较亮，看得出来主人家重新修建了；有的比较黯淡，被时间抹去了光亮；有的墙面已经脱落，似乎好久没有住人。这个春天，村庄似乎没有多少常住居民，村庄除北边有几户人家、南边有几户人家外，大部分房子都是空的，空旷的房子在时光深处独自美丽。那些被时间摧残只能弓着身体在大地上行走的身影，成为这片森林古老的神灵，他们世世代代守护着魏家沟，也守护着魏家沟的森林。

在一座已废弃了的屋子旁边，我看见一些植物从地上爬到墙面，再从墙面爬满屋顶，这是时间在村庄流过的痕迹。我看到了榆叶梅、珍珠梅、稠李、驴蹄草、毛樱桃、黑刺李，尤其大披薹草一片连着一片。有的植物高大，有的植物矮小，仿佛这个世界从来不会闲置每一片土地。有人生活的时候植物不敢放肆生长，没人居住了植物就来填补生活的空白。有人从魏家沟走出去，也有人从魏家沟外走进来，我想这就是村庄百年不倒的秘密所在。我终于知道了村庄为什么叫"沟"，因为村庄两边被大山夹着，一条溪水从森林流到村庄，又从村庄流了出去。村庄被森林淹没，也被时间淹没，每片空地，都是这片村庄冒出来的气泡，也是生命的气泡。

魏家沟往西是一片平地，仿佛时间来到这里没有那么多的弯弯拐拐，大地一直往前延伸，怎么看都看不到尽头。再往西一点，就到了松花湖。你会看到一处大坝，所有的风都飞到这里聚集，成为魏家沟的风门，也是森林的风门。松花湖风门一打开，那浩浩荡荡的风给森林带来了千万只鸟儿，它们叽叽喳喳在森林高处翻来翻去。风一吹到森林，森林就绿了，大地上长出五颜六色的花朵。风给森林带来故事，古老的萨满在森林深处祈求风调雨顺的故事在这里流传了千百年。从城市走出来，你才知道大地有多广阔：魏家沟的历史是广阔的，那一排排整整齐齐的土地是广阔的，碧波荡漾的松花湖是广阔的，小巧玲珑的双峰岭是广阔的，魏家沟里的人站在广阔的森林上，也变得广阔起来。我在这里看到了西大沟、青山子西沟、腰贵子沟、南沟、放马沟；也看到了巴虎屯、大石沟小屯、摩天岭屯、双顶子小屯，是它们组成了这片天地广阔的历史，也让这片广阔的森林郁郁葱葱。

大大小小的屯子，仿佛一只只鸟儿被森林滋养，也被森林守护。这里有很多花，我看到毛樱桃是白色的，接骨木是紫色的，杞柳花是白色的颗粒状，黄堇是黄色的喇叭状，银莲花是白色的星星状，延胡索也有齿瓣的，三叶委陵菜是五瓣艳黄花，月见草也有裂叶。我还看到很多草木，比如蒲公英、野芝麻、宽叶荨麻、紫花地丁、羊叶忍冬、月见草、顶冰花、刺蔷薇、刺五加、落叶松、接骨木、纸桦、云杉。有花、有水、有鸟、有树的地方多么灵动而幽静。杜鲁门·卡波蒂一定很喜欢这里，森林曾是他的童话城堡。杜鲁门·卡波蒂是美国二十世纪最具明星效应又最饱受争议的作家。他的小说风格独特，一直以文学标准严苛著称的毛姆称他为"第一流文体家"。他不仅小说有个性，人同样有个性，为了写出一本与众不同的小说，他便要去寻找一个与众不同的地方。

他只身来到西西里岛山顶上，想要远离城市，远离繁杂的日常生活。岛上森林郁郁葱葱，树木、花草、海水和阳光给了他充足的灵感，让他在岛上的森林创作出了著名的小说《草竖琴》。他在这里看见爱从一片树叶开始，也从一片树叶结束，我恍惚听见他对我说："我们说的是爱。一片树叶，一把种子——从这些开始，一点一点学习什么是爱。开始只是一片树叶，一场雨，然后你从树叶那里学到了什么，一场雨又催熟了什么，有人来接受你从这些东西里领悟到的爱。你得明白，这个过程并不容易，也许要耗费一生时光，我就这样耗费了一生，至今也没有完全掌握——我只知道事实就是这样：爱是一连串发生的，正如自然是一连串的生命串起来的。"一片树叶让他懂得了人世间的爱，那是一种郁郁葱葱的爱。

美国作家亨利·米勒也是一个备受争议的作家，他是巴黎艺术"达达主义"的发动者、参与者和见证者，被人称为"文化英雄"，也被人描述为"流浪汉"。他身上有太多标签，为了远离俗世中的纷纷扰扰，找到那些可以表达自我、解放自我的事物，他选择了躲避到森林与世隔绝，与草木相遇，学着草木随遇而安。他觉得自己本质上是个"中国人"，他崇尚老子神游自然，羡慕陶渊明"种豆南山下"。他学中国古代哲学家"退隐乡间，生活并静思"。他在城市经历了太多难言之隐，就像维·什克洛夫斯基被复杂的生活"吞没衣服、家具、妻子和对战争的恐惧",但自然让他超越了所有的难言之隐。这是草木的力量、森林的力量、自然的力量,这些力量可以让他成为他,也可以让他成为艺术的灵魂。森林让他成为现实中的他,也让他超越了现实中的他。

不知不觉中,我走到了森林深处,四周都是高耸入云的树木。空气湿漉漉的,地上也湿漉漉的,有很多鸟"咕咕,咕咕""哦……哦……""咿呀咿呀"叫着。这个时候,我看到两只鸟在大树上互相追逐,互相打斗,两个黑点在树上飞来飞去,盘旋过来又盘旋过去。一边跳跃,一边发出刺耳的声音。一个声音尖锐,另一个声音浑厚,声音穿破森林,穿破时间,仿佛从远古赶来。两只鸟就像熬萨满和石萨满正在斗法,他们在松花江上摆设祭坛,比谁的法力更高深。岸上围满群众,仿佛谁也不想错过这一场"世纪大战"。江水翻滚,他们被一个又一个漩涡笼罩,仿佛风从风门倾泻下来,大雨下了几天几夜,但谁也无法战胜谁。最后,他们被风门里的风吹到这片森林,成了我头上两只小鸟,森林里所有树木都是观众,仰着头看他们斗了百年,也斗了千年,直到成为森林标本,才肯放下心中的厌恨。其实他们都错了,错在一个总想把另一个赶走。松花湖这么大,总有容得下两人摆设祭坛的地方;森林这么大,也总有容得下两只鸟鸣的地方。

森林里的大树多么高大和茂盛,我看见三节侧枝从一棵大树枝干漫出来,无数枝叶又从侧枝漫出来,密密麻麻的叶片把天空笼罩得严严实实。一些矮小的树木不甘心被大树"庇护",拼命向上生长。对大树来说,这些小树太渺小,对它构不成威胁。一些树木无论怎样努力,似乎都无法接触到那没有大树束缚的广阔天地,无法接触到那没有大树影子的阳光明媚的地方。一切努力似乎徒劳无功,但它们依然没有放弃,用尽力量在大树发芽之前长出新芽,努力吸收从大树枝干漏下来的阳光。我也看到了有些树木背负力量弓着身体向上生长,有些树木瘦瘦弱弱地活着,我想这便是森林生态系统,强者有强者的道,弱者也有弱者的生存理由。大树不会永远是大树,有一天终会老去,坚强的枝干会腐朽,然后从根部重新发芽、生长。这个时候大树小树身份来了个调转,大树成了小树,小树成了大树,从高高在上到俯身泥土,这是每一棵树都要面临的命运,也是森林的循环法则,没有谁永远强大,也没有谁永远弱小。

  我看到一棵大树,底部全空了,有些枝干已腐烂成了空心,但两侧却还能长出新的侧枝,仿佛从腐朽中重新获得了生命。周围的树木向它倾斜,古老的大树即使被时间掏空身体,成了朽木,但大树一年又一年经受时间摧残,经受风吹雨打,坚强不倒,它看透了这片天地的生生死死,也看透了时间的本质,足以让它成为森林里的王。大树在漫长的时间洗礼中出生、成长、腐朽和重生,这正是大树的魔法,是与时间对抗的命运轨迹,没有在时间流逝中消逝。树木开始让一片森林拥有神秘的力量,千年不倒的树木,仿佛是这片天地之神,总想主宰人间,最后被人间抛弃。大树那么多的欲望让森林充满莫名的神秘气息,这一股气息就像达荷美人笔下西非贝宁疯疯癫癫的雕刻家们:"木雕家们为了找到好的材料喜欢到森林里去。一旦进入森林,不少的人几个星期都不回来。即使回来,也因为雕刻着喜欢的雕像而完全进入了梦境似的。"

  我没到这片森林之前,风从松花湖的风门吹来,远远就能听见植物叽叽地响,它们在歌唱,也在欢呼。但我到来后,森林突然默不作声,一片安静,许是对我保持警惕,做无声的抗议,抗议我闯入它们领地。我走到一棵树面前,树木是弯曲的,一部分叶片在我面前垂下,仿佛是在跟我打招呼,又仿佛是一种惊慌失措想要逃走的姿势。我擅自闯入它们的领地,仿佛是给它们带来劫难的人。大树憎恨我,想要远离我,只能面向天空不停奔跑,直到枝叶穿破蔚蓝的天空才肯停下来。有的树木不害怕我,用尽身体力量给我变出来一朵花,这是大树的善意,直到大树整个身体都开满了花朵。这个时候,我待在大树旁边,也成了一棵树,为了吸收森林高处的阳光,我不停地拉扯弱小的身子向天空努力生长。我跑累了就沉默,学会打开身体,用一整个身体的花朵向一个陌生人表达善意。这个世界不只是憎恨,也有阳光般的温暖。大树也成了我,学会了用人类语言对一棵树赞美,学会对陌生人不露声色地伪装自己的本质,学会用颓败骗过所有花言巧语。我的到来让大树学会了人的秉性,我让那些温柔有了坚硬的一面,也让坚硬有了温柔的一面,互相吸引,又互相疏离。

又一阵风吹来，我仿佛听到森林内心的颤抖，"沙沙沙"的响声，这是树木对我恐惧吗？我突然到访是不是成了威胁它们生命的某种迹象？一棵树与另一棵树交叉，那是最后告别的拥抱吗？一棵树倒在另一棵树脚跟前，那是在哀悼和祈求吗？一棵树和另一棵树向前倾斜，那是准备逃跑吗？一些树整整齐齐站着，仿佛士兵列队方阵，那是接受命运考验吗？原来大树也和我们一样，那些无法预知的偶然性生活逐渐成为恐惧根源。在偶然性面前，规律不再是规律，神秘不再是神秘，森林成了实实在在的森林。我相信每一个拥有完整生命的物体，都有自己的生活方式。花草是活的，树木是活的，森林也是活的，在这些活物面前，我看不透它们，只能根据表象来猜测它们的样子。我确信这不是大树的真实，大树的真实永远对我无限隐退，我与大树本是两种不同生物，我们都无法走进对方内部，无法窥探对方的全部秘密。

我在恍惚中看到两节黄色的火车，似乎比三个人堆叠起来还要高，老老实实伫立在被打磨得很圆滑的铁轨上。它是真的火车吗？这个时候真假已经不那么重要了。在一片被生活远离和孤立的森林，火车本身已脱离火车该有的语境，导致火车在空旷的森林面前无法显现自己真实的样子，我宁愿把它当成是躲在森林深处的怪兽，正在给一只野兽设置陷阱。它的眼睛那么明亮，趴在地上一动不动，仿佛发现了躲在大树身后的野兽正向它走来。或者把它看成巴拉德短篇小说《淹死的巨人》里的巨人，这个未知的庞然大物，可能在某个暴风骤雨的晚上降落到森林深处，给这片森林带来无限恐惧。我甚至看到森林在恐惧过后，把火车身上的每一个部件拆解下来，磨灭未知的心头之恨，让它成为时间的灰烬。没有什么比森林活得更长久，这让我更加恐惧，让我的恐惧成为《厄舍府的倒塌》里的人物，我不停叨唠着："我害怕将要发生的一切，但我对危险并不憎恨，除了置身于它的绝对影响——恐怖之中。"

在森林深处，我看见的只有黝黑，只有大片森林的宁静与群山首尾相连。我不知道我恐惧和慌忙的根源是不是那一半陌生的大树，我只知道森林在过去漫长的时间中一定看清了一个又一个我，看清了比我还要古老的我，正如一些树木分开站立着，多么孤独，但这些孤独让整片森林郁郁葱葱。

那人，那山，那狗

赵天赐

  一百年过去了，东北博物馆的一个四方玻璃柜里，摆着一本《丰满屯采风日志》，腰封上有这样一句话：一个世纪前，一位穿着蓝色卫衣，笑容可掬的学者，手持一根丈八长的木棍，正在丈量这里的每一寸土地。

  我是一个写手，一直搜罗着那些放在犄角旮旯的故事。我知道，当我死去，当我的儿子、孙子死去，或者二百年、三百年过去，历史不会记得我这个人，但我的读者们会记得。他们或许会把我定位成某个类型的作家，又或许在某篇文章中的脚注里提及我的作品。这对我来讲足够了。我就是这么悲观。不瞒你说，我有很严重的抑郁症。好像喜欢写的人或多或少都患有这种病。我时常怀疑自己是否中了文字的毒，准确地说是文学的毒。文学能助我，也能害我。我记得古人说，"成也萧何败也萧何"。我知道萧何这个人。虽然我书读得不多，但在用典时，会查一查语句的来龙去脉。萧何这个人生在汉朝，做过宰相，挺能写，汉惠帝二年去世，谥号文终。他还辅佐过汉高祖刘邦。文人做到他这个程度，挺难。

  当然，历史上有很多文学大家，各种文体都有出类拔萃者。文无第一，武无第二，萝卜青菜各有所爱嘛。但我爱的东西很少，少得可怜，我只想搜罗那些放在犄角旮旯的故事。我说过，我是一个写手，没什么写作天赋，但又想写作，想创作出让人眼前一亮的作品，哪怕逗人一笑也行。我时常觉得自己低贱，仿佛古代酒楼里卖笑的歌妓，或是在街上吆喝、耍力气的戏子。这两个都属下九流——分类的人下作。靠本事挣钱，不碍磣。卖笑怎么了？杂耍怎么了？能想方设法地活下去，就比我这个抑郁患者强得多。

  我站在玻璃柜前，一直瞅着那本书。黄色的纸页，黑色的字体，即便这样，依然能感受到腰封上那人的笑意。笑得可爱，真诚。真诚是作不得假的。写了这么多年的故事，我已是合格的心理师。我这个年代，看不见人笑了，甚至看不见人了。人都躺在休息舱里，舱外连着一根根粗黑的管子，管子里是流动的液体。这种液体我叫不上来名字。总之，它能温养意识。我的意识仍在地球，将被困在这里千年、万年。我知道，在一百年前，就有许多人写过科幻作品，将宇宙文明分成等级，这跟歌妓、戏子一个道理。地球是下九流，这么说有些难听，但是事实。空间跳跃是假的，移民火星是假的，这很残酷。正视是一回事，做法是另一回事。人类的伟大之处在于探索，在于折腾，在于不认命。挣扎会有动力，有动力就有活下去的理由。若人人像我这样，身患抑郁，一切都会成为虚无。我知道我不能再想了，越想越忧虑，越忧虑就越想。这个恶性循环我得打破，因为我想活着。

出舱后，我洗了澡，睡了一觉。醒后，将《丰满屯采风日志》印成册子，我想循着百年前学者们的足迹，探索这块神秘的采风地。据日志载：佛手山坐北向南，分两半，溪涧东南流向，卵石铺道，入松江。这段文字读起来有些别扭，准是学生写的。因此，我查了相关信息，用铅笔在空白处做了批注。松江全名叫松花江，俯瞰下去，像条龙。丰满屯在龙角的西面。我到此地时，路口矗立的石碑尚在，只不过上面的"魏家沟"三个字斑驳褪色，久经风霜。我伸手抚摸着它，妄想穿越百年，与那个时代的人对话。我想问问他们，应该如何写作才能留名青史？石碑上仍有别的刻痕，纹路凝成的"创写"两字存活了整整百年。碑在，字在，这是何种坚定的力量呵——我加快了脚步，沿着小路，走向佛手山。

日志上说，佛手山下有一座合普山舍，溪水流经此处，清澈见底。这是我第一站要去的地方。山舍大门是黑色的，院墙由红砖砌成。青色路面，红瓦屋顶，迈入大门，约十步，至小桥。我翻开日志，找到了百年前他们在此地的合影，于是冲着桥下招了招手。日志上说"采风出游信乐哉，山中忽遇舞雩台"。第一句话好理解，第二句中的"舞雩台"应化自"浴乎沂，风乎舞雩，咏而归"。这一定是老师写的，而且是个男老师写的，我能猜的也就这么多。山舍庭院很广，属大户人家产业。采风一行人，曾在蓝衣学者的带领下，画了两张平面图。图很简单，字有意境。所谓"知之非艰，行之惟艰"，我拿起铅笔，开始丈量庭院。

刚刚说过庭院中间有条溪水经过，溪水东面，有两座房屋，房屋中间有一眼圆形小潭。几棵苍天柏树，皮肤皲裂，站在屋后。岸西仍有两座房屋，屋后一片树林，有鸟叫，有虫鸣。我观察得很仔细，画了房屋，画了树木，画了山，画了水，画了人，景物颗粒分明，混在一起就不像画了。

画完山舍，我来到第二个目的地——瑞德园。百年前，蓝衣学者曾带着一行人与园主王德平攀谈。日志上说，1998年王德平买下这块场地，送给妻子赵瑞平当作礼物，后经多年修缮，成为一座书卷气息浓厚的园子。我仔细翻了一下日志，当年来此园的学者不少，题词颇多。于是，就将自己喜欢的语句摘录下来：

1．瑞德福地，四季花开。

——刘　雨

2．瑞华住在德平的礼物中，我坐在瑞华的美梦里，都是好得无比！

——孙　琳

3．听风入耳语，松涛自在心。清流映明景，路远更觅春。

——于文思

4．瑞气德风。

——徐　强

日志上的题词都是临场发挥的，没做任何准备。若让我临场题词，说实话，即便熟悉的古诗词，都得搜罗一阵思来想去，再下笔。相比之下，我觉得自己更像个裁缝，四处搜罗故事，绞尽脑汁地编写。但这值得。因为我知道自己在写作上没有什么天赋，更别说我处的年代，意识是自由的，个人空间是绝对隐秘的，能去串个门都得是过命的交情。我之所以写，是因为我实在无事可做，写着玩，玩着写。万一哪天赶上一场思潮，某人率先喊出"回归身体，重视写作"这类口号，我积攒的素材够多，就能赢在起跑线上，成为文人墨客中的一分子。古人说，广积粮。写作就是一个存粮的过程。家里有粮，心里踏实。当然，我并不是传递任何负面情绪。我只是想到哪儿，写到哪儿。我想你是大度的，一定会允许我这样的散言碎语。

瑞德园与合普山舍的格局很像，唯一的区别在于气息。我很敏感，还有点神神道道的。我不信命，但一些无法用科学解释的东西，我认为是另一个场域中存在的某种规则。所以我能感觉到山舍只是一个歇脚的地方，气韵稍差。这就像"清流映明景，路远更觅春"与"某君到此一游"之差别。这种偏见的产生，原因在我。我说过，我想写作，但天赋有限，多年以来从没迈进过门槛。因此文人身上散发的气韵时常令我痴迷。

出瑞德园已是下午，佛手山暗影重重，躺了百年才遇到一个登山人。今日，我想唤醒它，请它陪我走一走，逛一逛这个山沟，这个屯子。当我拿起木棍的那一刻，身子怔了一下。我不知道自己为什么拿起木棍。路在脚下，棍在手里，沿山舍一路向北，便能登顶。我走了一会儿，又碰到一座石碑，上面写着："青山溪谷"。那位腰封上的学者曾三次到这儿，第一次是踩点，第二次是探路，第三次是登山。日志上说他登上了山顶。我抬头远望，见一枚硕大的圆球嵌在山尖上，就打起怵来。此时，圆日泛红，我这具身体尚未适应周遭环境，就有了足够理由说服自己回到瑞德园。一轮银月挂树梢，篝火噼啪作响，燃亮了整座园子。松涛阵阵，三两鲤鱼跃出溪面，撞到了山石，就落到水里了。鱼们很傻，视我为同类。我扔掉木棍，捧起一条鱼，开膛清洗，放入锅中，撒些盐巴，等待着。

我动身前，曾翻过《丰满地方志》，知道"江水煮江鱼"这种吃法。我记得某个作家写过：支起铝锅，舀两瓢水，撒上花椒、盐巴，五分钟后置鱼，四十分钟后吃肉喝汤，熄火后，钻入帐篷，一夜大梦。作家没写他梦到什么。想想也是，梦这东西，被无数人写过。真正的梦和笔下的梦有很大差距。一百年前，意识不能直接投射出来。就像你梦见一个美女，写得再美，即便掺入欲望、色情，但被感官限制，美就有了范围。而我这个时代，意识可以共享，可以脱离肉体，独立存在。所以我是一个被时代淘汰的人，从意识回到身体，行走、触摸、品尝这个世界，甚至想打破时间，回到那个时代，像百年前的学者一样拿起笔抑或敲着键盘，写下自己的所见所闻。《丰满屯采风日志》就是肉体与灵魂并行的产物。一行人乘大巴车从远东地区的最高师范学府出发，一路向东，最后驶入魏家沟石碑左侧小道，下车后在合普山舍前合影。印有"创写"字样的红色横幅在橙色阳光下熠熠生辉。摄影师按下快门的那刻起，历史上的一个节点就出现了。我想百年前的学者们不会想到百年后，有个身患抑郁症的写手循着他们的足迹来到丰满屯魏家沟，在一片银河下，在佛手山影下，支起帐篷，吃了一顿江水煮江鱼。盐巴很咸，胡椒辛辣，溪水甘洌，鱼肉鲜美。然而缺了佐料，难吃至极。但付诸笔端，又是美的体现。

帐篷外，流水潺潺，微风习习，我早已忘记睡觉的感觉。我知道这个世界不属于我，我知道旅行结束后，我仍会躺进方舱，顺着液体，去那个意识寄存的地方。我不想用任何语言描述那里，我不想接触那永无止境的虚无。长生即长剩，我想真真正正地活着，想让这副躯壳体验一场人的快乐。我看着日志的句段，看着一张张彩色配图，羡慕百年前学者们的丰富体验。天亮时，我起身收好帐篷，喝了一口溪水，吃了两个野果，来到下一站——经纬之路。

经纬之路是蓝衣学者命名的。百年前，山沟的路没有名字，他带着一众学子深入屯里采风。据日志载：徐夫子问路名，见众人摇头，遂起名"经纬之路"。我方向感极差，分不清东西南北。在我眼里，日志里的配图就是地图。第一张图片是蓝衣学者在玉米地里与打工人攀谈，这个位置大约在石碑到山舍小路的中段，比较好找。第二张图片是一个高个子的戴着遮阳帽的女学生，冲着相机，展示她刚捡到的玉米，因无参照系，我只在玉米地上走了两圈。第三张图片是一个穿着灰白运动服，戴着黑色眼镜的女性（经考据，此人虽有学生模样，但实为带队学者之一）在青山溪谷石碑不远处与黄狗赛跑（此地昨日已路过）。第四张图片是两位男生，勾肩搭背，站在南纬三路尽头，望着老黄牛。第五张图片是蓝衣学者摔倒在坑里，手里依旧握着一穗半边黑煳的玉米。第六张图片是一众学生分享玉米——正是半边黑煳的那一穗，那是烧荒后剩存的。日志上说，黑色玉米粒可入药，治腹泻，这真是生活啊……

我用了两个小时走完经纬之路，回到山舍前刚好十点。于是卸下背包，做了热身运动，快步跑向溪谷石碑又折返回来。十点四十左右，我躲在树荫下，歇息一阵儿。十一点半准时出发，前往最后一站——丰满水电站。

　　日志里说，二十世纪六七十年代，丰满水电站为东北大部分地区提供电能。因此，我再次查了一下这座电站的前世今生。丰满水电站在松花江中游，位于猴岭和蛄塔岭两山峡谷之间。一九三六年一月十七日，日本关东军司令部两次要求伪满政府五年内在松花江建设十八万千瓦的水电站。一九三七年冬季，大坝开始施工。丰满地处高纬，冬季寒冷，夜间最低温度可至零下四十摄氏度，冰层厚约两米。因建设条件有限，日本人为完成建设"亚洲第一大坝"的目标，谎报做工地点，编造优厚待遇。据相关资料记载，一九三七至一九四一这五年间，共骗招十一万中国人。在日本监工、特务、警察的残酷虐待下，近万人死亡。一九四二年十一月，丰满水库开始蓄水。一九四三年三月二十五日一号机开始发电。一九四五年日本战败投降时，机组安装容量完成百分之五十，水电站发电总量为十四点九五亿度。二〇一四年七月，丰满新坝开工。二〇一九年五月丰满新坝正式运行，六月首台机组投产发电。左右两岸部分老坝体成为纪念遗址。二〇二四年四月，日志中的蓝衣学者拿着黑色望远镜，站在新坝上，看滚滚江水。

　　下午两点，我到达了这次旅途的最后一站。日志里说，江岸渡口有一位摆摊卖小物件的老人。这位老人是当年劳务的幸存者。据日志载：老者肋骨曾断六根，背部被扎二十八孔，手腕、脚腕伤痕犹在。一夜，乌云满天，从万人坑中爬出，潜入松花江，顺流而下，被一妇女救活，育有一子。退休后，摆摊望江水，逢人便提当年事，闻者伤心，听者落泪。令人遗憾的是，有关老人的记叙仅此而已。年年岁岁花相似，岁岁年年人不同。老人不会想到，在他死后百年，还会有人来到江岸渡口，来到他曾经摆摊的地方，望着江水，哼着遥远的歌子：

　　　　我的家在东北松花江上，
　　　　那里有森林煤矿，
　　　　还有那满山遍野的大豆高粱。
　　　　我的家在东北松花江上，
　　　　那里有我的同胞，
　　　　还有那衰老的爹娘。

> 九一八，九一八，
> 从那个悲惨的时候！
> 九一八，九一八！
> 从那个悲惨的时候，
> 脱离了我的家乡，
> 抛弃那无尽的宝藏，
> 流浪！流浪！
> ……

我打着拍子，一遍两遍三遍四遍，由哼到唱，由唱到吼，声嘶力竭兮，身心俱疲，就躺在大坝上，瞅着深邃的天空，没了意识。醒来时，晚霞已染半边天，一行飞鸟掠过头顶，嘎嘎两声，渐渐地没入水草中。不一会儿，微风乍起，波光粼粼。远处传来几声犬吠，一条黄狗钻进我怀里，不停地摇着尾巴，吐着热气。女人轻声地说，醒了？我说，醒了。女人疑惑地说，来这儿干什么？我说，写作。女人皱着眉说，写作？还惦记那玩意？我顿了顿说，就想写一写。女人笑着说，写能治病？我点了点头，坚定地说，能！女人撩起头发说，治什么病？我说，失忆症。

女人永远不懂我在说什么。她会不自觉地跳进我设计的陷阱中继续盘问。于是，她坐了下来，抱着膝盖说，不是抑郁症吗？

我耐心地告诉女人我没有抑郁症，只是失忆了。女人不信，继续问我丢失了哪些记忆。我告诉她是前世的记忆。听我说完，她立马站起来，喊着说，好好的，装什么失忆？懦夫！无耻！我连忙解释说，准确地讲，不是失忆，是一种难以言说的感觉，就像……就像……缺了什么东西。女人抢话说，你不是抑郁了吗？据说，抑郁的人都会……

我说，都会怎样？

女人说，都会——失神——

我告诉女人我没有抑郁，只是失忆了。她不相信，又问我失了什么忆。

我抱着头说，那首歌你听到了吗？

女人说，隔着老远就听到了。松花江，大豆高粱，难忘九一八。唱得怪深情的。你写的？

我说，是张寒晖写的。

女人说，他是谁？

我说，不认识。

女人说，不认识，你唱他的歌？

我说，再听我唱一遍行吗？你打拍子！

女人说，不会。

我说，我教你。

我握着女人的手，看着江水，唱了起来。过后，女人哭着说，难受。我说，难受就哭吧，松花江就在前面。女人攥着拳头说，我哭，你也得哭。我无奈地说，这是什么道理？女人转过身说，我好久没哭了。又说，你丢了哪些记忆？我说，丢了……丢了很多记忆，我——活得太久了。女人望着江水说，不想回去了。我说，一样。

我拉着女人的手，开着车子，来到魏家沟石碑前，向着佛手山，向着合普山舍，向着瑞德园，向着丰满水电站以及百年前的历史，深深地鞠了一躬。

天女山遗事

刘天权

　　你在一间极普通的房间里醒来，随即猛烈地开始咳嗽，喉咙里有东西上不去下不来，好像是被一张糖纸糊住了一般。你意识到自己的呼吸道可能肿了。光线以柱状灰尘的形式从窗外插入，你是仰面睡醒的，也许夜里你睡觉时张着嘴，灰尘便在早上爬满了你的嗓子。你均匀地呼吸着，但有一股强烈的霉菌味儿袭来，四周无形的压力在挤占房间中本就不多的氧气，你想到了湿乎乎的泥巴和春雨过后稚气未退的青草。跑出房间后，进入视线的是大片的绿色，你发觉自己在一座山的半山腰上，山下是一片树林。阳光让你的视线有些模糊，昨夜雨水的冲刷使每片叶子都绿得亮眼。你揉了揉眼睛，也未看到下山的路。你感受到身边一片死寂，没有风声，没有鸟鸣，更没有山岳的叹息与咳嗽。

　　于是，你不得不回身观察这间低矮的土坯房。它建在山上唯一的小块平地上，灰瓦黄墙，你摸了摸墙体，看到了夯墙时和在泥土里的稻草，有几根裸露出来，看着很坚硬，你伸手一捻，它们便化作粉末。这栋房屋应该有数十年历史了。再次推开那扇布满竖纹的木门，你手指清晰地触碰到门上开裂的沟壑，这扇门从立在这里开始，便被无数人、无数双手敲开或是掩上，木板上凸起的细纹被磨得光滑油亮，纹路之间的凹槽被多年以来的泥尘填满，整扇门摸起来有种特殊的质感。你心中有万千疑惑，捂住口鼻，掀开东屋洗得发白但又沾有污迹的红门帘，你看到自己刚刚躺过的土炕，上面甚至没有像样的床褥。有一块露着洞的毡子，周围是半卷着的竹制炕席。你走过去重新躺下，似乎想起来什么，记忆就像那被晒干、发黄的炕席一般缓缓展开。

　　主管合上笔记本电脑说，本次的季度总结会就开到这儿，采菱，你们组的数据又下降了，你得加把劲儿。你不痛不痒地答应了一声，心里想的是开完会就不用加班了，该去傅舟家看看了。

　　半小时后，你站在客厅里，盯着上半身光溜溜的傅舟。他弓着背，坐在电脑桌前苦大仇深地敲着键盘。你走过去拍拍他的肩膀，他双眼半睁，眼窝周围隐约有一圈灰色，胡子从下巴长到了两腮，摸上去像刺柏。你知道傅舟一贯不修边幅，但也从未见过他潦倒成这样。他回头看了你一眼，眼睛里似乎有了光，说了一句，抱歉，最近太累，有点邋遢，我这稿马上写完。

你开始替他收拾屋子。往常你总要抱怨几句，骂他这么大的人了，怎么不会生活，不知道做家务，活像个没家的小狗。你都能想象到傅舟转过头来，昂着头，举起他那青色的下巴说，我可不是人，我是石头，通灵宝玉知道吧，灵石对于你们人类的家务是不感兴趣的。你通常会摇摇头说，傅舟，你成熟一点好不好。

茶几上的垃圾被你装进纸袋里，那个熟悉的木制盒子露了出来。里面装的是你送给傅舟的口琴，也是你们的定情信物。

去年冬至，春城的夜晚被橙色的灯光和乳白色的雪占据，你加班结束时已经是晚上九点。出地铁站后，周围的行人即刻作鸟兽散，你怅然若失，想起参加工作这两年的遭遇。你供职于一家新媒体公司，入职前，HR信誓旦旦地说公司从不加班。工作一段时间后你才发觉自己被骗了，不光加班是无穷无尽的，工作甚至不能带给你丝毫快乐或成就感，最多的时候，一周内你被毙掉七个选题，有时你上班来得早，公司里没一个人，你看着空荡荡的房间，不自觉会淌下泪来。你也会利用闲余时间偷偷观察周围的人，他们却不露出对生活的一丁点不满，仿佛人人都是拧好发条的机器人，按时打卡，尽力工作。

此刻你不想再前进一步，刚好附近有一家麦当劳，你推门进去，跺跺脚，搓搓手，好歹暖和了一点。转过头来，你看见了一副满是雾气的眼镜，那人穿一件老旧的马甲，内搭黑色花纹衬衫，双手各拿一个冰激凌。你吓得闪身到一旁。他开口说，你好，你能和我拼个冰激凌吗？你心想这人真是怪异，大冬天吃冰激凌不说，买多了还找人拼单，真是不可理喻。你刚要拒绝，只见他把右手的那支甜筒也递到左手，腾出手来摘掉了眼镜。这时你才看清他那双明亮真诚的眼睛，空潭泻春，古镜照神。但你仍不打算应承，他又开口说，是这样的，我约了朋友在这里，刚刚他说临时有事来不了了，我一个人吃不完两支甜筒，就想来问问你有没有兴趣。听到这，你心里软了下来，这可真是个可怜人，冬夜雪天被人放了鸽子。你虽然不喜欢吃冰激凌，但又看了看他带着期待和祈求的目光，还是答应了。你们加了微信，你把钱转给了他。甜筒很甜，也很凉，你吃得很慢，仿佛吃一口就要预留一段时间让身体自行回暖。他三下五除二就吃完了，吃相不太好看，甚至有点贪婪。

　　吃完甜筒，你打算再暖和一会儿就离开。他凑过来说，为了感谢你，我给你表演个节目吧。你笑了，心想着这人真逗，拼个甜筒有什么值得感谢的。他拉了拉上衣的衣角，从兜里掏出一把口琴，那是一支巴掌大的半音阶口琴，看起来年头不短了，吹嘴两头的螺丝都不见了。他横握口琴，调整了姿势，准备开始吹奏。你看得出来，他应该是初学者，音符之间连接不够流畅，琴声伴有丝丝杂音。吹的是《送别》，可总是断断续续的，忽而像得了哮喘的病人，忽而像刚背熟课文的孩子。你粗通乐理，帮他唱了几句谱：

　　so mi so do, la do so, so do re mi re do re……

　　就这样，他随着一段音符进入了你的生活，你每次加班后都能在麦当劳看见他，你们成了一起吃夜宵的伙伴。傅舟好像有用不完的精力，和春城里别的上班族格格不入，你喜欢他这股子跳脱的劲儿，像是每次筋疲力尽地工作后给你灌了一杯咖啡一般。

　　跨年那天，傅舟拉着你的手走出了麦当劳，他说，上次的曲子我又好好学了一遍，你看看有没有进步。你说，为什么要在外面啊？他没回答，拿出口琴开始吹奏。你听得出，确实很有进步，白色的热气不断地从他嘴里飘出，一曲终了，你看见他的睫毛和鬓角都结了晶莹的霜，像是两鬓斑白，可爱地老去。你凑到他面前，吻了那两片冰凉的嘴唇。傅舟脸红了，你掏出一支新口琴塞到了他手里。

　　在一起的第二个月，你试探性地问过他，要不要搬到你家住，这样一来你能照顾他的生活，二来可以省下他租房的钱。没想到傅舟一口回绝。理由让你有些诧异，他说，我不能跟人住在同一屋檐下，我要有自己的空间。你回道，怎么，你不是人？傅舟说，当然，我是石头，灵石你懂不懂，有灵性的，和你们人不一样。你第一次听这样的疯话，反问道，那你怎么证明呢？他仰着脖子想了一会儿，你观察到他的脖子很美，皮肤细腻，隐隐可见线条分明的血管。你伸手去摸了摸，触感温润，喉结处凉凉的，果真有种玉石的感觉。你怎么不答？你接着问。傅舟拨开你的手，低下头说，以后你会知道的。

傅舟的工作是给短视频公司写剧本，他写得速度奇快，几乎三四天就能出一稿。每次写完，傅舟都要发给你看，那些题材你看了觉得太俗气，但傅舟写得很吸引人眼球。什么婆媳打架啦、老公出轨啦、兄弟争家产啦……这些人物众多、情节复杂的故事总能被傅舟抽丝剥茧地用对话讲清楚，你深深地佩服他的叙述能力。你曾经问他，傅舟，你是怎么编出这么多鸡毛蒜皮的故事的？他白了你一眼说，这可不是编的，每个故事都是我亲眼所见，来龙去脉我都清清楚楚，这比编的故事真实多了。

晚饭是傅舟掌勺，他做了可乐鸡翅、地三鲜和西红柿炒鸡蛋，你一看他切菜和颠勺时的从容就知道，这人厨艺不低，平时不做饭纯粹是因为懒。饭熟后，傅舟拧开一瓶白酒，倒满一杯，又给你开了一小瓶红酒，你心情舒缓许多，便和傅舟闲聊。

你最近怎么了，有心事儿？

前几天接到一通电话。

家里来的？

奶奶说村里的人卖了一大片地。

三天前，傅舟从奶奶口中得知此事，随后就给老家天女山乡莲池村七组组长打了电话。那头说，经过村民协商，决定将天女山东侧山沟下的耕地卖给市里某建筑工程集团，用作填充建筑垃圾。听到这儿，你知道傅舟肯定不愿意，他极重视故乡的一草一木，他写的那些剧本虽然滥俗，但也都以他的故乡天女山为背景。你问，如果你和奶奶都反对，拒不签字，这事儿是不是就不成了？傅舟说，如果我反对有效就好了，我家的地不在卖出之列，组长是在合同签字之后才通知奶奶的。

被填掉的那块地是什么样的？你问道。

是一道极美的风景。傅舟双唇微张，挤出这几个字。你观察到他的语气不重，但上下牙已经咬在一起，发出类似擦玻璃的声音，可见他有多愤怒。

你听傅舟讲，他十二岁那年，天女山下的村子还人丁兴旺，家家户户都春种秋收，日子像每天飘往天女山的炊烟一样淡然、闲适。一场春雨后，傅舟决定去东边山上玩。山下种了一片山楂树，树叶小而多锯齿，形状像枫叶。傅舟想起去年山楂收获时，每家都会做山楂糕吃。自家做的山楂糕可与市场上卖的不同，口感更软糯，甜得更纯粹，他每次都要吃到倒牙才罢休。沿着林木一直向上，山顶上有一片桦树林，直挺挺地立在山间，远看像是一节松枝盖在了山尖儿上。傅舟手持一根木棍，胡乱地打着恣意生长的枝蔓，不多时就登了顶。桦树并不密集，傅舟疾步走过，想看一看山的另一边究竟是何种景色。

终于，傅舟双手拨开一丛新生的杂草，耀眼的日光便拂了过来。山坡上的绿枝嫩叶被春雨润得发闪，黄白相间的野花在脚下生出一条暗香浮沉的小径，半山腰的泥土被谢落的杏花洗净，踩上去松软异常。傅舟还看见山脚的田野里，麦苗排列整齐，绿油油的地里有一个戴着浅黄色草帽的人在除草。

你听得呆住了，不由得想象出他口中的美景。傅舟点了一支烟，话锋一转说，我也清楚，自然景色的秀美太难变现，如果给村里人一个机会，他们肯定都不想种地，十多年来，越来越多的人都离开了天女山。有的人年纪大了不能劳动，把土地和荒山流转出去，拿着钱住进了养老院，有的人儿子或闺女在城里安了家，把他们接过去享福。总之，老家的人一直在减少。

那你呢，你来春城做什么？你问道。

我啊，我不过是想看看城里到底有什么好的。傅舟说。

你将来还会回去吗？你继续问。不知不觉中，你有点相信傅舟是块石头的说法了。

有点不想再回去了。傅舟黯然失色，你能想象到一辆又一辆翻斗车开到天女山下，伴随着轰隆隆的声响，灰色的渣土、破碎的砖石与混凝土块倾泻而下，像精卫填海一般堆平了傅舟记忆中的山沟，林木入土，花草枯萎，庄稼窒息，扬起的漫天灰尘像是给这场垃圾倾泻蒙上了一层丑陋的遮羞布。

我也不想回去了。你脱口而出这句话时，自己也吃了一惊。傅舟愣了一下说，好。收拾完锅碗瓢盆，傅舟又开始写剧本，你搬了把椅子坐在旁边，机械键盘发出噼里啪啦的声响。

你快乐吗？在这里。傅舟突然问道。

当然快乐。

我是说，你在春城快乐吗？

你哑然，不知道该怎么回答。傅舟是穿梭在城市与乡村之间的人，他享受过在田野里自由奔跑的爽快，见过高山顶上凝结出的雾海，傅舟曾经在一种你无法想象也无法体会的生活里。但你也意识到，这种生活，并非绝对顺遂且适合任何人的，不然为什么天女山下的人会逐渐离开呢？你有些食困，也许是红酒喝完上头，转身去床上小憩。

夜半时分，你翻身，手只摸到光滑柔软的床被，耳边也没有了键盘声。你在朦胧间睁开眼，发现房间里的灯都已熄灭，傅舟靠在落地窗旁的沙发上，双手抱着小腿蜷缩着。你悄无声息地走过去看他，他睡着了，就这么坐着。窗外的天空是深灰色的，偶尔飞过一两架飞机，亮着闪烁的航行灯。傅舟租的这间房在十楼，你居高临下，十字形的街道被你尽收眼里，春城是汽车之城，夜晚的路上车辆依旧来来往往。傅舟难得的咒骂都给了春城的司机，说他们天天奔丧似的开，从来不礼让行人。此刻你在城市的上空，远远看去，所有的车辆都行驶得十分缓慢，像是飘忽的云彩。你有点理解那种"天上一天，地下一年"的寂寞了。

傅舟醒了，他拽了拽你的手，你和他并排坐下。你问他，傅舟，会不会有一天，你的故事都讲完了，你就写不出剧本来了？傅舟摇了摇头说，不会的，理论上来讲，我脑子里的故事是无限的，从光绪二十九年到现在，天女山发生了无数故事。

光绪二十九年？清末？

是的，清末。傅舟肯定地说。你想了想，那时的天女山大概和现在差别不大，毕竟一百年的时间对于山川来说就像一瞬一样短暂。转念一想，那时春城还没出现吧，城市的出现太依靠人了，现代都市与人是互相依赖的关系，兴勃亡忽都在人类手里攥着。

但以后也许就没故事可写了，傅舟说，我觉得，等到天女山下的人都走光了，天女山也就死了。你看到远处商场的霓虹灯映在他脸上的光彩，两行泪水涌出了他的眼眶。

死？

对，人离开了之后，天女山就消失了，就不存在了，你能理解吗？

你是不是想家了？我陪你回去看看吧。你抱住傅舟，右手轻轻地抚摸他的后背。

主管对你的鞭策言犹在耳，但你还是在发了一条请假消息后，随傅舟上了南下的火车。

天女山在三省交界处，出站后你们又坐了一个半小时的黑车，终于抵达了傅舟的故乡。

傅舟在前面带路，你们沿着一条狭窄的水泥路走进了一片幽深的谷地，路的西侧是矮矮的山体，许多野杏树旁逸斜出，浅浅打出一片树荫。傅舟指着东边的一片开阔地说，这里原本是更低的沟壑，有小块的耕地，还有一条清澈的小溪。夏天暴雨过后，小溪会变成湍急的河流，一路向南流去。现在这里居然真的被填平了，此后这里不会再长出庄稼，也不会再出现任何树木。这些来自城市的废土和破砖烂瓦污染了如此一大片风水宝地，人们居然还会高兴。我真是搞不懂。

你望着一直蔓延到山里的废土，它们像是城市坏死的断肢和宿醉后的呕吐物，被人运到天女山下，随着时间的流逝变成皑皑白骨。春风拂过，只有三两棵杂草从那里探出头来，像是为这种荒诞写下的一段注解。

村子里还有几户人家？你问道。

从清末到现在，这条紧挨天女山的山沟一共有三十二户。现在只剩两户还住在村里。傅舟随手指了东北方向的一座院子说，那家姓隋，五年前户主隋二爷的儿子在市里买了一百多平的房子，如今把老两口都接过去了。

这院子呢，没租出去或者卖掉？你问道。

若是在平原上，或许有人租或买，但这里是山区，几乎无人问津。

再向前走，有一户人家盖的两层小楼很好看，外表贴了草绿色的瓷砖，远看像一块柔和的翡翠。傅舟见你看得出神，说，怎么样，是不是很有品位？你说，确实不错，很雅致。傅舟带你转了两个弯，来到那户人家门口。他说，这户人家姓秦，我叫秦叔。你看见门口停着一辆灰色的皮卡，就问，秦叔是卡车司机吗？没等傅舟回答，院里有人说，谁在门口，是傅舟回来了吧？秦叔踏着四方步走出来，一把就抱住了傅舟。

哈哈，我就知道是你小子！

秦叔，你这是新买了车？傅舟问道。

哪儿跟哪儿啊，我要走了。

走了？去哪里？你跟着问。

秦叔指着水泥路外的废土说，我其实打心眼里也不想卖地，但组长和儿子儿媳妇带着别的人三番五次地从城里来劝我，我也没辙，只好同意。眼巴前儿我们家就剩下不到两亩地了，儿子和儿媳早就不打算让我种了。我也没想到，卖地的钱这么快就打过来了，我以后就跟着儿子去城里过日子了。

那以后还回来吗？傅舟问。

要我说，在城里还是不如在乡下……秦叔还没说完，屋里传出一个声音说，爸，你进来看看，这床褥子用不用带走？听声音应该是秦叔的儿子秦林生。秦叔进屋后，秦林生和妻子王珊走了出来。

你问傅舟，看秦叔家这样，应该挺有钱的吧？傅舟说，林生哥以前开半挂的，攒了一些钱，你看这房子盖得多气派。前年秦婶得病了，甲状腺癌，家里花了不少钱给做了手术，林生哥也因此没在城里买上房。这两年我估计外债还得差不多了，但买房还是够呛。

秦林生和妻子招呼着你们进屋，傅舟说，不进去了，门口唠会儿吧。王珊说，没事，我们还得收拾一会儿呢，进屋喝口水吧，这位是你女朋友吧，真漂亮。

你有点羞赧，抢在傅舟前面说，我叫屈采菱，傅舟女朋友。傅舟跟着说，我刚才听秦叔的意思，你们这次就不回来了？秦林生说，没错，多亏了这次卖地，不然我爸非陪着那几亩地过一辈子。王珊说，倒不是我们拦着他种地，爸岁数实在大了，有好些活儿他干不了了。秦林生说，是啊，爸干不了，也不让地荒着，我们就只能雇人帮他剪树、收秋，这一年下来卖的棒子和山楂钱都不够我们雇人的花费。你说这地种着还有啥意思。王珊说，这还不算今年咱爸干活时闪了腰，又是找人按摩又是吃药的花费。我早就劝过爸把地卖了,奈何我说话不好使啊,还是得组长他们,爸听他们的。秦林生说,嘻,卖了好啊,这下买房的钱够了,我们前几天刚过户完。咱们别在这儿说了,进屋吧。

傅舟连连摆手说,忙你们的,我得先回家看看奶奶。说完,傅舟便拉着你离开了。你看出来傅舟脸上的不悦,就问,怎么了你?傅舟说,你看不出来吗?林生哥看见我来了就把秦叔叫屋里去了。他们两口子知道我对天女山感情深,而且现在我奶奶一个人在家,有个头疼脑热秦叔秦婶还能帮帮忙。林生哥估计花了老大的劲儿才劝动秦叔去城里,他呀,那是怕我和秦叔聊多了动摇军心。

你听后觉得傅舟心思还挺细腻,笑着说,你以后跟我相处也这么会听音儿多好。傅舟想反驳,你接着说,如此说来,今天以后,天女山岂不就剩下你和奶奶一家了?傅舟沉默不语,只是点头。

山路漫长,不多时,水泥路走尽了。傅舟带着你走向一条土路。到这条路上,绿色逐渐多了起来,你们走过挺拔的白杨林,绕过一片栗子树,往东走了一阵,再从一条有点陡峭的土坡往上走了五分钟,你才看到傅舟家建在半山腰上的房子。

还没走到院里,傅舟就喊道,奶奶,我回来啦!你能从这响彻山野的声音中听出傅舟的喜悦,可你们并未听到院里有人回答。傅舟牵着你,三步并作两步跨进了屋里,奶奶在东屋炕上躺着。她穿一件深棕色的裤子,上身是黑色短衫,头戴一顶黑色的小帽子。傅舟急忙说,奶奶,你怎么了,病了吗?奶奶早就听到傅舟的呼喊,她尽力地挤出微笑说,还没到端午,你小子怎么回来了?傅舟说,我工作也不忙,带女朋友回家看看你。奶奶说,丫头,你真是他女朋友啊,不是雇来的吧?你听到这儿粲然一笑,抱着傅舟的胳膊说,我真是傅舟的女朋友,如假包换。傅舟掏出手机开始打电话叫医生。奶奶说,你叫什么人,我没啥大事儿,前两天下雨,我受风了,你去抽匣里拿感冒药给我。傅舟摸了摸奶奶的额头,确实有点发热的症状,他找出药来,你扶起奶奶,让她方便服药。奶奶一仰脖,干脆利落地咽了药片,躺下说,等我躺会儿就起来做饭,孙媳妇来家,我必须伺候好了。你听了这话哭笑不得,怎么刚才还说是女朋友,现在就成孙媳妇了。你刚要劝阻,傅舟说,奶奶,你就别拿话点我了，显得我不孝顺似的，您好好躺着，今晚我下厨。奶奶听了这话，脸上洋溢着笑，指点傅舟说，你秦叔今天搬家，他们家还有几只老母鸡呢，你去管他买一只来，晚上炖鸡汤。傅舟连连称是，奶奶还说，我盯他家那老母鸡好长时间了，你去吧，我跟孙媳妇唠会儿。

奶奶问了一些你家里的情况，又问傅舟对你好不好，你一一回答。之后你顺着奶奶的话茬聊，她与你讲起了有关这片土地久远的记忆。

傅舟有位先祖叫傅潜之，在光绪二十三年考中了秀才。但傅潜之本人似乎并不追求功名，此后再没参加过科举考试，况且那时傅家是田连阡陌的大地主，天女山周围的土地都是傅家的私产。

讲到这儿，奶奶说，丫头，你别看咱们家现在破破烂烂的，以前可是高门大户。你说，奶奶，那别的人家呢，都是后来迁过来的吗？奶奶说，是，村里除了傅家，剩下的都是闯关东过来的，到这儿站下，成了傅家的佃户。你笑问，那位叫傅潜之的后来做什么去了？奶奶说，读书人能做什么，看书、写书、画画啥的呗。之前家里还有一些他留下来的书画，后来都没了。我嫁过来的头几年，傅舟他爷爷常看一本线装书，叫《天女山遗事》。你问，是不是那位叫傅潜之的人写的？奶奶说，是，书上有他的名字，我还翻过几次呢。你有点好奇，问道，那您还记不记得上面的故事，有没有什么有趣的？奶奶想了想说，太远了，我就记着里面好像提到，光绪二十九年三月，地震，陨石落于天女山脚……

天色渐晚，外面传来了傅舟的声音，你出门去迎他，看见他左手提着母鸡的两只脚，右手提溜着一捆野菜。很快，你再次见识了傅舟的厨艺，铁锅土灶他用起来更为得心应手。

做饭的间隙，傅舟出来透了口气，你走到他身旁说，山里厨灶条件不比城里，没有抽油烟机，这炊烟都给你熏出泪来了。说着，你要替他拭泪，没想到傅舟竟突然小声地啜泣起来。你问，怎么了，是里面烟太浓吗？傅舟说，我下山去城里前，做多久的饭都不会流泪的，现在我竟然会被熏得掉泪，可见我离开这里太久了。你听完，也觉得悲从中来，陪着傅舟落泪一阵。

晚饭是大葱炒笨鸡蛋、老母鸡汤和山菜馅包子。奶奶的精神恢复了一点儿，从地窖里拿出了一瓶年份颇久的白酒，洗去酒瓶上的泥土。

傅舟给你满满斟了一杯。或许是酒太烈，未过三巡，你便沉沉地睡了过去。

你在炕上一直躺到第二天天黑，月亮爬过东边山头时，屋内闪进一个人影。你翻身看去，是你记忆里傅舟的模样。你扑下去抱住他，他的脖子依旧是如玉般的温凉。你捧着他的脸，摸到他面颊上有两道泪痕。傅舟哽咽道，今天早上，我醒来去西屋看奶奶，可是她……她已经死了。你不禁一惊，忽然感觉在天女山的日子如梦似幻。

那你这一整天……

我用被子裹了奶奶的遗体，将她埋在了山下。傅舟说完，你拉过他的手看，那双手已经被铁锹的木柄磨出了好几个血泡，在月光的映衬下如宝石般晶莹剔透。

傅舟带着你走到屋外，天女山浸在一片黑暗中，夜空如湖泊般澄澈，远处的山林在你眼中逐渐变得清晰、高大。一回头，傅舟轻轻一跃，竟然跳到了房顶上。他朝你的方向伸了伸手，你也一步跳上了房顶。傅舟说，现在你完完全全地相信了？你不言语，只是点了点头。傅舟接着说，我觉得，一切已经没有存在的必要了。

没有存在的必要？你这话是什么意思？你问道。

从我来这里一直到现在，天女山依靠着人，人养着天女山，他们在山上种树、砍柴，在田里耕作、收获，人与山水是共生的关系。换言之，山和水因为人才有了意义。

……

但是如今，天女山的人或是离去，或是归了道山，山成了空山。更何况，还有人将城里的垃圾废料源源不断地堆到这里，破坏耕田，阻绝水源。你看看被废土填满的山涧，难道不像一潭毫无生气的死水吗？

你没有回答。

傅舟缓缓抬起右手，霎时间，天空如白昼般明亮。你眼前不断地闪过天女山曾经的样子，你望见田野里的破土的幼苗、山下奔腾不绝的河水，倒映在水潭中的树叶和天女山尖的点点白雪。耳边再次传来了口琴声，还是傅舟会的那首《送别》，但你已经不用为他唱谱。

回过神来时，目光所及处又恢复了漆黑，于先是听见滴滴水声，空灵的声响打破了山头的寂寞，渐而汇成流水，水声潺潺如化作波涛，天女山下顷刻间洪水肆虐。你环顾四周，东边、西边、北边的山体正在坍圮，天女山就这样一寸寸跌落，伴随一串串音符，消失在与过去交织的现实中。

倏而来兮忽而逝
——《天女山遗事》创作谈

刘天权

你想象一下，夏天你躺在乡村的一间平房的水泥顶上，有人给你铺了一张柔软的凉席或者毯子，平房紧挨着院落的围墙，围墙外面是活了二十年的李子树，树干高大，枝丫弯曲苗条，一直伸到了墙内。此时你躺得舒服，一伸手就能揪到一片肥厚嫩绿的叶子，你把叶子放在右眼上，阳光透过来，叶子呈现出绿宝石般的色泽。你有些口渴，又一抬手，摘下一个青紫的李子，吃上去酸酸甜甜，口舌生津。多年后，你坐在窗明几净的办公室里，你能看见树木，但它们再也连不成一片森林，你忽然回忆起小时候的日子，想到了山崖上伫立的彩色风车，想到了松鼠在针叶林里疾行，想到了大雨打在核桃树叶上留下的痕迹。这些纷杂、碎片的记忆会伴随一生，但并不会被回忆封存，它们像是剧院里坐在角落的听众，默默地关注着台上的人生。

我一直很重视自己童年在乡下的那些日子，我记忆力很好，我记得土夯的房子，记得薄如蝉翼的窗户纸，记得紫红色的板柜和发黄的炕席。但是写下这一切与单纯的回忆差别很大。为此，我从两三年前就开始构思天女山，写这片土地上发生的事，写这片土地上长大的人。写作嘛，也会出现力有不逮的情况。恰逢东师创写中心组织采风实践活动，我得以在东北这片土地"重返乡村"。不咸山舍的王立夫老师把村民角色定义为三种：原乡人、归乡人和新乡人。在魏家沟村采风七天，我发现这里的原乡人少之又少，这与我故乡又有不同（我故乡多为老龄人口）。从前我从没想过一个村庄会消失，但是在东北有太多这样消失掉的村落，我深知这无可奈何，可又为此痛心恐惧。

在采风时，我们每天都会写小文章，有次我以第二人称写了一篇游记，徐强老师看了之后给予了肯定，我便想再以第二人称写一篇有关天女山的小说。《天女山遗事》的第二人称"你"看似是女主角屈采菱，实际上，男主角傅舟象征着乡村，"你"象征着城市，这是一场城市与乡村的对话。

傅舟作为一个外来者，他是一块陨石，于光绪二十九年落在了天女山，他暗中观察着天女山的自然和人文，直到天女山的所有人都消失。他是悲悯的，他是洞若观火的。人是自然的核心，天女山失去了人，其人文内核必然崩塌，随之而来的就是文化的消亡。傅舟是从太空"倏而来兮"的陨石，作为村民见证了天女山的繁荣，屈采菱作为城市的儿女，客居在此，见证了天女山的"忽而逝"。

我是高山上的一朵花

王植玉

作为一株正在生长的山花，我努力地扎根，保持自己的花期。我住在高高的山顶，享受着最顶端的空气和最肥沃的土地。山脚已经修起了水泥路，插上了路灯。从山顶上往下看，我看不见其他的花，它们太小了。只有那些树，一样的绿，一样稀疏的小树叶，偶尔能让我提起兴致的，只有几株盛放的杏花。不过大多时候我也就冷哼一声，瞧瞧这盛气凌人的样子，以为自己有多美丽呢。不过几日，它们也就凋谢殆尽了。每天的日子基本都一样，几辆车，几个人，远处有狗叫，溪水边有猫在捡垃圾，往更远处眺望，还能看见牛棚，里面的牛像呆子一样，一动都不动。我以为往后的日子也就这样了。直到有一天我看到一辆大巴缓缓从远处开了过来，好多人拿着行李走出来，他们拿出手机，对着路边拍，对着山上拍，莫不是发现了我的美丽？但我一看他们对着那些还没开放的杏花拍起了照片，就心生厌恶，人工种植的娇滴滴的花朵也配和我这山中肆意生长的花朵相比？罢了，估计这些人也没有机会与我相见。

那帮人拿着大包小包的东西，住进了山底的两栋房子里，正好就挨着我，我每天都得看到他们。我听见那帮人的叫喊声，聒噪难耐，可惜我没有双手，不然我一定要记录我此刻的心情。过了没多久，我更加烦躁，无人机扇动翅膀，在天上凄厉地嘶吼，那声音真是难听。谁能想到一株山顶的花，还要经受这样的侵扰，我要狠狠咒骂这帮人，让你们这趟旅程不得安宁。太阳慢慢从西边落下，冷气开始蔓延，我像往常一样缩起身子，度过这个寒冷的夜晚。跟过去不一样的是，山下的那两栋房子的灯，亮得比以往还要久，这帮人大晚上的不休息吗？还好这点亮光不影响我休息，但有时候还是会忍不住往下面看几眼，偶尔就会出现一些意外之喜。深夜里，一个男人裹着几件外套，拿着手机，在院子里打电话，我看他脸上带着笑，身子却一直在哆嗦，山风一吹，他把衣服拽得更紧了，从口型来看，好像在念叨着"想你"之类的话。我不觉得感人，我只觉得他要是再不回去，就那么点儿衣服，离生病也不远了。

第二天的太阳升了起来，我看到一栋楼里的女生全都出来了。我仔细地盯着，她们身上穿的衣服比昨天来的时候更多。果然，不只我自己觉得冷。每天除了采集天地灵气，就是吸取日月精华，隆冬后，终于能开花了，我可不能耽误这个时候，虽然周围那些树大爷挡住了不少营养，但谁让它们年纪大，还帮我挡了不少风雪呢。我虽贵为鲜花，但也不是杏花那等争奇斗艳之物，当然要大度得多。哟，那帮人又在干些什么事儿啊？两队人，都拿着本儿，在院子里走来走去，涂涂写写，这是干什么？还互相给其他人看，看完还笑嘻嘻地，有那么好笑吗？那个男人拿着一根长棍在干什么啊？比来比去地，绕着那几栋房子走来走去，还进进出出。虽说觉得厌烦吵闹，不过倒也给我的生活增加了一些乐趣。过了不知道多久，那帮女生有几个已经离开了，剩下的也都不在院子里待了，都进到房子里头去了。没东西看了，我也就自娱自乐了。像往常一样，我静静地在地里养着精神，嘶啦嘶啦的声音突然就给我惊醒了，我吓了一跳，又是谁在扰我清净？我往下看，有四个人，一个在半山腰上左右腾挪，离我最近，他背对着我，嚷嚷着后面那些人快一些。那男人后面，是一个看起来没什么爬山经验的，他揪着一根小树苗，两腿颤颤巍巍。就这种，我估计他连半山腰都爬不上来吧。在这两人的另一侧，一个瘦高个儿和一个女的，她们在最后面，找石头往上爬呢。要我看，她们一个人也爬不上来。

说实话，他们离我越近，我就越害怕，毕竟我只是一朵花，孤独的花，我多少有点低估他们了，不说那个第一名，爬起山来，蹬得飞快，一路飞沙走石；后面那个男的，也紧紧跟着，好几棵小树被他拽断，他也是真够暴力的；另外的那一男一女，我都没看清，他们居然还没有放弃。突然，我眼前一黑，恐怕是那个第一名上来了，我要被踩死了吗？又亮了，他从我身上跨了过去，这个男的身上带风，差点把我吹飞。我只想活着……

"快看！这儿有一朵花。"

"这是什么花啊？"

"不知道。"

"挺好看的，采回去给老师看。"

我的面前，是那个女的，我被采走了。那群人竟然能爬上这么高的山，还把我带走？

"这山确实矮啊，到山顶了也没多高。"

"但看着还是挺陡的。"

我已经无法形容我此刻的心情了。

山脚下，一间小房子里，大厅中间有一张长长的桌子，我被放在了那里。我躺在一个露天的坟墓中，等待着自己慢慢枯萎。原本想平静地等待时间过去，但周身还弥漫着一股墨的臭味，我感觉自己更加痛苦了。屋子里的人很多，来来往往，那几根毛笔倒是一直没有停下来过，过一会儿就有人在写，我没有别的办法，数着过日子。

被放在桌上的第一天，我听到了二胡的声音，从远远的厨房到客厅，一直到很晚。

被放在桌上的第二天，我看到他们端着好多盆和菜，在大厅来来回回地走，到了傍晚，一盘处理好的菜就冒着热气从我眼前经过。

第三天，我看到有人在桌上写大字。

第四天，下午他们全都跑到屋子外面去了，我听到他们的叫喊声，不过听上去倒是挺开心的。

第五天，似乎有新客人，他们编了花环，却没有把我编进去……

第六天，他们上午出去之后就不见了，意识越来越模糊了，我觉得我快要走了，朦胧间，我看见屋子里的几个人，拖着行李箱，在清扫桌上的东西，快要到我了，我会被带走吗？我眼前又是一片漆黑。

无南北

刘腾飞

一直想以"无南北"为题写一篇小文，但是没什么头绪。无南北，取自"人生失意无南北"。王安石写人生之失意，一个"南北"就完全凸显这失意的阔达和失意之人无处可躲的狼狈了。我不想失意，我只想高兴，最好是不分昼夜、南北地高兴，哪里都高兴。但是一般人的生活姿态不是这样的，大多数人既不高兴，也不失意，他们常常平静。

前段时间花开了，这在北方，在我个人，都是一年中最值得庆贺的时节。人们应该把酒高歌，迎着春风，在万物萌芽的春季，学孔子和颜回，脱下厚重的衣服，去高台上跳舞，大声唱歌，声音越大越好，越高兴越好。春天就是让人高兴的季节，但是大多数人不高兴，他们平静。我没能在高台上跳舞唱歌，我只抽出一个寂寞的夜晚，即兴邀请学妹去伊通河畔的自行车道上骑车。学妹说前天她去此处骑行，樱花盛开，如雾如雪，美不胜收。我料想今天刮了一天大风，樱花恐怕十不存一，到地方一看，果然，樱花树全秃了，就剩光滑的树干，又没长出新叶，仿佛一夜之间从春入秋了。杏花倒是还开着，杏花一定开着，我对它最有信心。所有花里，我独爱杏。周敦颐爱莲，陶渊明爱菊，皆因爱他们赋予这种花的品格，本质上是爱自己。我不一样，我爱杏是因为我就爱杏，我从小长在杏树林里，我想不到不爱它的理由。

我家在河北省承德市隆化县的一个偏远村落。我家靠近内蒙古，全速驱车一小时即可到达坝上，可见纬度高，海拔也不低。高中学地理时，学到大陆板块碰撞挤压形成山脉，猜测我家大概在内蒙古高原和华北平原的交界地带，否则我不能理解我们村里怎么有那么多山。一片连一片的山，把我们的村子挤压成狭窄的一小条，像拿鞭子抽出来的狭长的鞭痕。鞭子抽得毫无章法，东一条西一条，于是这些痕迹就各自散落成一个个相距甚远的独立村落。鞭痕把它们隔绝，也让它们连接的山上长满了杏树。毫不夸张地说，活到现在，我从没在我家之外的地方亲眼看到过数量如此繁多、规模如此庞大的杏树群。我的村落封闭，我的玩伴也只有两三个，几个小孩就总凑在一起等待春天。如果五一期间天气稍暖，我们就要偷偷脱掉棉服，跑到山上去看有没有杏花提前开放，倘若有一枝杏花早开在某个不为人知的角落，没被人看过就凋谢了，那一定是我们的罪过。我们是孤独的孩子，所以不想叫花也孤独。这或许也掉入了移情于物的陷阱，但当时我们还是生长在万物有灵年代里的孩童，有充分理由认为所有生物自有她的灵魂。孩子们要先去找杏花，爬过阴凉的溪谷，再踮脚走过陡峭的崖壁，最早开的杏花一般在向阳坡的山壁上，从一棵看着年龄不大的细弱小树上长出来，在五月山风里颤颤巍巍轻晃。它还太年轻，不懂得气候的规则，过早开了。我们几个人围着几枝新开的杏花，并不折断，欣赏够了就回家做梦。等到第二天梦醒了，睁开眼就能看见满世界盛开杏花，山野遍地，不愿意留一点缝隙。好像因为冬季太过漫长，只能偿还给春天又一场雪。然后几个孩子就脱掉厚衣服，登上高山，在杏花树林里迎风跳舞、唱歌，唱得越大声越好。

学校的杏花也开了。以我在长春读书一年多的经验判断，学校的小气候温度偏高，更适宜杏花开放。我校的一批杏花属于先开带动后开的排头兵。正在花开时节，我在朋友圈里看到徐老师带领东师创意写作中心的同学们去丰满屯采风，实话实说，我特别羡慕，第一次埋怨自己是文艺学专业的学生。我从小生长在乡野，爱和朋友称自己为纯"山人"。春天的山野应该是我灵魂最初的诞生地。中国人把除夕和春节的交点作为一年中团圆的时刻，实在蕴含大智慧。春天到了，地气重新从土地中生发，花鸟鱼虫蠢蠢欲动，所有生灵都没必要再过躲躲藏藏的日子。春天的欣赏突如其来，欣赏震惊、讶异、灵感、兴奋，也愿意照拂忧郁、懵懂，甚至绝望。春天是抒情的季节，人和人应该在春天团聚，人和自然更应该在春天相会。春天尤其喜爱乡村，喜爱山野。我应该在春天回家，在春天回到大自然里。不幸的是，我错过了春天的乡间采风活动，稍微幸运的是，东师创写公众号在朋友圈全程直播，我陆陆续续看了不少期。采风到第三期，徐老师照常在师门群分享采风日志，我来回切换页面数次，终于点进去，从头看到尾，又数次切换页面，然后发出了一条消息"表情*3羡慕"。前两期我根本没看，这种心理有点像馋嘴小孩不敢看伙伴手里的糖果，但口水抑制不住，还是捂着嘴伸出了手。没过几分钟，徐老师的消息居然来了："腾飞，你如果想来的话，可以过来，现在还能来。"我几乎控制不住自己的手指，想点开小程序订高铁票了，却突然瞥见置顶群聊里改卷群右上角的小红点，于是放下手指，十分抱歉地拒绝了老师。这个拒绝无关我是否是文艺学学生，无关"我"本身，只与琐事和工作有关。这是我自己争取的工作，填报名表的时候我的心情或许和订高铁票时一样激动。我一瞬间陷入迷茫，爬到床上像个甲虫一样躺下了。尽管我大肆宣扬并确定春天的绚烂、乡野的美好，它们于我意义深重，可我已经两三年没有在五月爬上春山，闻一闻野杏花的香气了。上次见到满山的杏花是什么时候呢？我不记得了。翻找了一下朋友圈，是2020年的五月，难得空闲，整个花期都在山上闲逛，算得上"晨起入山饮花露，归来满袖白粉香"。到了2023年，错过五月，我只透过车窗瞥过桃花的背影，杏花早落了。仅从行动判断，我实在无法确定我是否还爱杏花，是否还爱我的乡野，是否还爱自然。

我开始怀疑自己的来处，这是有些冒险的。人生的前二十年，我都绝对相信自己对出生地的爱。我敏锐地发现，自己将掉入诡辩的陷阱，而这种落势是不可控制的。为了证明自己一直以来的信念，我开始回忆，我把一年分成两个部分，严格地规划出工作时间和休养时间，工作时间务必苦大仇深，痛苦成为必然；工作的空隙则用来思念休养的时光，思念自然，思念家乡，成为另一种形式的工作；休养时间则要留给乡野，留给自然，必须全心全意地放松、放空，高兴是这部分时间的唯一选项。每年两段时长完整的寒暑假就是补充能量的时间，是支持我继续与自然之外的俗世对抗的补给站。这确实是我固存的想法，泾渭分明的两块割据我的时间，形成一个完美的闭环，足够把一生填满。但事实上，这种假设不但愚蠢笨拙，而且无法实现。人生不是矩形也不是圆形，无法切分，不够潇洒，也不断然。我也会在工作间隙即兴邀请一位朋友去伊通河边散步，看长在河畔的杏花。尽管不是我故乡山林中的那一树，但依然散发苦涩的香，依然会在风起时落满我的头发。伊通河会汇入某一条河流，或者通向某片海，海陆循环后，不知道哪一滴从伊通河蒸发的雨水就成为落在我家小溪里的那一滴。土地从来没有给自己划定过边界，我的思想、我的意识也不应该划定在某个时空。此时我在伊通河边骑自行车，眼前是夹道成行的春杏，可我也看到了故乡山坡上撒雪吹霜的杏花海。

徐老师说过一句话："我对乡土生活是有迷恋的。"这本是一句自述，却近乎精准地点出了我对乡土的情感。老师同学们采风结束，回到学校没多久，我和师弟妹小聚，我没去成采风，本来十分嫉妒，虽然想开了，但还是对采风好奇。他们讲到老师月下拉二胡，如痴如醉。我难以抑制地在脑子里重组这个画面，竟然感动，又忽然想到故乡，想到七夕前后，和妹妹躺在院子里看银河。星河贯穿天空，把夹住村子的两侧山温柔地勾连起来。下乡采风，老师和同学们能亲身在春日走进田野山林，身临其境地启发灵感，这实在令人羡慕。而我能在城市里远距离观赏这次快乐的活动，勾起我关于乡土的记忆，让我乘兴跑到伊通河大骑一场自行车，那么我也算去采风了。

老师有"三意"理论：留意、会意、创意。有不少同学做过阐释，多在"留""会""创"三字上下功夫。而我想谈谈"意"，也用"意"给前面杂乱无章的文字做一个总结。"意"的意涵实在太多了，古往今来有无数思想家对它作出了深刻阐释，我才疏学浅，无法精确定义，暂且把它形容为一种流动的神思。因为是一种神思，所以它随处生发，甚至难以控制。因为流动，"意"能在"留""会""创"三者间循环贯通。王安石讲"人生失意无南北"，失意自然是一种意，可是何止失意无南北？得意、满意、幸福、喜悦、痛苦、忧虑、孤独，甚或是留意、会意、创意皆无南北。空间可以捕捉形体，却无法困住神思。人生何意皆无南北。

春访魏家沟（外八首）

佘 飞

出 发

四月，经冬的雪才刚刚融化
春之女神便悄然来到
关东这片广袤的大地
出发吧，
此刻就是最好的日子
走出校园，
走向关东的田野
走近东北大地的乡村
车窗外，宽广而辽远的松嫩平原
在大地上延伸
远处，连绵起伏的山峦与平原相接
休耕的土地
裸露着秸秆的痕迹
等待着春耕
我们怀揣着对土地的敬畏与好奇
出发了

2024年12月31日，重庆

苏醒的关东

气温悄悄回升
沉寂了一冬的关东正在苏醒
雪已经偷偷地融入土地
去年南迁的鸟儿飞回来了
冬眠的生灵也伸了伸懒腰
一排排白杨树发芽了
一棵棵柳树也发芽了
鹅黄色的嫩芽可招人爱了
桃花、杏花开了,粉粉红红的
李花、梨花开了,雪白雪白的
小草也从土里探出了脑袋
凑凑热闹,看看斑斓的新天地
仿佛一切都在大声宣告:
春天来了,春天来了
消息迅速从松嫩平原传到了大兴安岭
从辽河传到了松花江和黑龙江
这片广袤而丰饶的土地正在苏醒

2024年4月21日下午,去丰满屯村的大巴上
2024年12月31日修改,重庆

春访魏家沟

我相信,中国有很多魏家沟
这个地名。就像同名同姓的人
很多很多。但我要说的是
吉林省旺起镇丰满屯的魏家沟
它坐落在松花湖畔
是一条极其平凡的山沟

就像东北大地上
千千万万的山沟一样
若不是来到这里
没有人会知道这个地方
我们不知道的太多了
我们不在乎的也太多了
但这些都不影响它的存在
它在那里，一直都在那里
在这里，也在所谓的远方
春天没有遗忘

    2024年4月22日凌晨，丰满屯村魏家沟

必须要有一个名字

名字是人的一大发明
是伟大的人，让——
每一座山有了名字
每一条河有了名字
每一个湖有了名字
每一片海有了名字
每一条山沟也有了名字
每一棵树有了名字
每一朵花有了名字
每一种草有了名字
每一个果子有了名字
每一只虫有了名字
每一只鸟有了名字
每一条鱼有了名字
每一种飞禽走兽都有了名字
就连地上的石头、道路也有了名字

就连天上的星星也有了名字
在人类的世界，一切的一切
有了名字，就有了生命
有了名字，就有了身份证
有了名字，就有了灵魂
有了名字，就有了入场券
名字就是诞生
就是开始的第一步
名字就是世界
就是全部……
必须要有一个名字！

2024年4月22日凌晨，丰满屯村魏家沟

魏家沟的夜晚

月亮在天空漫步
溪水在沟谷欢唱
魏家沟的夜是寂静的
偶尔一辆车路过
白天在路上撞见的
邻家的狗
便会汪汪汪地叫几声
打破这寂静的山村之夜
夜晚的天空很高、很黑
漫天的星星很亮
仿佛数不清的牛羊
在夜空牧放
那横亘的宽广的银河
正泛起粼粼波光

2024年4月22日凌晨，丰满屯村魏家沟
2024年12月31日修改，重庆

唤　春

东山把太阳托举
黑夜消遁

我们起床
寻觅春天的踪迹

冰雪融化了
溪水哗啦啦地流淌起来了

小草也伸出了手臂
要从地里奋力地爬出来

枝头冒出了嫩芽,有的还点上了口红
春之盛会必须盛装出席

我们欢笑,我们行走
我们用脚步丈量,我们用眼睛见证

在这个早晨
我们呼唤春天的来临

2024年4月22日早8:16,丰满屯村魏家沟

休耕地

稻茬
在地里
站立了
一冬

它在等待
一把火
在春天到来之前
燃烧，然后
追随
雪的融化
发芽
      2024年4月22日早9：55，丰满屯村魏家沟

春到魏家沟

拖拉机嗒嗒嗒地开动了
土地掀起了巨浪

溪流哗啦啦地唱起来了
欢快地奔向大海

鸟儿叽叽喳喳地高歌了
呼朋引伴庆祝春天的到来

一棵树，又一棵树
换上了新装

一个山头，又一个山头
都苏醒了过来
     2024年4月22日早10：06，丰满屯村魏家沟

采风日志

我们来自天南地北

在魏家沟相聚

我们在朝阳下登山访春

我们在微雨中溯溪探源

我们走到春天的山野和田野

我们挖野菜、包饺子、炖铁锅鱼

我们下稻田、捡玉米、看春耕

我们听农民讲述

我们走近他们

向他们请教、学习

请他们给我们讲课

讲农事生活

讲山川草木物候

讲魏家沟的历史

讲村里的民生民情和民俗

我们玩老游戏

我们研墨写字、展纸作画

我们朗诵《春夜喜雨》《春之怀古》

老师说，要沉潜、体知、实践

于是，我们观风光风物

更观风俗风雅和风趣

我们写采风日志

我们悟物理事理

也悟情理文理和道理

我们激情万丈

我们精力旺盛

我们欢歌笑语

我们热烈讨论

我们像这春天的山野

充满朝气和活力

2024年12月31日，重庆

魏家沟组诗

梁 炎

山

太阳将要落下
烟,要漫过群山
灰烬孕育下一茬生命
播种时
群山沉睡
梦见五颜六色的春天
在远望如坟包的山头
大娘说,山脚下
埋着她的老伴
已去世十年

河

河流啊,让我赤脚走向你
走向你冰凉的身躯
带着满身灰尘
带着一脸疲惫
看不见岸上
一串白色的脚印

河流啊,太阳将要落下
一头金发的老者哟
哼着童谣
描摹着石头的轮廓

带着坚不可摧的意志
画下复杂的纹路
直到盲人也能分辨出
你的颜色
直到受伤的眼睛
也能分娩出一个春天

湖

被算命者检查
手掌的纹路,说
你能活得很长
将信将疑地望向旁边

老人倒在
一大片秸秆上
熟睡
旁边有湖

已慢慢干了
像几十年存下的眼泪
滑过一张千沟万壑的脸
却到不了尽头

神龛

破旧的神龛
被扔在田间
野草也绕过它
只剩下一副躯壳

还低语着曾经的灵光

你摊开的双手,如此虔诚
却没有一根香,可供奉
谁能相信?相信
你也承认有前世今生
也许还有神明
威严肃立在虚空
剖开你的胸膛
神明宣布
没有一碗粉
在你的心中

夕 夕

群山正在下雨
像咀嚼一块
很多年前的牛皮糖

夕夕与湖水相认
随即认清了彼此
在对方褶皱的纹路里
长出彼此的身体
它噙住一块石头
石头空空的
空得没有一粒尘埃

夕夕,从始至终
没有叫过一声
沉默建筑着它

也建筑着我们自己

它走了,四月在它的嘴巴
张起又合拢

李子花开

院子里
李子花越开越艳
雪落在上面
发芽开花
只为一个短暂的春天

我该用怎样的口吻告诉你
告诉你，我们即将离去
愿你忘却所有哼过的民谣
或者见过的汁墨
忘却欢声笑语
忘却给你抚慰的手
别问，再见是什么意思

大巴车上
飞机在天空流浪
越来越远
车窗上多了一个泥点
飞向远方
远方被曾经照亮

远方来客（外一首）

杜艾伦

远方来客

乘一条船
在晌午的时候
经过湖水的纵深
是晴朗的天气
似有阳光的灼热

桦树林在风中作响
我分辨不出
那些低飞的鸟类
至今，仍旧迷茫

微波轻漾，散出细碎的金子
湖水灌溉了干涸和贫穷
十年或几十年
泥泞变得稳固
曲折变得齐直
慌乱变得规整
那些意气风发
是否已然落寞

初至这里，月明如昼
在夜色里奔跑
反复练习着勇敢
思绪会与

耳闻过的传说,接轨

山庄的夜
是一盏盏高过平房的光
离去,再难遇见这般月色
白昼从不落入银河

门前那路,长了又长
有人从这里走出去
如麦穗拨开了希望
那锋利的麦芒
也曾把参天幻想

归城的汽车一路追阳
匆忙的肉体不得停歇
所谓今日
远行千万里
人海里交错

是谁在路口频频回首
不舍
却又选择了远方

多日走走停停
不过是一个圈
相遇了会别离
久别的会重逢

造梦女孩

舞动手中的魔杖
挥出透明的泡泡
如气球,似弹珠
飞向湖面
裹进淡蓝色的梦

风儿将它们托起
在那朦朦胧胧中
慢慢靠近,聚拢
将镜头对准
它或她,是最耀眼的存在

无奈,落向地面
撒入湖中
她同泡泡一起,失去了魔法
落寞,寒怆
在衣冠楚楚的人潮中
成了最不起眼的存在

掷地无声又何妨
看那渐渐透明的身体
微笑告别

下次天明
那圆日
红透东方时
她又可以挥舞着魔杖
做回个造梦女孩

养蜂人

刘 雨

养蜂人在园里种菜
一排蜂箱摆在窗下
黑黢黢的蜂箱旁没有飞舞的蜜蜂
为什么不把蜜蜂放出来采蜜
他说春天还没到来

他抱怨花期来得太晚
抱怨农药杀死他的蜜蜂
抱怨蜜蜂不像过去那样勤劳
每天蔫头巴脑出工不出力

他喜欢听那首牧羊人的歌
唱的是那个悄然搬走蜂箱的女人
那个让牧羊人思念和绝望的女人
他最理解养蜂女的不辞而别
因为蜜蜂要采蜜
养蜂人要去追逐花期
向花而行是唯一的选择

他说要留住养蜂女不难
只要让草原长出四季不败的花朵
牧羊女就会和他相依相守
可是哪有那样的花种呢
即使找到那样的花种
还需要在四季中删除秋天和冬天
说到这些

养蜂人面露难色
眼里一片茫然

采风实践基地会师有感

王增宝

其 一

抛却春城径向东,风光渐与梦中同。
梨花一树心慵懒,万事凭他牛马风。

其 二

作伴寻春信乐哉,采风忽遇舞雩台。
从来骚雅吾侪事,无限江山助笔才。

题瑞德园

于文思

听风入耳语,松涛自在心。
清流映明景,路远更觅春。

第五辑

研 讨

主持人语：探掘普通人的写作潜能

徐 强

2024年4月下旬，正值东北地区春回大地之际，东北师范大学文学院创意写作研究中心组织了为期一星期、主题为"触摸苏醒的关东"的丰满屯采风营。采风地在长白山余脉的吉林市丰满区丰满屯村魏家沟，此地山环水绕，风景幽美，大地苏醒，农事始动。在这样的环境中，采风营以"沉潜、体知、实践"为宗旨，深入乡村，深入"三农"，观风光、风物、风俗、风雅、风趣，采民居、民情、民艺、民事、民生，悟物理、事理、情理、文理、道理。盘点采风营的收获，可以说预设、遇合兼而有之。预设即计划项目，包括山川风情物候、村社历史人物、民俗民生民情，固然充盈丰满，既见之于营员采风日志，也体现于以采风为题材的创作；遇合则是意料之外的收获，其中最得师生重视的是因缘际会认识了丰满铁路疗养院退休护师赵瑞华女士，她向采风营奉献出了自己的长篇回忆录《路在脚下》。

赵瑞华女士和她的丈夫王德平先生并不是本村人，他们的祖籍地在离此不远的金珠，但由于赵女士的工作单位离魏家沟近，所以他们在魏家沟买下一处旧宅，建设"瑞德园"作为"别业"，卜居在此已近三十年。夫妇今年都年近七十，感情笃洽，携手度过人生沟沟坎坎。退休后，他们夫妇主要在此居住。王先生好古，喜欢收藏，经过多年经营，加盖房屋、亭台，多植树木，收藏各种老物件、工艺品。王先生有艺术创意，善于因陋就简、废物利用，瑞德园俨然一个小型博物馆。加之夫妇俩健谈、诚挚、重情，吸引采风营两次造访并邀请到营地访谈，讲述人生经历、建园过程，内容丰富，富有感染力，师生同感钦佩，受益良多。

赵瑞华女士的家庭是一部传奇历史。赵家属满族镶蓝旗，赵瑞华的父亲做过溥仪宫内侍卫，后来入国民党军队当兵，在塔山阻击战中被解放军俘虏，后因历史问题久经磨难，家人穷、厄、病、死，各种打击接踵不断。她十岁母亲病逝后，在异父姐姐手里长大成人，家庭关系复杂,童年少年的整个成长过程中可以说无灾不历。从入学起,赵女士的聪颖智慧就表现出来,但小学和中学时期都屡次面临辍学危机,1974年中学教育未完成就回到南兰屯插队落户,后因能力出众,先后担任广播员、通讯员。1977年恢复高考,赵女士报名参加,成绩高出本科线五十多分,却阴差阳错上了哈尔滨铁路卫校,毕业后在铁路医院做护士。1981年她和王先生结婚,次年儿子出生,开始了后半生和和顺顺的家庭生活。赵女士记忆力好、语言能力强,因为有过当通讯员的经历,文字功底甚厚。退休后,她用几年时间,将波澜起伏的家族经历写成了近三十万字的自传《路在脚下》。采风营师生捧读打印稿,深感其书故事曲折、主题励志、形象感人、叙事清晰、语言生动,堪称近一个世纪以来东北历史在一个家庭中的缩影,富有审美价值、史料价值、民俗价值和语料价值。

"发掘普通人身上的写作潜能"是创意写作的重要使命之一。不期而遇的《路在脚下》提供了一个"素人写作"的典型个案。征得作者同意后,我们在采风营结束回校后,安排全员精读,召开了专题研讨会,从创意写作珍视和鼓励"平民写作""非作家书写"角度做深入研究,也为书稿的进一步完善提出修改建议。①这里收录的二十余篇评论大多是相关会议发言,还有几篇是未克参加采风营的硕博士生读罢《路在脚下》后有感而发的。这些评论作为采风营的后续成果,呈现给读者,也倾听同仁批评。

有一点需要说明:《路在脚下》虽然尚未公开出版,但全书已在互联网创作社区"简书"上连载,有需要对照阅读的,可以在"简书"搜索赵瑞华女士的相关信息。

---

①2024年5月27日,在采风营结束整整一个月后,东创中心组织采风营的全体营员,依托笔者任教的"叙事学"课程,召开了《路在脚下》研讨会。全体成员宣读了精心结撰的评论文章,从历史题材、人物命运、情感世界、叙事技术、出版问题等多个角度展开了探讨。研讨会情况反馈到瑞德园,作者夫妇表达了真诚感谢和对采风营的高度评价。

作品体裁、写作引导与史料价值
——关于《路在脚下》的思考

刘竺岩

《路在脚下》是有趣的作品，更是值得探讨的作品。它的有趣，集中于审美层面，包括故事、语言、民俗，乃至从个人经历与时代背景中延展出的深思。在品读作品以后，更引起我探讨兴趣的则是作品的体裁归属、它与创意写作的关系，以及作品的史料价值。

《路在脚下》究竟是回忆录还是自传？作者赵瑞华的爱人王德平在引言中认为，这本书是"一个普通得不能再普通的老百姓"写的自传。赵瑞华也在作品中表示，她用自传编年的形式将生活记录下来。但要注意的是，《路在脚下》的作者并非专业作家，她对体裁的认识是自发的，而非自觉的。换言之，这部作品之所以呈现出目前读者所见的形态，是在创作中自然生成的，而非预设了某种名为"回忆录"或"自传"的体裁。如果从《路在脚下》的形成来看，作品虽有手写底稿，但它的传播主要是在"简书"平台上完成的，直到连载结束，方才结集成册。正因为需要在网上连载，整部作品就成了由一个个小故事组成的整体，几乎每一节都包含一个独立的故事。如果考虑到这些因素，就要借鉴关于回忆录和自传的理论，来明确作品的体裁属性。这不仅是就《路在脚下》一部作品而言的，当前诸多在互联网上传播的、带有个人回忆意味的作品，都存在类似问题。之所以如此，既有传播方式的制约，也和作者的创作意图及读者的阅读期待相关。

菲利普·勒热讷曾对自传作出经典描述，即自传"不能只是由讲得很好的往事构成的一种愉快的叙事：它首先应试图表达一种生活的深刻的统一性，它应表达一种意义"。[①] 而回忆录通常基于作者的个人视角，"话语的对象则大大超出了个人的范围，它是个人所隶属的社会和

---

① [法]菲利普·勒热讷：《自传契约》，杨国政译，北京：生活·读书·新知三联书店，2001年版，第10–11页。

历史团体的历史"。①如果用勒热讷的方式进入《路在脚下》，那么它确实应被视为回忆录，因为作者关于时代与个人关系的思考、关于历史的理解，都溢出了个人的范围，从小切口窥见大时代。如果从作品的结构来看，朱迪思·巴林顿关于回忆录的界说也颇具参考价值。她认为回忆录不是对全部生活的复述，而是"选择能将整部作品紧密联系起来的一个或多个主题"。②《路在脚下》显然没有囊括赵瑞华的全部生活，而是由若干小故事构成了作者所言的三大主题，即"童年记忆""少年烦恼"和"青年励志"。如果排除作者的感情，单从读者或批评者的角度来看，又可归纳出一个主题，就是生活与时代交互影响下的个人命运浮沉。

至此，我们可以确认，《路在脚下》是一部回忆录作品。它的审美价值当然也可以从这种文体归属中得到反证。正是因为作者没有不加节制地、面面俱到地书写整体的生活，而是撷取生活中的诸多侧面，那些堪称精彩的故事、生动的语言、鲜活的形象才有了施展的空间。不仅《路在脚下》如此，在互联网平台上被冠以"自传"之名的许多相似作品其实也是回忆录。这似乎为我们解释这类作品何以受到读者关注提供了一种思路：在碎片化阅读时代，人们习惯读短小精悍的篇章，但对整体性意义的追求尚未丧失，所以那些出入于历史和个人之间的连载回忆录才可以引起读者的阅读兴趣。它们在用网络时代的传播方式，将碎片缀连起来，最终建构了宏大的文化记忆，引起了读者的共情。

初读《路在脚下》时，我对它的定位是"素人写作"。形成这种感觉的原因很简单：赵瑞华不是专业作家，她此前也没有受过专业的文学创作训练，因而可以被称为"素人"。但随着对相关现象的思考，我意识到，《路在脚下》这类作品不能完全用"素人写作"来涵盖，它们的背后是一种横跨20世纪90年代直至当下的写作现象。"素人写作"是一个新概念，立足于互联网时代。霍艳在《"素人写作"的跨媒介传播与

---

①[法]菲利普·勒热讷：《自传契约》，杨国政译，北京：生活·读书·新知三联书店，2001年版，第4页。
②[美]朱迪思·巴林顿：《回忆录写作》，杨书泳译，北京：中国人民大学出版社，2014年版，第6页。

内核变异》中概括了"素人写作"崛起的三大背景：第一是"非虚构平台的内容生产"，这体现了新媒体的作用；第二是"出版商的挖掘"，这展现着当下出版市场的新动态；第三则是"视频网站的推动"。①《路在脚下》虽然曾在"简书"平台连载，但如果从体裁本身的角度来看，又与20世纪90年代以来的普通人回忆录写作潮流相关，和目前谈论的"素人写作"并不能完全对应。

市场经济起步以后，自费出版成为一种受到关注的出版现象。自费出版让作者可以自主决定作品的内容、印数，不必再像之前那样考虑诸多外部因素。这实际上放开了作品的题材限制，也让普通人有了出版作品的更大可能性。所以普通人的回忆录开始以这种方式大量出版。这些作品一般印数较少，很少进入书店，其读者群体基本上是作者的亲朋好友。此类作品究竟出版了多少，很难统计，但却有一个有趣的证据：在2001年的电视剧《东北一家人》中，就有一集讲了退休工人牛永贵醉心于出版他的回忆录。这至少说明，早在21世纪初，普通人自费出版回忆录就已经成为备受关注的现象。从这个意义上看，《路在脚下》的来路就不仅仅是当前的"素人写作"，它还承续自近30年来的普通人回忆录写作传统。当然，《路在脚下》也具备"素人写作"的一些特征，诸如在网络平台传播的自觉意识即属此类。那么，我们似乎可以将这部作品看作"素人写作"与普通人回忆录写作传统的交融，同时期的其他相似作品也是如此。

既然《路在脚下》的背后存在如此显著且持久的写作现象，那么在创意写作日益兴盛的时代语境下，就应该探讨这类作品与创意写作的关系。我曾收集过许多普通人写的回忆录，坦率地说，这些作品大多情感充沛，但在审美层面往往乏善可陈，多有文笔散漫、信马由缰之弊。像《路在脚下》一样文笔优美、体例一致者实在不多。所以，出现《路在脚下》这样成功的作品是偶然的。换言之，是因为赵瑞华具有相当的写作能力，才使这部作品引人入胜，这并不能说明普通人的回忆录整体上取得了多高的成就。即便聚焦于《路在脚下》本身，它也需要一定的

---

① 霍艳：《"素人写作"的跨媒介传播与内核变异》，《扬子江文学评论》2024年第5期。

专业指导，才能在文学审美层面更进一步。创意写作学科目前已经注意到了这一点。谭旭东在《"中文创意写作"学科确立与高校中文教育变革》中划分了四个创意写作教育教学层级，分别是面向社区、面向中文本专科、面向硕士、面向博士的创意写作教育教学，用以促进"大众、学校、社会、国家四方紧密联结"。①面向社区的创意写作就包括针对老人开设的"家族史写作"或"个人回忆录写作"课程。这说明，个人回忆录的写作需要受到引导，创意写作要实现的目标至少是为作者树立起关于回忆录体裁的自觉，才能真正让回忆录成为汇聚普通人记忆与思想的载体，并产生审美价值，而不是让作者在巧合中与某种体裁相遇。这是创意写作在社区教学层面需要努力的方向之一，其前景值得期待。

  以《路在脚下》为代表的普通人回忆录也极具史料价值。这部作品的价值不仅在于文学，它在审美层面固然值得借鉴，但更重要的是，这样的回忆录的价值超越了文学。因为《路在脚下》保存并展示了微观的史料，实现了以个体观照历史的目的，弥补了宏大叙事的缺漏，用名不见经传的人物和村庄还原了历史的细节。我们在阅读文献时常常发现，一些关于地方文化的研究成果很"隔"。原因其实非常简单：作者是外地人或旁观者，引述的史料大多来自方志、正史，所以在本质上是一种知识分子写作。他们对民俗、劳动生产等并不十分了解，故而体现在文本中，就会出现失真的情况。而像《路在脚下》这样的作品，采用的是第一手史料，虽然也可能存在记忆方面的缺失，但却基本上呈现了作者的真实经历，是可以采信的。

---

①谭旭东：《"中文创意写作"学科确立与高校中文教育变革》，《写作》2024年第2期。

普通人写作：展示生活的复杂经验
——《路在脚下》读札

马　鹏

提到普通人写作，有必要作一个概括：所谓普通人写作其实是相对于专业写作而言的，这些作者没有接受过专业的写作训练，不是专门从事写作的人员。项静曾指出："普通读者转变成为写作者，供稿者来自社会的各个阶层和各行各业，例如警务人员、教师、医生、工程师、公司职员、农民工、保安、矿工、保姆、卡车司机、大学生等，作为真实事件的亲历者或见证者、独特生活方式的践行者，他们用笔记录下真切的个人生活和见闻，让读者通过他们的身边事和个人视角的汇聚，看到世间万象和平民的史诗，展示了非虚构写作广阔的社会空间和人民性。"① 这样看来，现在写作者扩大到各个领域，只要亲历生活中曲折或平缓的那些真实事件，体验到情绪中的喜怒哀乐，都可以生发出文学作品来。每个人对于生活故事的体验不同，发掘出的意义便不一样，那是带有个体生命的印记，值得去书写和记录。

现在的"素人写作"很出圈，我想这个概念跟普通人写作相似，都是"用丰富的生活经验和真实的生活细节，呈现出生命的粗粝质感和人与社会的种种关联。这种创作具有鲜明的时代特色，展现出当下中国人生活方式、人际关系、价值观念的诸种变化和更为复杂的中国经验"②。比如胡安焉在北京送快递时就写了《我在北京送快递》一书，记录了一个平凡人在生活中的辛劳、私心、温情、正气。王计兵送外卖，也写了一本诗集《赶时间的人：一个外卖员的诗》，他奔跑的行程累计15万公里，相当于沿着长城跑15个来回。在城市穿梭的日子里，他看到更多跟他一样为生存奔波的人，有辛酸也有快乐，由此写下一首首诗歌。

同样，赵瑞华《路在脚下》这本书也是普通人写作的典范。赵瑞华学护士出身，一辈子在疗养院工作，正是这段学医、在疗养院工作的经

---

①项静：《素人写作：特别的时代文体》，《文艺报》2024年5月15日，第3版。
②霍艳：《"素人写作"不等于"底层写作"》，《文汇报》2024年4月3日，第9版。

历和传奇的家族生活，让她创作出了30万字的自传《路在脚下》。她虽没学过什么写作技巧，但叙述却很吸引我，一个故事接着一个故事，一点点将自己的人生经历铺开来。赵瑞华自己的生活本来就是一个故事，就像她丈夫所言："一个普通得不能再普通的老百姓要写的自传。"在作品中，一下子就看到了她艰难的童年生活。作品一开始就用几个俗语描写了作者出生的社会环境，比如"腊月羊叫嚷嚷，不是缺爹就是少娘"。我读到这里心头一颤，我一直觉得一个家庭最幸福的事情就是父母健在、儿女双全，少了哪一环都是不幸福的。

我从赵瑞华的书中看到了一个人对幸福生活的渴望。从书中可以看到，作者的母亲从小就没有母亲，13岁给人当童养媳，受了很多苦，15岁生下的第一个儿子被大伯嫂拿走了。此后她母亲又生了三个孩子，但刚怀上第三个孩子七个月丈夫就去世了。她的母亲孤苦伶仃、无依无靠，还要养三个儿女，就改嫁给一个供销社营业员，也就是作者的父亲。作者的母亲本以为这样就会过上好生活，没想到父亲因600多元货款对不上账被停职了，这在当时是一个很严重的事件，如果因为历史问题再加上贪污的罪证，恐怕这辈子都抬不起头。虽然后来查明了真相，作者的父亲并未贪污，但他依然辞掉了在供销社当营业员的优越工作，回到南兰屯老家，开始了面朝黄土背朝天的农耕生活。回到南兰屯后，母亲生了个儿子，一岁多就去世了，后面还经历了很多艰难的事情。

赵瑞华作为一个普通写作者讲述自己亲历的故事，带给我的是一种真实感、震撼感和细节的细腻感。她以个人独有的经验和感受打开了历史最隐秘的角落，宛如一首歌娓娓道来，悲喜交加。这是她与生命、生活肉搏之后的经验，带给我无限的冲击。在故事里，我看见了作者及其周边的具体的生命，以及时常被忽视的普通人的生活，这些生命与生活，构成了时代和历史。正如项静所言："底层丰富的经验和生活细节仍然具备穿越重重中介和洁净机制的能力，传达出与精英叙事不一样的感受、形象、场景，将一些并未被中介化的丰富意义带进新的领域，进而塑造、拓展中产主流社会对底层的认识。"[1]

---

[1] 项静：《自述与众声：非虚构文学中的素人写作——以范雨素和陈年喜为例》，《学术月刊》2023年第5期。

谈《路在脚下》中的"我"

卢　鑫

《路在脚下》是赵瑞华女士讲述她从童年到青年半生经历的自传，应属于非虚构文学的范畴。不过，更加吸引我的是现在的赵瑞华与幼时的赵瑞华的分离。前者属于叙述者，后者则属于叙述中的人物。二者在叙述空间中相互交流，在讲述"我"与父亲的关系中，传达出叙述者"我"对父亲带来的创伤的释怀。

赵瑞华将她对父亲的感受总结为"童年的害怕""少年的憎恨""青年的不屑""成年的理解"与"晚年的怜惜"，既表现出在她成长过程中自身逐渐强大的经历，也揭示了父亲在她生命中的逐渐退场。其实，在赵瑞华刚出生的时候，作为长女，父亲按族规中男性"景"字辈给女儿起名"景仙"，在注重规矩的满族家庭中，可以看出父亲对她的重视和喜爱。在讲述这一段经历时，叙述者"我"依据父亲并未将大哥大姐改姓的行为，评价他"明智"，已让叙述者"我"与作为人物的"我"分离。处于写作中的叙述者"我"回望过去，肯定了出生时父亲对自己的宠爱。

那么，童年的害怕来自何处？弟弟景跃的离世给幼时的"我"带来了心理阴影，从而形成"我"的心理创伤。景跃自出生之后就哭闹不休，被生病的父亲放在太阳下而逐渐死亡。父亲因个人情绪直接导致弟弟的死亡，而弟弟离世的面孔时常显现在"我"面前，这件事成为"我"畏惧父亲，且这份畏惧还在不断加深的原因之一。这一判断的确立，是叙述者"我"在回忆过去时，比照当时的"我"内心的变化得到确认的。回忆的选择性和叙述者"我"的情感取向，共同趋于这一信息的获得，进而有意识地忽略掉父亲对"我"的态度并未有大变化的事实，以及在这一事实下"我"的恐惧应该并未如此之深（在"嘎啦哈"一节中，此时父亲对"我"应该是宠溺与严厉交织的）。而"我"与父亲之间的情感距离，并不只有"我"一方对他的恐惧，也有他对"我"的戒备：在叙述者看来，"下神"的徐老太说"我""眼毒命硬"，父亲自然开始对"我"看不顺眼，这一判断也是叙述者"我"在回忆中发现的。二人的隔阂在此时已经产生。不过渐行渐远的过程应发生在母亲去世之后。母亲意外离世后，大姐虽担当母亲角色照顾家里，但父亲突然丧失生活动力，成为"游手好闲的陌生人"，只知耍牌，不时打骂姐姐和"我"。尽管姐姐努力调和"我"与父亲的关系，但二人的关系却越发疏离，虽有着少许温情时刻，譬如给大家讲故事、凿冰窟窿捕鱼等，但在当时的"我"看来，父亲的坏心情占据了生活中的大部分。不过叙述者"我"评价："他这人骨子里的传统和现实中的差别在不同时期、不同环境、不同心情下不断地相互转换。一会儿鬼战胜了人，一会儿人战胜了鬼。"这样的言说是跳出当时场景的客观论述，屏蔽了作为人物的"我"在情感与价值上的偏向，反而证明了作者在书写这段文字时的放下。随后，当哥哥、姐姐分别结婚，家里只剩父亲、我、小妹时，父亲的心态变得阴晴不定起来，接连多次让"我"辍学。在大姐、老师的帮助下，父亲退了一步，这也起到了缓和"我"与父亲关系的作用。

　　到目前为止，叙述者虽然对父亲的种种行为表示不满，但同时也充分展现了少有的温情时刻。在这种记录中，"我"对父亲的孺慕之情仍是无法遏制的。然而，在"我"打算参军以及上大学的事情中，都有父亲的阻挠，"少年的憎恨"应该与此相关，这种憎恨逐渐消磨了"我"对父亲回应的盼望。

　　但是叙述者"我"对这段往事的评述，则将其归结为以逆境锻炼个人意志。可以说，在回忆中，"我"与父亲的关系因为他的行动时好时坏。但在叙述者"我"评价父亲时，占据主要位置的是"我"的成长。从这一角度出发，"我"并未规避父亲对过去的"我"的创伤，而是在坦然承认的基础之上，将其作为"我"成长的推动力。结合《缅怀老父亲》一文，"我"几乎将父亲的一生容纳进去，也因此得以理解他何以对女儿以及读书有如此固执的偏见，所以对他作出的评价是"可怜、可悲、可叹、可恨、又可谅的一生"。作为需要谅解他的对象，叙述者"我"在这里如此评判他，实则已包含内心放下芥蒂、原谅他所造成的伤害之意。可以说，在叙述者"我"与故事中"我"的距离中，其实可以发现对于过往之事，当下的"我"在写作时逐渐释然了。换言之，这次写作的经历，既是"我"对以往生活的回忆，也践行了写作中的自我疗救和创伤的愈合。

《路在脚下》中的身体书写

赵智堃

  《路在脚下》是赵瑞华的自传，记述了一个东北家庭近半个世纪的波澜起伏。这部作品是作者赵瑞华的产物，也是作者所在时代的产物，更是作者精神与时代精神融会贯通的产物。文学是"人学"，既是"人"创造的，也是创造"人"的，前者指作者，后者指作品中的人物。因此，自传中的人物也是时代精神的体现。在作品塑造的一系列人物形象中，既有记录的现实性，也有文学的超越性。自传写作是一种经验性的写作，其中记录了作者所听、所观、所感，但它同时又是一种"身体写作"，也就是通过对身体的书写来完成的。《路在脚下》中的身体书写很成功，身体以行动、疾病、回忆等形态出现，将作者个体与时代串联起来。

  《路在脚下》中的路，是赵瑞华前半生的来路，是一步步走出的成长之路。这条路是她的路，但又不完全属于她。一路走来有康庄大道，有羊肠小道，也有高速公路，路上散落有行人的脚印，也布满历史的车辙。这条路被时代和潮流所决定。路途中的经历都是赵瑞华用身体书写的原动力。

  身体书写离不开"身体/精神"的二分法则。身体是人类感受、欣赏、认识世界的媒介，精神则是人类的内在驱动，作家在文本中创造的身体与精神，既是对现实世界做出的文本反映，同时也是调节和控制叙事、实现叙事效果的一种重要手段。[1]《路在脚下》中蕴含着身体与精神的纠缠，作品涉及丰富的身体经验和时代精神，如"大杂院""嘎哈拉""病包子""办族谱""'天'塌了""军民联欢"等章节，充斥了身体与病痛、身体与族群、身体与精神、身体与时代等关于身体的故事和精神的体验，其核心就是身体与精神在时代背景下的相互演绎。

  作者在孩提时代家境贫困，她和家人都时常与病痛为伴。常年的

---

[1] 邢馨月、李明彦：《论〈伤痕〉中的声音景观》，《文艺争鸣》2019年第7期。

疾病消耗着家中每一个人的身体和精神，或者说是长期的身体打击带来了精神的崩塌。孩子的出生既是新生命的诞生，也是对父母"旧生命"新一轮"压榨"的开始。刚出生时，在父母二人的精心呵护下，作者"因为营养好，长得结实水灵，白白胖胖，人见人爱"，是一个"得宠儿"。但随着生活的困难接踵而来，尤其是随着"讨债鬼"小弟弟的出生，以及"我"变得瘦弱多病，厄运开始作祟，隐藏在父亲心底的怨恨也逐渐显露。"我"的童年在病痛中度过，母亲被绝症夺走生命，父亲的旧病复发，襁褓中的"讨债鬼"小弟弟也因病夭折。在物质匮乏、技术短缺的年代，人们应对疾病最行之有效的办法只有两个：一是依靠身体，运用自身的抵抗力、免疫系统，在求生意志本能的加持下与病魔抗争；二是乞灵于传统方法，也就是用跳大神的方式给病患"扎咕扎咕"，在精神力量和心理暗示中，让身体恢复机能。

与疾病相关的身体书写主要集中在肉体所遭受的苦难和精神所体验的折磨上。疾病是作者记忆的重要构成部分，在第一章和第二章中都涉及甚多。疾病塑造着人物性格、控制着人物情绪、掌握着人物的生死，并解释着故事的因果链条。

对患病身体感知层面的描写，应隶属于"感性学"范畴，而"感性学"就是要求回归身体和感性生活的产物。①《路在脚下》深刻地体现了这一点。在"病包子"一节中，作者写道："虽然在生命里走过了一个又一个春天和冬天，从短记忆到长记忆，那些记忆还是有些苦涩。心里的感受和身体的病魔，一直伴随着我成长。"随着作者年岁的增长，身体上的病好了，但精神上留下了病根；妈妈的病逝使得爸爸旧病复发——"乐观向上、善解人意、胸怀大度、生活细腻的人变成了萎靡不振、散打游魂、游手好闲、事不关己"。但病痛留下的也不完全是心理阴影，还有积极的一面。给作者留下最深印象的，是生病时母亲对她的照顾。在作者做妈妈后，她还时常想起当年母亲对自己的照顾，并将这种母爱传递给下一代。就如同"打在儿身，痛在娘心"一般，这恐怕是

---

① 朱永富、李今珏：《身体美学与中国当代文学的"身体写作"——以王晓华的〈身体美学导论〉为中心》，《美与时代》2019年第9期。

"感性"在身体上最直接的体现。病痛不只是感觉与身体的连接,更是丈夫与妻子、母亲与孩子血浓于水、情深不渝的佐证。

综上所述,循着《路在脚下》一路走过,身体书写在这部自传的写作中是十分重要的组成部分。如果离开了对身体的关注,这部作品就会成为无根之萍、无源之水、无本之木。身体构成了《路在脚下》写作的基础,精神通过身体得到表达。身体和精神也真正体现了"我"之为"我",也就是说,作者与作品中的人物得到了统一。作者在身体书写中完成了回忆,也让身体与时间、精神与社会在文本中相遇。作者以身体为媒介,演绎着她与世界与人与物的相互关系,在这里,作者的身体就是"我"的精神、时代的精神和非自然的精神等一切精神的具象化。从身体书写的角度来看,所谓"路在脚下"即是身体在路上、精神在路上,更是"我"在路上。

个人的时代叙事
——《路在脚下》的史料价值

梁　辰

《路在脚下》是一部回忆录。作者赵瑞华女士生于1955年的南兰屯，是土生土长的吉林满族人，见证了东北乡村生活的变迁。赵瑞华生平颇多坎坷，每每砥砺前行，及至年届不惑，不由心生感喟。于是，从1995年开始，她着手将自己的前半生经历记录下来，连缀成了这部30万字的作品。

《路在脚下》既展现了个人视角下的风土民情，也留下了关于恢宏时代的个人注解，具有较高的口述史料价值。其中最显而易见的，便是话语分析材料。作者的语言风格平实自然，用词偏向口语化，东北官话特征鲜明，且不乏满语借词，为东北方言的发展脉络研究提供了重要参考。在民族融合的浪潮之下，满语逐渐衰落，成为几乎无人使用的濒危语种。好在满语的演变历史并不漫长，留存资料也比较丰富，保存语音、语法、文字等结构层面的信息并不困难。但语言不止于结构，语言社群的文化和思维方式往往更具研究价值。《路在脚下》所述的生活理念和习惯、基层社会组织形式、民俗文化等事实，都能够启发人类学中人口迁徙、文化融合等领域的研究。

中国东北地区历史比较复杂，形成了移民文化和集体主义文化相融合的社群。其中，移民文化源于"闯关东"迁徙浪潮。从清代至民国时期，迫于饥荒或战乱，大批河北和山东流民走出山海关，来到东北地区定居。相较于关内，东北地区纬度更高，地广人稀，自然资源丰富，人力资源匮乏。恶劣的自然条件下，彼此合作更容易挺过漫长的冬季，求得生存。于是，人与人的矛盾弱化了，人与自然的矛盾更加凸显，陌生人和外来客不再是竞争者，反而成为值得争取的盟友。遇到陌生来客时，当地居民倾向于预设对方是好人，热情接待，寻求合作的机会。外来移民不再受到宗族关系钳制，长久形成的生活习惯固然难改，却也不至于过度囿于传统观念，加之东北地区的自然与社会条件与关内情形不同，既往经验不能完全适用，所以外来移民融入当地社群的程度比较高，也吸收了不少当地人的生活习惯和交往方式。赵瑞华的故乡南兰屯本是满族镶蓝旗人的聚居地，后来接纳了许多山东移民。这些关内来客租住在当地居民的闲置房屋中，开垦屯外的荒地，定居下来。当地人热情好客，山东人吃苦耐劳、勤俭持家。文化的融合与习俗的碰撞，也成为《路在脚下》所述乡村生活中最为别致的看点。

新中国成立后，集体主义深刻影响了东北农村的社会生活方式。这一时期，农业生产以社、队为中心，家庭则是社会生活的基本单元。与关内相比，东北农村地区生产力较低，传统思想根基较浅，外来移民和当地原住民的宗族观念不强，子女成婚往往分家单过，所以核心家庭较为普遍。因此，东北农村基层组织的建设比较完善，涵盖了初次分配和一定程度的再分配功能，可以说，集体的调节涉及东北人社会生活的方方面面。这些生活中的细节在《路在脚下》中都有具体的展现。

移民文化和集体主义文化之间，还存在一片真空地带，这就是精神关怀领域。在东北地区，萨满文化承担了这项功能。《路在脚下》提到，彼时缺医少药，遇到疑难杂症，免不了请人前来祛除一番，再讨个偏方医治，起到安慰剂的作用。萨满文化历史悠久，渊源复杂，既是历代先民自然观的集中体现，也是先民对抗恶劣自然环境的精神武器。从人类学和民俗学角度出发，萨满文化是考察原生态社群观念和组织形式的重要切口。《路在脚下》记述的萨满文化现象，无疑也能成为此类研究的重要佐证。

《路在脚下》的亮点，在于历史对个人命运的深远影响，这是同类回忆录写作中最让人感慨的部分。常听人说："时代的一粒沙，落到每个人头上，就成了一座山。"个人在历史浪潮之下的抉择，不乏身不由己，也不乏逆流而上。这种浮沉最能体现命运的无情与人性的光辉。有的作品关注国家和民族的宏大叙事，以不朽史诗的姿态歌颂时代与英雄，这些台前的精彩自然是历史；而像《路在脚下》一类的作品关注小人物的彷徨与无奈，这些台面下的艰难同样也是历史。市民和农民视角的口述史价值就在于此：我们看到历史在小人物个体经历中的状态，也看到个体叙事与宏大叙事的冲突与一致，两相观照之下，所见所得，也许更接近历史现场。

当然,人的记忆并不总是可靠的。亲历者的记述固然是一手资料,却无法穷尽历史的所有细节。每项历史事实的考证,都要搜集多个角度、多个来源的史料,交叉印证比对,方能谨慎采信。也许《路在脚下》没法为我们展示时代的全貌,但这部充满诚意的回忆录,无疑让我们多了一个探索过去时代的途径。

人活于世不过百年,与浩瀚历史相比,如梦一般短暂。随着年岁增长,人常常会产生对死亡的恐惧,但我们总是意识不到这份恐惧的真相。我们或留下后代,或著书立说,以期给世界留下一点自己的痕迹。米兰·昆德拉写道:"对不朽来说,人是不平等的。小的不朽是指一个人在认识他的人心中留下了回忆;大的不朽是指一个人在不认识的人的心中留下了回忆。"[1]要得到大的不朽,不一定要成为时代的弄潮儿,像赵瑞华一样写下一些值得记住的文字,也不失为一种可行的方式。

---

[1] [捷克]米兰·昆德拉:《不朽》,王振孙、郑克鲁译,上海:上海译文出版社,2015年版,第56页。

涓涓细流般的家庭史诗
——关于《路在脚下》的阅读印象

洪丽霁

实在地讲,围绕《路在脚下》一书所展开的阅读,是感动与疼痛这两种感受相互交织、融合的过程。作者赵瑞华主要采用忆旧形式将数十年间的人与事娓娓道来,内容丰富、线索明晰、笔触细致、记录翔实。它不仅是一段对个人成长历程的真实记述,而且不失为特定年代里明显具有群体属性的家庭、村落乃至区域、国家历史的缩影与见证。哲学家罗素曾说:"有大型的历史学,也有小型的历史学,两者各有其价值,但它们的价值不同。大型的历史学帮助我们理解世界是怎样发展成现在的样子的,小型的历史学则使我们认识有趣的男人们和女人们,推进我们有关人性的知识。"[1]有学者认为:"宏阔的社会大历史有其存在的价值,而文学更偏爱从个人角度来建构属于个人的历史记忆。"[2]于我而言,读完《路在脚下》,让我印象最为深刻的部分,要数作者早年曾经身处其中并终生都会与之血脉相连的家庭。这个家庭发生过一系列事情,似乎一点也不甘于平淡。

首先,这是一个有故事的家庭。一眼看去,这个家庭有些普通平凡,它的结构和吉林、东北乃至全国的千千万万个家庭非常接近,十余年时间里,主要由父母和子女两代人构成。长期共处的家庭成员有6个,除了这本书的作者(即书中的"我")之外,还有父亲(赵振环)、母亲(侯淑青)、哥哥("小哥"曾昭珍)、姐姐("大姐"赵中元)、妹妹("小妹"赵中宪)。仔细观之,它却绝非寻常之家。在正式结合之前,父亲、母亲都有各自的经历。父亲幼年丧父,一度跟随他的兄嫂过活,曾经有过十一年的行伍生涯,还在当地供销社工作了一段时

---

[1] [英]罗素:《论历史》,何兆武、肖巍、张文杰译,北京:生活·读书·新知三联书店,1991年版,第23页。

[2] 王达敏:《中国当代人道主义文学思潮史》,上海:上海人民出版社,2013年版,第304页。

间。自幼丧母的母亲早早当了童养媳，生养4个孩子之后丈夫却出了意外（"在骑马过河时，被马抖落到河当腰儿淹死了"）。

在长辈们的关心、撮合下，他们两人组建起了新家庭，婚后生下了3个小孩（儿子因病早逝）。由此可知，归于父母亲二人名下的孩子一共该有7个，减去逝去的弟弟后是6个，与家中子女辈为4人的实际情况并不吻合，这令人不禁心生疑惑。事实上，这里确实另有隐情。据作者所说，母亲的第一个孩子（"大哥"）出生后就过继给了亲人，第二个孩子（"二哥"）则留在了曾家（母亲原来的婆家）。所以，在和37岁的父亲结婚之时，34岁的母亲只带来了两个孩子，就是哥哥和姐姐。他们两人再加上后来出生的"我"和妹妹，正好是4个人。

其次，这是一个弥漫着寒意的家庭。广袤无垠的东北大地遍布风霜雨雪，一年时间里，由于这里的冬季更漫长，相对于其他地区的冬天所占的比重要更大。从地理位置上讲，这个六口之家所在的南兰屯确实处于关外，客观存在的气候条件可以说就是所谓"寒意"二字的来源。我们注意到，疾病、灾害、饥饿、死亡等始终如影相随，它们不断追赶、纠缠着这户人家，令它充满了苦难与困厄。在诸多磨难面前，作为主体的人（指这个家庭里的成员），却并未全部表现出足够的毅力和勇气。在很大程度上，这也与"寒意"密切相关。这是我们不该予以忽略和遗忘的主观方面的成因。

这里，主要就书中以父亲为代表的男性形象谈一点个人看法。在子女心目中，父亲无疑是个真实而又立体的人，他的好与不好似乎都显而易见，足以令人感到爱恨交织。《路在脚下》的作者曾经不厌其烦地讲述了多次变故给整个家庭带来的打击、造成的伤害，其中，关于母亲去世的那些文字尤其让人不忍卒读。按常理，当初嫁给有体面工作的父亲后，母亲原本过的窘迫生活是可以有所改观的。事实表明，很多愿望只适合深藏心间，一旦与现实发生接触便可能会趋于碎裂。勤劳、善良、乐观、聪慧的她委屈、隐忍地生活了大半辈子，却极少有机会品尝到幸福与美好的滋味。相对于母亲，父亲是并不高大更谈不上伟岸的人，虽然他有文化、走南闯北、见过世面，擅长表达也乐于与人交往。

贤淑、能干的母亲不仅是家中的顶梁柱，还是父亲精神上的重要支撑。她45岁时走了，这无异于天塌了，父亲于是也就逐渐垮了。性格上的弊端和弱点，早已沾染上的不良习气乃至嗜好，一点点地撕扯、啃噬着他，也让这个家进一步陷入了困顿当中。很多时候，他对家人的关心和爱护都是有保留的，时常以自己的感受和意见来要求晚辈，子女见到他如同见到魔鬼一般，真是可怜又可叹！此外，作为兄长的二哥与小哥，在家庭里几乎是长期噤声和缺位的，并未让家人们感觉到应有的关切、照顾与温暖。当然，现实生活中亲人间的情感往来与深层交流，的确是个复杂问题，并不存在所谓统一的模式、标准和要求。还要看到，父亲和兄长也有实际困难而自顾不暇，他们同样渴望得到来自他人的关心、体恤和理解。因此，本人在此处并没有要苛责他们的意思，只是心里暗自觉得在这个家里如果人与人的关系能更加和睦、友善一些，人世间或许可以多一份暖意而少一分寒凉。

最后，这还是一个绝处逢生的家庭。母亲病逝后，这个家的境况变得愈发艰难，而等到哥哥和姐姐相继成了家后，则可以说完全进入了风雨飘摇的状态。当年，一双年幼的小姐妹还在上学，她们不仅居无定所，还成天见不到父亲，更很少能够得到来自他的关爱。最为糟糕的情况是，家里无米下锅，已经断了口粮。所幸的是，天无绝人之路，饥一顿饱一顿的姐妹俩得到了来自学校里的老师和同学、村落中多位亲戚和乡亲的及时接济与悉心爱护，因此才能够一次次地度过隘口难关。作者作了详细陈述的三次辍学风波在书中也十分引人注目。上学并不是一个简单的执念，而被作者视为她的救命稻草乃至"信仰"之所在。对此，父亲不仅不曾给予女儿支持，还经常与之为难从中作梗，对她横加干涉、指责和刁难，多次有预谋地阻止她去学校，目的是想要将这个女儿留在家里给自己养老。同样是在多个热心人的大力帮助与支持下，意志坚定、目标明确、坚强独立的作者才完成了初中学业。令人深感慰藉的是，已成为返乡知青的她经过不懈努力而被哈尔滨铁路卫校录取，与生养她的这块土地及这个特别的家庭正式道别，终于走上了自己多年来一直憧憬和向往的那条人生路……

在临近结尾的部分，作者写下了这样一段话："……那往昔的回忆如涓涓细流，潺潺流淌，一发不可收，那些生活里发生的点点滴滴，构成了图像、画面、情感，变成了文字、道白、心声，组成了时间、空间、泪水，这些跃然纸上的记忆，是我亲历的真实写照，是我真切的想法和感受。"在这本书里，借助平实的文字而得以现身与铸就的个体回忆，的的确确犹如涓涓细流一般，不但是作者本人的成长史，还堪称一个家庭的史诗。历史发展的实践早已证明，静静流淌的溪水其实不容小觑，因为它不仅自身别具一格，还可以汇集为一条璀璨夺目的岁月之河，并终将形成一片波澜壮阔的生活之海。

从《路在脚下》看"素人"的叙事经验

刘航宇

《路在脚下》是赵瑞华的一部自传体作品,据作者在书中所说,该书的第一稿于1997年完成,后经历数次修改,于2021年12月开始在"简书"平台上连载,如今自印成册,赠予友人阅读。《路在脚下》与其他的自传体作品相似,遵循着时间线索,分为"童年记忆""少年烦恼"和"青年励志"三个部分,将作者前半生的经历娓娓道来。

纵观全书,《路在脚下》的时间线索要远远比传统的自传更加细致,或许是作者的人生经历足够丰富,亦可能由于作者情感足够细腻,书中的内容几乎都是按照编年的时间顺序进行叙述,让读者在阅读作者的经历与故事的同时,也能够窥探到当时时代的剪影。正如作者在第十二节"盲流村"中所写:"历史的记忆和我们的经历有时是重叠的,我要表达的也是记忆里的经历,因为历史与我的生命同行,所以,我才想让我的回忆更有时代感,更有真实感。"《路在脚下》的可贵之处,在于作者对于过往经历的书写并没有夹杂着过多的个人感悟与评价,而是仅仅将发生在自己身上的故事原原本本地讲述出来,不矫揉造作,对日常生活进行细致观察,成功写出了20世纪50年代至80年代中国东北农村的真实状态,即既有勤劳淳朴的一面,也丝毫不掩饰乡村人际关系复杂、民众缺乏科学常识、迷信、喜好不劳而获、自暴自弃等不堪的一面,将农村的生活描写得淋漓尽致、入木三分。

作者在书中对许多满族风俗描写得精彩万分,俚语的使用也很精彩。如婚丧嫁娶的举办形式、饮食习惯、生活方式等,真实反映了20世纪中叶东北农村的生活状态,具有很高的文学欣赏价值,同时在民俗和史学方面也有一定意义。作者具有时代感和真实感的书写,使没有经历过那个时代、不曾有过与作者相似人生经历的人也可以通过细腻的描写,体会作者成长过程中的苦辣酸甜,产生身临其境的感受。尤其是第一章"童年记忆"和第二章"少年烦恼",完整刻画了在当时时代背景下一个东北乡村孩子的生活和成长经历,表现了人们生活的艰辛。此外，细致的描写一方面使全书的内容紧凑流畅，另一方面也为作品增加了一定的趣味性和知识性。例如作品对"欻嘎拉哈"这种游戏进行了较为详细的说明，也针对一些具有强烈的地域色彩、时代色彩的活动进行了较为详细的描写，这些描写对象与作者的叙述方式和我们在日常生活中之所见所闻别无二致，真实感和画面感呼之欲出。

《路在脚下》呈现的不只是时代的缩影和乡村生活的写照，作者同样花费了大量篇幅来描写她与父亲的关系以及父亲的变化。客观地看，这部分的内容存在着一定不足。父亲作为一个横跨新旧两个时代、历经先后两个家庭、在兵荒马乱中死里逃生的人，从读者的角度来看，无疑是一个具有故事性的角色。在阅读的过程中，我们时常会期待作者将父亲的一生娓娓道来，然而作者最终未能详细地讲述父亲的故事，对父亲的刻画也较为零散，因此最终表现出的父亲形象是一个善恶不定、喜怒无常的人。这种标签化的形象源于作者不断交代父亲的行为，而几乎未提及其内在的动因，可以说这是全书中的一大缺憾。当然，这种缺憾是可以理解的，在"非专业写作"或是"素人写作"当中，作者对主观性的追求要远大于对可读性的追求，即不遵循程式化的套路，不懂商业诉求，其目的在于满足作者自我表达的快感的同时记录下真切的感受，让原本在作者生活圈之外的人们感同身受。

敢问路在何方，路在脚下。人生的关键不在于起点，而在于终点；人生的价值不在于结果，而在于过程。赵瑞华的文字记录了她半生的坎坷起伏，也让身为读者的我们感受到她所经历的苦辣酸甜，从这个角度上看，作者已经实现了其写作的最终目的，《路在脚下》并非一部完美的作品，但对作者而言无疑是成功的。

谈"素人写作"的创作特点
——以《路在脚下》为例

石胜振

《路在脚下》是退休护师赵瑞华近三十年的人生总括,书写了她从童年起至青年时期的成长经历。这本书可以被归类到近年来十分热门的"素人写作"中。"素人写作"指没有受过专门训练,也不从事职业文字工作的写作者用文学艺术的形式记录身边生活的一种写作现象,其中比较具有代表性的是胡安焉的《我在北京送快递》、王计兵的《赶时间的人》、杨本芬的《秋园》等。作者们从事的工作本身与作家、诗人并无关联,但他们用真情实感写下了自己的所见所闻,将自己定位为时代的亲历者与记录者,笔下展现的是时代浪潮下过着平凡生活的普通人的缩影。这一类作品基本上是以自述的方式进行的,且绝大多数并没有相关的专业背景,所以多以非虚构写作的形式呈现,用日常的笔墨记录下粗糙且原生的真实感受。作者们来自各行各业,在网络高度发达的今天,他们的作品可以通过多种方式传播。这些作品使得非虚构写作的书写空间得到空前扩大,读者可以从一本本"素人写作"的成品中读到最真实的人生。也许从艺术的角度来看,它们还不够完善,但足以满足甚至超越读者的审美期待。

赵瑞华的《路在脚下》可以看作"素人写作"的典型案例,有别于精英文学的高技巧性。这本书使用的语言十分朴实,贴近人物的日常生活,也没有刻意追求结构上的反传统,但这不代表作者在创作的时候没有融入自己的巧思。这本书大体分为三个板块,童年回忆章节名均为三个字,少年时期章节名变为四个字,青年时则变为五个字。字数上的变化暗合作者本人的年岁增长,可以看出作者本人的想法。这本书大量运用东北方言,具有明显的在地性。方言在文学中较为常见,在营造地域特色氛围时经常会用到,如王跃文的《漫水》、金宇澄的《繁花》等都是极具地方特色的作品。这本书用到的东北方言不仅让读者觉得亲切,更能在叙事层面增加文本的真实性和可读性。作品选取的时间节点和题材大多都在20世纪50到80年代之间,格外具有时代感。每一个重大的历史事件都会在个人的性格底色上留下或深或浅的烙印,比如婚礼上的誓词就是独属于那个年代的集体记忆。这无疑对全书的可读性有所助益,对于东北地区以外的读者会产生陌生化效果,而对于东北地区的读者又能唤醒他们的生活热情。这些具有鲜明地方特性和时代印记的片段组成了这本书,也记录下作者的半生。

另外,我觉得这本书对于作者本人是具有疗愈功能的。文艺创作可以给作家带来心理补偿和精神满足,无数作家都将自己融入作品,以做出现实中并未做出的选择,进而构建新生。这本书虽然属于非虚构作品,但同时也起到了抒发与疏导的作用。例如作者写到母亲离世时所有亲人悲痛欲绝的场景、父亲拿起剪刀殴打自己的场景、房东用锥子刺父亲的场景等等,在创作过程中,这些真实发生过的事件重新涌入作者的回忆,她必须直面人生的创伤,并在写作的过程中将个人经历的苦难尽数输出。这对于她本人的情感起到了一种代偿的作用。同样,书写这一行为本身也给予了作者对抗人生悲苦的勇气与信心。例如她写到小时候无人陪伴之时,只有小鸡是她的玩伴,这既是万般无奈之举,又同样可以看作她在贫瘠的童年时光里寻得的为数不多的光亮。她能在回望个人史的时候将这苦乐交织的场面赋予童趣,并以文学作品的形式传递给读者,本身就属于一种艺术创造。作者经历过的不快能在与读者的情感沟通中得以舒缓甚至消弭,读者也能在阅读过程中接收作者传递的情感并内化成现实生活的动力,形成了积极的双向沟通。

当然,《路在脚下》也存在较为明显的缺点,如因受限于网络传播的媒介形式,导致作品结构较为松散;作者本人有一定的结构意识,但并未形成更为系统且具备逻辑性的框架;语言相较于成熟作家尚有距离;有时无法把握方言运用的尺度等。但考虑到作品对于作者本人的重要纪念意义,那么这些缺点也就无须苛责了。赵瑞华的写作为"素人写作"这一概念提供了鲜活的实例,这也促使我们思考,在创意写作蓬勃发展的环境下,有高等教育背景却缺乏生活经验的青年作家们该如何从此类作品中得到启示,进而反哺自身创作。生活永远是创作的来源,"素人写作"的创作缘由基本上都是为了记录自身的生命历程,从这个角度审视《路在脚下》,显然赵瑞华已成功实现了她的目标。

《路在脚下》中的叙述自我与经验自我

蒋玉恒

《路在脚下》以第一人称讲述"我"的童年记忆、少年烦恼、青年励志等故事。作者在引言里写道:"我认为人如果以六十岁为一生,何不将我这倔强和坎坷的半生经历记录下来,不是为了让后人看,而多半是为了总结自己的前半生,走好后半生。"因此,文中的"我"就是作者本人。这是一部自传性质的作品,作者讲述自己所亲身经历的事件,使读者直接体会作者的内心世界,包括回忆、情感、想法等,可以增强读者的参与感和沉浸感。另外,在《路在脚下》中,第一人称包含两种不同的叙述视角:一是叙述者"我"目前追忆往事的眼光,即叙述自我;二是被追忆的"我"过去正在经历事件时的眼光,即经验自我。在《路在脚下》里,这两种眼光相互交织,共同表达作者那坎坷沉浮的一生。

叙述自我和经验自我交织,给予了读者强烈的真实感,引起了读者的共鸣。如"鸡玩伴"一节里有一段话:"母亲哪舍得将一个才四岁的女儿扔在家里呀,那个年代实在没法子啊,生活逼得人心都得硬起来,不然没有活路。"这是叙述自我的眼光,即抱怨母亲只顾干活,没有陪伴自己,而如今看来,都是可以理解的,对母亲释怀了。又如,作者放弃目前的角度,改为从自己当年体验事件的角度来观察,讲到她与那只抱窝的老母鸡成了玩伴,还给它唱儿歌:"小小子儿,坐门墩,哭哭咧咧要媳妇儿,媳妇儿长得什么样,红嘴巴,绿嘴唇儿,你说逗人不逗人。"这是作者的经验自我在讲述这首儿歌。作者处于当时的年代,比现在的人有更直观细腻的感受,也使作者对于所描写的客体更具说服力。如果是与作者同时代且同乡的读者,看到这里,也许会被猛然打动,也跟着哼几句。所以,这部作品使用第一人称叙述,让读者感觉身临其境,在对人物经历产生认同的前提下与之产生了共鸣。

叙述自我和经验自我共同倾诉,宽慰了年少的自己。作者为了上学能有点钱买学习用品,去江北职工家属楼的路边卖一兜子辣椒,由于自己胆怯张不开口，拖到很晚都卖不出去。卖不出去就没有钱，作者急哭了："把兜子放到地上，打开兜子把辣椒露出来，站在那里好长时间无人过问，我也张不开嘴吆喝。"这是经验自我的叙述，还原当时的场景，生动且主观，激发读者的共情心理。而接下来讲述这段话，则是叙述自我的眼光："要不是上学所迫，我哪有这么大的勇气，我一个农村孩子，胆怯怯的，都过晌午了，再卖不出去回家天就黑了，我还得再背回去。"这是目前的自己在倾诉窘迫无奈的心理，也是在拥抱宽慰当时的自己。

叙述自我和经验自我的强烈冲突，实则是对人的清醒认识。如作者对父亲的认识，充斥着亦好亦坏的矛盾心理。在经验自我的叙述里，父亲是一个冷血、自私、固执的人，残忍地"杀害"了小弟弟。"拿到外边，把小弟弟放到毒辣的太阳下晒，可怜的小弟弟一天比一天虚弱，哭声渐渐地微弱，还没有蚊子的嗡嗡声大。就这样小弟走了……"叙述到这里时，作者是怨恨父亲的。而过了数十年，现在的叙述自我又在不停地为父亲辩白，如："父亲是个善良的人，是个心中有爱的人，又是个智慧的人。""辈分大，人善良，有文化，亲戚走动、乡亲礼节，都有好人缘。"深究之下，这样的心理并不矛盾。被追忆的"我"正在经历过去发生的事件时，总会充分表达当时的情绪。但如今思索后，认为父亲原本就不是坏人，只是身不由己。

《路在脚下》采用第一人称叙述，充满了个人化、情感化的特色，叙述自我和经验自我同时站出来表达，或是还原当时的场景，或是表达现在的看法。作者经历数十年的世事沧桑变化之后，在写作过程中，原谅了身边的亲人，也拥抱了当年备受苦楚的自己。读者在阅读过程中也与作者紧紧贴在一起，倾听作者的心声，理解作者的感受。但是，纵观全文，第一人称叙述的情感参与强度要远高于理性辨析，因此，作者需要多一些对时代和社会的思考，增加自传的思想深度。

《路在脚下》是作者的自传，除了实现雁过留声的愿望和为作者提供表达情感的出口之外，也揭示了现实中的某种"真实"。个人微观的生命历史是宏观历史的一部分，与宏观历史息息相关。史书上简单的一句话，背后可能是千百万人生命里浓重的一笔。个人的生命里，每一个看似自主的决定，实则都被不可抗拒的大历史事件所影响。虽然个人的经历到年老后才反思和释怀，似乎有点儿延迟，但对于当下与未来却意义深重。作者在字里行间回忆过去的经历，也在与过去的时代对话，并对时代加以反思。这是作者对社会进行人文关怀的体现，也是作者采用第一人称视角所要实现的目的。

《路在脚下》的叙事节奏与情感张力

陶新宇

《路在脚下》一书以其独特的叙事节奏与情感张力，展现了作者前半生的坎坷经历与坚韧精神。作者不仅生动地描述了自己的童年记忆、少年烦恼以及青年励志的点点滴滴，更在叙述中巧妙地调节叙事节奏，营造出强烈的情感张力，使读者在阅读过程中产生共鸣，被作者的坚韧与不屈打动。

在叙事节奏上，作者运用了快慢相间的叙述手法。在描述童年时期的无忧无虑时，叙事节奏相对平缓，如第十五节"嘎拉哈"描绘了东北小孩的童年游戏，如"跳房子""跳皮筋""打老虎""滑爬犁"等等。作者用轻松幽默的笔触勾勒出了童年的欢乐时光，使读者仿佛也回到了那个纯真的年代。然而，随着叙述的深入，当作者开始讲述少年时期的烦恼与挫折时，叙事节奏逐渐加快，情感张力也随之增强。例如，在描述多次辍学的经历时，作者通过紧凑的叙述和生动的细节描写，让读者感受到了当时作者的无奈与绝望，这种快慢相间的叙事节奏，不仅使故事更加引人入胜，也让读者的情感随之起伏，与作者产生共鸣。

在情感张力的营造上，作者更是得心应手。当作者描述童年时期与家人的温馨时光时，那种淡淡的温情如涓涓细流，温暖而宁静。而当作者讲述少年时期所遭受的挫折与磨难时，情感张力则瞬间转化为一种强烈的悲愤与抗争。这种情感的转变，如同过山车般惊心动魄，让读者在惊叹之余，更加深入地理解了作者的内心世界。此外，《路在脚下》还通过对比的手法增强了情感张力。作者在叙述中时常将过去的艰辛与现在的幸福进行对比，使得读者能够更加深刻地感受到作者的不易与坚韧。例如，在描述作者最终走出困境、遇见爱人并过上幸福生活的场景时，作者用温馨而感人的笔触描绘出了这幅美好的画面，与前文中描述的艰辛生活形成了鲜明的对比，使读者的情感得到了极大的满足与升华。

作为一本自传，《路在脚下》也没有忽略对东北人文风情的描绘。

在书中，作者通过对东北人的性格特点、生活习俗等方面的描写，展现出了东北人的豪爽与热情。作品按照童年、少年、青年的顺序记录一个个章节的小故事。从这样的描述中，我们也能看到新中国的历史变迁在东北这片土地上的展现。书中还出现了不少东北的民间俗语，如"大姑娘叼烟袋，窗户纸糊在外，反穿皮袄毛朝外，养活孩子吊起来"。这样的描写，不仅让读者感受到了东北人幽默的性格，还体现出东北地方的民俗特色。此外，《路在脚下》还通过对东北历史文化的挖掘，使作品具有了更深厚的文化底蕴。在书中，作者不仅提到了东北的抗战历史、工业发展等方面的内容，还通过对东北方言、民间故事等元素的运用，让作品更加贴近东北人的生活实际，也更具地方特色。

《路在脚下》以独特的叙事节奏与情感张力，成功地展现了作者前半生的坎坷经历与坚韧精神。通过第一人称的叙事视角和快慢相间的叙述手法，作者成功地吸引了读者的注意力并引发了共鸣。同时，通过对比的手法增强了情感张力，使读者能够更加深入地理解作者的内心世界并感受到其坚韧不屈的精神力量。而这种力量，正是《路在脚下》所要传达的核心观念。它不仅是一部"素人写作"的自传体作品，更是一部充满智慧和勇气的成长史。在叙述的过程中，作者不仅用文字构建了一个丰富的内心世界，更通过情感的流淌，让读者在其中找到了共鸣和力量。每一个章节，每一个段落，甚至每一个字句，都仿佛是一个个情感的音符，组合在一起，构成了一首动人的交响乐。尤其在描绘作者青年时期的励志篇章时，叙事节奏达到了高潮。那些曾经的磨难与困苦，在作者的笔下变得鲜活而有力。无论是面对生活的打击，还是面对人生的重重困境，作者都未曾放弃对梦想的追求。她用坚忍的意志和不屈的精神，一步步走出了困境，最终实现了自己的价值。

《路在脚下》最后写道："每个人从懂事起，都在命运之轮的推动下，踏上了一条属于自己的道路。"这条路或曲折，或平坦，或荆棘密布，或花香四溢，但无论如何，它都是命运为我们量身打造的独特轨迹。我们无法选择起点，也无法预知终点，但可以选择如何走这条路，如何走好这条路。在这条无法回头的路上，命运、机遇和个人的努力是密不可分的三根支柱。命运是那条隐形的线索，它牵引着我们走向未知的远方；机遇则是那些突如其来的转折点，它们或许会让我们的人生轨迹发生翻天覆地的变化；个人的努力则是我们在这条路上不断前行的动力源泉。当我们面对困难和挑战时，不妨静下心来，问问自己：我真的尽力了吗？我是否在顺流而下，还是在逆势而为？如果答案是前者，那么或许我们应该更加勇敢地迎接挑战，更加坚定地迈出每一步；如果答案是后者，那么或许我们应该反思自己的方向和方法，重新审视目标和追求。人生就像一场旅行，我们都在路上。路在哪里？路就在脚下。只要我们肯用心去走，用心去感受，用心去思考，就一定能找到属于那条路。也许这条路并不完美，也许它充满了未知和变数，但只要我们勇敢地走下去，就一定能够收获属于自己的精彩和幸福。我们也期待着，在美丽的村庄里，在幸福的瑞德园里，路还会继续走下去。

《路在脚下》的叙事一瞥

吕天媛

《路在脚下》讲述了作者赵瑞华命途多舛却又坚毅不屈的前半生。作品以"我"的视角将故事娓娓道来,极具代入感地带着读者走过那些艰难的岁月。本文以叙事学视角解读文本,从叙事顺序、叙事语言、叙事视角三个方面分别论述,分析《路在脚下》的优点以及不足之处。

一、线性叙事与主题叙事的结合

在叙事顺序方面,作者是以时间作为线索来叙述的。全文近30万字,事无巨细地讲述了作者前半生的点点滴滴。时间跨度之长、记录之繁细让这本书的写作难度不可谓不大。作者采用线性叙事的方法,将要回忆的事件按照时间的顺序分为"童年记忆""少年烦恼""青年励志"三个部分。在这三章里,有些事件采取线性叙事的方法,按时间顺序记录。比如第二章"少年烦恼"部分,"我"上学之后的一系列事件几乎都是按照时间顺序来叙述的,"我"第一次上学发生了什么事情,遇到了什么困难,如何克服困难,辍学是如何发生、如何结束的,这一系列事件都有顺承关系。

有些节则不是按照时间顺序叙述的,而是在童年、少年、青年这种大的线性叙事下完成的主题叙事。如第一章"童年记忆"中,第十五节"嘎拉哈"、第十六节"挖野菜"等,与上下文并没有大的联系,而是在叙述童年最爱的集体游戏,这些游戏贯穿作者童年的始终,并不是某一段时间才发生的事。作者没有选择"流水账"式的记录,而是按照大的时间框架,将标志性事件和游戏集中在一节来详细讲述。这可以使读者更好地体会到当时的场景,更能了解作者童年的生活。如此设计的还有第二十节"好心邻居",此处叙述了搬新家后的邻居们对"我"的帮助和关爱。第三十七节"一履三载"讲述姐姐送"我"一双蓝色回力鞋,"我"一直舍不得穿,只在学校或者重要场合才舍得穿在脚上。所以三年来，走过上学的十几里山路和干活的时候，"我"一直光脚将鞋子背在身上。作者用"一履三载"这一节，让读者体会到了作者少年求学之艰难、心智之坚韧以及对姐姐的依恋感激之情。

二、独具东北特色的叙事语言

作品大量使用东北口语、方言等，更加贴近人物历史生活，为整本书增加了生活气息和幽默感，使书中出现的父亲、姐姐、邻居等人物形象更加生动立体。口语和方言能够精准地表达人物情绪，将读者带入叙事的氛围当中，最重要的一点是能更好地展示吉林市的风土人情和历史文化。有些方言听起来粗鄙不堪，如"杂种下的""白吃饱""丧门旋儿""陷食包"等，虽然又粗又直，但是父亲对于亲生女儿的刁难通过这些词展现得淋漓尽致。又如形容家里被父亲造得"皮儿片儿的"，"我"因害怕没回家的两天中，妹妹的小脸变得"魂儿画儿的"等。在第二十三节"暴风雨前"，作者做错了事情怕父亲生气，用了一系列方言词如"麻溜""鸟悄"，来描述自己少年时期对父亲的惧怕与遇到事情时的无助。再比如"欻嘎拉哈""破鞋片子""棉花套子""打茬子"等东北方言的运用，使整本书更加有生活气息，事件被作者描绘得栩栩如生，好似发生在眼前一般。

三、第三人称视角的僭越

作品均采用第一人称视角，通篇以"我"的口吻、"我"的视角记录回忆，但作品中也存在第三人称视角的僭越情况。有些事情不应该是"我"的视角能知道的，这不是指每小节最后设置的现在的"我"与读者的对话，而是在叙述回忆中的事件时，作者对本人不在场时的事件和语言的描写以及对他人的心理描写。

首先是作者对本人不在场的事件描写。例如第三十三节"辍学二'吓'"中，父亲认为"我"照料不力导致暴风雨吹坏了家中的大玻璃，并以此为由再次向"我"发出辍学的威胁。大队知道了这件事，二哥找副书记赵成山做说客。成山书记将父亲叫到大队部,并在那里展开对话。此时的"我"是不在场的,但是书中"我"对当时发生的情景、成山书记和父亲的对话了如指掌,并声情并茂地叙述出来,叙事视角也就从第一人称转化到了第三人称。作者在接下来的叙述中也称:"并不知道是谁帮了我……没有一个人跟我说当时是怎么回事儿。"那父亲与成山书记对话的场景是如何描写得绘声绘色的?书中的"我"又如何看到了视角之外的事情并且作出叙述的?还有母亲去世时在医院与父亲对话的场景,都是以第三人称视角叙述的。

其次,还有作者对他人心理的描写。作者在三十五节中讲述妹妹去姐姐家过年,所以这一年家中只有"我"陪着父亲。父亲也意识到了这么多年家里越来越冷清了,人越过越少,钱也越过越少了,过年也不能为家里添置点新东西。书中这样表现父亲的悔悟:"人家都在热热闹闹地办年货,他却不能给孩子添置一件新衣新鞋新袜……他也感到心里不是滋味……"这是在用自己的视角描述父亲的心理,属于作品的不足之处。

总之,《路在脚下》这本书的研读价值很高,作者凭借良好的记忆力记录下这一件件或辛酸或开心的年少往事,虽有叙事方面的不足之处,但是情感动人、言辞真切。一个坚韧的小女孩就这样一步一步从书中走出来,从满是泥泞的少年时期走出,令人为之动容。

《路在脚下》的民间语言风格

李庭萱

不论是日常交流，还是讲述传统的地域故事，方言都时常出现。每一个人都是在特定的、承载着地方文化传统的方言区域里成长起来的。这些方言深深地影响着人们的思维方式、表达习惯和交流方式。正因如此，方言深刻影响了民间题材作品的表现风格和生活化行为特色。《路在脚下》中的民间语言有两大重要特点，一是地方性，二是口语化。

《路在脚下》运用了大量的方言，这些语言具有高度生活化和具象化的特点。通过方言的运用，作者成功地营造了一种地域文化氛围，让读者能够感受到东北小村庄的独特魅力和深厚底蕴。例如文中的动词类方言："等我看见老叔非巴扯巴扯他不可。""我一边沿着磨道推磨，一边说，别扒瞎了，不可能的事儿。""人见人爱，很招人稀罕。"前两句话中的"巴扯""扒瞎"是典型的东北话，表示闲谈和胡说的意思，"稀罕"表示喜欢。还有最具特色的形容词类方言："有两个姑娘给你烧的，不知道怎么好了是不？""那时候被别人抓虱子不是砢磣事儿。"其中"烧的"表示一个人不懂满足，事情多，贬义。"砢磣"指不光彩，丑陋。这些方言包含着作者无意识的表达习惯，也可能是作者着意表现乡音方言的体现。

这些方言呈现出了较强的地域特色。倘若作者使用脱离了地域文化色彩的普通话来书写，民间特有的生活趣味和地域魅力将无从显现。因此，要想达到理想的叙事效果，凭借作者所熟知的语言环境中通用的方言进行讲述，是有效的表现路径。

《路在脚下》中的大量口语化书写既是它的优点，也是它的缺点。口语化让故事更接地气，体现出鲜活的民间场景，在同样语言环境下的读者能轻松理解作者的思想，但如果读者不懂东北方言，就会造成一定程度上的误解。如"有时困得实在没折就用凉水浇头"，这里的"没折"应写作"没辙"，表示一个人已经无计可施。文中还多次提到一个词"必定"："二哥必定在工厂里待过。""我觉得很惊喜，必定爸爸能够按时按点回家。"这两个"必定"应写作"毕竟"。这两个地方的书写错误主要是因为方言主要通过口语传播，作者在书面表达方面不够熟悉，或对语境的理解不够准确。此外，《路在脚下》的口语化特征使得一些简单的故事在不同人的讲述中变得繁复，篇幅被拉长，显得单调乏味，缺乏可读性。这是作者在写作中需要注意的地方。

《路在脚下》中穿插了许多民间习俗与故事。使作品更具有生活化的特点，前后的联系也更加紧密，如：

这鬼模鬼样的影子，吓得我缩成一团，在妈妈怀里像筛了糠一样，哆嗦得不成样子，声嘶力竭，手舞足蹈，脑袋深深地埋在妈妈的怀里，胆怯地叫："来了，它又来了！怕，妈妈我怕！"妈妈紧紧地抱着我，摸着我的头："景仙来家，景仙来家！摸摸毛没吓着，摸摸耳吓一会儿。"当我被妈妈叫醒了，睁开眼睛，刚才所见的怪物荡然无存，无影无踪了。父亲问我："怕什么？谁来了？"我告诉他我看见的是一个可怕的影子。母亲就同父亲说："可能是勾魂的来了，孩子小，眼睛干净，什么都能看见。"爸爸点点头，妈妈接着说："咱俩的孩子就剩这一个了，千万可别有个好歹，你快去拿筷子立一下，看看是不是冲着谁了，再烧点纸钱，别总让它缠着咱孩子，一来病就这么吓人。"父亲拿来一根筷子往镜子上立，嘴里还叨咕着，筷子还真立住了，当晚睡觉时，父亲就在我枕头底下放了一把刀，把我的鞋尖朝里，在头上烧了几张纸。可这顿操办并没起啥作用，这病依然照来不误，折腾得全家不得消停，发病时那副神叨的样子，真的挺瘆人的，一直到上小学，这种病态才消失。

其中"立筷子""枕头下面放刀"这些民间习俗不仅为故事增添了神秘的色彩，也让读者更加深入地了解这个村庄独特的地域文化。同时，这些故事也为后期作者讲述童年经历、母亲离世、坎坷的人生道路埋下了草蛇灰线。

《路在脚下》的语言风格呈现出鲜明的生活色彩与口语化特征。口语化表达具有强烈的交流目的，故事讲出来就是为了供人听闻与接受，这就要求作品能够易于被理解、转述、传承。从这个角度来说，它就必须设法提高自身的可理解性。与书面语言相比，口头语言的通俗易懂、自然亲切、简洁明白诸特性无疑为增强作品的可理解性提供了天然的便利条件。这种语言风格让作品更具有生活气息和亲和力，让读者更容易产生共鸣。

在描述日常生活时，作者常常使用简单直接的词汇和句式，避免过多的修饰和华丽辞藻。例如描述下雪后的场景：

> 那场厚厚的积雪覆盖着大地，一眼望去白雪皑皑。被西北风掀起的雪，像沙粒子似的，在地上直打转儿，吹到路上，一愣一愣地，走在上面鞋底发出嘎吱、嘎吱的声音……

这样的描述既朴实又生动，通过比喻，读者能够清晰地感受到雪被风刮起时的动态和形态，仿佛身临其境。同时，语言简洁明快，没有冗长的修饰，更加流畅易读。

小说中的人物对话也非常口语化，真实地反映了当时的时代特点和交流习惯。例如父亲与邻居关于盖房子问题的交谈：

> 可别胡来啊老高，那可不行，盖房子还得请阴阳先生看看宅基地是不是犯说道，哪能随便扒窗户扒门呢，那可不行！老赵啊老赵，你可真行，亏得你还有文化，都解放几年了，还这么迷信，哪有那么多说道，咱俩都是走南闯北的人，什么事儿没经过啊，咱共产党就是不信邪！你们啊，你们怎么这么胆小怕事，打仗要像你们这样前怕狼后怕虎的犹犹豫豫，哪辈子才能解放啊！我还就不信这邪了。

这样口语化和生活化的语言使得故事充满了生活气息，更加贴近现实，读者可以更容易地感受到作品描绘的场景和人物；同时也具备鲜明的时代特征，使作品具有更强的历史感和时代感。口语化的叙事语言让作品更加贴近读者的生活经验，进一步增强了作品的真实性和可信度。

概括起来，《路在脚下》中的语言有着浓厚的生活气息，而这种生活化气息与地域又密不可分，无论是作者对民俗的有意刻画还是无意识的方言表达，鲜明的地域性与生活化都成为作品的显著特征。《路在脚下》不仅记录了赵瑞华前半生的点点滴滴，更是对南兰屯多年沧桑变迁的再现，让我们在朴实炙热的文字中感受那片土地上的悲欢离合与时代冗长的回响。

《路在脚下》的疗愈价值

杜艾伦

写作疗愈即通过写作实现心灵的治愈与情感的安抚，是一种无须药物治疗的方式，具有无压力、无顾虑、无强制等优势。女性因其特殊的生理、心理、角色身份、社会处境等，天然地具有独特的写作疗愈能力。《路在脚下》是赵瑞华女士以文字回忆往事，记录下自己倔强而坎坷的前半生的较为完整的作品。赵瑞华不仅为个人的往昔岁月存档，也为时代和历史存档，整本书洋洋洒洒近30万字，情感质朴，直击要害。

《路在脚下》是一部浓缩的作品，浓缩了中国东北农村近四十年的历史，也浓缩了无数普通百姓命运的起承转合。在赵瑞华的追忆中，我们看不到历史的波澜壮阔，只品得到她对生命的深切爱恋。记忆是如此鲜纯富丽，故而她直面人生烦恼，著书以疗伤。《路在脚下》是很好的样本，帮助我们走近赵瑞华，体味属于她的时代与人生。

写作是一件个人化的事。中国人讲究"刚柔相济"，刚为刚猛，讲究发力猛如虎，柔为四两拨千斤，是一种涓涓细流，又不失直抵内心的触动感。"由心而发"即为自觉写作。正如《路在脚下》序言中提到的，创作的初衷是一种内在的修为，赵瑞华想要记录下自己跌宕起伏的前半生，她传达情感不需要通过惊天动地的素材、跌宕起伏的情节，或者写作技巧的叠加组合。小人物也可以有大情怀，赵瑞华的笔下透露出一种可贵的真实。我喜欢这种家长里短、平民感动，因为我看到了她对真善美的坚守、对命运的抗争。

该书的疗愈价值主要体现在四个方面。

第一，树立自信心和安全感是健康心理的根基。赵瑞华是母亲改嫁后生的第一个孩子，对于其父亲来说算是中年得女，因此宠爱有加，甚至与同辈男性一样，泛"景"字。幼时家中困难，母亲营养不够导致奶水短缺，哥哥姐姐们也只能吃玉米面窝窝头，母亲却给作者煮挂面吃，只留些面汤给两个大孩子尝尝，可见对这个女儿的偏爱。赵瑞华就是在这样充满爱的家庭中长大的，父亲母亲给予了她力所能及的爱。在第二十二节中，赵瑞华以极其柔和的语言讲述母亲突患紫外线中毒性剥落皮炎的全过程，以及父亲对母亲无尽的不舍与无能为力，让人读后为之动容。

父亲日夜不吃不睡地陪在母亲身边，母亲在他心中是何等重要的位置。母亲给了他一个安稳的家，让他的心不再漂泊；给了他一双儿女，让他冷酷的心融化，有了儿女情长；给了他无限的信心，让他将埋在心底的才能发挥出来，焕发出无穷力量……他不敢想象死字会降临在母亲身上，父亲在痛苦中挣扎，如刀刺在心上，日夜痛不欲生，急得火冒钻天，恨不得让这病长在自己身上。

赵瑞华的父亲是个苦命的男人，年轻时由于身份特殊迟迟未婚，后经人介绍娶了带两个孩子的淑清，本以为就此过上幸福美满的生活，却接连遭受丧子、亡妻的痛苦，于是最初的那个乐观向上、善解人意、胸怀大度的退伍军人摇身一变成了萎靡不振、游手好闲的社会混子。这对赵瑞华而言是不幸的，但她凭借着骨子里的那份刚强成长为了现在的她，这是母亲给予她的发自内心的底气，让她有能量去面对困境。阅读《路在脚下》，在字里行间我感受到了她的自信、乐观、大气与直率爽朗。虽然原生家庭的和睦安稳是一个人建立自信心与安全感的基石，但真正能成就一个人强大内心的是个人的信念与认知。赵瑞华在成长之路中也经历过束缚、痛苦与不堪，但始终未变的是其明丽的性格底色。

第二，执着追求自由是走向璀璨人生的不二法宝。或是因为生性使然，又或是因为母亲早逝以及父亲的疏于关心，在赵瑞华的成长路上，"自由""反叛"等词汇总是与她如影随形。在第七节里，赵瑞华讲述了一件冬季上学的往事。这件事的起因是一节临时取消的体育课，班主任于老师要求学生们到操场上踢足球，但东北的数九天北风呼啸、冰冷刺骨，对于女孩子来说，出门简直是受酷刑。于是她们三五成群地在屋中烤火取暖，恰巧又赶上赵瑞华这段时间向姐姐学来了缝袜子的手艺，正在兴头上，她索性利用这段时间打磨手艺。本无事发生的教室因为于老师的突然出现而变得波涛汹涌。被赶出教室的赵瑞华心里疙疙瘩瘩的，于是她一咬牙从兜中掏出袜子，自顾自地再一次投入"纺织大业"，直到双手发紫，被于老师尖叫着拖入了办公室。面对多位老师的批评教育，赵瑞华依旧不卑不亢，因为她坚信老师不会扣留自己过夜，也坚信自己并无大错。一件无伤大雅的旧事中可见赵瑞华身上有着当代女性果敢、坚强、独立的性格。无论做人还是做事，她都坚决不违背本心，因此，终其一生，赵瑞华都在追求自主的路上，从不退让一分一毫。

第三，勇敢突破"舒适圈"是自我升华的先决条件。赵瑞华因为时代、家庭等多方面因素，念书之路三起三落，艰难而困苦。纵使赵瑞华心中有无限的梦想与希望，但迫于现实，她还是走下了神圣的求学之路，回乡参加了劳动生产。她的父亲虽自称并非"老顽固"，但是骨子里的传统观念依旧存在，于是18岁的赵瑞华迎来了媒人说媒。但赵瑞华对于人生有着自己的追求与幻想，她断然不愿在最好的年纪就陷入柴米油盐中，这次相亲不出预料地被她扼杀在了摇篮里。凭借着超强的工作能力以及积极向上的生活态度，短短两年，赵瑞华便在大队里崭露头角。一个上大学的机会"从天而降"，赵瑞华自认为胜券在握，满心欢喜地等待着榜上有名，现实却给了她狠狠的一棒。但她不轻易放弃，在对大学的无限渴望的驱动下，赵瑞华顶着寒风寻求门路，虽然老天并未垂怜这位虔诚的女青年，但也没有击倒她。正如她所说："黑暗之后就是光明，坎坷之后是坦途，渺茫之后是希望，哪怕只有一丝光亮我也会赴汤蹈火，在所不辞。"可见赵瑞华身上有着极强的随机应变能力，以及坚不可摧的意志品质，使她在面对困境和挑战时依旧能保持智慧与乐观。

第四，合理平衡家庭与事业是超越"小我"的完美体现。赵瑞华称得上是事业爱情双丰收的完美女性，无论事业，还是为人都广受好评。她与王德平是自由恋爱，王德平也是她一生唯一的爱人，两人结婚几十年，关系依旧和谐长久，儿子也培养得非常出色。关于两人的感情，赵瑞华是这样描述的：

每次回南兰屯，我们都要翻过两座山走十几里路，那是我俩的快乐之旅。我们可以无拘无束地拉着手，有时他还会在路边采上一朵小花戴在我的头上，别在我的衣服上。有时还会背着我走过一段路，我在他的背上心潮澎湃。对于我这个无法打开心境、封闭禁锢、自卑、腼腆性格的人来说，他的到来就是我安稳的港湾，他那双大手一定会为我遮风挡雨，他那坚实的步伐定会引领我向着幸福一路狂奔。

这段文字就算置于今天，都不免让人为之心动。时代不同，当下快节奏的生活似乎使爱情变了模样，老一辈"一生只爱一人"的淳朴爱情观令我不胜羡慕。爱情的甜蜜、事业的顺意、家庭的美满，这一切的一切都要归功于赵瑞华懂得取舍的智慧，她总能巧妙地找到人生不同阶段的中心角色，并抓准阶段性核心目标，从而成就了事业家庭的整体平衡。

《路在脚下》的叙述方式、结构技巧的使用、人物内心的刻画都达到了较高的水准，但自传归根结底是一种非虚构性质的文学作品，既然名为文学，我们便需要对它进行全方位的完善，即要求它具有较为适当的文学审美价值，主要是要有诗意。

童庆炳在《文学理论教程》中对文学下了定义："文学是一种语言艺术，是话语蕴藉中的审美意识形态。"[1]由此可见，诗意是文学作品的生命元素之一，这点在《路在脚下》一书中稍显逊色。整部书的语言固然是朴实而严谨的，但部分用词过于口语化，缺乏美感，缺乏力度，这也是不容忽视的问题。例如"父亲大包小瘤买了很多东西"这句，且不说东北俗语的问题，单是"瘤"字便使得整句美感尽失。再比如"父亲赌气囊桑地点火烧炕""他妈歪愣斜拉猴厉害""大儿子叫徐太蒙，说话有点儿三吹六哨"等等。当然，这绝非鸡蛋里挑骨头，而是为了保证作品在真实性的基础上更流畅、更精致、更具有诗意。

总而言之，阅读该书，我能够感受到赵瑞华身上优良可贵的品质，以及家庭的温暖。同时，这部作品也启发我要在生活中保持积极向上的态度，勇敢面对困难和挑战。

---

[1] 童庆炳主编：《文学理论教程》，北京：高等教育出版社，2015年版，第84页。

《路在脚下》语言浅识

杨轶智

布斯在《小说修辞学》里提到，小说修辞的最终问题是决定作者为谁而写作。①作者在写作时，因为考虑到读者是谁，就会决定用什么样的语言。而作品的第一个读者是作者自己，所以作者需要兼顾读者以及自己的口味。自传作为一种特殊的文体，在语言上的特色不仅作为传主本人形象的一部分而存在，也是作者与读者沟通的渠道，同时又对整个传记背后的文化、历史背景的表达起到相当大的作用。《路在脚下》这部自传在语言上呈现出以下五个特点。

一、方言俗语营造地方氛围

《路在脚下》中有丰富的方言和俗语的运用，使作品充满地方特色。法国学者菲利浦·勒热讷将自传定义为"一个真实的人以其自身的生活素材用散文体写成的回顾性叙事，他强调的是他的个人生活，尤其是他的个性的历史"。②方言属于地方性知识，地方性知识包括风俗、地理、物产、人物、古迹、语言等等，所以，方言就涵盖着地方生活的方方面面。方言俗语的运用可以充分体现出作者的所处的文化环境，更好地展现作者本人的个性化历史。例如，作者写到母亲在安抚生病的自己时所用的一段顺口溜："摸摸毛没吓着，摸摸耳吓一会儿。"这是东北地区耳熟能详的安慰小孩的话，运用在此处，作者所处的文化环境跃然纸上，成功营造出地方性的氛围。

同时，作者多用方言来恰切地表达个人思想情感，使语言更加精确。王安忆把小说语言分为具体化语言和抽象化语言。她认为方言属于

---

①[美]韦恩·布斯：《小说修辞学》，华明、胡晓苏、周宪译，北京：北京联合出版公司，2017年版，第366页。
②[法]弗朗索瓦丝·西莫内—特南：《自传：一种法式热情》，朱燕译，《现代传记研究》2014年第1期。

具体化语言，更形象、更生动。①作者在描写房东老徐太太时，用"神叨的"来形容她。在东北话里，形容玄之又玄的人经常用这个词来代指，了解东北话的读者，一下就能准确解读出作者想要传达的意思。同时，这样的语言又能将读者置于地域文化氛围之中，以便更好地进入传主的生平。

二、第二人称表述拉近读者距离

《路在脚下》中的大量表达具有口语化的特点，常有娓娓道来之感，在行文过程中多用反问句以及第二人称，来建立作者与读者之间的联系。如"估计母亲的好日子也到头了，不然哪有不到十三岁就给了曾姓人家当童养媳呢"以及"你知道那时农村的茅坑有多埋汰吗"。作者反问式的表达可以勾起读者思考的兴趣，从而更加深入文本去理解传主的所思所想。同时，作者利用第二人称来和读者进行互动，使读者有与作者面对面谈话之感，从而在情感上更加亲近传主。

许德金曾在《自传叙事学》一文中提出，自传具有体裁上的特殊性，因而作者、隐含作者和叙述者的三角关系在自传的叙事中变成了作者和叙述者的双边关系，因此"作者的读者"和"叙事读者"也合二为一，成为所谓的"无意识读者"。②《路在脚下》的作者通过口语化的表达来与"无意识读者"积极互动，从而建立起更加亲切活泼的叙述者形象。在语言层面上，成功补全了传主本人的形象，使读者更好地了解传主本人的性格特点。

三、成语和四字词语增强表达的生动性

成语和四字词语具有凝练的特点，可以提高语言表达的生动性与灵活性。《路在脚下》在描写时大量使用成语和四字词语，如作者描写大

---

①陈四百：《雅俗共赏的可能性写法——小论〈宝水〉的语言风格》，《新文学评论》2023年第3期。

②许德金：《自传叙事学》，《外国文学》2004年第3期。

爷的形象:"大爷其貌不扬,少言寡语,眉毛上翘,眼里有神,皱褶着眼皮,眼角处经常流着泪水。""他人总是那样安安静静,讲话慢条斯理。语调平缓,为人谦和。"这段文字节奏轻快,告别冗长的描写,寥寥几笔使大爷的形象跃然纸上。

连用两个及两个以上的成语与四字词语,还会使语义鲜明、节奏感强,增强读者的阅读体验。如文中这一段:"我上学了!冬去春来,每天都高高兴兴,蹦蹦跳跳。"强烈的节奏感使读者一下子就可以体会到作者当时作为孩子的雀跃心情,情感传达生动准确。

成语和四字词语还具有鲜明的感情色彩,对于自传作者表现个人情感世界具有较好的效果。作者在形容山东人的房子时用的是"七扭八正,高高低低,里倒歪斜"这样的词语,透过这些四字词语,作者的情感态度得以鲜明地呈现。

四、生活化的喻体

《路在脚下》中充斥着大量的比喻修辞。作者选用的喻体都十分贴近生活,并且充满奇特的想象力,例如作者在书中将自己频繁生病比喻成"像在兜里揣着";母亲干瘪的乳房如同"秋后的丝瓜";被别人抓虱子"好似今天按摩那样舒坦惬意";屋子黑得"像走进了菜窖一样"。

这种比喻层出不穷。作者将生活中极为常见的两种现象巧妙地捏合在一起,读者可以轻而易举地想象出作者要传达的意思,同时极具画面感。这种贴近日常的喻体,不仅易于读者接受,而且与《路在脚下》一以贯之的朴素风格融为一体,使作品更加具有整体性和朴素的美感。

五、对话的"音响"效果

《路在脚下》使用直接引语表达人物语言,"父亲说""母亲说""我说"这样的表达大量存在。这种表达方式的好处是与读者的叙述距离更近,直接而生动。由引号产生的"音响"效果,更使读者可以充分代入传主当时所处的环境，更加理解传主的个人经历。例如，文中有一段六姑姥和四姑姥商量让作者的母亲改嫁的事，整个过程全部用对话来叙述，一瞬间将读者拉入了具体情境中，告别作者单方面的讲述，给读者思考的空间，使故事的讲述更加真实可信。

《路在脚下》作为一部素人自传，作者在语言运用方面与读者建立起了桥梁，消弭了读者进入传主个人经历时的情感障碍，在接收作者语言的同时也与作者本人进行互动。但是作品的词汇有时略显浅白，方言化的表达魅力只能通过诵读来领略，落实到书面上存在字词表达不精准的问题。不过作者成功利用语言将地域文化进行了良好的传达，使作品具有浓厚的东北地方色彩。

历尽沧桑的前半生
——评《路在脚下》

刘天权

《路在脚下》是松花湖疗养院退休护师赵瑞华的自传，讲述了她从童年、少年到青年的坎坷人生。这本自传的体例比较特殊，由一个个小故事组成，但故事与故事之间并非没有联系，而是以时间为线串联而成的。作者心思细腻，而且记忆力超群，几乎事无巨细地写出了她记忆中的一件件小事。这种记忆力不得不让人叹服。作者虽然不是专业作家，但是这种执着的精神实在让人惊讶。

作品分为三章，分别记录了作者童年、少年和青年的人生经历。其中有作者的家庭渊源、父母亲戚的人生经历，还有兄弟姐妹之间的亲情，读起来催人泪下，不禁让人感叹世事无常。作品从赵瑞华的出生写起，她出生于羊年腊月，她从地方民俗角度讲了当地对于这个年月出生的人抱有的偏见，也从某种角度为她之后困难重重的人生作了一个浅浅的铺垫。对于大多数人来说，童年的记忆都是非常珍贵的，人的记忆时常会出现偏差，对于童年的乐事，人们很可能遗忘，但是对于童年的苦难，经历过的人都会记忆深刻。作者正是在苦难中长大的，因此才会对童年时许多奇人异事印象深刻。当然，作者也记录了一些很有趣的事情，比如和小鸡当玩伴。可就连这样的快乐的背后也是母亲的辛酸，不是作者非常想要和鸡一起玩，而是作者的母亲实在是没有时间带孩子，只能让作者与鸡相伴。与其说是作者和鸡玩耍，不如说是鸡暂时充当了家长的角色。"嘎拉哈"则是大多数东北小孩的集体记忆，作者写童年与朋友们玩各种各样的游戏时，情感是纯粹、真挚的，字里行间都流露出对童年难得的乐事的回忆。

时间的印记在赵瑞华的笔下非常明显，尤其是她写到挖野菜的片段，就提及了物质较为匮乏的时期。在这样的背景下，作者详细写了她与一群小伙伴在春暖花开时节去挖野菜的场景。这一节对于环境的描写，对于同行人动作和心境的刻画，以及对于周遭风景的描摹，都达到了专业作家的水准，堪称艺术品。而对于苦难的记述，作者也是苦心孤诣，尤其是在写到父亲生病、弟弟去世的时候，那种家里唯一的成年男子一病不起，家中的顶梁柱倒下的恐惧感、惊慌失措感，拿捏得很到位。只有亲身经历，留下了极为深刻的印象之后，作者才能坦然地在多年之后用文字讲述出来。相信作者在写这一段的时候，一定是用超群的记忆力和多年来面对苦难的韧性和决心支撑着自己写下这段文字。

　　作品说是自传，实际上有点像群像刻画，塑造了作者身边许许多多个性有特点的人物。有些人一闪而过，如昙花一现，有些人陪伴作者许多年但也难抵岁月流逝。这其实也是自传的一个弱点，那就是似乎除了作者本人，很难有贯穿整部作品的人物，这样会让人感觉作品非常散。或者说，作者在创作的时候并没有一个非常完善且合理的大纲，而是从自己的记忆中不断地抽出一些零散的碎片，将这些碎片按照时间顺序串联起来，并且给每一个碎片都赋予一个名字，这样就成了《路在脚下》的目录。这样的结构导致了作品更像是一本故事集，也就是说，每一节似乎都相对独立，如"蹊跷案""军民联欢"这样的小节更像是故事梗概，如果能够补充细节、完善情节，加以润色，应当能成为较为独立的短篇小说。这也许和作者的记忆偏差及全书的架构有关，作者对于自己印象深刻的事情就多着笔墨，如"绝症病""旧病复发""我们恋爱了"等，对于自己记忆较为模糊或者不清楚前因后果的事情就少写。一个成熟的写作者，应当在整体上对作品有宏观的把握，对于人物的多少、出场时间和顺序、情节安排的连贯和戏剧性都有复杂的考量。显然，作者因为初学乍练，虽然在描摹事物上有一定的功底，出彩的地方也不少，但是在框架的把握上就显得弱了一些。

　　在语言上，作品整体的语言风格十分朴实，在刻画亲情时融入了真情实感。作者对于亲人有血浓于水的感情，尤其是在写母亲去世的两节，作者将父亲与家人的无助感写得恰如其分，而同时作者也写了当时自己年纪尚小，并没有对死亡的恐惧，也不懂母亲去世对于这个家庭的伤害。在这之后，姐姐的迅速成长被衔接地很顺利，这样一来，又可以接着塑造姐姐这个早熟懂事的女性形象。同时，在语言上，作者也有灵光乍现的地方，在描写母亲的乳房时用了"如秋后的丝瓜一样干瘪"这样的比喻，这体现出作者对于生活细致入微的观察和自身出类拔萃的记忆力。在这种语言和叙述下，整部作品像一条山间小溪，涓涓细流一直朝东远去，一路上会有浪花，会有礁石，也会有彩虹，这些都是作者赵瑞华的人生经历。如今，她已经阅尽千帆，这本回顾她艰难苦恨前半生的自传，已经成了她对抗生活的盾牌，也成了她回忆往事的相册。

作为写作者，赵瑞华的创作既有一定的计划，也有许多无意识主导的部分。从读者的角度来说，以这样长的篇幅来观察一位历尽沧桑的老人的前半生，这种阅读体验是全新的，是非同寻常的，赵瑞华的创作也就是非常值得鼓励的。

生活与时代
——《路在脚下》漫谈

王植玉

  《路在脚下》是赵瑞华的一部自传性质的作品，其中包括"童年记忆""少年烦恼"和"青年励志"三个部分，作者选取了关键的时间节点，将对自己影响深刻的事件记录下来。全书蕴含着浓厚的情感，语言朴实，内容丰富。身为读者，我一方面被作为普通人的作者能坚持完成创作的精神所打动，另一方面也为作者阅历之丰富、记忆力之强所折服。

  矛盾是推动事物发展的源头，在文学作品中尤其如此。在《路在脚下》中，我们能看到人与人之间的矛盾。作者在第一个故事"腊月羊"中开始介绍自己的家庭背景：父亲是初婚，母亲已育有三儿一女，在这个颇为复杂的家庭环境中，发生的故事更是引人遐想。在书中，自己与父母之间的矛盾、自己与老师同学之间的矛盾等，都以一个个小故事表现了出来。

  作者用了许多细节来表现矛盾冲突。在青年时期，因为自己擅自做主花钱，父亲对此表现出了不满，于是便在文中出现了进屋就摔东西等一系列反应，作者通过自己的心理表现了青春期少女对父亲言行举止的抗拒与冲动，也为之后与父亲的更大的矛盾埋下了伏笔。因为弄湿了鞋，作者受到了父亲的呵斥，此时两个人之间的矛盾也达到了高潮，父亲对作者的责骂是经过多个事件酝酿之后产生的。父亲带走了作者的被褥，作者也赌气地选择了不盖，任凭自己在冷风中蜷曲。最后，作者选择屈服于父亲的压力，不再上学。一段矛盾以这样的方式结束，然而父女之间的隔阂并没有消失。在后文中，读书的念头仍然在作者心头不断闪过，她跟随生产队割花麻，心里头却是老师和同学们的面孔。这种矛盾的心理折磨着作者，在遇到赵老师之后集中爆发开来，她将多日的痛苦倾诉出来，也成为了解决自己与父亲矛盾冲突的契机。在老师的帮助下，父亲选择让作者继续学业。书中人与人之间的冲突大多发生在亲人之间，一方面是基于作者的生活经历，另一方面也是由于家庭内部复杂的成员关系。诸如小哥与父亲之间关于婚事的矛盾，父亲礼送完了，钱也花了，却换来了小哥的临时变卦。几经波折，小哥自由恋爱的想法在家庭大会之后也就夭折了。去或者不去，爱或者不爱，愿意或者不愿意，书中人物的发生的故事，在作者的视角下一一呈现，这些故事丰富了情节。然而纵使亲人间矛盾不断，最后总会解决，正如作者在开头所言："我的出生像一条纽带，牢固地把这个特殊的家庭维系得更加紧密。"

在整本自传中，作者和她的家庭始终在和生活抗衡。为了过更好的日子，他们不断在与生活的矛盾中前行。过去的岁月是一段清贫困苦的日子，作者的母亲在寒冬腊月连一双破鞋都穿不上，光着脚丫推磨，手指脚趾冻得又红又肿。自己的第一个孩子被抱走，好不容易生活有了起色，丈夫（即前夫，不是赵瑞华的父亲）又掉入河中去世了，苦日子卷土重来。母亲一直在痛苦的边缘徘徊，这源于人的无情，也体现了生活的无常。作者自己的生活也并非一帆风顺，儿时的她体弱多病，深刻感受到生活的艰难，不论大病小病，全都招呼在了她的身上。即使长大以后疾病不再找上门，作者心理受到的创伤也依旧存在。在书中，能看到解决问题的各种方法，对于作者的百日咳，母亲采取了一种土方子：将四个鸡蛋埋在厕所的四个角下，过一星期拿出来煮熟，吃的时候在门槛上，边吃边敲马勺。这看似滑稽和伪科学的方法，恰恰是那个时代人们会去做的事情。这样的处理方式，既表现了当时人们对疾病的认知，也反映了当时的人们对于疾病的无奈。不论生活发生了什么样的变化，依然要继续下去，可以说，只要生活在继续，那么与生活之间的矛盾就永远不会停息。

《路在脚下》的作者是一名真正的非作家普通人，所以这部作品的创作完全可以称得上是"素人写作"，而作者进行的也是真正的非功利写作。这使得她的创作没有限制，情感也更加真实动人，那是对过去的怀念和总结，是她本人作为时代下的一个普通人的真挚陈述。时代的不断变化影响着作者的生活。诸如因为账目出错，作者的父亲接受了审查，全家人担惊受怕惴惴不安，三个月后终于洗刷冤屈。时代牵动着生活，影响作者的观念和教育。比如传统的家教从很早便开始传承。作者家中规矩大、说道多，小的时候妈妈教给她的那些规矩作者仍记录在书中：长辈不上桌，晚辈不动筷，女人不能坐着吃饭，要站着伺候家人。这些陈腐的规矩也的的确确是属于作者的记忆。可以说，在这样一部作品里，人文关怀是贯穿全书的命题。

整部作品将近三十万字，作为一部自传，内容自然足够丰富，但由于作者并非专业作家，其语言有时未能起到应有的效果。诸如在陷入不能上学的愁绪中时，作者运用了一段口语化的语言来表现自己的心情，与前文营造出的委屈氛围并不相衬，使读者在阅读过程中难以真切代入情绪。但作品的优势也是明显的。全书分为三个部分，层层递进：童年故事，以三个字为题；少年故事，以四个字为题；青年故事，则是五个字，无一例外。从中便可看出，这是作者刻意为之。不难发现，随着标题字数的不断增加，作者的年龄不断增长，作者的心理也逐渐成熟，故事中的矛盾也逐渐复杂。可以说，《路在脚下》是赵瑞华对过去的总结，这种总结既是微观的，又是宏观的。

"素人写作"何为
——以《路在脚下》为中心的探讨

戴艺昕

"素人写作"之"素"可从三个方面理解：第一，创作主体身份之"素"，即作者并非职业作家或写手，并不以写作为生；第二，创作语言之"素"，即文字彰显出鲜明的地方性，多用白话方言；第三，创作内容之"素"，即故事发生在下里巴人之间，平淡的苦难更贴近读者生活。近些年来，"素人写作"走进大众视野，与各类媒体网站、写作平台的搭建有直接关系。"素人写作"的主体是此前没有任何知名度的其他行业从业者，譬如厨师、司机、快递员等等。没有知名度的创作者难以通过其他信息资源传播自己的文学作品，因而极度依赖于新媒体传播——这可以被称为"素人写作"的一大特点。

站在受众的视角上，也可以将"素人写作"视为对精英写作的一种反叛。自媒体时代到来，虚拟世界中个人的主体性前所未有地增强，当读者需要选择作家和作品时，他们不再渴望被少数KOL"推荐"，而是更期望自己主动"发现"。所以一种新型的写作关系被搭建：读者发现—互联网文学平台筛选—"素人"作家投递。《路在脚下》是一部有代表性的"素人写作"成果，值得受到关注与探讨。

《路在脚下》的作者赵瑞华退休前工作于松花湖疗养院，作为一名职业护师，她比其他人更容易获得一种"抽离感"，即对病痛的习以为常令赵瑞华从苦难中脱敏，从疼痛的共情中溺进去又跳出来。她最终从旁观患者的苦难走向了审视自己人生的苦难与甘甜。自传《路在脚下》从赵瑞华的童年时代写起，将目光放在了她人生各个阶段的重要人物身上，从父母兄妹至朋友伴侣，展开了一幅鲜活的人物群像。

赵瑞华对生与死也有一种独特的钝感，这种钝感几乎可以与"零度写作"相媲美。对赵瑞华来说，生命的诞生与逝去对她来说是从小必修的课题。诸如夭折的弟弟妹妹，都被以平淡的语气讲述出来。因此，死亡在赵瑞华的文字里只是一件"事情"，至于情绪如何跌宕起伏，都被钝感处理掉了。这种处理并非有意为之，而是赵瑞华的生活经验所致。在死亡十分常见的状况下，人的生命力就会前所未有地旺盛起来，疼痛感也会麻木下去，这是赵瑞华从小就认识到的生存法则。

　　赵瑞华诞生于一个名不见经传的村屯，她的出生就伴随着浓厚的神秘色彩。她出生在羊年腊月，这被认为是一种不幸："腊月羊叫嚷嚷，不是缺爹就是少娘。"类似于开篇奠定基调，预示着赵瑞华的一生多遇坎坷，但正所谓"文章憎命达"，也是因为她独特的人生经历，造就了她对生活的深刻感悟。人忘却另一个人往往是从忘记缺点开始，而回忆似乎带有先天的滤镜。赵瑞华在叙述童年时不止一次提及父亲，在描述中，父亲是善良的、有人性的、顾及后代子女的。但在字里行间，她又讲述了母亲在父亲面前的谨小慎微，一家人看父亲脸色，就会让读者觉得作者的视角存在偏差。

　　作为一个地道的东北人，赵瑞华在创作时不避俗字俗语，将许多东北方言直接写进作品中。这样一则有利于东北的地域文化以方言的形式进行传播，二则也会影响作品的阅读与接受，但这种情况属于避无可避。整体来看，《路在脚下》里的方言运用是成功的，刻意修饰雕琢过的诚然富有魅力，但远远不如方言粗糙地"打"到读者面前的力量之强大、原始。如《路在脚下》第二十节：

　　你一个新来的小兔崽子吃几年咸盐啊！不知天高地厚敢跟老子理论！木帮出来的人，急脾气，气性大，炮筒子，又有老资格，说不好就撂挑子。这回他心里难受，想起自己的孩子，就去牡丹江看女儿去了。

　　"咸盐""气性""炮筒子""撂挑子"至今仍然是东北地区日常交流中的"高频词"，它们绝对可以被更典范的普通话词汇代替，但方言显然承载着独特的地域文化。譬如同为东北人的笔者听到"咸盐"一词的时候，脑海里总会浮现某位家族长辈嗔怒的模样；听到"撂挑子"的时候，脑海中呈现的是一个动态的场景。

　　"素人写作"从诞生开始就被寄予无限的期望，人们见惯了规划后成方圆的写作体系，开始期待不受规训的、原始的、充满灵性的文字。在赵瑞华的创作中，"开放"与"原始"是主要的命题，文字围绕着本真的生活展开。我们几乎可以从赵瑞华的表述中窥见一代东北农村女性横跨20余年的生存处境：从独享的"奢侈挂面"到母亲离世时作为长女的麻木和被迫成长，到渴望着大学生活但求学之路却大起大落，再到表面开明的父权制社会高举"为了女儿好"的大旗，将她推向包办一样的相亲流程……时代的灰尘落到个体身上就是一座山，赵瑞华的经历本质上是时代的缩影。

赵瑞华将自我经验呈现到作品当中，这固然使得写作成为一种自我表达与疗愈的过程，消除了作家与读者之间的隔膜，但由于缺乏专业的写作训练，作品也常常出现质量不稳定的情况。宏观来看，依赖网络的传播会导致作者的内容生产商业化、套路化，致使市场上同质作品泛滥等等。但无论如何，以《路在脚下》为代表的"素人写作"之兴起挑战了传统文学创作的权威性。虽然作品的文学性明显不如纯文学作品，但毋庸置疑的是，以《路在脚下》为代表的"素人写作"让"沉默的大多数"开始发声，新媒体搭建的传播平台也让更多的此类声音走进了大众的视野，而赵瑞华本人坚韧的生命力也在影响着读者们。

一种"隐性叙事进程"
——《路在脚下》人物心理探微

王一州

《路在脚下》讲述了作者赵瑞华自出生（1955年）至27岁（1982年）的个人经历、家庭变迁史，并以此为基点，呈现了这二十多年的社会发展概况、东北地区的风土人情。在这部作品中，个人与时代的互动关系是贯穿全书的线索，也是作者多次提及并思考的问题，构成了普通人扎根大地、追逐梦想、谋求个人及家庭发展的丰富人生经历，即现实维度。另一条重要的线索是作者及其家庭成员的心理特质，这一要素很大程度上影响了作者及家庭成员的人生走向，也是社会环境对个体产生影响的直接表现，构成了普通人与现实作斗争、与自我作斗争的心理冲突，即精神维度。这两条主要线索犹如叙事学上的双重叙事进程，前者更接近显性叙事进程，后者更接近隐性叙事进程，二者相互交错、相辅相成，共同展开了一次完整的真实的写作。相较于现实维度的线索，精神维度的线索更隐秘，也更能反映出"个人如何在时代的潮流中拼搏出自己的道路"这一主题。文中体现的心理特质对作者的人生选择产生了深远的影响。本文试以作品表现的三种心理特质为切口，考察作者的个人选择与社会、时代的关系。

一、命运不受自己主宰：保守的心理

作者在作品中数次表达了个人的命运不受自己主宰的感慨，直接提及命运的地方达到20余次。例如"纵然我有千万个不舍，我的命运还是没掌握在自己手里"，"有时候自己的命运很难掌握在自己手里"。诚然，在时代洪流面前，个体过于渺小，但这并不意味着个体失去了掌控自己命运的可能。作品中，我们仍然能看到许多改变自己命运的机会和许多潜在的转折点。

母亲和父亲一生坎坷挫折，他们具备许多优秀品质，也有许多性

格和心理上的短板。他们首先呈现出一种极度保守的、胆小的、逃避的心理特征。父亲在供销社有个好工作，但因为一次账单问题，便心生恐惧，离开岗位回家务农，并将和钱有关的工作都视为危险的。母亲也有类似表现，她的儿子原本有一个好工作，却因为怕儿子服兵役，让他躲起来，无论别人怎样劝说都坚持己见，导致儿子被开除，失去了大好的晋升机会，只能回到从前的平庸之路。作者也继承了这种保守心态。她在高考填报志愿的时候，为了求稳定，选择了中专而不是大学，但实际上她的分数远超大学录取分数线。如果父亲能够继续从事供销社的工作，如果儿子的前程能够保住，也许家庭就会走上一条与过往历史相反的道路。如果作者上的是大学，其人生轨迹也可能再度发生改变。这种保守的心理特质伴随的是短浅的目光，使他们未能把握住人生的机遇，更未能在坎坷崎岖之路上发现柳暗花明。

但另一方面，我们也应看到，这些心理弱点是在所难免的，因为他们的选择无不源于生存的压力。父亲让孩子辍学，是因为他难以承担家庭的负担；辞去供销社的工作，是受自身知识水平和历史问题的双重限制。母亲生怕儿子服兵役，是为其生命安全着想。作者报中专而非大学，是基于对自己考试水平的评估，填报大学面临着无学可上的风险。换言之，他们的保守心理具有一定程度上的必然性，往往是别无选择。这一家人的心理惯势建立在个人的心理创伤基础上，进而影响了他们的命运。

二、家庭的分裂与动荡：焦虑的心理

焦虑的心理特质主要体现为一种漂泊的、分裂的、无所依靠的心理状态。作者在文中特别强调了搬家这件事，也特别表达了对于理想家园的渴望。可以看出，拥有一个稳定美满的家一直是她的夙愿。作品中，作者一共经历了七次搬家，不妨对其搬家经历进行简单梳理：第一次，父母结婚后搬至离供销社较近的小官屯；第二次，父亲从供销社辞职后，从小官屯搬回了南兰屯，租住在五大娘家西炕；第三次，因为五大娘儿子结婚，要回家办婚事，租住至老徐家西屋的一铺炕；第四次，攒钱、借钱,加上分红,一共花三百元买了新房(齐木匠的房子),新房是两间泥土正房,独门独院;第五次,父亲以姐姐出嫁为借口,卖了小院子和院子里的东西,搬家至山东屯,买下一间半土房同别人住东西屋;第六次,卖了山东屯的房子,搬到后街三队靠道边老纪家;第七次,作者结婚,婚房为丈夫所借。

在这七次搬家中,除了第四次买下新房,一家人大多是租住在别人家的一铺炕上、一间屋里,没有属于自己家庭的完整的房屋。租住也意味着住所不稳定,住房不掌握在自己的手中,随时会因为种种原因被迫搬家。拥挤、贫乏、被动,填充了作者对家庭的印象。家是人于大地栖居之所在,是心灵的故乡。没有稳定的家,就像随波逐流的小船。这自然会让人以为无法掌握自己的命运。也因此,住在父母买下的新房的日子成为作者最幸福的时光。

家庭不仅包括住所,更重要的是家人。如果说住所体现的是漂泊、无所定居的焦虑心理,家庭成员的分离则会给人的心灵造成分裂的感受。作者的小弟弟、小妹妹还未来得及与家人说话便离开了人世,二哥结婚分家,姐姐结婚离家,妹妹也会离家。在失去母亲、缺乏父爱的状态下,兄弟姐妹成为作者的依靠,但这种分离又是不可避免的。关于家的漂泊和家人的分离给作者造成了永久的心理创伤。哈特曼指出,创伤的内核由两种相互矛盾的因素构成,其一是没有被认知或意识到的创伤性事件,其二是对创伤性事件的记忆。[①]创伤具有不可控性、重复性等特征,家庭的创伤对作者而言不是某一时刻发生的事件,而是历时性的集合。频繁的家庭事件不仅给作者留下了深刻的痛苦记忆,还造成了无意识的心理创伤。

三、忍辱负重与坚守自我:坚忍的心理

个体在浩渺的时代洪流中努力保持自我,坚定不移地走出一条与众不同的道路,这一过程的驱动力源于个人的独异性。这种独异性,特别

[①]Hartman G H:On Traumatic Knowledge and Literary Studies,*New Literary History*,1995,No.3,p.537.

是坚忍不拔的心理特质，赋予了个体内在的力量，使人在任何环境下都能坚守信念，勇往直前，追逐内心深处的梦想。作者坚忍的心理特质，正是她独异性的生动体现。这种特质使她在人生的道路上无论遭遇多少艰难险阻，都能保持内心的平静和坚定，始终坚守着自己的梦想和追求。她的成长经历充满了挑战和困苦，但正是这些经历，磨砺了她的意志，塑造了她坚忍不拔的性格。

作者在一个困苦的家庭环境中成长，母亲早逝，父亲的教育方式也颇为"狠毒"。然而，正是这种不幸的家庭环境，让她骨子里坚忍不拔的精神恣意生长。她渴望家庭的温暖和关爱，但残酷的现实让她不得不学会坚强面对。责任感和担当精神让她逐渐成为家庭的支柱，她不仅要在家务农，维持家庭的生计，还要在学校努力学习，取得优异的成绩。作为家庭的一员，她承担起了照顾家庭、维护家庭荣誉的重任。她要学会看家护院、下地劳作，用自己的双手为家庭创造财富，保证家庭的正常运转。同时，她还要学会忍耐和承受，面对生活中的种种困难和挑战，她从不退缩，总是勇敢地迎难而上。作为社会的一分子，她在生产队工作中秉持着劳动最光荣的信念。她勤奋努力，不怕苦不怕累，用自己的双手为社会创造价值。她的坚韧和毅力感染着身边的人，赢得了大家的尊重和赞誉。在学校，她更是展现了出色的学习天赋和刻苦的学习态度。无论是文科还是理科，她都能取得优异的成绩。她的坚忍和毅力不仅让她在学业上取得了成功，更让她在人生的道路上走得更加坚定。

作者拥有梦想，便勇敢地去追逐。无论身处何种环境，她都能保持内心的坚定和执着。她的坚忍气质贯穿于她的整个人生旅程，成为她应对时代变迁和命运挑战的有力武器。正是这种坚忍不拔的精神，让她能够在逆境中保持自我，创造出属于自己的精彩人生。因此，我们可以看到，无论个体在时代洪流中显得多么渺小，只要拥有坚忍不拔的精神和坚定的信念，就能够保持自我，走出一条属于自己的道路，创造出属于自己的精彩人生。

四、结语

在以上三种心理特质中,既有外在因素对个人的限制,也有个人本身的努力。这样的线索将作者的人生经历以及她对于个人与时代关系的思考串联起来。由此,我们看到了一个鲜活的奋斗者、拼搏者的形象。《路在脚下》不仅是一部个人史,还与群体、家国相关。前文说的这些心理特质并不局限于作者个人的品质,还映照在以作者为代表的群像上,代表着无数人的心路历程、所思所想。作者述写了自己的家庭变迁史,也在一定程度上帮助相似的同龄人建构起他们的家庭记忆。《路在脚下》是非作家写作的优秀代表,它揭示了时代洪流下隐秘的、真实的个体心理线索,反映的是群体真实的心灵生活,这样的写作并不是由华丽的辞藻和灵巧的构思实现的,而是完成对既有经历的追溯、回忆和书写,记录人对生活的真实感受、深刻体悟和反思。因而这类写作不仅具有文学价值,还具有史料价值,其史料的丰富性,能将读者带回真实的历史现场。在此意义上,作者实现了诉说的心愿,记忆、文化、生活经验以及其中的复杂的情感完成了接续传递,由下一代人和读者传承、体悟,并注入新鲜的时代血液,不断反思,甚至再发现和创新。因此可以说,《路在脚下》这类非作家的非虚构写作极具生成性。

谈《路在脚下》中的父亲形象

赵璐安

《路在脚下》给我带来的感觉可以用一个词来形容,那就是亲切。作为土生土长的东北人,当我阅读《路在脚下》时,不像是在看一本书,而是在看一户东北人家数十年的岁月变迁。可以说,《路在脚下》带我领略了20世纪五六十年代的农村生活,也让我见识到东北农村的习俗与文化。我以为,理解一部文学作品,不仅需要作整体的评判,还要深入作品细节,才能更好地体味作品之美以及作者的所思所想。所以在这篇小评论中,我从《路在脚下》里选取了若干与父亲形象有关的章节,加以评论,尝试理解这个人物,并探讨父亲形象的塑造为何成功。虽然这样的评论是片段式乃至碎片化的,但也代表着我对这部作品的理解。

作品中的父女关系很值得关注,从中可以看出作者对生活的细致观察。作者并没有采用大段议论,而是随着情节的发展,在父女的对话以及一个个故事中展示父亲的多个侧面,凸显父亲的形象。早在作者儿时,父亲就对她存有偏见,这可能是引出此后一系列故事的原因。父亲是愚昧的。一方面,他经历了种种灾难,开始变得宽宏大度;但另一方面,又因为隔壁神婆的几句话而对自己的亲生女儿心存厌恶。这不禁让人产生疑问,之前的智慧和善良并存的父亲哪里去了?父亲也是粗暴的。在"辍学二'吓'"一节中,作者与父亲本已处在"冷战"之中,上学成了引子,让父女矛盾集中爆发出来。父亲毫无原因地打了作者,说:"死丫头蛋子,一早上干什么来着?才梳头洗脸,人家都放工了,你还没打扮完,要上轿啊?你个白吃饱,我养活你有什么用!"在这里,读者和作者一样对父亲的行为感到困惑,但接下来父亲与二嫂的对话却揭开了谜底:"二媳妇儿,你啥也别说了,这死丫头我是说啥也不让她念了……这样的孩子我还指望她养老啊?没等怎么的呢,就敢和我犟嘴,我老了要是下巴搭在她锅沿上,还不整天给我脸子看啊?算了,趁着我还能动弹,赶紧下来给我效几年力吧!"读到这里,我作为一个读者，感到豁然开朗：父亲对作者大打出手的原因还是家庭困难。可见塑造人物形象不一定需要大段议论，从事件和对话中就可以很好地表达人物的所思所想。这样，后来的情节发展就变得很合理，也为父女关系的继续恶化打下了基础。

从父女关系出发，父亲形象的塑造也有助于凸显作者本人的形象。由于父亲始终执着于让作者辍学，那么由此产生的家庭风波就不会仅有两次。以父亲的性格，他肯定不会轻易让作者安心读书。后续提到，作者反抗父亲的方式是不与父亲交流。这既是在解答父女关系恶化的原因，也是在讲故事的过程中塑造了作者自身的形象，即执拗、执着、坚信求人不如求己。这养成了作者冷静的性格，无论是对待同龄人还是遇到突发事件，她都能做到临危不乱。如此成熟的孩子是经历过无数苦痛与悲惨培养出来的铿锵花朵，而苦痛与悲惨的来源之一就是父亲。这是作者对自身的准确定位，也是《路在脚下》的一条主线。

除了父女关系以外，很多其他情节都体现了父亲是一个复杂的人物形象。他时而古怪狠心，时而善良和蔼，让人捉摸不透，让人感到人性难以揣测。在"讨债鬼"一节中，父亲失去了稳定的工作，失去了各种便利，再加上生病体弱、经济困难，所

以他将愤怒发泄在家人身上。而在"流浪儿"一节中，父亲智慧而善良的样子又让人愕然。他对待自己亲生儿子有如仇敌，对待非亲生的孩子却能坦然接受。父亲同时也是可怜、可悲的。母亲病逝的沉痛打击让父亲举步维艰，也让本就困难的家庭雪上加霜。这究竟是同一个父亲吗？作者在"将功补过"一节中给出了她的理解方式："骨子里的传统和现实中的差别在不同时期，不同环境，不同心情下不断地相互转换。一会儿鬼战胜了人，一会儿人战胜了鬼。"这是少见的议论，但却是必要的。这段话提示读者，父亲的种种行为都与自身经历和所处环境息息相关。换句话说，作品中的父亲是一个"活着的"父亲。

总的来说，《路在脚下》中的父亲形象塑造得很成功。作者赵瑞华不一定知道"圆形人物""扁平人物"的理论，也未必遵循"典型环境中的典型人物"原则来创作，但作品却与这些创作规律暗合。这得益于赵瑞华对生活中人物的细致观察，也启示我们，要想让人物走出"脸谱化"困境，需要关注生活的细节，并在观察中思考人物行为的动因；此外还要力戒在叙事作品中随意插入大段议论，要更多在故事的展开和对话中塑造人物形象。

抗争与命运
——谈《路在脚下》中的女性形象

张佳雯

回忆录《路在脚下》以朴实的文字讲述了作者赵瑞华和她周围人的故事。读罢此书,我被深深地打动了。"腊月羊叫嚷嚷,不是缺爹就是少娘。"作者的前半生实在是坎坷多难。然而,她的姐姐和妹妹陪伴着她,三个人彼此依偎,苦难的生活也有了温暖。我以为读一本书,不仅要注重"读",更要"读出"。"五四"以来,现代文学中的女性在时代潮流中抗争、出走,"她们是被现代理性启蒙之光所照亮的、走出了伊甸园的夏娃,她们的痛苦是智慧的痛苦"。①但作家笔下的女性多是虚构的,即便带有作家自我言说的意味,也充满了想象色彩。《路在脚下》是"普通人写作"的成果,又属于自传体裁,记录的是真人真事。作品中姐姐、"我"、妹妹这三位女性很具有代表性,她们性格各异,面对强势的父亲时选择也不同,最终,她们的命运轨迹就有了差别。她们有别于专业作家笔下的人物,可以为我们展示20世纪中后期东北农村家庭中女性的出走、抗争与妥协,让读者在心生敬意的同时扼腕叹息,并思考启蒙这个持续了百余年的沉重话题。

一、姐姐:出走的守护者

作者在塑造姐姐形象时,并没有直接描写外貌,而是借助情节,辅以"我"的感受,勾勒出了一个"长姐如母"的守护者形象。母亲死了,"姐姐一手搂着我,一手抱着小妹,只是无声地落泪"。当幸福的小家面临丧母之痛时,正是姐姐首先接过了妈妈的担子,她也成了"我"和妹妹的精神支柱。姐姐当家了,但她只是一个17岁的姑娘,她是弱小的。父亲沉迷赌牌,姐姐只敢怯生生地叫他吃饭,甚至不得不下

---

①刘思谦:《"娜拉"言说——中国现代女作家心路纪程》,上海:上海文艺出版社,1993年版,第19页。

跪。父亲赌气不吃饭，姐姐也只能道歉请求原谅。年轻的姐姐恨父亲，却又不得不委曲求全，以求凝聚这个家。

在作者的心里，姐姐是坚韧的。"没有母亲的日子里，我们靠姐姐。"姐姐是主心骨，她是"心里装着事儿的孩子"，敢于为了"我"去和老师争执，她不舍得让两个妹妹干活。有姐姐的生活，"我"是自由自在、无忧无虑的。

然而，作为一个年轻人，姐姐又向往着外面的生活。作者早就暗示过姐姐出走的必然性，作品中不止一次提过姐姐勤劳能干。她每天按时出工，舍不得耽误一天。"姐姐自打走出这个家门，外面的世界让她开了眼界，心情也豁然开朗了许多，如果让她重新回到家里围着锅台转，她已经接受不了了。"正是这种勤劳能干，让姐姐能够逐渐承担大队里的工作，继而有心气、有能力去往外地，命运的发展是合理的。作为守护者，姐姐走得并不远，妹妹们还能去找她寻求庇护，她也追寻到了自己的幸福。

可以说，姐姐这位守护者是母亲身份的延续，但她同时又是一个娜拉般的出走者。尽管走得不远，但她却迈出了坚实的一步，并最终取得了成功。"五四"时期的很多作家都曾思考"娜拉走后怎么办"这个现实的问题。作品中的姐姐给出了明确的答案，那就是依靠自身的能力与劳动，获取生存的基础，也挣来了作为独立的人的资本。从这个角度来看，姐姐是一个成功的"出走的娜拉"。

二、"我"：矛盾的抗争者

《路在脚下》是写给读者的，但更是写给自身的，所以作者把自己内心的隐秘角落记录下来。这样丰富的心理描写让"我"这个人物形象更加立体，读者也就更能产生共情了。

人本主义理论认为，人物的性格和命运会受到需求的驱动。"我"的人生与命运就是始终围绕着满足基本生存需求来展开的。幼年的"我"爱笑爱闹，是孩子王，后来母亲去世，父亲心理变得扭曲，姐姐也走了，那个爱笑的孩子不见了，"我"开始沉默。还是上学的年龄，"我"却早早就扛起了生活的重担。那时"我"最渴望的就是读书，渴望去往大城市学知识,然而,父亲却一再阻止,试图让"我"放弃读书,早点儿工作嫁人,好分担家里的压力。正是在三次辍学风波中,通过紧张的父女关系,一个矛盾的抗争者形象出现了。

幼年时面对父亲,"我"是软弱的,抗争是无力的。在中国传统的家庭关系里,父母总是更加强势的一方,孩子很难与之抗争。在第一次辍学风波中,面对父亲的要求,"我"的反应是"心里老大不痛快,又不敢表现出来,就无助地哀求他,迷茫的眼神,有气无力,像蚊子一样嗡嗡地小声嘀咕"。父亲一瞪眼,"我"就妥协了,抹着泪下地干活。如果不是老师的帮助,恐怕"我"再也不会读书了。第一次抗争在他人的帮助下成功了,弱小的抗争者有了再次学习的机会,反抗的火种也在"我"的心中逐渐燃起。

在第二次辍学风波中,"我"再度面对父亲。此时,这位抗争者开始主动地反抗父亲,"我"的形象也变得更加复杂立体。父亲毫无预兆地率先找碴儿,直接举手就打,这次"我"觉得自己没做错,并且据理力争,可换来的是父亲更加愤怒的反应。于是"我""坐在地头上委屈地哭了",发誓要逃离这个家,"我心里突然觉得豁出去了,就这一堆儿一块儿,打死拉倒。有这想法后,我倒是对他不那么恐惧了"。如果说第一次辍学风波让抗争觉醒,那么第二次辍学风波就让抗争走向了高潮。

第三次辍学风波是父女关系的转折点,"我"这个抗争者开始反思了。老师的劝解让我认识到硬碰硬的坏处,也意识到父亲的不易。"我"的心理很矛盾,一边渴求父爱,一边抗争,既听从老师的话反思自身,又瞒着父亲报名参加了高考。"我"走得最远,靠自己的知识获得了幸福。可以说,"我"的命运是因为抗争而改变的,但抗争中也始终伴随着内心的挣扎。

作品对"我"这个抗争者形象塑造得十分成功。成功的原因就在于真实而饱满。不同于大量现代小说中的那种决绝,"我"的抗争虽然成功,却也很复杂,其中包含着偶然、退缩与犹豫。值得深思的是,当作者晚年提笔写下《路在脚下》时,她对父亲的态度已转为释然了。可见,生活与心理本身是高度精微的,正是在抗争和犹豫的交织中,作者走到了今天。抗争虽然占据了上风,但它并不那么纯粹、理想。这或许正是启蒙不能一蹴而就的原因之一吧。

三、妹妹：无奈的妥协者

在三位女性形象中，涉及妹妹的笔墨是最少的，但我们依然能从碎片的语句中拼凑出妹妹这个无奈的妥协者形象。

妹妹从小在两个姐姐的庇护下长大，对于作者来说，妹妹是她的小拐棍，是她寂寞生活中的一丝温暖。当作者因打碎了玻璃不敢回家的时候，是妹妹找到并安抚了她，每当作者与父亲产生矛盾的时候，妹妹总是充当"调解员"的角色。

面对父亲，姊妹们的反应不同。"在我和妹妹之间，小妹嘴甜主动接近父亲，而我外强中干嘴又怒，在父亲那里能得烟儿抽吗！"可见小妹更加温和，也更会讨父亲的喜欢。然而，这样可爱的小妹，在作者离家去外地读书的时候，竟被父亲哄骗着辍学了。面对父亲这个掌权者，妹妹的性格更加软弱，她缺乏的正是抗争，因此她妥协了。作者对此感到十分心痛："她小小的年纪就承担起养家糊口的担子，命运对她是不公平的，这里有她自己的懦弱，也有父亲的偏执，更有作为姐姐的无力呵护。"妹妹是三个人中唯一留下来的人，面对强势的父亲，她选择了妥协，也走上了和两位姐姐不同的命运之路。

作为女性，我深深地喜欢着这三个经历过苦难的女孩。在短短几节的篇幅中，我看到了三个美丽的灵魂，在那寒冷的岁月中互相依靠着。女性的温柔，正如冬日温暖的被褥，在严寒中带来温暖与慰藉。在作者笔下，三个女性形象十分鲜明，性格驱动着她们的行动，让她们走上了各不相同的人生道路。其中姐姐和"我"是相对成功的，妹妹的命运却令人唏嘘不已。可以看出，即便距离"五四"已有将近五十年之久，在东北农村的家庭中，还在上演着"娜拉出走"的故事。这或许与经济状况相关，或许和家庭中的权力相关，或许和性格相关，但可以肯定的是，启蒙仍然在发挥作用，至少姐姐和"我"的出走证明了觉醒的现实意义。但对妹妹来说，启蒙又是作用有限的，它败给了性格，也败给了个体的独特性。

民俗书写、传奇人物与历史驱动力
——评《路在脚下》

王雪晨

赵瑞华的回忆录《路在脚下》分为"童年记忆""少年烦恼"以及"青年励志"三章,每章又分为若干节,每一节对应一个独立故事,总体上按照时间排序展开。作品叙事灵动、文笔优美,体现出注重事实本身、较少隐晦之辞、语言质朴流畅、情感细腻动人的特征。我认为,《路在脚下》中比较值得探讨的部分,是与个体经验相融的民俗书写、具有传奇色彩的鲜活人物,以及在个体表达中隐含的历史驱动力。

一、与个体经验相融的民俗书写

在灵动、绵密的笔触之外,《路在脚下》中包含着一些带有地方烙印的特殊个体经验。美国诗人罗伯特·弗罗斯特指出,"人的个性的一半是地域性"[1],这一观点强调了地域文化对个人性格以及行为的深远影响。这种地域性根植于赵瑞华的骨骼血肉之中,深藏在她的意识和潜意识里,同时也潜移默化她笔下的文字,主要在民俗书写方面有所展现。

例如作者在书中描写了自己亲身经历的办族谱、"叉玛"等活动。这些活动极具地方特色,从常见的"无主体叙述"模式跳脱出来。并且,《路在脚下》对民俗事项的记录方式是从个人角度出发的,作者用细腻的女性视角记录并思考着地方民俗文化,其中蕴藏着宝贵的个体经验。一方面,一些特殊的文化现象在赵瑞华的记录之中得以保存、流传;另一方面,这对于书斋之中的读者来说,会带来一种新奇的陌生化体验。

---

[1] 张学昕、李昕泽:《我们时代究竟需要什么样的"乡土"?》,《南方文坛》2024年第5期。

二、具有传奇色彩的鲜活人物

作品也塑造了一些具有传奇色彩的鲜活人物形象。例如在牡丹江库都尔林业局工作、身为林业局五个创始人之一的三大爷。他在我国最寒冷的地区之一库都尔地区一点一点地发迹，而后遭遇了一系列打击，最后因酒精中毒回到家乡养病。他与赵瑞华的生活产生了关联，成为回忆录的一部分，最终为这部作品增添了带有传奇色彩的一笔。

看到这里，我不由得想起了2022年在B站引起热议的11分钟短视频《回村三天，二舅治好了我的精神内耗》。这是一位历史老师在回村后对于自己的二舅的记录。二舅是一位天才少年，儿时因发烧被村医误诊导致残疾，但却心灵手巧。他靠自学掌握了修补手艺，得以糊口，并保持着乐观的心态。这部短视频与《路在脚下》有相通之处。从记录主体来看，赵瑞华不是职业作家，《二舅》的制作者也并非影视专业出身，但他们都善于呈现并分享自身的生活经历。在对记录客体的选择方面，二者都致力于塑造熟悉的、带有传奇色彩的人物形象。无论三大爷还是二舅，他们的身上都带有"大隐隐于市"的意蕴。这些人物的传奇经历让作品产生了独特的叙述张力，也增强了作品的可读性。

三、在个体表达中隐含的历史驱动力

作为回忆录，《路在脚下》表达了赵瑞华个人的人生历程与所思所想，她用细腻的文字描绘着沉浮起落的个人经历与家族兴衰，其中有奋斗，有迟疑，有绝望，也有光芒。但正所谓"诗可以兴，可以观，可以群，可以怨"，在个体表达的背后，往往潜藏着社会性的因素。在个体经验叙述之外，读者可以隐然感受到推动人物与家族命运发展的历史驱动力。

赵瑞华笔下的人物命运与故事走向都被宏阔的历史背景所包摄，并深受其影响。书中人物的命运看似是自主决定的，但又始终是被历史裹挟着的。父亲形象就是最好的例证，他曾经见过大世面，但又在历史洪流中饱受挫折，最终成为赵瑞华童年苦难的根源之一。而赵瑞华本人尽管具有顽强、勤奋等诸多美好品质,但如果离开了历史的机遇,也就是恢复高考,那么她断然不会有如今的生活。正如古语所言,"道在屎溺中",历史的驱动力也隐藏在鸡毛蒜皮之中,使人与家族的发展充满偶然,也存在必然。

但个人的作用也不应忽视。作品中,以赵瑞华本人为代表的诸多人物都表现出了积极的生活态度与强大的精神力量,这对于在困难中挣扎的读者来说,无疑会带来莫大的鼓舞。

苦痛的淡化与释然
——《路在脚下》读后

王 涵

《路在脚下》是赵瑞华的自传,是关于她前半生经历的自述。全书主要按照时间顺序分为三大部分:童年、少年和青年时期。作品没有过多精美的辞藻,更多的是平淡地讲述作者的故事,行文流畅,感情真挚动人。在童年时期,作者经历了诸多苦痛。但当作者站在当下的角度去回望这一段记忆时,却没有流露出过多的伤感情绪,而是选择将这段记忆融入平淡的叙述中。作者童年时期的苦痛主要分为三个部分:一是家境贫困,二是亲人的离去,三是父亲带来的心理阴影。

作者童年时家庭贫困,第一章就着重写了物质的匮乏。"晚饭时,桌子上依旧是那四个压桌咸菜碟,什么咸土豆啊、疙瘩樱啊、萝卜干啊、酸角瓜啊。主食就是玉米糊掺白菜叶或野菜叶子。"物质的匮乏造成了连锁反应,作者营养不良、体弱多病。"我的童年是在病魔中度过的,生病是家常便饭。父母为了养活这几条命,过上好日子,时间和精力都用在劳作上,舍不得耽误一个工。我总是一个人在家无人照看,经常鬼使神差地说来病就来病了。"由于在物质层面上为病馁所困,所以在精神层面上,她需要父母家人的爱作为弥补。

但另一重苦痛随之而来,击碎了作者对亲情的渴求,那就是母亲的离世。费伊·邦德·艾伯蒂在《孤独传:一种现代情感的历史》中对亲人故去造成的孤独感有过详细的论述:"爱人的故去会让他们陷入孤独,一方面使得他们在情感上被迫分离,另一方面造成了他们在社会上的孤立。"[1]在童年时期,作者也经历了情感分离,例如第十三节提到,由于五大娘的儿子返乡准备婚事,作者一家不得不与五大娘分离。但这种分离所带来的痛苦远不如母亲离世。对于一个十岁的孩子来说,母亲

---

[1] [英]费伊·邦德·艾伯蒂:《孤独传:一种现代情感的历史》,张畅译,南京:译林出版社,2021年版,第10页。

的去世犹如晴天霹雳。在作品的童年部分，对母亲的描写占据了很大篇幅，可见作者对母亲的感情之深。作者在第四节提到："孩子离开妈妈的感受是那么深切，这阴影是留在心里无法摆脱的。"她描述了家庭成员的变化，例如小哥变得沉默寡言，姐姐将自己的全部精力放在了照顾家庭上，作者和妹妹则开始梦游。

　　变化最大的是父亲，他给作者带来了严重的心理阴影，也造成了作者童年时期的第三重苦痛。随着母亲的去世，父亲备受打击，变得浑浑噩噩且暴躁起来。拉康在介绍"象征界"时举了一个"以父之名"的例子，将父亲描述为家庭中权威和法则的象征。孩子要么接受这套法则，在父亲的法则中生存，要么否定这套法则，挑战父亲的权威，自己重新定义法则，赋予法则新的意义。《路在脚下》中的父亲就是家庭中最有权威的角色。母亲带着两个孩子嫁给父亲后，时常照顾父亲的情绪。但在母亲去世之后，父亲的情绪变得失控起来，他开始沉溺于打牌、动辄暴躁大怒，即使面对姐姐和作者的劝阻也无动于衷，这正是权威的体现。

　　但父亲又是复杂的，他不只是一个暴躁的人，这或许是作者后来释然的原因之一。《路在脚下》中的父亲虽然一度站在子女的对立面上，有权威暴虐的一面，但也曾承担了家庭责任。父亲在一开始不强迫母亲与前夫所生的孩子改姓，并尽心尽力地抚养他们。母亲离世后，父亲一心想帮助孩子成家。所以，作者对父亲的感情是爱恨交织的，爱的一面缓解了心理阴影，也减轻了母亲去世带来的伤痛。

　　此外，姐姐在一定程度上扮演了母亲的角色。她维系家庭、照顾弟妹，"外边的事由小哥做主，家里的事儿是姐姐当家"。"姐姐成了我们的靠山，虽然她十七岁，可在我心里她就是家里的掌门人……特别是姐姐在呵护和维护着这个家。"尽管日子仍然过得艰难、父亲不时宣泄情绪，但姐姐的存在补充了母爱的空缺，也淡化了生活的不易。

　　总而言之，《路在脚下》讲述了作者童年时期的苦痛记忆，但作者显然没有沉溺于苦痛，而是代之以淡化和释然。可以说，作者是幸运的，她的前半生虽然历尽艰辛，但都在亲人之爱与自身的努力中化解。这也正是《路在脚下》得以成书并打动读者的原因，即作品蕴含着一种向上的积极力量，在真挚的情感中直触读者心灵，催人奋进。

家国血泪记、女性成长史、民俗语料库
——从镜子看《路在脚下》的几重意义

徐 月

  美国学者詹姆斯·奥尔尼说："自传是最简单也是最常见的文学事业"，似乎所有的人都能将自己的经历写下来，只要他能说话，能书写，但这也是"一项非常大胆，甚至鲁莽的事业"，当传主的文字真实地记录了他的过往，他们的生活就会被当作可供赏玩的消费品。① 从2017年《我是范雨素》的爆火开始，"素人写作"受到越来越多的关注和讨论。他们将自己与生活的互动诉诸文字，在读者看来，书中描写的传主经历似乎比大多数普通人更加精彩。可是精彩仅对欣赏者而言，艰辛才是众多素人传记的底色。随着各种社交媒体受众的下沉，越来越多的普通人乐于呈现自己的人生轨迹。从微信朋友圈分享难忘瞬间，到小红书传递生活经验，再到抖音、快手等短视频平台上用视频记录日常点滴，"平民百姓"开始用自己的方式纪念人生。"素人写作"的正当性似乎可以用卢梭在《忏悔录》中的一句话予以说明："我的一生尽管默默无闻，但要是我的思想比国王们更丰富更深刻，那我的内心的全部活动就会比他们的更能吸引人。"②

  赵瑞华《路在脚下》也属于此类。作者在铁路疗养院护师职位上度过了自己大部分的职业生涯，似乎与写作没有什么交集，但她却在退休后以30万字的长篇书写了自己堪称丰富的生命历程，既不乏宏大的历史叙事，又有女性独有的细腻的观察视角。出生于1955年的作者经历了中国当代历史的所有重大事件，《路在脚下》虽是东北女性的成长回忆，但作者以个人发展与历史演进为经纬，编织了一部20世纪50年代普通女性的成长史与东北民间生活史。该书围绕父母、童年展开叙事，作者从

---

①James Olney: *Autobiography and the Cultural Moment: A Thematic, Historical, and Bibliographical Introduction*, *Autobiography: Essays Theoretical and Critical*, Princeton: Princeton University Press, 1980, p. 3.
②[法]卢梭：《忏悔录》第二部，范希衡译，北京：人民文学出版社，1985年版，第815–816页。

柔软但坚强的女性视角看待人间苦难，笔触间透露出东北人特有的乐观主义精神。"腊月羊叫嚷嚷，不是缺爹就是少娘"，出生的时辰便预示着她一生的艰辛，虽然前半生是离现实作者最遥远的，但却是书写最丰富的部分。她的文字拓宽了文学、文化与历史的尺度，成为更广泛的历史的一部分——那些有着相同经历的女性的历史，那些阅读此书的人的历史。

自传被描述为"作者灵魂的镜子""时代的镜子"，可是当镜子与女性产生联系时，似乎彰显的是传统女性被束缚与禁锢的一生。花木兰虽伪装成男性与战士共同征战沙场，凯旋后的她却更衣换装"对镜帖花黄"。身为女性的木兰要通过镜子确认自己身为女性的容貌，这意味着她知道转换为女性身份之后会被他人审视。白雪公主的后母不断询问魔镜对自己容貌的判断，一方面显露出她对容貌的执念，另一方面也显示他者对高阶层女性容貌的要求。也许并非巧合，笔者注意到《路在脚下》中也有镜子这一物象的身影：书中至少五次写到镜子，其中两次写作者主动照镜子——分别照向受伤的脸和自己的衣着，一次描写民俗，一次用镜子遮挡"不堪"的历史，一次以镜子作喻赞美松花湖的风景。但当我们称《路在脚下》为"时代的镜子"时，就肯定了它作为"史"的价值。女性自传，尤其是素人女性自传或许无法像成功人士一样拥有更为宏大的历史眼光，作者在该书中为我们呈现的是东北小屯人民的生活史。她小时候生活的空间限于小小的南兰屯，但透过全书，我们看到了东北民间史的方方面面。或许我们可以通过书中的镜子，总结该书的价值。可以说，它折射出多重价值空间，最突出的则是三个方面：家国血泪、女性成长、民俗语料。

"听说前街老徐家被抄家了，我们就翻箱倒柜地找父亲可能留下的历史证据。果然在镜子后边找到一张父亲在伪满时期留下的六寸茶色照片。"这是第二章第十六节"洪流滚滚"中描写在特殊历史年代，为了保护父亲免受冲击，"我"与哥哥姐姐在镜子后面找出父亲担任溥仪侍从时的照片：父亲身穿黄色军官服，戴着眼镜，下穿马裤马靴，双手挂着一把军刀。此处的镜子遮挡了那段不光彩的历史，该书也为我们呈现了一段东北普通家庭与国家历史的并行发展史。作者父母的经历都带有传奇色彩,父亲曾在伪满洲国时期的溥仪身边当差,之后又跟随国民党当兵;母亲早年丧母,十三岁就做了童养媳,十五岁生子后孩子被婆婆过继给他人,在怀第四个孩子七个月时丧夫,之后便带着最小的两个孩子改嫁。"一家人三个姓",在父亲的坚持下,母亲带来的两个孩子仍保留原姓,父亲对他们视如己出。父母的结合给彼此带来温暖,母亲先后又生下三女一子,由于父亲的粗暴对待,"我"的弟弟在一岁多时去世,一个妹妹没满月就因病夭折。作者十岁时,母亲在一次劳作后因紫外线照射得了奇怪的皮肤病去世了,但家并没有散,在姐姐的操持下家境不断好转。东北乡村生活与国家历史大事息息相关。作者没有仅仅将叙述视角拘囿于家庭与个人,而是在行文中将个人、乡村、他人的发展与国家历史变迁勾连:1950年到1980年的众多历史,书中均有所涉及,此处不能尽举;直到恢复高考,普通人得到高考的机会,"我"也借此考上大学。个人命运、乡村生活与国家发展的丝丝缕缕的联系,带给读者强烈的历史感。个体的成长足迹、命运浮沉与当代史的同频共振隐然浮现,东北乡屯的百姓生活与国家历史并行讲述的方式,使自传具有了家国史的意义。

"我走到镜子前,那几个五分钱硬币那么大的水泡还挂着白霜呢。"这是第二章第四十二节"又遇寒流"描写"我"从学校顶风冒雪回家后,脸、耳朵、双手都被冻伤的情形。这面镜子映照出作者艰难的童年与少年生活。"我"是父亲的第一个孩子,也是母亲的第五个孩子。一开始父母力所能及地给予"我"千般娇宠,母亲去世后父亲开始自暴自弃,但姐姐给予的爱弥补了母爱的缺失与父爱的缺席。生活上,在姐姐的庇护下,"我"仍然快乐地度过童年。当姐姐出嫁后,"我"的童年就结束了,不得不承担家务,一边上学一边操持家务、照顾妹妹。但"我"小学时"学习好又听话,深得老师喜爱",中学时期更是"一学就会,一点就透"。在被父亲勒令退学时,老师因爱惜"我"的才智前来劝说父亲,终于在做通思想工作后,"我"得以再次回到学校。对于学习的热爱,让"我"克服一切困难,完成了自我救赎。随着高考的恢复,"我"考入卫生学校学习护理。在学校游泳课上,"我"鼓足勇气穿上泳衣,作者在自传中写道:"换上蓝白色泡泡纱的泳装照照镜子,也不错嘛!"这面镜子照出了自己光明的未来。在母亲与姐姐的影响下,"我"成长为一个乐观、坚强、不向苦难低头的进步女性。当"我"在生活中无人可依靠时,就向内寻找出路,让自己迅速成长。"我"敏而好学,这事实上成为改变命运的一剂良药,但在母爱的滋养与姐姐的庇佑下生发出的乐观精神才是"我"重塑自我的关键。书中对苦难的描写克制自持,不过分渲染悲情,文字间透露出作者不屈服命运的性格。《路在脚下》的初稿在"美篇"上连载生成,"美篇"是一个以老年群体为主的发布平台,相信与赵瑞华同龄的读者,尤其是女性读者可以从这部作品中映照出自己的成长经历,从而产生强烈的共鸣。

"在玻璃上或镜子上立筷子,嘴里还念叨着那些死去的人的名字。"这是作者在第一章第七节"大杂院"中描写小孩被吓着时,村子里的妇人们用以驱邪的民间做法。此处的镜子折射出的是民间习俗。书中对民间风习、顺口溜、俗语、游戏的记载堪称研究东北民间风俗的语料库。例如顺口溜"光屁股鸟,摘豆角,一把豆角没摘了,肚子疼往家跑,掀开炕席生个大胖小",这反映了当时女性的生育条件之简陋。又如"关东四大怪":"大姑娘叼烟袋,窗户纸糊在外,反穿皮袄毛朝外,养活孩子吊起来",是对中寒温带的东北地域极富特色的风土人情的形象表现。再如时令谚语,"三九四九打骂不走","腊八,腊八,冻掉下巴",是农业文明背景下群众对节气的精准掌握。此外像民俗描写:"如果谁家丢了东西,怀疑是哪家干的就抓一只猫,往猫身上扎七根大马蹄针,然后将猫扔进锅里蒸,如果是谁偷鸡摸狗就会像猫一样挣扎死去。"这是充满神秘色彩的交感巫术。书中记载了大量的民间游戏,如欻嘎拉哈、冰爬犁、抽冰猴、掏家雀、打地界、箍篓圈、扇片积……东北俗语"老疙瘩"指一家人中最小的孩子,是一种昵称;"睡毛楞"指睡觉时突然醒来进行无意识的行动;还有特殊时期东北满族人称山东人为"棒子""老坦儿",山东人则叫他们"臭糜子""旗人"。从民俗中反映出的东北人的文化传统、民间信仰与禁忌、语言智慧,都是我们观察特定时空下人的文化心理的一面镜子。

女性自传是一面镜子,它面向作者。透过镜子,作者审视过往,揭露自我意识,将镜中的自己作为诉说对象,在书写中倾诉,寻求理解。自传是作者同自我、外界交流的最好媒介。"自传不仅是'自我之歌',而且是群体之歌,'我们之歌'。"①历史是人民创造的,但历史却不是人民讲述的。《路在脚下》在呈现东北女性成长历程的同时,既补充了普通人视角下的东北民间史,又为我们提供了重新审视人民的历史的窗口。二十世纪的东北,曾是资源富足、经济发达、时尚新潮之地,曾以"共和国长子"身份在国民经济中扮演举足轻重的地位,但近年来经济陷入低谷。但也恰恰在这样的环境里,孕育了"新东北作家群",以虚构方式呈现了东北的社会变迁,引发广泛关注。在这样的背景下,《路在脚下》作为"素人写作"的成果,对小说叙事形成了补充,为世人了解东北提供了另外的视角。虽然由于职业关系,《路在脚下》还有很多缺点,但只要能够使世人更全面地了解东北、思考东北,这样的作品是不嫌其多的。

---

①王先霈、王又平主编:《文学批评术语词典》,上海:上海文艺出版社,1999年版,第627页。

第六辑

报 告

创意写作的田野教学实践

——东师创写丰满屯采风营报告

徐 强

2024年4月21日至28日，东北师范大学文学院创意写作研究中心组织了首期采风营，20名师生到吉林市丰满区丰满屯村魏家沟驻村一星期，开展了内容丰富的采风活动。学生主体来自2023级创意写作方向硕士生，外加少数高年级硕士生及博士生。这次活动带有探索性质，为今后东师创写采风活动的实施积累了若干经验，也为创意写作教学模式的创新提供了有价值的思路。兹将采风活动的组织实施过程、收获反思等报告如下，以供同仁参考。

一、背景与缘起

东北师范大学文学院的创意写作教育始于2015年。当年，本科写作课程升级为创意写作，在课程内容、授课模式、评价方式等方面进行了全新的改造，采风制度也正式写进了课程方案中。学科团队有一个共识：一切有价值的写作，都要扎根现实生活的土壤。这本为文艺创作的常理，但彼时入读的大一新生，已经是20世纪90年代中期以后出生的一代，这代人中的绝大多数，缺乏社会接触、缺乏现实生活经验，社会阅历、认知力、责任意识普遍薄弱，尤其需要走出课堂、走出校园，深入市井巷陌、田间地头，进行社会接触、调查、采录，才有可能从火热的现实生活中获得写作的生动素材。本着这一认识，从2015年起的几轮授课中，我们都曾安排采风活动，其中常规方式是组织去市内采风，例如到学校周边的集市采风。东北地区素有冬储菜传统，每年秋季从9月末到10月末，大量秋菜上市，市政府设立上百个交易市场，允许周边镇村菜农入市销售，此期人潮涌动，交易旺盛，正是观察和了解民生民俗的契

本文已刊《中国创意写作研究》第12辑（上海大学出版社2024年版），在该刊发表时有删节，这里收录的是完整版。

机。创意写作课程安排在秋季学期，正好利用课程周期采风调查。中心每年组织学生利用早晚或周末，到大型秋菜市场徜徉采录，活动结束后进行主题写作，间或组织成果展览。非常规的采风，视情况组织到一些有价值的目的地，例如曾多次组织赴东北民俗博物馆、双阳区葡萄种植园、解放桥旧书市场等处采风。这种市内或城市周边的采风活动时间比较集中，多在一天内完成。分散式的自由采风，则一般安排在寒暑假，布置学生利用返乡或旅行之机采风和写作，这种采风无法配合课程开展，不过对于在修课过程中建立起采风意识和习惯的部分学生来说，也能自觉实施，并有可能产生丰富成果。例如2016年寒假，曾有部分同学采集各地"市声"，回校后进行了专题音视频及写作成果分享。2018年秋季，东师文学院开始招收创意写作方向硕士研究生，在教学计划中也将采风列为重要课程，初期曾在本科生和硕士生中混合编组实施，但一直没有形成定制。

短期采风的优势是组织灵活，但近距离目的地采风只是利用业余时间、与课程穿插进行，很难深入，而且缺少较长时间的师生、同侪之间深度交流研讨，因此我们一直计划在外地建立实习基地、安排较长时间段的驻地采风活动。疫情过后，这件工作就提上了日程。

采风活动能在2024年春季学期实现，有几个重要契机不能不提。首先是2023年11月，东师创意写作中心承办了第八届中国创意写作年会，实现了创意写作教育界的线下集会，展示了创写学科的阵容和实绩，预示了创意写作教育的良好前景；其次是2024年新年伊始，中国学位与研究生教育学会发布《研究生教育学科专业简介及其学位基本要求（试行版）》，宣布"中文创意写作"作为二级学科正式列入中国语言文学一级学科下，这预示着中文创意写作学科建设将会迎来一波热潮，如何科学规划人才培养，也将是学科发展的重要问题之一。在东师创写中心看来，采风体制作为有效的培养环节，非常值得纳入培养规划中，探索一套切实有效的采风组织模式，就显得必要而迫切。第三，根据研究生分类培养的精神，研究生院设立了专业硕士实践课程改革专项资助项目，采风实践基地建设正符合这一精神。

正是在上述背景下，我们在论证中对采风活动的指导思想作了如下表述：

为落实国家新文科政策对文科人才培养的需求，因应"中文创意写作"入列二级学科的新形势、推进创意写作学科建设，响应教育部有关硕士研究生分类培养的指导意见及学校研究生院的有关推进要求，构建专业硕士学位研究生培养"产学研"平台，强化"在社会实践中育人"的力度，引导创意写作研究生扎根中国大地、书写中国故事、助力国家东北振兴战略和乡村振兴政策，提升主动服务地方经济社会文化建设的意识与能力，进一步健全人才培养体系尤其是实践实训体系，探索东师特色的采风写作模式，积累教学成果，根据《东北师范大学创意写作方向硕士研究生培养方案（2018版）》有关实践活动的要求，东北师范大学文学院拟组织创意写作方向硕士生开展"新农村采风写作营"，赴吉林省有代表性的新农村建设点进行采风考察活动，并在此基础上与相关单位合作建立"采风实践基地"。

二、合作方及采风基地概况

从2023年起，中心一直在省作协等兄弟单位的协助下物色省内采风实践基地。在对多处地方进行考察的过程中，吉林省不咸山舍文旅有限公司逐渐进入中心视野。该公司从事文旅开发，在吉林省新农村、传统村落等乡村文旅开发上经验丰富、项目成熟，文化属性突出，理念前瞻，丰满区、长白山区、向海湿地、龙井朝族村、抚松锦江木屋村等项目都有丰富的文化底蕴。这些项目依托特色村屯，周边自然山水各具特征，传统历史文化资源较为丰厚，具有较大的挖掘书写空间；涉农产业保持良好，有利于开展适当的学农行动，培养劳动意识。房屋建筑及基础设施完善，食宿交通条件良好，工作空间开阔，图籍资料丰富，便于在地展开教学讨论。安全环境良好，公司拥有特种行业许可资质，能够保障师生安全。公司创始人王立夫曾追随著名民俗学家曹保明先生，多年从事乡村民俗文化研究、非物质文化遗产传承保护相关工作，采访过上百位文化传承人，足迹遍布白山黑水，对于"三农"问题、乡村振兴、新农村建设、县域经济发展等都抱有热情，系吉林省旅游协会副会长、民宿客栈分会牵头人、吉林省传统村落"艺术乡建"发起人，近年来参与或主持的不少项目获得高级别奖励。王立夫本人对于东创中心采风计划产生了浓厚兴趣，发出热情邀约并调动团队全力配合，能够提供较好的引领和实践教学辅助，这也是首期采风营落地丰满屯的一个重要因素。

  本次采风目的地是吉林市丰满区旺起镇丰满屯魏家沟。吉林市位于吉林省中部、长春以东120公里，地处长白山区向松嫩平原过渡地带，松花江自东向西穿城而过，城市依山傍水，是著名旅游城市。丰满区位于吉林市东南，地势南高北低，山地较广，河流众多，有丰富的自然资源和旅游资源，境内有松花江上最大的水库——丰满水库，还有闻名中外的丰满水电站，该电站最早是日本侵占东北时所建，当时是亚洲第一水电站，目前运营的是2019年后重建的新站。丰满区气候属于寒温带季风型大陆性气候，四季分明，水热条件好，适宜各种寒温带植物生长，是菜、粮、经济作物的理想种植区。旺起镇政府驻地在丰满水库风景区核心地带正南17公里，X030吉桦公路经过该地。丰满屯是旺起镇下属行政村，村中心在丰满风景区核心与旺起镇的中间偏西，具体位置在东经126.7度、北纬43.6度处，东北距松花湖风景区10公里，东南距旺起镇政府驻地11公里。丰满屯村下属七个自然村，自南向北布列在吉桦公路两侧，俗称一队、二队……七队。魏家沟是其中的六队，位于吉桦线魏家沟路口西上2公里处。魏家沟除了东面和东北面是开阔地带，北、西、南三面环山，是名副其实的"沟"。其中北面是著名的万科松花湖滑雪场南坡，一直未开发，生态环境保持良好。截至2024年4月，魏家沟总人口169人，其中男92人，女77人，外出52人。

三、计划与准备

  活动从3月开始筹划。3月24日，中心成员前往魏家沟实地考察，与合普山舍民宿方面敲定基本设施整修方案。此后一月，拟定了方案计划，并做了保险购买、物资准备、资料阅读等方面的准备。

  采风实施的具体时间，除了根据合普山舍设施维修进度，主要考虑的是东北地区的物候条件。魏家沟属于山区，气温较城市及平原地区稍低，按常年规律，迟至四月下旬树木才开始返青、桃杏梨花方次第开放。农事方面，也是在这个时候才烧荒、整地，以备五一前后春播。本次采风主观上希望在春季特征明显时期进行，并争取有少量学农活动，因此定为四月下旬。四月上旬形成的方案计划中的一些相关事项如下：

1．活动宗旨与目标：沉潜，体知，实践，深入乡村，深入"三农"，深入现实生活，观风光、风物、风俗、风雅、风趣，采民居、民情、民艺、民事、民生，悟物理、事理、情理、文理、道理。

2．人员：2023级创意写作方向研究生10名，其他年级及特邀本科生、博士生5-8名，指导教师常驻1至2名，总人数以20人为限。

3．时间：4月下旬，7至10天。

4．活动内容：（1）采风、采访、写作；（2）学农/学工（适度生产劳动）；（3）创写中心团建（文娱联欢、自助服务）；（4）适度开展在地授课等正常教学活动。

5．采写主题：风光民俗风情、农业生产资源、传统村落历史现状、新农村建设成就、典型人物故事等。

6．预期成果：

（1）采风营文集，收入成员采访、采风文章、活动花絮散文及相关创作、照片，按照成书规模标准编纂成册。

（2）有价值的成果整理投书给方志馆等文献部门，供有司参考，为地方文献做出贡献。

（3）探索带队指导模式，积累数据素材，凝练实践教学案例。

7．宣传："东师创写"公众号开设专辑，陆续推送采风日志及后期创作；联系有关媒体予以推发。

学术准备中非常重要的一项是通过图书馆借阅、网上下载、购买等方式，准备有关图籍资料，并提前进行了读书指导。这些图籍资料主要有两类：

一是关于采风地吉林市丰满区的地志资料，主要有《吉林市志》《吉林市志·郊区志》《丰满区志》（今日丰满区，1957年至1992年属于郊区，1992年后郊区撤销，相关辖地就近成立丰满区）《丰满水电站》等，全体分享，提前了解丰满区的自然、历史、人文等状况。

二是有关采风的过程实录、成果汇录及理论著作，主要有：

王肯著《1956鄂伦春手记》（吉林人民出版社2002年版）。王肯先生是著名文艺理论家、民间文艺专家、东北地域美学开拓者，是吉剧的主要创始人之一，也是东师学术前辈中致力于田野考察的先驱与典范。他20世纪50年代在东北师范大学任教期间，参加鄂伦春民族调查，采录了大量民间音乐作品，其中的《鄂伦春民歌（高高的兴安岭）》一曲因为在东师编演"少数民族大联唱"之机填进作品，从而传唱全国，成为最具知名度的鄂伦春民歌曲目。王肯先生当年留有丰富的考察笔记一直未能出版，直到晚年整理出来，形成这本《手记》。全书包括"鄂伦春纪事""鄂伦春故事""鄂伦春民歌""鄂伦春情怀"四部分，并附录20世纪50年代根据考察创作的《呼玛河小曲集》。书中插入大量珍贵的采风考察照片，以及王肯先生画下的各种民族服饰速写等图片，可以说是整个采风过程的直观展示，具有珍贵的史料文献价值和方法论的启示价值。

刘兆吉编《西南采风录》（商务印书馆2000年影印本）。这是1938年长沙临时大学湘黔滇步行团在徒步向昆明转移（后成为西南联合大学）过程中采录的民谣集，朱自清、闻一多、黄钰生等著名教授都为该书作序，表彰这种采录精神。国难中的青年学生在流亡迁徙途中不忘学术责任，重视底层生活的文化价值，克服重重困难，扎实采录歌谣保存文化，尤其值得当代青年学人学习。

蔡省吾编《一岁货声》（北京出版社2015年影印周作人抄本）。该书记录一年间北京市上的各种叫卖词句与声音，共分十八节，先列除夕元旦，再列二月到十二月，再列通年存在和不时出现的叫卖声，最后列商贩工艺铺肆。作于清朝光绪年间（1906年）的这本民俗学名著，从"五四"时期知识界的民俗学热潮开始就不断被人提起，激发起很多评论、赞誉、续录之作。周作人对其书极感兴趣，曾借来恭笔抄出，北京出版社影印了这一抄本并附排印本和多家评论文章。这本书是典型的"专题采风成果汇录"，作者在序言中说"可以辨乡味、知勤苦、纪风土、存节令"，正是对于采风功能的一种概括。作者的采风方法、成果和认知，对今天的采风具有典范意义。

丰子恺《教师日记》（教育科学出版社2011年版）。日记作于抗战时期。"八·一三"事变后，上海沦陷，江南也连连遭受轰炸，时年40岁的丰子恺，作别浙江桐乡石门镇的缘缘堂，携带家眷，踏上西行避难之路，先后经江西、湖南、湖北，于1938年6月抵达桂林，先为广西艺术教师暑期训练班授课，旋受聘于桂林师范学校（居两江镇），为高师、简师教授美术与国文课程，后于1939年4月8日抵达宜山，任教于内迁至此的浙江大学（后随校再迁贵州遵义）。这一阶段日记不辍，先在报刊发表，后编为《教师日记》一书。作为热爱生活、敏于艺术的作家和画家，丰子恺在异地他乡处处抱有好奇心、留意心，随时观察各地乡俗、物产、民艺，以文字记录，以绘画速写，因此他的日记，实际是在一种无时不有、无处不在的自觉意识引导下的采风与写生成果。他不时用画笔速写风景物事，这种图文并茂的记录，显示了他敏锐的发现、艺术的会心、援笔立就的速写能力、对底层的关注、对民众智慧的崇敬。很多篇什本身就是很好的风物散文，而更多的素材则无形中融入了他后来的散文与绘画创作中。丰子恺日记可以作为我们今日采风、创作的范例来学习。

高长江著《乡情·乡俗·乡音——中国乡村文化语言的研究》（吉林大学出版社1994年版）。作者高长江后来成为著述等身的文化语言学家、宗教专家，这本书是早期作品，当时作者在蛟河县（现蛟河市）任教，名声未彰，书的印数很少。但作者当时已有参与县志编写工作的经历，因而对于东北乡土民俗方言及其心理极其熟悉。蛟河行政上属于通化市，但与吉林市丰满区紧邻。书中引用了大量生动鲜活的语料，又有深入浅出的分析，可作了解乡民语言生活及其文化心理之一助。

另外，还有华杰《采花谣——陇上采风集》、雷达《采风散记》（《雷达艺文全集》第二卷）等参考资料，此不赘述。

四、采风营的运行

4月21日，东师创写中心丰满屯采风营出发入驻合普山舍。行前动

员会上除了重点强调安全问题外,还提出采风营的纪律与作风原则:自律、自助、热情、勤俭、团结,并作了如下补充要求:

1. 怀抱好奇心、探索心。抓住实践机会,锻炼自己的发现力、认知力、交际能力。通过共同实践,提高对五理(物理、事理、情理、文理、道理)的认知。

2. 要有毅力,打消享乐观光的预想,做好适当吃苦的准备。规律作息,不睡懒觉,珍惜大好机会和大好春光,多做有益工作、多参与集体活动。

3. 善意对待村民乡亲,主动热情,多施援手帮忙,注意礼貌称谓。多劳自助,争取多帮厨,减少民宿人员服务性劳动。

4. 内务整洁,公共事务积极主动,互相之间礼让、大度,建设团队,展示形象。

此外,针对每日写作、总结、会读、日志编辑推送的运行规范,做了一些规定。又针对前期营员提出的"采风采什么"的问题,提出"把魏家沟作为中国乡村的一个缩影,尽量认识清楚"的总目标,并具体列出了一些小目标:

1. 行政架构:搞清楚丰满村及魏家沟的行政架构与人员、民间事务组织体系;接触村屯干部,参观村委会及公共设施。

2. 自然环境:(1)踏勘村庄四至,记录地势地形、水文水利,实测估量海拔面积等数据;(2)调查记录主要动植物资源;(3)重点地段考察:水库、山头、大田、沟渠;(4)合作画出村庄实景图、考察轨迹图。在此过程中特别注意体知质料、数量、造型、色彩、结构、声音、气味、时令关系,多与自己家乡情形对比,想想为什么这样。

3. 社会社群:人口、家族、民居、民俗、民生、民艺、方言。

4. 典型人物:争取访谈几户家庭,可以分组进行,也可以集体进行。

5. 历史:村史、家史、个人史。

6. 注意抓问题,例如留守老人与儿童问题、教育资源问题、土地问题、环境问题、村庄治理问题、移风易俗问题等等。发扬东师创写的"三意"(留意、会意、创意)精神,"我们踏过的每条沟坎,看到的每棵树，听到的每声鸟鸣，遇到的每个人，目睹的每桩交易，都值得记录"。日志题材与体裁不限，举凡观察笔记、人物素描、访谈实录、社会小景、营地花絮、杂感等不拘，贵在真实、详致、生鲜。

采风营从21日入驻到27日离开，实际进行7天，基本完成了计划项目。兹将各日活动提要如下：

21日，上午开行前动员会，中午集合，乘车抵达魏家沟。合普山舍总经理王立夫先生及团队引导初步熟悉山舍布局、附近形势及魏家沟概况，全员安顿房间，整理内务。晚餐后部分营员布置工作场所。写作主题为"魏家沟初印象"。

22日，晨起有绵绵春雨，沿山舍主要地标漫步。早餐前集体朗诵讨论《春之怀古》，上午分组测绘山舍北区，画平面图。下午集体访问山舍东邻"瑞德园"主人王德平先生、赵瑞华女士夫妇，听他们讲述传奇家族故事。写作主题为"寻春""瑞德园里悟'五理'"。

23日，晨大家诵唱"春"主题的古诗，饭后测绘山舍南区平面图。上午探寻村庄四至（因地广，只达东、南），中途考察废弃民房，采访田间整地的农民。下午休整、写作，主题为"村庄与田野"，合普溪上游小分队四人上溯先探西至。晚饭自助炖铁锅鱼。

24日，一夜风雨，雾气弥漫，魏家沟别有风情。部分营员早起信步村庄，采访铁路局退休员工老刘。早餐诵唱杜甫《春夜喜雨》。上午沿合普溪上溯探寻西至。返程访谈挖野菜的村民。午餐自做陇南搅团。下午请书家赵彦辉教授讲授"艺术与人生"。自由写作。

25日，早餐吃韭菜合子，分享韭菜有关的诗文、民俗与方言。上午探寻魏家沟北至，访工地，下稻田，捡玉米，测墒情。分组采访刘姓商店老板娘和丛姓养蜂户女主人。下午民宿王立夫讲"民俗、非遗与创意"专题；展开民俗游戏单元，全体营员玩打柴、木头人等老游戏数种。晚间自由写作。

26日，早餐自助包包子。餐后制作欢迎条幅和场景，迎接中心全体后援导师。十时顷，后援团抵达，在热烈气氛中实现大会师。午餐师生全体动手，做了开营以来最丰盛的午餐，热烈会餐。餐前全体重走合普溪探源之路。下午再访瑞德园。晚上为艺术之夜，大家磨墨展纸，留言纪念，各抒胸怀。晚间自由写作。

27日，上午松花湖丰满水电站参观考察。午餐厨房准备了饺子。餐前邀请村民林卓来谈村史、家史。下午四点告别魏家沟，乘车返校。自由写作。

五、"采什么"：预设与遇合

"采风采什么"，是行前营员们普遍的疑问，也是创写界同仁们关注的焦点之一。现在横向总括魏家沟采风营的活动内容，可分为三事：

1. 山川草木物候。初入魏家沟时，长春桃花已经盛开、接近凋落，而山里物候晚，入山感觉节令倒退了，满山的树还刚刚泛起新绿，花事也没到盛时，车行在山间路上，转角处人家房前屋后一树桃花猛地撞入眼帘，大家一片惊呼。在长春时气温升高，大家都已换上单衣，没想到入驻魏家沟后温度低了不少，前两夜大家都没有睡好，女生宿舍晚上活动需要在大厅生起炉火，直到第三天紧急补送衣物、电暖宝，才算解决。接连下了两三场雨后，眼看着略显灰暗的佛手山一天天绿意变浓，花事也迎来盛期，大家踏勘山谷、溪流、林地，考察地势、水文、墒情，挖婆婆丁、刺老芽，亲历关东大地苏醒，聆听到春天的脚步，感受大自然的神奇，从中感悟自然物理，实在是一番难得的体验。

2. 村社历史人物。大胆与人接触，是本次采风营大力鼓励的事情。我们访问过的原住民有林六哥和他开超市的弟媳妇。

村民林六哥名叫林卓，今年59岁，魏家沟本地人，住在合普山舍西邻。大排行共九个（亲兄弟六个），他排老六，所以叫六哥。他因为人精明，活络，交往广，点子多，所以得了个"鬼子六"的绰号。他善于抓住机会多方生财，例如受房东的委托，打理合普山舍园区的果园、菜地，淡季无客期间由他掌管钥匙，就多了一份稳定的收入。林六哥的访谈，从魏家沟的历史来源与变迁，到当前村屯人口及产业概况，到他个人家族、家庭、子女情况，涉及广泛，有些情况很具体。

魏家沟小超市老板娘姓刘，45岁左右，哈尔滨人，丈夫是林六哥的七弟，两人在吉林市务工时相识结缘。目前丈夫在吉林做别的营生，女儿大学毕业在青岛海尔实习。万科松花湖滑雪场度假区开发后，魏家沟有地利之便，游人渐多，她拆除院墙经营停车场，增加了一份收入，目前正在考虑把自家院外菜地也平整供停车用。她盼望滑雪场南坡也尽快开发出来，到时候她要把自家房子改造成民宿。在访谈中聊的多是生计情况，言语中也透露出家族兄弟之间、妯娌之间的微妙关系。

近年来魏家沟的原住民已经大大减少，很多城市居民在此常住或度假，城里人图的是这里的原生态自然环境。我们访问的王德平先生、刘明远先生两家都是这样的"新魏家沟人"。

王德平先生退休前是吉林市人社局职工，夫人赵瑞华女士是铁路医院护师，今年都年近七十。夫妇二人感情甚笃，携手度过人生沟坎。26年前，农村刚开始有闲置房屋，王先生瞅准时机买下这个三千平方米的园子，作为送给夫人的礼物，从夫妇名字中各取一字，名其为"瑞德园"。房子的前主人也是有传奇经历的一家人，是20世纪60年代来此的下放人员的后代。王先生好古，喜欢收藏，看中里面的那栋老房子，经过多年经营，加建房屋、亭台，多植树木，收藏了各种老物件、工艺品。退休后，主要在此居住。2017年丰满区发洪水，瑞德园房屋倒塌严重（万幸的是，土墙老房反而无损）。夫妇从头再来，又按原样陆续建成现在的居室、茶室、健身室、收藏室。王先生有艺术创意，善于因陋就简、废物利用，很多低成本设置都颇有新意。王先生又健谈、诚挚、重情，采风营两访瑞德园，他讲述人生经历、建园过程，内容丰富，富有感染力，师生同感钦佩，受益良多。尤其意外的是，赵女士家庭是一部传奇历史。赵家属满族镶蓝旗，父亲做过溥仪宫内侍卫，后来入国民党军队当兵，在塔山阻击战中被解放军俘虏，后因历史问题饱受歧视磨难，家人穷、厄、病、死各种打击接踵而至，她10岁母亲就病逝，在异父姐姐手里长大成人。恢复高考后考出高分，却意外上了一所卫校，后来在铁路医院做护师。退休后她将传奇家史写成了一部30万字的自传《路在脚下》，成稿后少量打印，很少示人，这次也捧出打字稿向采风营师生分享。这部书故事曲折、主题励志、形象感人、叙事清晰、语言生动，堪称近一个世纪以来东北历史在一个家庭中的缩影，富有史料价值、民俗价值和语料价值。创意写作以"发掘普通人身上的写作潜能"

为重要使命，《路在脚下》正是一个典型个案，令东师创写师生非常重视，在征得作者同意后，作为采风后续项目，全员精读拟召集专题研讨会，从创意写作珍视和鼓励"平民写作""非作家书写"这一角度做深入研究，也为书稿的进一步完善提出修改建议。另外，瑞德园中收藏不少名家墨迹题刻，其中包括笔者几年来互动很多却尚未曾谋面的朋友、吉林书家赵彦辉先生的墨迹。原来，王先生与赵兄也是好友，瑞德园里专辟一小片草地，旁悬木牌，上书"小鸟花园"，居然是王先生十几年前专门为彦辉教授的女儿设立的游玩场所。得知笔者与彦辉教授的关系，王先生当即通报采风营行程，这就促成了后者次日来营探望、并临时受邀做讲座的事情。因瑞德园而起的这两事，都是采风营预设项目之外的"生成"项目，是拜缘分所赐的"因缘际会"，意外地丰富了采风营的内容，值得单独一记。

刘明远先生的院落包括小半面山坡，共有5000平方米之大，每年来住8个月，种了各种蔬菜水果，俨然一个自给自足的小庄园。不过因为上了岁数，儿子在上海成家立业，未来只能去上海养老，但对这个院子又恋恋不舍，正在纠结当中。刘先生的访谈，也提供了有关另一类人生的丰富信息。

其他如养蜂户女主人讲述了养蜂的过程、规律和蜂蜜市场的内幕，大田劳作的拖拉机手某先生、雇工某先生讲述了春耕有关情况，观摩村民老隗装修房子，以及朝夕相处、实际上可以算是采风营的编外指导教师的艺术乡建专家及民宿总经理王立夫讲述文旅行业发展历史及个人创业历程，与同学们几乎同龄、因出身空军家庭而对航空知识如数家珍、痴迷航拍、技术精湛的摄像师赵紫翔讲述专业知识和就业经历，25日参加完会议连夜赶来的延边龙井三合镇党委书记朴虎范、延边不咸山舍文旅总经理宋跃所介绍的诸多情况，使采风营的同学们大大开阔了眼界，认识到别样人生，而且增加了与人交往接谈的经验，不啻宝贵收获，都一一反映在大家的采风日志中。

3．民俗民生民情。民俗方面，以民间信仰为例。众所周知，历史上萨满信仰在东北民间流传甚广。魏家沟的村民则曾普遍供奉"保家仙"，现在越来越少了，但仍未绝迹，例如林六哥家还在供奉。最初是祖辈传统供奉，20世纪60年代破除封建迷信，一度停供。数年前，林六哥的女儿在市里饭店打工擦金蟾时意外倒地，有人说是"保家仙"要回来，于是又将信将疑地供奉上了。采风营也考察了魏家沟传统与新建民居，从几栋废弃的纯土垒墙、对面火炕式的原生态老房，到瑞德园里仍在使用的、经部分功能改造的老房，再到以合普山舍建筑群为代表的各式新建房舍，以及数处建筑工地，采风营都逐一观察，讨论了房屋结构、用料与地方条件的适应关系，结合各自家乡民居情况总结优缺点，体会设计匠心，感受民众智慧，体会历史沧桑。采风营对魏家沟的主要产业进行了粗浅调查，例如种植业、养殖业、服务业、旅游业。种植业方面，东北有"中国粮仓"之美誉，笔者也向来关注粮食产业，并多次专程考察长春周边播种收割情况。犹记得2019年春旱，"五一"前后在伊通县农村看到大风扬尘、农民为错过农时种不上玉米而心急如焚的场景。今年春季同样偏旱，好在采风营期间下了几场雨，我们实测墒情，坡地上挖土近30厘米还是透湿，非常宜于春播。魏家沟山地多，宜耕地总共才20多垧，人均1.6亩，主要分布在沟东，以旱田为主，少量水稻。但玉米价格居低不上，目前在1.03元上下徘徊，而生资价格高企，种粮效益很低。孙琳老师在后方看到采风日志颇感惊讶，当日也对她家保姆（来自产粮区）进行了访谈，算了细账，结果的确不容乐观，她也撰文呼应。师生们对此感受深刻，加深了对"三农"严峻问题的认知。

合普山舍房东钟楠先生，对于采风营来说是一个不在场的重要人物，魏家沟的很多事情都牵扯到他，他的名字在不同采访对象的口中被频繁提及。他在魏家沟的投资经历，成为乡村文旅困境的一个缩影。钟先生原为沈阳铁路局工程师，后辞职创办公司，靠若干重要技术专利而立住脚跟，近年来开始多元投资，方向之一就是民宿。合普山舍是公司开发的一个项目，山舍规划中调动了大量的铁路文化元素，甚至布置了很多废弃的火车信号灯、铁轨、车次起讫地标志牌等，原因盖在于此。疫情之前，松花湖滑雪场度假区开发后，风闻南坡（魏家沟北山）也要开发，钟先生也趁机扩大项目，在西山谷建设以林蛙养殖、特色旅游为主的"林蛙部落""青山溪谷"。有些大工程已经落地（例如克服巨大困难运送了两节废旧火车车厢进山），后期项目受阻，主要是被认定碰触了"生态红线",另外遇上疫情,就搁浅了。采风营数次进山,在青山绿水间看到这些废弃设施和烂尾工地,无不引起有关人与环境关系的深思,同时对于当地产业发展趋势和佛手山周边生态前景也不无忧虑。

六、多方面的收获

除了采风本身,采风营在诸多相关方面也有连锁的收获。概括来说,有体知、艺能、写作、团建等几端。

体知,即通过"身体力行"而达到"获知"目标。除部分营员是吉林省籍外,过半营员来自四川、重庆、贵州、福建、河南、河北、辽宁、山东等省区,且部分营员缺乏农村生活经历,对丰满区有陌生感和好奇心,在采风过程中,大家用脚步踏勘魏家沟的山川沟壑,抓住一切机会接触村民,开放五官细致聆察细微消息,从自然感知季节的脉动,在交际中历练待人接物(举一个例子:不少营员虽已是研究生,但缺乏社会经验,笔者事先携带烟酒若干,对于重要访谈人物,均送伴手礼为谢,好几位营员注意到这个细节,表示这种周到考虑对他们是一种教育),通过走访深思获得对"三农"问题的真切认知,深刻体验了"五理"(物理、事理、情理、文理、道理)。采风营住宿餐饮条件都不是很好,但营员克服了困难。营员严守纪律,尽量自助服务,这些都是家庭和校园里所没有的体验,极大地锻炼了意志力。

有了采风作基础,写作成果自然接踵而至。采风营驻扎期间,全员坚持书写采风日志,前期规定主题,后期自由写作为主,从各自角度记录采风过程中的发现和体悟,次晨交稿,营员轮流汇总编辑,配以丰富图片,午间准时在"东师创写"公众号推出。这组推文受到空前关注,校内师生以及创写界师友都有较多积极反馈。当然,采风期间的写作对于采录成果还只能做浅表的记录,采风的更大效能需要经过时间发酵才能体现在创作中。返校后,大家继续总结回顾,其中赵天赐以小说形式写了《那山,那人,那狗》,虚构了100年后的一位作家从休眠中返回现实、循着博物馆里的《采风日志》重走魏家沟的框架,对采风活动做了新颖别致的叙述。在新创作中,采风成果也逐渐有所体现,例如刘天权完成了短篇小说《天女山遗事》，虽然他以家乡承德宽甸乡村为背景，但采风期间关于魏家沟的原乡人、归乡人和新乡人的身份思考，促使他将乡村原乡人越来越少这一现象在小说中明确地表现了出来。小说用第二人称形式，也源自他在一篇采风日志中首先运用后指导教师的鼓励。

东师创写中心一贯强调艺术实践对写作的促进作用，在"四端"（哲思·史识·文心·艺趣）、"六通"（科/文、艺/文、语/文、雅/俗、研/创、理/实）中都将艺术修养置于重要地位。本次采风营，考虑到师生在一起朝夕相处较久，有充足时间进行艺术尝试和切磋，所以把艺术实践列为一项重要活动。采风营携带了乐器、文房四宝及各种文体游艺用具。回望七天的采风营活动，可以说这一计划得到了很好的落实。书画方面，除了在地图测绘中感受笔墨线条，大家还利用工余饭后随手捉管、写写画画，绘画特长的同学且用速写记录场景，将采集的标本用画笔表现出来；指导教师为题词勉励，刘雨教授访问瑞德园感慨颇深，

精心结撰对联，并亲自写成结体谨严、刚柔兼备的书法作品寄呈，于文思、孙琳、王增宝等诸位教师也都倚马立就，写成有意蕴的诗词或联语，留下纪念，这些活动使得采风营充满了笔情墨趣。每日餐前诵唱即事应景的诗词歌曲，在经典会读环节中，除了即时应景的歌唱外，男生组还利用业余时间先后复唱奏录《1956鄂伦春手记》中15首濒于失传的民歌，这些活跃了采风营的气氛。游艺方面，师生现场自制道具，复原了数种淳朴益智的老民俗游戏，从中体会到农耕时代的童真童趣。整个采风过程，在山舍团队协助下拍摄大量素材，后期剪辑成《触摸苏醒的关东》专题短片，在平台推送后引起极大关注和好评。这些艺术活动一方面转化为写作的叙事内容，一方面又为体悟"文理"提供了启示，是本次采风的重要收获之一。

团建方面，采风营师生相处日久（笔者全程陪伴，刘雨、于文思、孙琳、王增宝、李明彦等老师部分时段陪同指导），加强了了解，密切了师生关系。出门在外，营员之间的共同体意识无形中增强，小组任务团结协作，有同学偶感风寒，大家都尽力照拂。通过铁锅炖鱼、包饺子、洋芋搅团等自助美食，展示技艺，交流经验，默契合作，起到了"群"的作用。

限于时间和条件，采风计划中的个别项目留下了缺憾，例如由于农时晚于预料，春播学农没有充分实现；旺起镇和丰满屯的干部采访也没有完成。不过总体来说，本次采风作为创意写作野外教学的一次实践尝试，过程紧凑扎实，成果丰硕圆满，还因缘遇合了一些意外项目，产生了良好效果。活动回应了国家研究生分类培养、加强实践的要求，落实了东师创写的一系列理念，相关经验为今后创写学科的采风实践蹚出了一条路子，对兄弟院校的类似活动组织或许也不无借鉴意义，甚至可以进一步说，为作为课程或作为专门研究方向的"采风学"的建立和发展，开启了一种可能。东师创写中心将继续探索，发扬光大，与创写界同仁共同努力，使包括采风在内的实践教学更好地服务于创意写作学科发展。

2024年5月26日初稿

2024年6月1日改定于六弦斋

第七辑

附 录

小院里的老梨树

王德平

昨夜一场春雨,清晨梨花盛开。

这花开得真是应了节气,谷雨刚过,大田里开犁了,小院子也从备耕转向春耕。

春天的景致,春天的气象,这春天的空气里散发着甜甜的味道。院子里这棵老梨树,也应景着春天焕发着激情,老树花开满枝头,洁白如

雪，初始的嫩叶和花蕾上的淡粉，养眼动心，有如苏醒的生命。

老梨树是小院里的标志。几十年前，这土屋主人在这里拓荒、垒石、建房的时候，这棵老梨树就默默地见证着一户下放干部的生活，而今房的主人早已返回城里，后人还在深刻地记忆着随父务农的情景和年年开花的老梨树。

老梨树更是魏家沟里无言的守护者。从它生长在这里的那一天，村里的人放牛走过，会在这里歇歇脚，淘气的孩子会在果实成熟的时候打下这硬邦邦的生梨蛋儿，用黄蒿捂熟，散发出迷人的香气。进山收秋货的村里人，也会驻足在这里，牛饮一顿山泉水。

那年，我来到了这棵老梨树下，看着结满果实的山梨，我的心被这棵老梨树收走了。我无法自拔，心系这树，这树下的泉，这沟里的空气，这老树旁的老山房。于是我就恳求幺哥，买下了他邻居家的土房和这棵老梨树。

二十六年过去了，老梨树依然是默默无闻，见证着我的生活。2017年沟里山洪暴发，它像一位抢险英雄，坚守在这里，阻挡着洪水、泥土、沙石冲毁我的家园。劫难后，它的根裸露在外，沙石毁坏了它的根系，伤痕就长在了它的身上。我痛心疾首，含着泪水，用泥土抚平它被毁坏的树根。这场伤心的大水过去快八年了，可它依然健硕，花开花落，没有伤痕的记忆，而我却每逢汛期，都会心生忧虑、胆战心惊。

小院子里的老梨树，生在这无人欣赏赞叹的山沟沟里，默默无闻，却精神饱满，志气豪迈。而我们有时却按捺不住自己的情绪和心劲，总是多言多语、患得患失、无法心静。

辣椒串

王德平

去年暖春栽种的辣椒幼苗，到了秋末就生出了好多小辣椒，从绿到黄又到红，成熟的颜色让你眼热。东北的乡下有个习惯，就是到老秋的时候把辣椒摘下来，串成串，挂在房檐下，这一串从秋后吃到来年打春。它在乡下人的生活里，有时是蘸料，有时又是佐料。可以拌咸菜，可以榨红油，可以烤着吃，可以拌着吃。小的时候去大爷家，大爷有个爱好，喝汤的时候总是喜欢撒点辣椒，他把挂在房檐上的干辣椒拿到炉火塘里烧一烧，顿时那种呛鼻的胡香弥漫在空气里，再用手搓一搓，一碗白色的萝卜丝汤，上面飘着红色、黄色、黑色的辣椒末，端起来喝上一口，那喝汤的声音和表情，让我至今都对这种吃法深深喜欢。有时我也凑到大爷身边蹭口汤，那是无法想象的滋味。

红的是辣椒本身，黑的是烧焦了的辣椒，而黄色就是烧熟了的辣椒籽。这三种颜色，有三种味道。红的辣中隐藏着丝丝的甜，黑色是焦苦的味道，而黄色是香香的回味。那时油水少，辣椒就成了下汤饭的佐料，一碗汤喝出了人生的苦辣甘甜。如今，挂在老房屋下的辣椒串成了屋外装饰的挂件，斑驳沧桑的黄土墙上，衬托着窗前这串红辣椒。在漫长的冬季里，冬天的苍凉被红色掩盖了。这个红红的辣椒串在朝阳的映衬下，红红的颜色变成了回忆，变成了回味，变成了对亲人的思念，变成了我生命里的故事。

田间地头与字里行间的对望
——伴东师创写丰满屯采风营有感

王立夫

当城市的焦虑与乡村的孤寂在字里行间相遇，丰满屯的故事在学生们的笔下"丰满"且灵动了。

在陪伴东师创写丰满屯采风营的一周里，我是摄影师、讲解员、维修工、烧炉工，最后一天甚至还动手包了饺子。与采风营的老师同学们相处的日子，我与我的大学恍恍惚惚撞了个满怀。

在乡村创业的日子我内心一直很矛盾，因为同行人很少，适合做文旅的项目少之又少，可以一起探讨的人更是稀缺。为此，每天写东西记录经历与感受成了我流淌情绪的最好出口，久而久之，写作以及与写作有关的人或者事儿都成了我关注的方向，这次的东师创写采风营也正是因为这个缘故才有了可能并最终成行。

采风营的场域落成与我的"不惑"密不可分。从2019年8月起，我便逃离城市，去往了乡间。转眼间五年过去了，我在丰满区的丰满屯开了这间民宿，其中最让自己满意的是书房。在民宿的大部分时间都会在书房里度过。我对于书籍与写作有一种天生的好感，为此，每每出门参加各种关于文旅的活动，我都会十分关注那些在乡间开书店的项目，抑或在民宿设置书房的主理机构和民宿主人。他们往往会给出十分精准的答案。为什么乡村只有耕作而无书声？古语那句"耕读传家远，诗书继世长"讲的应该是乡间读书人的样子。书房也应该在田间沟旁。为此，丰满屯的魏家沟里便有了读书人的场子和吸引读书人的灯光。

采风营的带队老师是徐强老师，与徐老师的缘分起于另一位老师。2021年的三亚文创周活动中，我结识了北师大的张佰明老师，他过去几年一直在研究开民宿的这个群体，以及这个群体中的人和在地性之间的关联。他知道我是吉林的，便渐渐地熟络起来，一方面是感慨吉林地区的民宿与乡村也渐渐地进入到全国民宿圈儿；另一方面他是东北师大的校友，对吉林有着特殊的情感，便给我介绍了很多民宿和乡村方面的专家，并分享了他的调查成果，让我感到欣喜和意外。欣喜于乡村中的大有可为，意外在那些出圈的乡村背后的逻辑。就这样，张老师给我介绍了徐强老师，因为都在长春，可以随时见面。另外，徐老师一直也想把学生们带到乡村，在中国传统文化发生的山野乡间去创作。此时，吉林民宿也经历了一次历史性的突破，魏家沟的民宿办理完全部手续。为村内经营单位办理相关许可证和手续，拿到证照的第二周，我便来到了徐老师办公室并策划了丰满屯第一期采风营。对于魏家沟而言，这可能是村内过去20年来，年轻人最多的日子；对于企业而言，这是我们开门红的业务；对于民宿来讲，他们是我们最想接待的客人，用无限的审美体验取代有限的产品开发可能是我们在乡村做事业的唯一出路。为此，我们期待着在山野间有这样的碰撞与结果，更期待着东师创写中心的到来。

  采风营进入村子的前两天，我们便在民宿的大门左侧挂起了条幅，过往的村民在不到一天的时间里就知道了有大学生要来。几户邻居便前来询问，我们也有意去邀请，一个是去老乡家拜访是否方便，另外，来到我们民宿里是否有空，尤其是村里比较有代表性的几户人家：原乡人一家，归乡人一家，还有我这个新乡人。为学生们做好前期采风准备，接下来便是等候大家的到来了。我跟小胖负责大家的日常记录工作，我俩分工明确，他拍大场景，我拍特写，在村子里固定设置了几个拍摄位置。其中，后院民宿的那张大长桌成了我们一直拍摄的重点，同学们的分享活动、创作课程以及老乡们的访谈等，几乎都在这里进行。这里也成了小胖的拍摄主场了。我则在外围去找学生们的采风瞬间，拍他们的户外状态，青山上、田野间、溪流旁、灶台两侧等都是他们停留、书写的身影。采风营的第一天，我便能记得学生们的名字了，也有了很多互动。在接下来的日子里，我更是融入学生们的日常活动之中。作为一个参与者，其中有很多瞬间让我过目难忘，在某种程度上，这样的参与疗愈了我在职场上的焦虑，并感受到了日常生活中的欢愉与慢下来的那份美好。

  徐老师为这期采风营制作了一部纪录片，并取了一个好听的名字《触摸苏醒的关东》，直到片子发出那一刻，我才觉得采风营结束了。

我把这期视频转给了好多朋友，记得一个做乡村创业的朋友在评论里说："如果这些过程的执行与策划是我们在乡村的事业，那该有多好！是不是就可以减轻我们的焦虑，弥补一些乡村的孤寂了呢？"她说的也正是我一直追求的，在乡村的五年里，这一刻在脑海里出现了很多次，今天实现了。正如我们都比较喜欢的那句话："脚步到不了的地方，书籍可以。"我想说："脚步抵达的地方，灵感随之而来。"

采风营让我更加坚定在吉林让文化入驻乡村，在乡村搞"体验式经济"的决心。一面建设新时代和美乡村，一面构建乡土中国的文化体验，让"耕与读再次牵手，回归乡野"。

陪伴即成长，对望便可见。

2024年6月11日星期二

图像的叙事
——丰满屯采风录艺术设计手记

温 加

据说，王家卫导演电影并没有翔实的脚本，只是先弄出一个大概，然后拍出大量的素材，再然后闷在工作室里反复观摩，在犹疑中找出、完善故事的细节。

看采风录的样稿，可以揣摩出原来的编辑思路及体例：一名作者的文字不与他人合版，即使全部文字以一页零一行的样式排完，剩余页面任其空白，另一作者的文字在第三页重新开始。这样的好处是仅凭文字本身就可制造出疏密的节奏，然而前半部分短文居多，空出了大量的半截页面，如果不加装饰处理，总嫌寒简陋劣。

晚于初稿样书两天拿到了图片素材，用时一下午把视频及照片浏览一遍，虽然图片质量参差不齐，但足够多的数量也为选择留出了很大的余地。用哪张片子、如何用都由我说了算，像王导一样自由，也像他一样"没谱"。

图片能够补充、丰富文字的力所不及，使其更加直观。然而，体量庞大的图片若运用不当，则会因雷同堆砌而产生视觉疲劳。这一点极其考验编辑人员的艺术匠心和整体把控能力，要如老僧之眼，既能"不是山"最终还得是"山"。所以必须在题材、构图、色调内在联系上做出差异化，使整体排列在深化文字内容的前提下，呈现出多样的艺术感受，为读者提供更加完美的阅读体验。

老一辈的书籍装帧与连环画作者均要熟悉脚本，甚至到故事发生地去体验生活。找出一张人员比较全的照片，让刘航宇注上名字，阅读文字的同时与照片对号入座，再把与之相关的现场照片拣出。

直到我从大理归来，徐老师说起他游苍山的方式：找一台出租车，沿着公路向大山深处行驶，遇村庄下来闲逛，兴尽上车继续前行，日暮而返。"挥毫当得江山助"，文学艺术离不开漫游。采风营是他文学写作"三意"教学理念的延伸，但他的文学观或者又不止于春秋佳日的吟风颂月，像前贤那样以诗意美学的熏陶，铸造完美健全的生命，才是百年育人之鹄的。丰满屯魏家沟，时空的改变，平素需要睁大眼睛寻找的新鲜感，此刻扑面而来。

"莫道千顷白云好，下有人间万斛愁"，在几个人的文件夹中，均看到了这张田间潦草午餐老人的照片。有的学员用文字记录下老人朴素的言语："饭就是肉。"知足豁达的背后蕴含的人生况味令人唏嘘。循着同学们的情感线索，试着在视觉上予以强化：挑出一张特写的草鱼镜头，去掉杂乱的背景排在与老农相邻的版面。不是说教，不是煽情，只是生活本来的样子而已。

"四海翻腾云水怒"，当年百姓家中的生活用具，即便在乡下，如今也是难得一见的老物件。朝气蓬勃的面孔映照在水银镜子里，扭曲变形与斑驳沧桑错综复杂，真耶幻耶？文学不负责提供标准答案，作为艺术的图像，也只打算给你留下感动和思考。

将徐教授棚顶辨识"天书"与房后"作法"两张图片合在一处观看，一栋老房子的内部构造与外表样貌就完整而清晰地呈现出来。昔日每逢春节，村民会在集市上按斤买来报纸糊墙，让暗淡的生活焕发出一些光彩，不同年份的报纸层叠交错，贴满了主人对自己对家庭、对世界的美好希望。不惟少年孩童，农闲的成人也会躺在烧得热乎乎的炕上，在天棚壁角上读出某些文字内容，然后让另一个人去寻找。课题教材不期而遇，内容却是多年前就刻在骨子里的，徐教授瞬间变成口讲指画的"天师"。仔细看周围环境尚有许多细节可以觇缕一番：右侧的梁坨上，固定着由一条细绳控制电灯的开关，东北人谓之"闭火儿"；与灶间相隔的墙壁挖出一个方形的洞孔，夜晚于此置灯一盏，两个房间就都有了光亮。"凿壁偷光"未必真有其事，但劳动人民在贫困中生出的智慧于此却可见一斑。纸棚上还悬着一个树丫削制而成的吊钩。三伏天，向内开启的窗子可以用这个小物件固定，而其他的时间也许会成为老祖母悬挂筐篮的地方，这个高度无论"小馋猫"还是老狸猫都没办法够到。

屋外那张照片，看太阳照射的角度及房子的形制，应该是在东房山根儿。房顶是经过翻新了的，墙体也经历过数次抹泥的防护处理。数十年的老屋抵御着风霜，隐藏着几代人的酸甜苦辣。从窗口看泥墙的断面，呈梯字形向上逐渐收缩，这样独特的营造法式早已绝迹。生活中许多东西，没了也就没了。

着意挑选了许多游戏的照片做插图。抛开民俗文化继承、研究的意义，仅就益智健身我也赞同这样的活动。"呼鹰皂栎林，逐兽云雪冈""墙里秋千墙外道"，有多少文学经典是源于游戏大概没人能说得清。远古彩陶器皿、摩崖绘画中，除了获取生活物资以外，记录最多的就是歌舞游戏。人类历史长河中，游戏创造了最多的智慧和文化，也隐藏着最多的文化密码。

我曾同竺岩开玩笑：徐老师教你们硕士、博士白瞎了，应该教中学。十六七的少男少女无忧无虑，不需要设定人生目标、不需要职业规划。青山下碧溪头，强哥带着一些花季少年，唱歌游戏看风从树梢间掠过，听小虫在草间轻吟。乡谚：无心插柳。又云：指不定哪块云彩有雨。其实未必人人成为作家，但是繁花绮梦的少年，在从游中得到诗的熏沐，播下美育的种子，却是面对不够完美的世界的良药。

蒋玉恒的魏家沟植物白描，李庭萱在九宫格习字纸上画的意笔花卉，虽然稚嫩但不乏雏凤之清。佘飞也有写字的照片，可惜文件夹中没有找到他的作品图片。一位学员在枯枝杂草间发现了魏家沟的一块老界碑，字迹漫漶几难辨识，拍了照写成文字，凭着读书人的直觉本能完成了魏家沟的史料搜集与保存。清代碑学勃兴，一些学人在这种直觉的驱动下，经过几代人不懈的努力，使碑学大放异彩，金石研究终成一时显学。书画作品及山间访碑，都应该算作采风营的意外收获。

刘天权，一个外表港台范儿的小男生，多幅照片显示居然是热爱烹饪的人。记得女儿的小学课本有句话："人有两件宝，双手和大脑，双手能劳动，大脑能思考。"动手能力与智慧互为因果，一个能动手会思考又对美食投入感情的人，创造出的文字当然不会太差。天权用第二人称写了《天女山遗事》，果然有手段支撑其寻求变化的想法。厨房中与其搭手的是杜艾伦，有靓丽的外表却没有时尚女孩的公主气，肢体语言显示着麻利干练，看得出也是娴于此道的行家里手。集体生活最能看出人的潜在脾性，触碰世界的同时也能够比较客观地认识自己，此法最验。

魏玛包豪斯设计学院是近代工业产品设计中平面构成理念的发源地，但关于图形的方圆、疏密，重复、变异，节奏、律动等关系，却早在他们之前就有不同程度的应用。中国古代绘画、近代金石拓本有大量文字题跋与图形完美结合的范例，一段文字其实就是一个有长度有宽度有外轮廓的图形，与主体图形结合呼应成一种有机的整体，既要有自己独立的审美价值，又能与主体图形相互配合照应。如此观者方可从整体到局部进行多维度的欣赏玩味。上博藏倪瓒《六君子图》就是这样的经典，作品问世后，陆续有多人题跋，因参与者的文学、书画修养极高，各美其美的同时又能保持整体浑融如一。

这些都是书籍设计者可以借鉴的宝藏。

为了让图文关系咬合得更加紧密，我用专业的排版软件InDesign制作了符合出版标准的文件。文字环绕图片，左嵌入、右嵌入，图片出血、抠掉底图……使出浑身解数，努力向天权同学靠近，使图文结合方式及关系的变化更加多样。书籍装帧既要高屋建瓴地统筹，又要有局部细节的雕琢，甚至后期的督印，琐碎繁杂事无巨细。事务性细节的到位才能保证成品与设计想法接近。我原本就没有迈越群伦的才华，呕心沥血地想出一个自认为不错的方案，若因中间环节把控不到而打了折扣，实在冤枉。

原来知道马鹏是西南边陲的少数民族，是个青年作家，从文件夹中良莠不齐的照片看，他并未在摄影之道投入过多的精力，但他拍的许多照片仍然很有看头。人说西藏的牧民脸上看不到世故和忧愁，马鹏在松花湖畔张开双臂笑容灿烂的照片我很喜欢。

田野间站在阳光下的吕天媛，青春靓丽魅力十足，最能展现青春的风采，这种照片是时尚杂志最喜欢的片子类型。文学艺术如果不敢正视生命的美好，学到再多技巧终究不会创造出打动人心的东西，采风活动当然包括遇见美好的自己。

同时也收入一张佘飞在田间的照片，高天流云，意境开阔，很像几十年前样板戏杨子荣、李玉和出场亮相的造型。包括强哥在内的导师们都不曾得到如此高级的版面待遇。

天权和李庭萱的个人照片则是远景，前者远远地徘徊在几株身形婆娑的树下，后者似乎正要蹚过铺满乱石的小溪。港台范儿的文艺青年，照片也一定要剪出侯孝贤的味道。

连续多幅以人物为主体的画面，插入一张或远或近，纯粹的自然景物照片，用视觉节奏来理解这种空镜，也是打破单调乏味的有效手段。"坎坎伐檀兮"，语言节奏之美淋漓尽致。声色味触觉的审美，底层逻辑是相通的。

堆满柴火柈子的房间，一缕橙色的夕阳投射在幽暗的墙壁上。忘记了是谁拍的照片，初看是交代山舍环境的硬广，继之想到是学员初到此地眼中的新鲜感，而我则想到了梭罗湖畔的小屋，想到了福楼拜笔下外省农庄灶间的温度和气味。

局部特写，是图片编辑者为突出、强化事物的某个特征而做的取舍，可以最大程度地锁定观者的视点。裁剪后的图片，原来具有的独立叙事能力大打折扣，然而一旦嵌进一个相对庞大的叙事结构中，这些不起眼的图片又能令整体生出高级感。挂着锄头皲裂的泥墙，刚刚冒出新绿的老干，山脚下屋舍旁堆着粪肥的土地……当年印象派画家就以这类题材在巴黎的艺术沙龙上崭露头角。高高在上的绘画竟然用来表现生活中不起眼的琐碎，看惯金碧辉煌与矫揉造作的上流社会，猝然之间难以接受。潦倒的艺术家们相继离世，巴黎社会才意识到他们经历的不仅是眼睛的革命，同时也是心灵与认知的革命。个体生命的细碎卑微同样值得注意并得到尊重，谁能想到印象派画家用画笔诠释了人文精神的更上层楼呢？

　　以人物为主题的画面，远中近景的差异也是节奏的变化，佘飞独自亮相与天权在林中即是此例。同是魏家沟的照片，老干新芽、半开的柴扉与村庄俯瞰，既有远近又有天上地下的视角差别。信息爆炸导致了阅读心理及方式的变化，读图时代要求在做版式设计时，不仅要把握好单个图片与文字内容的契合性、作品自身的艺术性，同时还要照顾好图与图、图与文、黑与白、虚与实的关系。春与秋、晨与暮、阴晴冷暖，在调整图片色彩、调子时都不能丢了这种总体感受，这样的整体气息才能准确。准确即不泛泛，不泛泛即生动有力。从这个层面上讲，一个书籍的整体设计者更像一个导演，他要让全局结构明晰简洁有力，细节丰富翔实耐人品味。

　　舍弃了欢迎仪式的合影，却选择了抬着彩旗去迎接的画面；明明是导师团的集体合照却保留了拍摄者的后背。摄影界有个概念叫"视觉陌生感"，其实就是打破"游客照"的设计感与表演心理，追求纪实意味的"非决定性瞬间"。

　　艺术设计者在一定程度上是可以参与作者创造的，当然这种参与也有好坏之别，结果是或者提升或者破坏了出版物的品质。许多同一现场的同题照片，取舍的依据是什么？除了主题、构图、色彩，还要找准叙述主题的精准性、艺术性，还有在叙事逻辑中的整体性。李宗盛创作民谣，有人欲以顶级吉他为其配曲，李宗盛拒绝了：唱给青年学生的歌，他们哪里会有那么华贵的器乐？

　　徐老师是团队的灵魂，采风期间留下了许多不错的照片，同学们自己编辑的初稿中多有采用。对老师的敬仰爱戴心态昭然，但若仅止于这一层面，则会降低一本书应该有的社会效果，有悖徐老师的初衷和良苦用心，于是痛下杀手删去许多。"山禽引子哺红果"，写出令人称道的文字才是对老师最好回报。茹科夫斯基读了普希金的诗，送了一张照片给他，照片背后有一句题词："给我的学生，他的失败的先生敬赠。"希望有人可以得到强哥题了字的照片。

　　徐老师晨间与村民隔篱快谈，原本有若干张现场照片可供选择，嫌铁栅栏的视觉分量太重，横亘在画面中间殊少美感，于是以村民犁地照片易之。

初稿中收录了多件徐老师题赠给学员的书法作品，悉数刊登有雷同之嫌，转念一想于受书者有特殊意义，于是打散分开插入不同页面。

营员们刚到魏家沟在水塘边的照片，被我移作"好景君须记"的题图。一群天之骄子、妙笔生花的少年，与徐志摩作别康桥时是一样的花样年华。西方哲人曰："人不能两次踏入同一条河流。"孔子说："逝者如斯夫。"每个生命，每一天都在同前一刻的自己、前一刻的世界作别，虽是同门师生，相聚也是有时间性的，更何况是与丰满屯魏家沟。好景君须记，且行且珍惜。百年以后若有学人对魏家沟采风营的细节做考证，我的这种做法一定会为其诟病，但于我而言，当下最为重要的事情是令书好看起来。

舒芜盛赞聂绀弩的诗，并将与他人讨论聂诗之佳的信给他过目，老聂在心中嘀咕，怀疑大家串通一气来骗他。本书图片一部分由合普山舍的管理人员拍摄，而绝大多数出于采风营师生之手，相信成书到手之时，同学们也会对自己的才华感到意外。

徐教授在音乐、美术等多个领域造诣颇高，评判标准亦极苛刻。或缘于此，编辑过程完全由我自主发挥，成品亦无一改动。从古至今，无论东西方，艺术创作一定要寄身于具体产品之上，创作者殚精竭虑绞尽脑汁想出的方案，常常会遭到雇主无知地践踏，即使文艺复兴时期的"三杰"也难逃此厄。徐老师这种绝对的信赖，给了笔者自由创造的快感，因此完全抵消了身心的疲惫。孜孜矻矻，用东北话说就是撅腰瓦腚，对！我撅腰瓦腚地给他干了活儿，反而在心中生出要谢谢他的冲动。

姜文在一个访谈节目中说到电影配乐，针对一个画面，他头脑中总有对应的旋律在回荡，可是又哼不出来，他和配乐都很苦恼。为这本书做艺术设计，但愿我能把强哥心中的旋律哼出来一点点。

作文修养之"五理"试说

徐 强

笔者从事写作教育，积年略有心得，晚近常思，予以概括，先后成"三意"（留意、会意、创意）、"四端"（哲思、史识、文心、艺趣）、"六通"（科—文、艺—文、语—文、雅—俗、研—创、理—实）之说，年来不仅在东师写作学科内部倡导，也在各种论坛鼓吹标举，蒙同侪善意，颇见鼓舞称道，或举为当前代表性理念之一。间有师友提出诘问："既有三四六，何以独阙其五？"初不以为意，问者渐多，不免勾起十景之病，因想倘能补齐，只要倡导正确，就不无意义，又何惧乎"文字游戏"之诮、"空洞口号"之责？于是仍拈取作文修养方面的数端，凑成"五理"，勉为补全。

五理者何？物理、事理、情理、文理、道理是也。理，是事物内在的规律、运行的法则。五理之倡导，是说学问进境，端赖对于这五个规律法则的掌握、颖悟、运用。

所谓物理，不是作为自然科学领域的"物理学"这一狭义概念。物是自然存在、客观存在，是万物的统称。物理就是自然万物的固有规律、存在法则。在这个意义上，中国古人的"格物"概念，毋宁说适以当之。《礼记·大学》："致知在格物，物格而后知至"，就是主张要推究事物的终极道理，才能获得真知。当代人应当具备基本的自然科学常识，树立正确的自然观，在人与自然的关系上拥有开放性的认知，一方面具备人本主义情怀，同时又能克服"人类绝对中心"的自私观念与功利态度，"已识乾坤大，犹怜草木青"，适度抱持万物平等的尺度，永远抱有热爱自然、敬畏自然、顺适自然的态度，如此，在涉及人与外物关系议题时，方能深入洞察、正确持论。

本文写成于采风营启动前夕，代表笔者近年来的一点思考。适逢《应用写作》杂志约稿，付该刊发表（已作为2024年第5期"卷首语"见刊，因版面原因，有缩略）。采风营期间，我们明确将"五理"标举为指导精神，并作为日志写作主题之一。现将完整原稿收于本书附录，以供对照理解。

事理是社会现象背后的规律、法则与尺度。社会运行的主体力量是人，"人是一切社会关系的总和"，人的社会交换、交往关系，产生事件、故事。"事"的本质特征是矛盾：人与人的矛盾，人与自然社会的矛盾。所谓剖事析理，就是对"事"的矛盾进行分析。事理考验的是主体对于社会生活的观察眼光、认识水平和分析能力、评判尺度。表现在文章中，擅于事理者立场明晰、理据辩证、援例得宜、逻辑周洽、结论公正；弱于事理者立场犹豫、理据失当、比拟不伦、顾此失彼、自相矛盾，结论自然不能服人。高度的事理把握，来自对历史的深刻洞察、对人性的深度勘探，对社会生活的深入剖析、对思维方法的科学运用。读书阅世，正是一切作者提升事理能力的基本途径和根本目的。

情感是人类区别于其他动物的基本特征，是人的核心本质之一。世间合理、合法不合情，或者合情而不合理不合法的事情，比比皆是。可见情感自有其运动规律，是为情理。如果说事理侧重于人的行动，那么情理则侧重于人的心理；如果说"事"是外部结果，"情"则常常是内在诱因。文学作为感性之学，自以情感为最擅长的领域；中国文学传统对于情之一端尤为重视，"言志""缘情"之说源远流长、历代不绝，成为中国文学特征的根本概括。情理揆度之重要，不言而喻。文学是人学，"情"与"事"构成人类生活的基本内容，因此情理与事理共同构成"文"的基本范畴，也是制约文章境界的最重要的因素之一。古人说"老吾老以及人之老，幼吾幼以及人之幼"，这种设身处地、推己及人的"共情"力，就是情理揆度能力的基本表现。

文理是文章本身的原理、法则。思想、事实、情感具备，文章是最终的产品和出口。如果这个出口成为瓶颈，内容的传达效果就要打折扣。从宏观上，要通文体之理。从微观上，要通语法修辞之理。从表达上，叙事抒情各有其理。从格式上，谦敬礼让各有其理。从消极意义上，要得体而规范。从积极意义上，宜独造而有创意。当然，文理不是孤立的存在，前人说"文如其人"，物、事、情诸理的体悟程度，都投射到文理当中，并与它一起成为人格的象征。单纯地"做"文章，沉沦于炫技，算不得"文理"之真谛。

在前述诸理之上，还有一个最高的法则，这就是道理。"道"作为世界的本原和根本规律，以最抽象、最具涵容性的形态君临万物、笼罩一切。万物有道，乃至道在屎溺，正是由于道的高度涵括性。就层次而言，道理高居顶端，笼罩万理；从生成来说，诸理为道理的前提与铺垫。道理固或通过写作传达，乃至在写作中生成，反过来也可施之写作，使文章即事见理、脱物成道，充溢哲学气息。道可闻知，更需体知。闻道是通过前贤的训诫与引导，体道只能通过躬行性的实践活动。在包括处世、治学、著述在内的所有社会实践中，随时反省颖悟，不断突破局限、翻出新境，从个别领悟普遍，将经验上升为理性，将认知固化为信仰，最终由博返约，达至通透澄明之境，这应当是人文理想追求的终极，却恐怕又只能无限逼近，永远无法真正抵达。虽不能及，心向往之，正是魅力的表现、动力的源泉。

写作是主体在对自然世界进行深入观察、在社会实践中积累感受与认知，将主体的知情意与客观的物事熔铸并书写的文化行为。如果承认这一概括还算适当，那么就应该看到"五理"正是决定写作的几个重要关节。对于创意写作及其教学来说，"五理"之倡导与追求，就可以标举为贯穿性的目标任务。

后　记

本书在采风结束后不到两个月就已编成雏形，但真正面世比预计时间晚了很多。所以当初撰就、中间增补过一次的《前言》仍有言不尽意之处，许多情况在此稍加交代。

回顾一年多来，东师创写中心围绕采风主题做了很多事情，包括：全面展开采风学三典（人典、事典、经典）研究，首次为研究生开出了"采风学概论"课程，在中心承担的学院"拔尖创新人才——中西部优师计划"培养项目课程"地方文化与写作"中深度融入采风内容，在上海、南昌、济南、哈尔滨等数次学术研讨会上就人文教育尤其是写作教育中的采风理论与实践发表报告，尤其值得一提的是，按计划完成了规模空前的北兴村采风行动……所有这些，都是丰满屯采风营的延伸，也是伴随本书后期加工过程而发生的。各方的积极反馈，进一步证明通过采风促进写作的有效性与必要性，也进一步鼓舞了中心对采风计划的信心，以及精益求精编好本书的决心。

由于在地即时写作未免匆遽，后期所有作者对文章进行了至少两轮的修改。在出版社审校过程中，中心编辑组也进行了多遍校订。访谈录部分改动较多，主要是较大幅度地删减某些内容、语言表述进行必要的加工。书籍版式设计和装帧费了较大经历，反复磨合才定稿。

感谢采风营的全体同学，以吃苦耐劳的精神，圆满完成采风、写作计划。

感谢东师创写中心的全体任课教师、研究生导师对本项目倾情付出、鼎力支持和参与指导。

王立夫经理带领的不咸山舍有限公司团队全力配合采风营并提供了最精心的服务，感谢他们。感谢摄影师赵紫翔的细心工作，感谢全程负责采风营后勤的张小磊经理的周到安排，感谢厨房张大爷、高阿姨一日三餐的辛劳。

感谢魏家沟、魏家沟的父老乡亲,尤其是本书访谈到的每一位人物。他们是本书真正的主角。

后期整理、编辑工作冗长而烦琐,感谢刘竺岩、马鹏、佘飞带领大家付出艰巨的劳动。

感谢美术学者温加先生为本书在封面设计与全书图文编排方面的倾情奉献。

吉林出版集团股份有限公司与本书有关的工作人员,尤其是负责排版和全书总体美术效果的刘美丽老师的鼎力支持与辛勤劳动,是本书能够以目前这个样貌面世的重要保障,感谢他们。

在本书成书过程中,部分篇目陆续在《中国创意写作研究》《应用写作》《中国校园文学》等刊物发表。感谢各刊的支持。

感谢东北师范大学研究生院、东北师范大学文学院提供的项目支持。

感谢一切关注采风营活动、关注东师创写中心的同仁们!

徐 强

2025年7月1日

于东师创写中心